那片沙漠尽在水雾迷蒙处
闪烁紫色蓝色光芒
那里有欢歌与亮丽、俏丽人
在褪草水滴和滋海洋
挺拔时身影引人遐思
从此有了一个出征的少年

张 炜

著

去老万玉家

人民文学出版社

图书在版编目（CIP）数据

去老万玉家 / 张炜著. -- 北京：人民文学出版社，2024
ISBN 978-7-02-018562-7

Ⅰ.①去… Ⅱ.①张… Ⅲ.①长篇小说－中国－当代 Ⅳ.① I247.5

中国国家版本馆CIP数据核字（2024）第050704号

策划编辑	胡玉萍
责任编辑	薛子俊
装帧设计	刘　静
责任印制	苏文强

出版发行	人民文学出版社
社　　址	北京市朝内大街166号
邮政编码	100705
印　　刷	北京盛通印刷股份有限公司
经　　销	全国新华书店等
字　　数	305千字
开　　本	880毫米×1280毫米　1/32
印　　张	13.25　插页3
版　　次	2024年3月北京第1版
印　　次	2024年3月第1次印刷
书　　号	978-7-02-018562-7
定　　价	59.00元

如有印装质量问题，请与本社图书销售中心调换。电话：010-65233595

目 录

第一章　　　　　1
第二章　　　　　20
第三章　　　　　47
第四章　　　　　61
第五章　　　　　78
第六章　　　　　102
第七章　　　　　122
第八章　　　　　145
第九章　　　　　172
第十章　　　　　193
第十一章　　　　218
第十二章　　　　234
第十三章　　　　257
第十四章　　　　282

第十五章　　　307

第十六章　　　327

第十七章　　　353

第十八章　　　376

第十九章　　　403

四十年前的种子
　　——答宫达　417

第一章

一

美少年历险是早晚的事。舒莞屏长到十七岁，危险逼近。也许就为了这一天，他七岁习武，笃守日课，小小年纪已变得沉稳机敏。导师为舒府总管吴院公，其人忠耿智勇，可惜后来与山匪缠斗中失去左腿。吴院公以木质轻韧的梧桐做了假肢，仍能骑驭。他告诉舒公子：人生长路难免遭遇大小灾殃，这好比一只只魔兽伏于中途，伺机扑来。"聪敏者会提早听到它的蹄声，"老院公将右手拢在耳旁，"'嚓嚓''噗噗'，走走停停，因为体量不同，落地蹄声亦不同。"

院公是在他远行前说这番话的。当时舒莞屏十四岁，即将别过舒府，只身去南国的广州同文馆。

三年转眼而过。一个初秋，十七岁的舒莞屏千里迢迢返回故里。舒府远在北方半岛，声名显赫，踞于胶莱河西岸，离驻守重兵的青州旗营五十里。父母亡故，府邸执掌者为伯父舒员外。舒莞屏于二十日前驰电舒府：即日乘客轮自广州抵上海、烟台，整个行程需十五日。他轻装登船，上衣着青黛隐纹祥云锦衫，下身是西式机纺细布裤，头顶宽檐南洋软帽，携一柳条漆箱。在头等舱舷廊拐角，一金发碧眼女子含笑点头，盯一眼他乌亮肥硕的发辫。

舒莞屏推开舱门，脚触花毯似有疑惑，再看手中号牌。侍童迎来，接下箱包。套间内有狭小的洗漱室，拧开镀银水阀，清流涌出。他坐下歇息。松弛中颇感疲怠，头脑一片静息。就在此刻，几声莫名的低音荡起，让他挺身四顾。啊，一种若有还无、仿佛从更深处透出的声音："嚓嚓、嚓嚓！"就像某种动物的踏动之声，是它的蹄音，正一丝丝趋近。他捕捉这蹄声，瞬间记起多年前老院公说过的那只魔兽，它的名字叫"灾殃"。身体从沙发上倏地弹起，胸口剧跳。打开舱门，四周并无异样。他在舷廊徘徊良久，直到驶离码头的汽笛声声嘶鸣，才回到客舱。还在想那个清晰的蹄音："嚓嚓！"是的，这说明它是一只中等体量的动物，如果是"噗噗"，那就糟了，那会是一头巨兽。

客轮在蓝缎般的海面上稳稳滑行。四日至沪，登岸入住客店；三日后再次登船，赴烟台。船抵芝罘湾为下午四时，长空如洗，碧海如绸，鸥鸟阵阵喧哗。舒莞屏奔向甲板，遥望对岸。激颤的巨躯停稳，码头传来盈耳的喧声。他提箱走下舷梯，两眼一直在出口处的簇簇面庞中搜寻。"Nobody comes to greet me.（他们不来接我。）"脚下是黑白两色卵石铺就的地面。穿过人隙，躲过几束目光。两位穿戴齐整的中年男子挡住去路，躬身拱手："可是舒公子驾到？"舒莞屏点头，将箱包拢于腋下，微微侧身。"老爷让我等迎接公子呢。"

一辆马拉轿车驶向市区。沿路可以看海。右边有几个轮廓清晰的岛，左侧是两三层的建筑。舒莞屏一路抱紧柳条箱包，垂睫不语。车子驶近一座葱茏的小山，停在一幢三层中西合璧式的楼舍前。"这是全城最好的旅店，"两位男子介绍，"顺德饭店，前身是登莱青道台府置。公子宿下，明天一早上路，天黑前府里的车子就能赶到。"踏上门廊，脚下是黑白大理石地板。门童殷勤。他长舒了一口气。

大堂飘来茶香，还有淡淡的咖啡味儿。这气息让人沉静。他入住宽敞的套间，那两位男子就在隔壁。晚餐讲究，在一个大包间中，他和他们分坐主桌和边桌。有中餐，有西点，印象深刻的是烤青鱼和奶油芦笋。红茶很香。餐后店童递来一张纸卡，上面写有娱乐项目：听戏、热浴、棋牌、保龄球馆。最后一栏稍出预料，他的食指按在那儿。

球馆设于地下，共有三个球道。占据边道的是两个洋人。舒莞屏投球撞击木瓶，陪伴的两位男子立在一旁。三局之后热汗涔涔。他礼让两位，他们叫一声"公子"，谢绝了。回客房还早，店童引他去洗浴间。一个椭圆大木盆水汽蒸腾，躺在雾霭中，一会儿恍然入梦。就在此时，又是一阵"嚓嚓"响起，而且丝丝清晰：还是那蹄声，它从雾气深处传来。猛然欠身，水花四溅。室内极静。他坚信刚才听到的是一种动物的蹄音。闭上眼睛，又一次闪过吴院公的面庞。"院公，我真的听到了那只魔兽，它好像一路尾随，只不知道出现在何时何地。"

因为要赶早，提前用餐。两位男子时而对视，呼吸变得粗重。用茶时他们出去一次，回来说："舒公子，咱们的车来了。不急。"他们为他添茶，外面响起了马嘶。回房间取随身物品，仅一个柳条箱包而已。两位男子前边引路。店前的碎石路上停了一辆双轮骡轿。"骡轿轻快一些，路远。"他心中自答。车上下来两位女子：瘦高，穿深棕色衣裤，打了裹腿，头巾下露出鼓鼓的额头。她们三十左右，长眉大眼，宛若一对姐妹。女子施礼问候，一个打开车门，一个上前取柳条箱包。箱子抽离腋下时，他感到了对方的腕力。一直陪伴的两个男子并未跟随，只在车子启动时深深一躬，与公子揖别。

舒莞屏登车前看到了两个黑衣骑士，他们大概要一路随护。雕花厢窗，纱帘低垂。他寻觅车上特有的舒府徽记，一只碗口大的木刻麒麟，没有。"公子，舒老爷盼着呢。"女子说着上前搀扶，刚要伸手，他脚尖轻触踏板，一跃入厢。两排座位，前排只他一人。车轮启动，十丈之外是两个骑士。舒莞屏拉下布帘。车速颇急，一如心情。他忍不住问起吴院公，一位女子答："他好着。"说着递来茶盅。

轻轻啜饮，想着老人。自双亲亡故，他一直跟在吴院公身边。偌大一座舒府，皆由院公打理。老爷舒济先后任武定府知府、兖州府知府，无暇顾及府中事务。舒莞屏在老人呵护下长大，依随院公如同至亲。十四岁去广州同文馆，异乡夜长，时而惊醒：梦中汗如雨下，老人将他扶上马背，然后拐着那条梧桐腿跨上鞍子，立刻变成骁勇的骑手。"How are you？（你好吗？）""There was no news.（杳无音信。）"他闭上眼睛，将茶盅还给她们。两位女子发出"呀呀"声。他睁开眼睛，看到的是她们稍长的门牙和紫色的牙龈。

舒莞屏觉得头部一晕，仰倒在软座上。两位女子跳到前座，拍拍睡去的人，仰脸对视。"好俊俏的小生啊！""甚是！"她们捧起油亮的发辫。"獾姐，真是一个玉人儿。""小狸子，甚是！"两人咝咝吸气。几下颠簸，她们赶紧扶住椅背。獾姐撩开厢帘，回望两个黑衣骑手。他们策马跟随，相距十丈。

二

舒莞屏醒来：紫幔低垂，笼罩四周。没有骡嘶，没有车子的咯噔声。头脑昏涨，腹中翻滚，忍住呕吐撩开幔帐：近处肃立一个黑衣男子，好像是一路跟随的骑士。男子高喊："醒也！"一阵杂乱的脚步，拥入几个男女，全都衣衫紧束，其中就有那两个打裹腿的女子。一个额头方方的中年人躬身看来，正想伸手，舒莞屏呕吐起来。"舒公子，"方额让人揩拭，说，"我们去吧。"两个男子将未能站稳的舒莞屏搀起。舒莞屏推开他们。"公子莫要慌促，咱们前去拜见大公。哦唷，且走。"方额前边引路。

穿过一道长廊，舒莞屏看到外面的山野，忍住惊叹。踏上几道石阶，拐弯，进入一间阴暗的厅堂。眼睛渐渐适应，这才看清：一处宽敞的大屋，一张张肃穆的面孔，一道道锥子般的目光。这些人沿墙而立，年纪在二十至五十不等，个个手持刀械。正中摆放一张榆木椅，上铺金色软垫。角落里响起一声呐喊："大公到！"内间走出两个扎了头巾的高个儿女子，正是獾姐和小狸子，她们分站椅子两侧。厅内静寂，响起一阵脚步声："嚓嚓"。

一个矮小结实的女人从一旁走出，头颅微仰，牙关紧咬。她戴一顶镶血色琉璃的黑呢帽，腰扎皮带，悬一把护身匕首，细长眼眯着，谁都不看。她发出若有若无的"哼哼"声，径直走到舒莞屏跟前，像驱赶苍蝇一般，将两旁的黑衣男子拂开。"可知来到何等地场？"舒莞屏不语。方额凑近说："大公问你哩，好生回话。"女人等不到回应，退向座椅，将头仰靠到椅背上：

5

"听着,尔已踏进大公地界。"

"这是万玉大公,还不跪拜!"方额在耳旁说道。舒莞屏发出了"啊"的一声,嘴巴张开。他不再移动目光,盯住对面女人:四十左右,宽肩,身躯精瘦,脸部苍黑,头颅有些小;眯成一条缝的长眼时而闪出一束冷光,杀气逼人;一副鹰钩鼻,脸庞前倾,像一只猛禽。她的手一直抓牢椅子扶手,指甲发出"咯吱"声。舒莞屏吸了一口凉气。大公冷笑:"看个仔细,去阴府前只这一眼了。"四周响起笑声。大公直直身子,抬起的右手戒指一闪:"尔可知自己是谁也?"

"我是舒府公子。"

她活动两只胳膊,发出禽类的气味:"错矣!大公看来,你就是一锅肉汤!"话音刚落,厅堂发出一阵哄笑。她鼻头沉沉垂下,有些倦意,合上双手,不再说话。舒莞屏欲要向前,旁边的人狠力拽住,低声恶骂:"我日你龟孙立马入锅加火!我日你香狗小肉火烧!"古怪的山间土语难以听懂,舒莞屏有些发蒙。大公挥挥手:"除非还来一千两银子。"她起身,两旁女子上前搀扶。

舒莞屏发出声声呼吼,全无回应。两边的黑衣男子用指甲抠掐皮肉,让他无法忍受,双臂猛力一弹,挣脱。方额发出"嗤嗤"声。两根绳索套住,紧勒。舒莞屏对方额喝道:"难道你们就不怕舒府、不怕官军?"回应的是又一阵哄笑。

舒莞屏被扭出厅堂。好亮的光线,无法睁眼。爬上几级石阶,来到一个石砌的场院,这里有一口黝黑的生铁大锅,下面垫几块石头,塞满了劈柴。方额指着大锅:"公子可知它的用场?两天后,就用这锅慢慢炖你。"舒莞屏额上渗出汗粒。几个黑衣男子嬉笑:"吃山珍海味的崽儿,白白嫩嫩,炖汤滋味包好。""包好。"他们吸着口水。方额说:"反正公子就是一块唐僧肉了。除非舒员外赶在那个时辰送来银子。"

重新押回紫色幔帐。没有捆绑。舒莞屏躺在床上,两手按住胸口,待喘息平缓,开始回想一路关节:登船,换乘,自穗抵沪抵烟;码头上接客的男子,顺德饭店,疾驰的骡轿,打裹腿的女子。他心里认定府中走漏消息,或电报被人截获:自两脚踏上码头的一刻,即落入圈套。他深感沮丧的是,自己将成为轰动半岛的劫票案主角,令人厌恶。他相信绑匪已经鞭打快马,将讯息送达舒府。府上只有两个选择:拱手呈上千两白银,或引官军前来讨伐。舒府当然不会坐等公子受烹。"不过,"他心中惊呼,"杀声一起,也等于把我投入锅中了。"

深夜不能入睡,思绪一直缠住"老万玉"三个字。这是声震江北的名字,无人不知无人不晓:传奇侠女,割据一方,一个令官府生畏的匪酋。有多少人恨就有多少人敬,她的事迹早已化为神奇:十三岁刺死青州旗营都尉,单骑破阵,举旗聚义,无人能敌。最早起因还是她的绝世容颜:就因为貌美过人,惹得权势垂涎,不待长成即遭劫掠。最想不到强虏偏遇英豪,少女于红烛之夜手刃色狼。传说万玉有一双逼人美目,阵前谁被这对眸子灼过,必得跌落马下;她身材高挑,驭白马束紫巾,长发飘飘,取敌首级不过须臾之间。

传言何等虚妄。舒莞屏而今亲眼目睹老万玉:瘦小黝黑,脸似鹰隼,琉璃黑帽,脖颈枯干,喉咙嘶哑。不过是占山为王的丑响马,哪里是什么英气逼人的女豪杰。一个传奇就此毁灭,更有绝望。他想此事会以何种方式了结,从头思虑,难以明晰。认定的只有一个结局:舒府不可侵犯,府丁悍厉,旗营襄助,老万玉终将付出巨大代价。今夜尤为思念吴院公。

下床踯躅,遥看星月,只找不到窗户。这是一座怪屋,如两堵高墙夹起的过道，东西七步，南北二十步；唯一出口是通向长廊的台阶，那儿的一个窄门早已闭锁。他坐上台阶，发现一线微光来自上方：顶部有一个不大的天窗，这时正有人俯身探望，月夜清辉映出头肩轮廓。他屏住呼吸盯视，天窗头影立刻缩去，接着覆上遮物。也许那是唯一的遁身之处，高丈余，以自己的腾挪功夫，断然不可攀越。他记得老院公失去左腿之前，一纵即可翻过高墙。

黎明前小眠一刻。早餐是芋头稀粥，佐以五香螺蛳。这一餐也算山匪对公子的款待了。送餐者是一男童，手提木头饭盒，动作利落，取出一壶两盏。舒莞屏从壶中倾出绛色茶水，看着对面摆下的空杯。响起脚步，进来的是方额。"公子可好？山寨吃物粗陋，还望体谅。"说着坐下添茶，双手举杯礼让，仰脸饮下。

舒莞屏从近处看着方额，想的是骡轿上的女子。这人眉梢上扬，双目微吊，鼻中沟深凹，牙齿坚实。"公子见过万玉大公，想必早已明白，知道她言出必行。寨子亟待银两。公子年少英俊，切莫意气用事。"方额咬文嚼字。舒莞屏应道："人在这里，舒府如何行事，我岂能定夺。"方额身体前倾："老夫看来，公子比一千两白银贵重许多。我家大公少不了与洋行往来，缺的是通洋人士，公子何不留下？"舒莞屏心中一怔。方额提高声音："公子从了罢。"舒莞屏目光转向墙壁和天窗，落向杯子："容我细思。""啊，这委实是件大事，机不可失啊！"方额声颤，搓搓手站起。

一天过去。第二天凌晨一女子进来，是身个瘦高的小狸子："俺还你东西来。"说着递过那只柳条箱包。舒莞屏将箱包搂在怀中。"清点当面。"她催促。他打开看了，洗漱用品，两件换洗衣衫，一本词典，样样俱在。"我与獾姐一路上好好待尔哩。日后留下可好？"舒莞屏不再应声。

入夜困极。午夜被一阵嘶鸣惊醒。舒莞屏呆坐床上,渐渐听清:声声呼号,甚是激烈。枪声,千真万确的火枪。他脑子里马上闪过"官军"二字,想到舒府。抬头,发现头顶的那扇天窗大敞无遮,月光泻入。窗子被嘭嘭叩响,有人在上面发出呼叫:"舒公子!"一根绳索垂下,他迅捷抓住,又反身去取柳条箱包。上边的人用力提拉,将他拽住。腾上屋顶,四周已喧声大作,刀棍撞击,夹杂马嘶和爆裂的火枪。东北方燃起火把,东方已现鱼肚白。

那个人牵住他咚咚跑下阶梯,一连跨过三个倒毙的尸身。"吴院公为保公子无虞,已备万全之策,先着人潜进寨子,杀开这条通道。旗营的人在东边缠斗,我们快去西坡!"他边跑边说。舒莞屏随上奔跃,黎明的凉风塞住了喉咙。"老院公啊!"他呼出一声,双脚腾地,几步蹿出丈余。远处是齐整的侧柏梢头,树下有一条蜿蜒的坡路。残存的夜色瞬间消退,十丈之外矗着一人一马,天哪,是老院公,正勒住缰绳往这边遥望。舒莞屏呼叫奔突。东侧山麓涌出一些人,手持刀戟弓箭,尖声大叫。舒莞屏飞一样冲向那匹马。

离马只有几步之遥,老院公伸出左手。路边爬出一个黑衣人,如同巨蜥。老院公掉转马头,蹿起的人扬起长刀,"咔嚓"一声砍向左腿。老人身子倾斜,没有坠马。火枪爆响,举刀人应声倒地。呼号逼近,震人耳膜。"快些公子!"院公伸手牵拉,舒莞屏一跃上马。

三

策马驰走十里,蹄声急促。后面紧随老院公的府丁,还有青州旗营官军。舒莞屏一路抱紧老人腰身,脸庞贴紧衣衫。一路少语,只是向西。从太阳初升到暮色铺地，未曾稍有歇息；半夜入住客栈，拂晓打马启程。近响，终于听到了胶莱河的水声。过河往西，北驰五十里，远远望到一片蓊郁，那就是舒府了。

离府邸还有十里，老院公说一句"先去西营"，掉转马头。后面有几匹马跟随。舒莞屏听到"西营"二字，心中一阵欣悦。那是舒府的一块飞地，二者相距二十余里，原为府上的果蔬林圃。自从府中老爷和夫人过世后，舒员外将府上事宜悉数交与他人，让吴院公主理荒芜的西营。两年之后，那片凋敝的田园即整饬一新：六畜兴旺，果蔬茂长，已成为迷人的花草林苑。舒莞屏十四岁离家，最好的记忆都留在了西营。

舒莞屏发现，从迈入西营的一刻，吴院公的马就变得脚步迟缓。它小心翼翼驮着主人，走向木瓜树丛间的一排草屋，稳稳站住。老院公下马时弯腰捂一下左腿，舒莞屏发出"啊"的一声，想起那把砍来的长刀。"院公，您的腿。"他上前扶住，吴院公摇摇头，拐入屋子。进入草屋，老人倚向宽大的卧榻，动手解衣。一条泛着油光的假肢袒露出来：它有一道深长的刀疤，几近折断。

吴院公把梧桐腿移向一边。舒莞屏觉得它痛疼难忍，伸手抚摸。老人仰在榻背上，双目紧闭。舒莞屏今夜有太多话要说，只不知从哪里说起。"你把电报，唔，启程的关节说与我听，不要记错。"老人仍然闭着眼睛。舒莞屏看看漆黑的窗子，欲言又止：有个黑影从那儿走过。"无妨，那是我的人。"老人拍拍他。他从头说起，说出心头的疑惑和判定：那封电报一定是被山匪截获，再不就是府中有人走漏了消息。"是老万玉谋划了这起绑架案。她觊觎舒府远非一日了。"他说。吴院公掰着手指计算日子，摇头："舒员外让这边备好车马去码头，比你上岸的日子正好晚了三天。""三天，也就是说，西营的人出门时,我已被女匪劫持上路了。"他说身陷匪巢的两天三夜,说老万玉的形貌:"与传言相反,这女人枯瘦矮怪,甚是丑陋呢。"

吴院公无语。蛐蛐声从角落传来。远处响起马嘶。野生气溢满屋子。"我得救的消息该早些告知伯父大人。"舒莞屏说。"俱已呈报。屏儿放心,先在西营住两天。""可是……"他看着那条灯光下泛着油亮的假肢,摇摇头。老人扶墙下榻,舒莞屏拿来拐杖。隔壁是一个杂物间,那儿挂满了皮条绳索,有一条木工长案,斧锯刀凿一应俱全。老人把一圈皮条抓在手中,取下锤子。舒莞屏反身回到卧榻,用一条毡子裹来那条假肢。毡子铺在长案上。老人让他将灯火移近,开始在深长的刀痕处缠裹皮条,用力刹紧,嘴里发出"嗯嗯"声,"啪啪"使上几根铁钉。"它还能用半月二十天,咱们赶紧做一条新腿吧。要找上好的陈年梧桐。"舒莞屏叫一声"院公",两行长泪滑下面颊。

舒莞屏在草屋里睡去。整座屋子在木瓜树间,深沉的香气让人安眠。太倦了。醒来时天已大亮,身边老人不在,一旁是那条缠了皮条的梧桐腿。他将它挪到一边,下榻寻人。香味将他引入一条短廊,进入灶间。老人已坐在餐桌前,一旁放了拐杖,灶台前的妇人和童子正忙炊。妇人让他坐到院公旁边,把吃的东西摆好,牵着童子离开。米粥和酱瓜,五香煮蛋和炒饭,一碟煎豆腐。舒莞屏想到了匪巢中的两餐:五香螺蛳和浓浊的野茶。炒饭香极了,和记忆中的美味一样。他又想起烟台顺德饭店,那里的中西餐饮,淡淡的咖啡香气,地下的保龄球馆。一切宛若梦境。

餐后坐了许久。妇人和童子将残羹收走,端来木盘,摆好茶壶和杯碟。好香的红茶。老人端起杯子呷一口:"再说说你见到的那个'女大公'吧。""嗯,"他极力回忆,不敢有一点遗漏,力求说得确切,"她瘦小,有一副宽肩膀。黑呢帽。鹰钩鼻子。萎在椅子里像一只病鸟，不过很凶。她一活动就发出鸡舍的臭味儿。"老人转脸看着一旁："我知道她是谁了。""老万玉。""错了。她是半岛东南部一个女匪，外号'小雀鹰'。官军剿她多年，这会儿又现身了。她敢冒充万玉，我料她死期不远了。""她口口声声说自己是'大公'。""嗯，她离死期不远了。"

舒莞屏想问更多"老万玉"的事情，院公不再多言。沉默了一会儿，老人催他回舒府："面见伯父去吧，住几日再回西营。"他点头。西营离舒府二十里，舒莞屏却觉得这是一条遥遥长路。那里已无血缘至亲。他只想徘徊在西营的木瓜林中。在广州同文馆的那些雨夜，淅淅雨声就像从西营屋檐落下，引诱他一次次爬起，看窗外树丛的轮廓：高高低低的屋顶提醒自己远在南国。不知不觉过去三年，他已长大成人。那些夜晚也曾思忖，当站在老院公面前时，彼此该有怎样的惊喜：讲述远乡见闻，展示未曾荒疏的武功。可惜一切都被那个"嚓嚓"而至的灾殃打乱。一场凶险。眼前的吴院公显而易见地苍老了：挺直的身躯变驼了，步子沉滞。他以前只相信自己会长大，却不曾想吴院公会衰老。

在老人身边再耽搁一天。离开的前夜，他再次说到了生死之险，说出心底的惊诧与失望：一个美丽的传奇被彻底毁掉，从此不再有那个骑在白马上的女侠、那个杀富济贫的孤胆英雄、那个飞驰的美神；密集如云的箭镞，火炮与刀戟，一层层罗网，都对她无可奈何；她有一双令人胆寒的美目；她在漆黑的午夜驰过山地平原，化身数匹骏马，在星空下发出嘶鸣，于一场场鏖战中取敌首级，扬长而去。

舒莞屏最难忘那一年，也就是爷爷病故，父亲舒济丁忧回府的前一年。一个寒冷的冬夜，凌晨时分突然喧声四起，他被奶娘裹上被子急急逃离，躲到一间逼仄的密室中。火炮轰鸣，府中响起杂乱的脚步。阵阵呐喊消退之后，有人叩窗："是我。"是吴院公。进来的院公浑身是血，见公子毫发无伤，叮嘱一句又要出门。可是人已经走不动了。几个人跑来，抬起院公离开了。天亮，府里打扫一地狼藉，说着凶险的一夜：女匪万玉的人马围住舒府，幸亏吴院公率人迎敌，直到等来官军化险为夷。就是这一夜，吴院公失去了左腿。

从那个夜晚起，舒莞屏记住了一个令人胆寒的名字：万玉，一个悍猛凶残的女匪。

吴院公渐渐适应假肢后，重新尝试骑马。奶娘说："屏儿，那一夜我们险些没命。"他至今难忘她颤抖的声音。他问起那个女匪，奶娘说："一个杀人不眨眼的女魔。"他和吴院公同乘一匹马出门时，又说了奶娘的话。吴院公一声不吭，面色煞白，一直看着远处。过了一会儿，院公将缰绳松开，随马缓缓向前，说："那一夜攻打舒府的，不是万玉。""啊，是谁？""一队山匪。""万玉就是山匪啊！""万玉没有攻打舒府。"

四

舒莞屏回到了舒府。庞大的府邸像一只懒洋洋的巨兽，一个长辫低垂的少年走过，它立刻醒来。舒员外的七个女人，舒公子要喊她们"姨娘"，一双双眼睛全亮了："公子，屏儿，一转眼出落成这样！""姨娘想屏儿了，过来看看！"她们将他拉近，啧啧称奇。"我敢说没人见这么粗的辫儿，在府里是独一份儿。"三姨娘想伸手牵一下他的长辫，被大姨娘的目光阻止了。"去见老爷吧，他念叨几次了。"大姨娘把柳条箱包接过，交给一旁的女仆。

"屏儿受惊了。"舒员外示意他坐。他迟疑片刻，想说什么又忍住。"不急，慢慢叙来。"舒员外让他坐下。"伯父，孩儿怕再也见不到您了。"他鼓鼓勇气说。舒员外肥胖的躯体在楠木椅上活动，发出呼呼喘息。"我知道官军不会饶过他们。屏儿有所不知，旗营已是西洋火器，有来复枪和克虏伯大炮，区区山匪岂是对手。哦咦，说说那边吧，我挂记你在广州的日月。三年生员，月银多少？""五两。明年可加到七两。""吃物可乎？""粤菜，或洋餐。"舒员外嘀嘀大笑，伸出右臂。肥软多汗的巴掌落在肩上，让人难受。"屏儿受得住南边肥水，瞧长到我肩头了，不，长到我这般高了。"舒莞屏嗅到了浓浓的膻气，退开一步。

舒莞屏由仆人领进一处院落。这是翻新的建筑，记忆中住了圃匠，连带几间堆房。旁边的花圃俱已废掉，原地起一座堂皇的楼阁，廊上女子衣饰鲜亮。庭院不大，二进院落，有正屋和边厢。他住宽敞的正屋，厢房是两个年轻女仆。他问到花婶，就是奶娘。回应说花婶年纪稍大，如今已去南房打理杂务。所谓"南房"就是洗衣房。他立刻要去那里，仆人让他稍等。一会儿花婶来了，苍白的面容和破旧的衣装让他一时没有认出。"是屏儿！屏儿啊！"花婶将他一把抱住，"我的屏儿长这般高了！"她撩起衣襟擦眼。

舒莞屏和花婶回到正屋，问起话来，这才得知除了三两个入眼的，旧人全都打发到外边去了。"如今都是舒员外的人了。我以为等不来屏儿了。"她泪水成串。"奶娘，我这不是回府里了。""回了，像做梦一样。都说你寻了洋人，还要出洋。我没了指望，屏儿，切不要离开了。"舒莞屏无语，扶住花婶。这时一个仆人进来，问公子可有吩咐？他说："去禀老爷，从今儿起花婶就留在院里了。"

第二天舒莞屏更衣，去祭堂。跪在父母大人像前，泪水一点点干涸。祭堂窄小阴暗，是一个边厢，紧挨的是通往密室的石阶，如今已拆除。父亲的书房和卧室在十步之遥，曾是府中最大的建筑，现在已被高耸的院墙围在外边。花婶一直站在祭堂边，见他红着眼睛出来，上前牵住。"自你走后这些年，府里一天都未安生，拆拆建建，运进一些花石，还有说软语的女人。"他看西南方，那里紧挨南府。南府与舒府相邻，中间有一条街市，自父亲去世，伯父舒铨就从那儿搬进了舒府。南府只有舒府一半大，房舍也矮小许多。而今两座府邸连成一体，原来的街市盖起了堂皇的楼宇。

舒莞屏向前走去。"屏儿，我们回去吧。""我要去见伯父。""你要等他传唤才是。"他站了片刻，依旧往前。脚下是拼成的卵石图案：牡丹、大丽花、孔雀屏。一些美丽的彩石压到了墙基下，新建的长廊取代了记忆中的紫荆、丁香和海棠，玫瑰园和芍药园也不见了。"屏儿，回吧。老爷午前是不见人的。再者，他也不知住在哪里。""为什么？""七个姨娘都有院落，为防身，老爷只许贴身童子知道宿在哪里。"

见不到伯父，格外焦虑，至第三日已忍无可忍。他发现只有这个小院属于自己，它早就建好，只待囚徒进来。男女仆人个个低眉，眼角瞟着他的一举一动。他走在府中，觉得一股忿气推动双腿。他从无忘记：自己才是这座府邸唯一的主人。他走得稍远，一定有手脚利落的黑衣男丁跟随。"喏，你且忙去。"他对男丁说。男丁拱手："老爷吩咐，要步步守护公子！公子刚刚脱险！"他两手渗出汗粒，额头筋脉鼓胀，厉声问："老爷在哪里？即刻领我去见！"男丁浑身哆嗦，退开一步："小的怎知！公子安歇！"

一日三餐由仆人提食盒送来，荤素菜肴端上桌子，并无多语。花婶要去厢房自炊，不得留下用餐。舒莞屏让她一起，她却断然不从:"破规矩要挨板子的。一个比我年长的老妈子,只为一点小事被打了板子,是当众剥下裤子的。有人为这个寻死呢。""竟有这等事?""新老爷有新律条。"舒莞屏气得咬牙:"这是匪寨才有的事。"他恨不能将一桌佳肴推开。只能吃掉五分之一,既骄奢又荒唐。他几次阻止送餐的仆人,他们哈腰称是,食盒却照旧携来。"舒府是魔怔之地,我非疯了不可。"

舒莞屏准备见过伯父舒铨,然后即回西营。他觉得与伯父必有一场深谈,初次见面只算寒暄。作为同文馆一介生员,已度过最初三年,还有更多的日子,也许要有长达四年的时间在异乡度过。未来一片迷茫。如果父亲还在,一切皆无犹疑。父亲费尽心力将他送至广州,自有筹划。"国体羸弱如是,必得通识洋务。"最难忘声声叹息,那是他初任兖州知府的日子,府里一片恭贺,主人却愁眉不展。

舒莞屏如果不是亲眼所见,做梦也想不到舒府会变得如此怪异:主人隐首,草木无光,仿佛有一只巨大的肉食鸟在高处翱翔,任何轻举异动,都在这只猛禽的冷眼之下。巨隆大屋,一片阴冷。为了驱赶莫名的恐惧,他将许多时间用来习武。尽管在南国也未曾丢弃武功,但总觉新知上身,拳脚退步:或知西洋火器远胜百步穿杨之箭,更超飞檐走壁之功,故不再执迷身手。不过因为思念院公之故,他仍未丢弃桩功和拳法。

除却练功,还要翻弄那本英汉辞典。返回同文馆将有新的课程:化学、万国公法、解剖学和天文地理、笔译与口语。他想念馆中同仁和中西教习。一个叫亨利的金发教习请吃洋餐,讲述异域,耐心补习。一天深夜倦意袭来,不觉眠去,竟被轻柔的抚摸和亲吻弄醒:亨利正扯起他的发辫,双唇印在额上。从那个夜晚开始,他小心躲闪金发男子了。对方大自己十一岁，是西人教习中最年轻的。

"奶娘，怎么才能找到伯父？我实在有太多事情要说，不能耽搁。"奶娘最怕听到"离去"二字。她眼中只有公子，只有旧日时光，那是另一个舒府。那时老爷和夫人很少回府，只一个吴院公就让府中一切严整，长幼有序，日月温馨。最想不到老太爷亡故，舒济老爷丁忧。也许是悲伤过度，老爷不久即害下大病，兄长舒铨入府打理，吴院公随之闲置。换了不止一个享有盛名的医生，汤药不知吃了多少，最后还是拦不住死神。铺天盖地的灵幡让舒府跌入阴间。夫人死去，几个贴身的仆人也悲绝亡故。

"屏儿，只有一个地方可以见到老爷，不过要由姨娘领你才好。她们只在那个日子里和他一起。"奶娘压低声音。舒莞屏抬头看矗立的楼阁。"公子，不是那里，是'六角宫'，嗯，这是如今叫法，过去的温泉。舒员外进到府里，把那里建得更大了。""奶娘见过？""刚建好那会儿下人进去打理，后来就不能了。舒员外住在里面，有时几天不出门。午后三四点钟里面热闹起来，七个姨娘和年轻女人陪他捉迷藏，叫'摸瞎狸乎'。"

舒莞屏睁大眼睛："捉迷藏？"他忘不了月色朦胧的园囿里，奶娘带着他玩游戏。那些迷人的夜晚不再复现。难以置信的是，伯父大人竟像孩子那般淘气，不过伴他玩耍的不是孩子，是年轻女子。"那不是男人能进去的，'六角宫'是大小池子相连的厅堂，舒员外让所有女子用黑布蒙脸，他也一样。不过他蒙脸的布条上有小孔，能看清东西。他伸手摸，谁被摸到，就得认罚。所有人都光着身子。"

星星稀疏，月亮将圆，几朵云彩飘过。舒莞屏走出小院，看到几个手提食盒的男子跟在几个女人身边，匆匆走过。舒莞屏追上去，她们一齐仰脸。有女子掩嘴笑，上下打量："公子做甚？""我找姨

17

娘说话。"她们相互注视。一个年纪稍大的上前施礼:"请问哪个姨娘?""能见到老爷的姨娘。""公子等一下。"

三个姨娘一齐叫着"屏儿",引他到亭子里。"老爷不太顺适,犯了憋气病,要不早和屏儿叙话了。你们分开太久。听说孩儿受了大惊吓。"她们当中稍胖的一位说着,抬头看左前方。那儿有温温的灯光,窗纱后面影影绰绰。一个仆人走来,在胖姨娘耳边说了几句。胖姨娘说:"领屏儿去吧。"又拍拍公子:"这么好的滋油辫儿!去吧,别待太久,老爷呋儿呋儿喘气呢!"

在六角宫外间,女仆让他稍等。直待了好长时间才有人出来,是个女童,宽额,扎了双髻,额上有大如蚕豆的鲜亮红点。他随她进廊,拐弯,白色雾幔扑面而来。女童在一个棕色门前敲两下,推开,让他独自走入。一个摆了软榻和案几的房间,没人。里面有很大的喘息声,他走进去。

一张宽床,厚实的靠背上半卧一个裸体,头颅歪向一边,舒莞屏好不容易认出:舒铨老爷。他叫着"伯父",不敢正视眼前的粉色巨腹。下体被一片布绺遮挡,棕色毛发夅出,小腹滴着水珠。他想到的是亨利引他去看新落成的水族馆,第一眼看到的海象。舒员外大口喘息,想坐得端正,还是歪斜半卧。

"屏儿坐近来。"榻上人挪动身躯,软垫全湿。不容抗拒的声音让舒莞屏向前。一股茴香和硫磺混合的气息冲进鼻孔,呛出眼泪。"呋呋,呼呼,"舒员外大口吸气,"我一月犯两次老牛憋气病,哎咦。你从头说来,入寨出寨,所受折磨,如何逃出。"舒莞屏觉得眼前的伯父随时都会窒息。他发现伯父右眼很大,多半个眼球凸在眼眶外,左眼却是眯起的。巨大的右眼独自转向这边,射出令人生畏的幽光。

舒莞屏将以前对吴院公说过的话择要复述,强调说:"那是一个冒名者,不是老万玉。"想不到一句出口,舒员外立刻愤恼起来,肚腹扭动不止,里面仿佛有数不清的活物在绞拧,嘴巴张大,厚硕却不见双唇,仰天叫着:"啊呀,那就是老万玉!那就是她!屏儿给我记住,这和当年攻打舒府、让吴院公丢了左腿的是同一个山匪!她是官军和舒府的死敌!"

第二章

一

又是一个初秋。离第一次历险已经三载,舒莞屏年届二十。三年来他身在南国,最放心不下的还是吴院公。上次回返,他在老人身边待了七天。离开前他要亲手寻觅一根上好的梧桐,与西营圃人一起出入乡间,终遇理想之物:一截陈年梧桐已放置多年,颜色苍苍,叩击时发出"铮铮"之声。吴院公将其放到木工房的长案上细细雕琢,刀削,石磨,再用瓷片刮过,做成一条轻韧光滑的假肢。

亨利讲授世界史,说到西欧奇异女子:圣女贞德。法兰西牧羊女率骁勇之师,所向披靡。"马上英雄,三军统帅,"亨利眨动蓝眼睛,"知道吗? 贵国其实也有。"舒莞屏的目光凝在对方脸上。"信否?""这怎么可能?"亨利耸肩摊手:"然而事实真的如此,这个人嘛,I guess she is about 30 years old.(我猜她大概30岁。)当年只有十三岁。她叫万玉,民间俗称'老万玉'。""啊! 你在说她!"舒莞屏喊起来。"你听过？""不不,没有。"舒莞屏忍住,让自己平静下来。"女子骑一匹白马,率领义军,如今是割据一方的'大公'了。"亨利有些兴奋。

就因为那次历险,出于好奇,舒莞屏多次探究过这位"万玉"。她原为胶莱河东半岛巨富养女,因姿色过人,青州将军内侄垂涎日久。养父贪婪权势,将刚满十三岁的万玉送至军营。男子为浑蛮都尉,花烛之夜竟然遭遇刚烈少女:手刃新郎,夺骑而去。这就是整个传奇的开端。舒莞屏从亨利这里第一次听到了惊人的类比,就此记住了另一位"圣女"的名字。

舒莞屏正准备即将到来的同文馆季考,突然接到一纸电文。电报来自舒府,不,准确点说是西营。这是一条辗转而至的急讯,它发自离西营最近的莱州沙河电报局,传来吴院公病危的消息。他双手颤抖,盯住片纸大口呼吸。"院公,等屏儿啊！"口中喃喃,在屋中来复走动。因为紧张,一时竟不知该做些什么。匆匆找提调告假,别过亨利,收拾行囊。那个柳条箱包很快塞满。一切必要打理的物事在脑海过了一遍,急急出门,心中念叨:"上苍保佑,让我赶上最近的船期,让我快快抵达！"

初秋的南国一团闷热。舒莞屏被幸运之神照拂,几日里衣衫透湿,结果也算顺遂。洋人提调抖动着棕红色的胡须,听过他的叙说,同意并强调早归:不可耽误季考,尤其是年考。他当然明白这对同文馆生员意味着什么,因为剩下的是八年学制最后几门课程,化学和万国公法,还有译书。他频频点头,心里想的却是吴院公。他好像看到老人手抚假肢,正探头遥望南方。

踏上颤颤的舷梯。昂昂汽笛响起,他在最后的回望中看到了亨利。

与三年前不同，这一次未能进入客舱套间，只好挤在多人的三等舱里。第一天的航程几乎没到舱外去，大部分时间躺在上铺，偶尔翻书。船很稳，感受不到船体的移动。除了箱包依旧，衣着简朴许多：棉质短衣，黑帮白底牛鼻鞋，细布袜勒遮入裤脚。唯有那条油亮粗长的发辫有些异样，同舱人不免多看几眼。他双手枕在后颈，看舱铺顶部淡淡的水渍印迹：像一头海象，巨大的肚腹和牙齿。又记起舒府的夜晚，六角宫卧榻上的伯父，吠吠的喘息声。下铺有两人交谈，像说一种密语，内容晦涩，后来听出是关于烟土的价格，还有从洋行倒卖火器的事。"连发枪，德国，嗯嗯。走货不难。"他翻身向内，不再留意下铺的谈话。可是后来他们说到"匪患日炽"，特别提到了胶莱河以东的半岛。"老万玉"三个字让他心上一动，好像被一支伸来的长柄锤敲了一下。

真的没有听错。两人当中的一个故作夸张，竟然说到一段亲历："我真不敢相信落到了她的地盘。那个黑夜，我给五花大绑押到火塘前。海边风大，冷飕飕牙齿磕打。屋里点了海猪油灯，我能看清坐在鱼皮靠椅上的女人。嘀唉，五十多岁，水牛一样壮，头扎皮条，头发乱糟糟披在肩上，门牙又大又硬，咬住一杆三尺长的烟杆，烟斗有拳头大。正审一个小生呢，顾不上搭理我。只听她问，'你是童男子不是？如实禀来！'那小子哆嗦着尿了裤子，连说'俺不是哩'。老万玉火起，伸出大烟斗，啪砰一声敲在小子头上。小子应声倒地。你道怎地？原来老万玉日日吞食发性海物，身上火烧火燎，必得采童男元阳，这时爆出狠劲！""老天，只有说不到的没有做不到的，这是老哥亲眼所见，不然谁能想到？妈耶！""那倒不假。接上临到我了，她见我这把年纪，自然不打那番主意，只翻着眼问起来路。我说大元帅在下有礼了，我是送烟土的南商。就这样捡回了一条小命。老万玉没有杀我，不过赏我一条艇鲅鱼，让人看着我吃下。我也尿了裤子，知道这是一条毒鱼，她还是想让我死。因为外人活着逃出，会泄露营地水道。我吞了这条毒鱼，回到住处赶紧伸手抠嗓子，呕出所有吃物，这才逃过一劫。啊哈，千刀万剐的老万玉！"

二

　　海上三日颇为畅顺，抵沪，两日后登上烟台客轮。天气晴好，水波不惊。航船离沪，舒莞屏心情轻松了许多。换至二等舱，舱内只他一人。他去甲板踱步，凭栏远眺，北方海空澄明如洗，不由得又想起三年前的归返。耳畔响起顺德饭店保龄球馆的嘭嚓声，心里盘算：下船后需留宿一夜，至第二天早晨，有近二十个小时要在这座城市度过。可叹归心似箭，怎可在半岛耽搁宝贵的时光。这一刻他在心里决定：登岸后的第一件事就是直奔车行，高价赁一驾快车直驰西河。他仿佛看到了弥漫在胶莱河上的薄雾，驶出雾幔就快到家了。

　　如同所料，客轮于下午四时抵达烟台码头。喧声，碎石路，栅栏外的几辆马拉轿车，一声声马嘶。他只顾低头看路，一出大门即寻觅车行。有人引他去商驿客店，那里既可入住又可租用车马。他毫不迟疑地赁用一辆轻便骡车，使了双倍银子。在咔啦啦的车轮和踏踏的骡蹄声中，他长长舒了一口气。驱车人手持长鞭，嘴里叼了一支长杆烟斗，驾车驶过沿海大道。路过右侧一座小山时，看到郁郁葱葱的山麓和下边的洋房，脑海里马上蹦出一个名字：顺德饭店。啊，就在这座建筑里，几年前刚刚进行了《马关条约》的换约签署。

甲午海战,由一纸屈辱的和约告结。

一夜疾驰。黎明前换了一个车夫,在路边小店用过早餐,又急急上路。这是半岛上最快、最颠簸的驿车。胶莱河的漫桥上没有一丝雾霾,两旁有蒲草摇动,舒莞屏舒畅了一些。他心里不断念着:"院公等我,我这就飞到身边。"骡车直接驶向西营。太阳升到正中,又缓缓西斜。一些雨燕在车子四周翻飞。"请您再上紧一些,请您加鞭!"他探身催促车夫。

终于驶入西营大门。一股特有的野生气迎面扑来。几幢草屋的轮廓在不远处闪动,看到了小山峦一般的木瓜林。他念一句"院公啊!"身子差点跃出车子。狗在吠叫,鸡扑动翅膀。有几个孩子在奔跑。舒莞屏的到来没有一丝讯息,没人知道他的仆仆奔波即刻画上一个句号。一个上年纪的女仆怀抱水罐从草屋走出,迎着骡车站住。他提着箱包跳下车。女仆迟迟没有认出来人。"我是公子,我回来了,快领我去见院公!"他向她大喊。

那片浓荫匝地的木瓜树格外静寂。这里拒绝所有嘈杂。树间有特异的香味飘散出来。两幢相连的大草屋坐落在树隙中。他像走在浅水里,一步步向前,呼吸都停息了。女仆把水罐放在地上,随他踏上门阶。浓烈的草药味儿溢出,他吸了一大口。屋里燃起灯火,几个人围在灯前,挡住了榻上的人。他扳开前面的一个,那是粗壮的高个子,一个脸色铁青的男子,这人故意晃晃身体挡住来人。他看到了榻上的吴院公:双睑垂下,轻轻喘息,一脸厌烦。老人没有刮脸,毛发参差,看上去有些吓人。他将"院公"两个字强咽到肚里,泪水在眼眶里旋转。

那个粗壮男人身旁站着一个手捧汤钵的老者。男人盯住榻上人,使个眼色,立刻有两个年轻男子跨到跟前,一边一个托起老人的身体。老人仍然没有睁眼。捧药的老者将汤钵挨近唇边。"你这就喝下！"一声严厉的规劝。老人双唇紧闭。两个年轻男子想伸手扳开嘴巴，被老人突然抬起的拐肘挡开。粗壮的男子夺过老者手中的药钵，要亲手给病人灌下。舒莞屏撩一下发辫，一步跨到男子对面，竖起手掌："不可造次！""你是何人？"女仆喊道："啊，这是舒公子，是公子回来了！"

青脸男子怒容收敛，拱手："公子，怠慢了。是这样，院公拒不服药，已经是第三天了，舒老爷差我赶来。"一边的人哈腰："公子，这是府里总管。您先歇着，我们自会料理好的。"舒莞屏抬头寻找女仆，向她招手。他将药钵接过，交到女仆手中，冷目扫过几个男子脸庞："你们全都退下，这里有我。"青脸男子嗓子变得尖亮，哼叫："舒老爷有话，再也不能耽搁。"舒莞屏重复一句："退下。"

几个男子走开。舒莞屏托起老院公后背，让其倚向榻枕。老人眼睛睁开，坐直了身子："屏儿！""院公，是我。"泪水涌出。老人脸上漾出笑容。女仆端着汤钵站在一旁。"我在等你。知道你会到来。这是咱们的最后一面了，你不来，我不会上路。"舒莞屏泪水难抑。他低头看老人的左腿，抚摸它。"喏，它热着呢。它凉下来的时候，我也就启程了。"老人嘀嘀笑了。舒莞屏心情好多了。老人接过女仆手中的汤钵，举到肩头，手一松，跌地摔成几片。"我不会吃这药的。"老人挣扎着站起，他们扶住他。

老院公拐到窗前："我有半个多月没有起来走路了，想看看今晚的月亮。"月亮还未升起，木瓜树隙有几颗星星。"公子，你今夜就睡在这里。"他吩咐女仆取来吃物，要和公子一起用餐。女仆高兴坏了，转脸对舒莞屏说："啊，院公见到您好了多半，他想吃饭了！"她跑开了。一会儿进来一个男童，把一张大木盘放到榻上，又摆了

25

几个小碟。女仆端来玉米羹，羊肉饼，三两样小菜。老人伸手说："茶，要茶。"老人和舒莞屏对坐，以茶代酒，互碰一下仰脖饮下。一旁的女仆流出了泪水。

月亮升到了树梢。舒莞屏搀着老人站在窗前。这样的月夜独属西营，他记得小时候在院公身边的情景。渠水潺潺，月光下鱼儿戏水，院公讲故事，说陈年旧事："舒济老爷最喜欢白海棠，廊下的那几棵是他亲手栽的。夫人爱芍药，她打理芍药园最用心。"蛐蛐响起来，这是十多年没有更易的歌声。院公喘息沉重，只站了一小会儿就不得不回卧榻。他陪老人躺下，悄无声息待了许久。熄灯前老人叩响铜铃，女仆进来，又唤过一个男丁。老人说："把屋门关严。从今以后院里要值夜。"男丁声音沉实，答一句："遵令。"

漆黑的夜色。因为过于沉静，身边的喘息显得更加粗重。舒莞屏实在太困了，身体一挨近老人就发出了鼾声。他好像还在那条大船上漂移，耳边有一个声音在催促："快啊，快啊，就要来不及了！"一条银色大鱼跃出水面，在前面引路，大船不得不奋力追赶。他跳上了大鱼脊背，它把他举到高处，又扎入寒冷的深渊，哗哗顶开翡翠似的山峦，让他浑身披挂破碎的冰凌。大鱼把他粗韧的发辫咬在嘴里，愤怒地牵拉扯拽，一直拖到木瓜林中。他一眼认出少年处所，泪水奔涌，牢牢抓住这些挺立的树桩。他摇动树木，连连呼号，一个声音响在耳旁："我在这里，屏儿！"

舒莞屏坐起。啊，原来老人一直未眠，在看自己。"院公，我回晚了。""孩子，我的屏儿！时间还来得及。"老人看一眼窗外，那里有月色涌入。"屏儿，今夜好月亮！我有太多话要告诉你，一直在等。我害怕带走这些话，知道时间不多了，让贴身仆人去沙河镇发了电报。"他喘得厉害，好像在使用最后的力气。舒莞屏把老人扶住，一点点放到榻背上。老人闭上眼睛，声音低得快要听不见："如果不出所料，那么我还有三天多的时间。听着，你一刻也别离开。我让人守住院门，都是我最信得过的人，跟了我半辈子。你就坐在这儿，困了打个盹，醒来就听好，记到心里。要说的话太多，我怕自己讲不完呢。""院公，您慢慢说来。我不会离开半步的。院公，您就仰靠在这里吧，我在听。"他的眼被泪水糊住了。

三

接下来的三天没有白天也没有夜晚。两个人不再注意天光，窗上的光亮由弱到强，再转为黑色，都未在意。有人会蹑手蹑脚进来，在榻上放一个木盘，那是简单的粥食。老人已经很少进食，气息微弱，说话十分费力。到了第二日，老人说出两个字："参汤。"仆人端来一碗参汤，舒莞屏一匙匙给老人喂下。老人睁开眼睛，喘着："好了，接上。刚才说到哪里？""说到父亲大人病卧不起。""是啊，老爷悲伤过度，整个丁忧期间都愁眉紧锁。府里事情由我打理，夫人忙别的事，这些日子他们太难了。舒员外住到府里，他的房子就在一条街外。他为了兄弟的病搬进来，立马接手府里事务，带来一帮人，把我晾在一边。这是最难的日子。府里多年重用的医生被他斥退，说老爷的病越来越重，都是庸医之过。"

舒莞屏还记得那位医生，那是跟随父亲多年的先生，从武定府到兖州府，后来因年纪太大才还乡。父亲和母亲有什么不适，都服先生的药。他记得自己去武定府探望双亲，因为水土不服，呕泻不止，正赶上老先生不在，折腾得府中人人色变。当地名医毫无办法。

父亲差人鞭打快马，两天后接回先生，只两服药就让他好了大半。老先生会编蝈蝈笼，还用高粱秸秆为他做了一副眼镜。老先生把药做成糖果，让他装在衣兜里，时不时嚼上一颗。

院公伸手将假肢扳动一下，眯眼看看窗子："屏儿，我的好孩子，我要告诉你另一些事情，这是急着喊你回来的缘由，你可猜到？""院公，您好好将息，一切都会好起来的。""公子错了，我的日子不多了。我得赶在前边把事情说完，不然就来不及了！""院公，您躺得舒服一些吧，您慢慢说。"舒莞屏见老人脸庞转为绛色，大口呼吸，一双手紧抓他的胳膊。他不知该怎样帮助老人，眼里泅出泪花。"孩子，自从我领一帮人来到西营，就不再回到府里。舒员外差人叫我，我都以腿疼回拒。他的那些家丁是从街南带来的，轮流到西营监工，都被我赶走。咱们长话短说，自从老爷和夫人过世后，舒员外就把我当成了最碍眼的人。我在府中一辈子，他什么也瞒不过我。他除掉了一些人，我敢肯定，也早有预料。我要躲在西营。"

舒莞屏盯住老院公的眼睛，惊得合不上嘴巴。老人的呼吸掺杂了"嘶嘶"声，胸部急剧起伏。"我找人来吧，您有些憋气。""不，这碗参汤会顶事的。你不要打断我，听准，然后记牢。我说的是府里有人死得不明不白，他们最后的样子都差不多。我疑心老爷的病，最初是伤痛所致，眼见几服药好转了，可是舒员外改让自己的医生上手，老爷的病就节节加重，最后回天无力。夫人的病也是一样。我心里一直压着这件大事，暗中查找根由，只想抓住那只黑手。可惜时间不够了，那只手又抢在了前边，公子！"

"院公！您是说，伯父加害了父母大人？真是这样？"他摇动老人的肩膀。院公闭上眼睛，点头又摇头："公子，这或许是一件惊天大恶。我敢说这个舒员外为魔兽孽子，占住了一座百年府邸！我只盼你快快长大，接手做完一些事情。在你长大之前，断不可再回舒府。""我已经长大了！院公，我任谁、我什么都不怕！"舒莞屏泪水干涸，鼻翼翕动，攥紧老人的手。老人抽出手，抚他的额头："公子，你长大的只是身个。你还不是那些人的对手。""我的武功已有长进，三年未曾荒疏。""不，我是说公子的一颗心，它还待长大。""院公！"舒莞屏把脸伏在了老人手上。

"屏儿，我现在最后悔的事情，就是回了一次舒府。我在那里待了一天一夜，只为取回一些东西。当年离开得慌促，有些紧要的物件遗在那里。舒员外拆老屋，我怕藏下的东西不保。孩子，那不是金银细软，是什么，一会儿再告诉你。谢天谢地，我找到了它们，难的是怎样带回西营。我把它们混在杂物中间，什么亚麻衫玉石手串、山胡桃痒痒挠。舒员外摆下酒宴，让我和随身仆人留下过夜，还要听堂会。我饮宴小心留意，只动他夹过的菜肴，不饮酒水。尽管如此，回西营后的第一夜还是浑身不适。接下来三天昏惘，手脚如炭，汗涌如珠。这和当年老爷发病时的症状毫无二致。我在想最坏的结局：扳指算来，我的日子还有半月，即便寻些解药，也至多挨过二十日。就这样，我差人急急唤你了，屏儿！你可听得分明？"

"院公，我们这就快马寻人，去找最好的郎中！""屏儿，来不及了。你只要听好，今夜听院公最后的话，不可分神。你应我。""我应院公。""那就好。屏儿，我的公子，你听到这里也该明白，舒府，还有西营，皆非久留之地。你要及早打算，有远走高飞的大计。再有一年同文馆就要结业，舒济老爷心志固大，想的是国事洋务。百年舒府难得割舍，屏儿断不可盘桓于此，日后免遭祸殃。舒铨与舒济老爷并非血缘同胞，这个你该知晓了。"

舒莞屏坐直身子，凝在清冷的月光里。夜静之极，秋虫缄口。"府中没几个人知道，因为你的爷爷宅心仁厚。他和夫人膝下无子，不愿纳妾，后来收养一子。这就是你的伯父。舒铨活该命大，当年遇到慈悲的大人。那一年你爷爷率军剿匪，翦除一对屠村的匪首。红了眼的兵士要举斧砍杀逆贼不足两岁的稚儿，你爷爷将其救下。谁知第四年夫人生下了你父亲，他们将两个孩子皆视为亲生。老爷抚养舒铨，自幼锦缎裹身诗书盈耳，谁承想野性难除，初入学堂即咬伤先生。一个荒唐不羁的公子给府里带来大害，十几岁即成为有名的恶少。当年草匪窜行，舒铨与一些歹人暗中往来，得知身世，遂将恩重如山的大人视为杀父仇人。"

舒莞屏紧抱双臂，感到了逼人的寒气。他记起三年前六角宫的硫磺气味，那个海象般起伏的巨腹，两只海蛇似的眼睛。他吓坏了。"院公慢慢说，您歇息一下。"他把老人的背垫高一点。"屏儿，如今舒员外最怕的人就是我和你，他会让我先走，然后对你下手。我算了一下三年前的那场劫难，分明是用心谋划，想借山匪之手除掉公子。"舒莞屏不解："劫匪索要一千两银子，后又改了主意，劝我留下。""那是女匪日后与洋行打交道时要用你。这才是舒铨失算的地方。""如果女匪截获电报呢？""不，详细日子，登陆时辰和过夜的顺德饭店，这些只有舒府知道。"

老院公的声音低下来，一阵剧咳。舒莞屏手忙脚乱，打开屋门，门口站着年迈的女仆。"院公，是我啊。"她轻揉他的额头和颈部，把他蜷在胸口的手放到身侧。咳嗽平息下来，泪水顺着鼻子两侧流下。他睁开眼睛，看着女仆，说一声："去吧。"女仆在门边叮嘱舒莞屏："他不能再说了，公子。"门轻轻合上。榻上人想坐起，舒莞屏扶住他。"我得倚靠一下，好生憋闷。最后一个时辰都是、都是这样。"老人左手搭在他的肩头，整个身体靠向榻背，"啊，这样好多了。"

窗外有影子闪过，舒莞屏盯着那里。老人说："我的人值夜。外边的人要进来，我让他们动用弓弩。放心，今夜谁也不能、不能打断我们爷儿俩说话。刚才讲到了哪里？""讲到绑匪。""啊，那是'小雀鹰'，一个凶蛮女匪，十年前屠过半个村子，连三岁孩子都没放过。她敢冒充万玉，我说过，她的死期到了。屏儿，我今夜想告诉你的，听了不要怪罪，不要惊慌，也不要把我往歪处想。我至死都是舒府的人，变成魂灵也不会离开西营。""院公，我听着，我什么都信您。"

老人目光尖亮。月光下，这神色实在吓人。"屏儿，吴院公是通匪的人。""这怎么会！院公啊！""孩子，你这就扶我起来，我能走的。我们到里间，到木工房后面吧，那里藏了东西。你问我冒死从舒府取来的物件，那就是了。""我去为您取来。""不，你找不到，谁都找不到。"

好不容易挪动几步。老人喘得厉害。舒莞屏没想到老院公的身体这么沉重。左边的假肢几乎用不上劲。移动几步就得停下，费了半个钟头才绕开一条木工桌。越过一些杂物，打开一扇小门，一股湿气扑面而来。舒莞屏端着蜡烛，看到了一个小小的贮物间。"你看到东边那个橡木柜子？打开它。"厚重的木门后面是几只老旧的器械：腰刀，飞镖，匕首；一支半新的短铳，一件斗篷。"斗篷和短铳，是我巡夜用的。另外几件是前两任院公的东西，府中传下来。"老人抚摸它们，想披上那件斗篷，"我以为再没机会穿它了。这该传给下一任院公，如果不出意外，该由公子亲手转交他了。"

喘息变得剧烈，老人坐上门阶。舒莞屏料定老院公即将说出最重要的事情。他将斗篷给老人拉正一些，把短铳插到腰上。老人微笑："这些行头，我已经用不着了。"他指一下柜子，贴墙的一面有两道横木。"敲打，往上抬。"他指点着。啊，两块方木竖起，轻轻一撞，更小的一扇门旋开了。擎着蜡烛弯腰踏入，原来是一间不大的密室，里面几乎空空如也。角落里有一只长方形木盒。舒莞屏明白：这是今夜要取的最重要的东西了。

他们返回卧榻。老人倚卧，将斗篷盖在身上。连衣帽有毛皮镶边，一圈深蓝色的熊皮衬着一张皱纹纵横的脸，脸上是一双突然变得锐利的眼睛。老人让他打开抱回的樟木盒，里面是一层锦帛裹住的皮袋，袋里有一个硬壳圆筒。老人大口呼吸，两手颤得快要捏不住东西。费力拉开圆筒，取出一卷东西。舒莞屏把蜡烛移近，低头凝眸，发出"啊"的一声。这是一幅颜色鲜亮的油画，类似的东西只在同文馆那儿见过：一匹白马，白马上一位女子，风吹长发飘过双肩；马在疾驰，女子侧脸顾盼，明眸灼人；她身穿武士征衣，皮裤裹腿，战靴闪亮，弓与剑清晰可见。

舒莞屏头垂得越来越低，最后被一双眼睛吸引。画上女子眼角微吊，娇怒冷艳，稍长的脸庞，嘲讽的嘴角，深深的鼻中沟。他抬头看着院公。"屏儿，你大概想不到，骑马的女人不是别人，她就是万玉！你别睁那么大的眼睛，这真的是她！不知是谁，大概是身边的人吧，为她画出了这幅画，是一笔一笔描出的！你会问我亲眼见了这女子不成？这就是我今夜要说的了。是啊，我不光见过她，还把她藏在舒府里，长达一月之久！这件事太大了，当年只有三个贴身仆人知道。那是万玉逃出虎口几年后的事，当时她才十七八岁，已经在山匪那里成了气候。那是个冬天，滴水成冰。半夜府里的人呼喊起来，原来官军把舒府围得铁桶一般，正寻打散的悍匪。一夜清肃，府中每个角落都没漏下。黎明时旗营的人走了，大家才各自安寝。我走到马厩那儿，有些累，一下倚在柱子上。我看到一匹马的神情不对，就拔出腰刀，猫下腰。看到了，离开几尺远的地方，有人一手捂住血淋淋的左胸，一手攥刀，是个女子。"

老人揭去斗篷，把它盖在左边的梧桐腿上。"下边的事情你会猜得到。我救了她。这个传说中的女子，我那会儿算是亲眼见到了。走投无路，奄奄一息。我让人给她医伤，藏在一个严实的地方。伤得太重，只差一点就没命。就这样过了一个月再加三天，好生不易。她能够站起，她终究要走。那天她骑在马上，是天刚蒙蒙亮的时候。她勒住缰绳，最后看我一眼，打马去了。我那会儿觉得她就此走失，再也没了。好俊美的姑娘。好生可惜，哪怕她是土匪。唉。屏儿，这就是前前后后的事，二十多年过去了。如果没有记错，她这会儿该有四十多岁了。她如今是统领六支人马的'元帅'，整个半岛西北，望不到边的沙堡岛和几百里滩涂，还有半岛东部南部的飞地，都是她的地盘。有人从家世族谱考证，寻找老齐国的血脉，说她才是西周封国的姜姓后裔，这好比西洋的嫡传'大公'。由此可知，她身边必有通洋之人，你三年前在匪寨里听过的名号，就是因应这个来由。"

舒莞屏脱口而出："'大公'，'老万玉'！一个杀富济贫的响马，她的名声太大了，连广州同文馆的洋教习都知道！""你认为她赢不了旗营的将军？"舒莞屏听出了老人的愤懑。老人咳着，吐出一口长气："非但土匪不是她的对手，也许有一天，她会拔掉青州旗营。老爷和夫人过世后，舒府落入舒员外手中，她不止一次让我去河西大营，要报答一个独腿人的救命之恩。我哪里离得开！那是最后一次了，她差人潜到府里，送来一件宝贵的礼物，就是这张'女子策马图'。每到夜里我都会打开看一眼，看我亲手救下的女响马。我离不开舒府，我是院公，要等这里的主人长大，他就是公子屏儿。"

舒莞屏拥住老人。"屏儿，这些事装在心里，压得我喘不过气来。没人能让我说出这些，只有你。你是老爷一生的指望，是新的舒府主人。我们都看着你了。我想说，你有个可怕的对手，那就是伯父舒铨。我一辈子都是老爷的人，今夜从头说出实情，就要离开了。我最后嘱你一句：千万别回舒府，除非它重新回到你的手里。还有，你要藏好这幅画，等待一个时机，代我将它亲手交还万玉。这是我最后的心事。"

老人把樟木盒往前推一下，又到榻背寻觅什么。舒莞屏抚摸卧榻前后，从软垫下取出一个信封。"这就是了，我给万玉留下一封信。没有它，你是没法走进沙堡岛的。啊，这幅'女子策马图'，千万不要丢失。""院公，我会一直带在身上，您放心吧！""屏儿，你不能在西营耽搁，别忘了几天来讲的事情，你要句句记在心里。"

四

三个昼夜之后，老人离开了。当时的一阵剧咳让年迈的女仆破门而入。咳声很快低缓下来，老人一双大睁的眼睛仰向上方，嘴巴大张，一直搭在舒莞屏胳膊上的左手松开了。女仆哭起来。舒莞屏看着窗外木瓜树浓重的轮廓："此事不要惊动舒府，由西营料理，你和院公最信得过的几个，咱们一起。"他平静的声音连自己都有些意外。女仆跑去。他把老人的左腿挪正一些，用斗篷盖好。

舒莞屏于第七日离开西营。他计划中的第一个落脚地是烟台。启程是凌晨五时，整个西营一片漆黑，骡车驶出大门。上车前与上年纪的女仆拥抱，她的泪水打湿了他的衣服。她让身边的男童上车，他没有拒绝。这一程需要两天一夜。上路后感到无法抵御的困倦，这才记起十多天没睡一个好觉。过了胶莱河，一直在打盹。天黑下来,车夫商量夜宿,他答应了。路边客栈无法洗浴,只好睡下。他困极了。剩下的半程容易一些。进入城区直奔那座葱绿的小山,车子缓缓停在了顺德饭店。这是他熟悉的全城最豪华的客店。车子回返,他交给车夫双倍的银子,然后牵住小童,说:"我们还会在西营相见!"

他要在顺德饭店等候船期。看了一下去上海的轮船班次,离开船的日子还有七天。时间太久了些。这样想着,首先洗了个热水浴。他在宽大的柳木浴盆中仰卧,闭着眼睛。西营老院公卧榻前的三个昼夜回到眼前。没有泪水,已经流尽。院公说得对,自己现在已是成人。七天后即要开启水路,抵沪,而后抵穗;一年后修完同文馆全部课程,等待自己的将是全新的人生。前届生员有的进入洋行,有的做了府衙译员,还有的出使西洋。他做梦都想出洋。

入睡前打开那个樟木盒,取出层层包裹的硬壳纸筒。啊,好一个白马女子,飘飘长发,刀剑与裹腿。这双眼睛正凝视自己。他此刻与之对视,觉得画上那双润泽的双唇就要嚅动。嘴角透着悍猛和倔强。是的,这是一个女响马,还是一个"大公"。睡得有些早。他坐起,想到了保龄球馆。

与上次一样,只有一个球道被占据。那是两个打扮讲究的男子,像富商,又不像一般的半岛人士。舒莞屏注意到他们抽雪茄,旁边的小圆桌上放了两杯咖啡。那种气味好像让人瞬间置身于另一个世界,它的名字叫"远方"。果然,那两个人说起了英语,磕磕绊绊,眼角不时瞟来一下,显然有什么隐秘。舒莞屏抿嘴低头,不想漏掉任何一个单词。"Where is the company?(那个公司在哪里?)""Who is the man over there?(那边的人是谁?)"最后一句显然是指自己。他听下去,手中的球垂直掉在了球道上,发出"咚"的一声。天哪,

35

他们说到了"万玉"！两个人看他弯腰捡球，又小声说下去。如果没有听错，他们在谈一笔洋行的火器生意，将在两天内去那个神秘的地方："老万玉家"。"家"字听来好生亲切，一下子没了距离感。

那两个人离开球馆不一会儿，舒莞屏也要回了。他发现圆桌上遗落的烟盒，看了看，里面还有几支。在柜台前，他把烟盒交给侍童，说是客人落在球馆里的。侍童往二楼走去。在走廊拐角，侍童"笃笃"敲门。巧极了，这正是几年前自己住过的那个套间。

睡前舒莞屏又看了几眼"女子策马图"。他无法躲开这双美目。轻抚画面，又看它的背面：紧致的棉麻布料，不是一般的纸张。"这是她身边的人一笔一笔画出的。"老院公的话犹在耳旁。用笔太过细腻，结膜，眼睫，颈间肌肤，一切楚楚动人。画中人，按老院公的推算，已年届四十，而这幅画上的人至多有二十岁。她这样的年纪，却拥有一支无坚不摧的劲旅，成为官军闻名丧胆的人物。她的目光扫来，就像一束转瞬即逝的电光。"她的马一定快极了。"他咕哝一句，将画收好，移入樟木盒中。

睡得很沉。最后是一个梦将他惊醒：一片幽深的泛着白沫的黑水，气泡翻腾，刺鼻的硫磺味儿。他极力挣扎，想游出去。一只身量巨大的动物游过来，黑鳍，肚腹松软，下体长满棕色毛发。它头颅仰起，露出几颗板牙，双目如同悬铃。这张狰狞的脸分明是舒员外。他急急躲闪，后边紧追不放，"舒公子，屏儿！我要将你拿了！"伸开的鳍就要触到的一刻，他猛地醒来。长时间坐在床上，心跳如鼓。

早餐在一个包间里，中间由几扇鸡翅木屏风隔开。邻桌话语低低，口吻声气和飘过来的咖啡味，让他知道是保龄球馆遇到的两个男人。他格外留意，因为昨夜从他们那儿听到一个惊心的名字。这会儿他们在商量动身的日子,好像在等一个人。"这位先生一直是准时的。他的船不会延期。不过我早晨看了天象,以我的估计,要变天也说不定。他能赶在大风前就好了。""会的,这是一笔大买卖。和上回一样,八成金子,两成烟土。""是啊,跟老万玉打交道,我一百个放心。"

两天后,舒莞屏发现大堂里多了一个洋人:蓝眼金发,年纪和亨利差不多。夜里,在保龄球馆再次遇到这个洋人。舒莞屏估计两个男子一直在等的就是这个人。三个人说话声音不高,掺杂了不少洋语,只要事涉隐秘,他们就用这种语言,偶尔辅以手势。舒莞屏大致还是听得明白:三个人于一两天内动身,那边有人迎接。他一想到这几个人很快就要抵达那个秘境,去见那个传说中的"老万玉",心头就有一种揪扯的感觉。说不上是急躁还是忧虑,或许还有嫉妒。他在心底默念那个名字,轻轻吐出的却是:"吴院公!"

第二天,那三个人消失了。显而易见,他们去老万玉家了。整个顺德饭店一下变得空旷起来。还有四天才能开船,只得耐心等待。翻看那本辞典,还有,忍不住再看那幅画。女子的目光已太过熟悉,可他每次总能从画笔的细节中发现更新的东西。他甚至推敲起她腰上弓箭的大小,以判断这究竟是一件饰物,还是杀敌的利器?还有那把剑。结论当然是后者。剩下的时间仰躺床上出神,让思绪执拗地离开两个地方:西营和舒府。他不敢猜测和预想那里已经发生和即将发生的事情。百年府邸隐秘太多,爱恨太多;就在几天前,忠耿的老院公又吐露了至亲血仇,一个惊天阴谋。他一阵战栗,将身子蜷在被子里。天刚入秋,却有一种不可抵御的寒意袭来。果然,他听到了窗外呼叫的北风。

侍童送来一个坏消息:因为风暴来袭,去沪的船期要大大推延。

"多久？一个礼拜？""客官，对不起，我问过了，码头那边说是遇上'北煞风'了，至少半月才能开船。"他心底发出泣哭一样的哀号："天哪，我得困在这里了，我没处可去，既回不了舒府，又回不了西营。糟透了。"他没有说出，只咕哝一句："That is all right.（没事儿。）"侍童看着他，露出了洁白的牙齿。他想起了刚刚离去的那三个人，啊，如果没有听错，他们已经去了老万玉家。天哪，真是这样。既然离启航的日子还远，我何不赶在这段时间完成一次必要实现的、至为重要的旅程？ 如此一来，既是践行老院公的心愿和嘱托，又可满足自己巨大的好奇心。"不过是一来一去，一个大男人没什么可犹豫的，我在'北煞风'结束时赶回便是，不会误了船期。"他心中默念，下一个决心。

他找到侍童，想找一份地图，认为这样体面的饭店也许会有。果然，侍童拿来一张最新的海域图，那是甲午海战第二年的石印版，绘制了莱州湾西部至黄海西岸的半岛，岛屿岸线分布，特别是河流与沼泽标注清楚。因为同文馆开设的地理及航海测算课程，这张图在他眼里还算简易，一些符号及文字即刻还原为苍茫的沙砾、水流和丛生的蒲苇柽柳。他似乎望得到冲积漫滩上，那些只腿独立的水鸟。他手夹一支铅笔，用尺子在图上度量，随手在另一张纸上绘记。他估量了一下，从这座黄海与渤海分界处的城市动身，沿海岸西行，乘一辆驿车，只需两天半的时间即可抵达那条"界河"。它是穿过大片山地的一条季节河，几百年间一直是响马蜂起之地。河西的大片土地，从山岭平原再到沿海所有村镇，而今都是老万玉的辖区。那片复杂而辽阔的土地有一个共同的主人，关于这个人，最多的是离奇的传说，只很少见到她的真容。

　　侍童为他端来一杯咖啡。他的目光一直在那张图上，说了句"好极了",接过杯子。从界河往西,在黄河入海口东西几百公里的岸线上,有大大小小的河流入海,形成了参差交错的沙堡岛。最大的几个沙堡岛已建成海边要塞,"老万玉",那个赫赫有名的"大公"和"元帅",就在其中的某座岛上。他想象那个地方:灯烛高悬,花帐低垂,静得一根针落地都能听见;戒备森严,一个姣美的、英气逼人的侠女,在朴拙而又辉煌的宫殿深处。"可是我怎么才能找到、怎么才能见到她呢?"一句询问险些脱口而出。他对前几天的错失良机有些惋惜:如果给三个人使上足够的银两,他们会不会携他同行?这样一想,马上摇头苦笑。不会的,那是一些厉害的江湖人士,不会将几把银子放在眼里。他抬头看着侍童,问:"那三个人,就是住在廊角的贵客,还有一个洋人,他们离开时骑马还是坐车?""啊,是驿车,那种车子才快。"他盘算着,有了一个主意,摸出一些银子:"我也想赁一辆驿车,不过要找同一辆车和同一个车夫。"侍童看着那包银子,眼睛亮了。

饭店有租赁车马的便利。侍童因为不菲的银子,很快为舒莞屏办理完毕,告诉他:那辆骡轿已经返回,车夫休息一天即可上路了。他对侍童说趁航船启程前出去玩些日子,绝不会误了船期。第二天一早,那辆驿车停在了饭店门口。驾车的是一位脸色阴沉的瘦子,舒莞屏对他说:"你对那条路熟稔,我才特意找你。就沿原路去他们下车的地方。到站后我会再加双倍的银子。"车夫拱拱手:"在下自然愿意。可那三个人在东岸歇息一夜,还要过河哩。我只能把你送到那个客栈了。"他点头应允。

车子有些颠,舒莞屏已经习惯。他记起了三年前的骡轿,比这辆还要颠簸。那次随车的两位女子都是瘦瘦的长脸,高个子,打裹腿,分明是瞟野模样,自己却误识为院公身边侠女。这会儿身旁还是那个柳条箱包，里面除了几本书和换洗的衣物，只多了一个樟木盒。还有，他贴胸的口袋里放了老院公的一封信札。车子从城街穿过，风很大。车夫忍不住抱怨，认为这样的天气实在不宜远游。

第一夜宿在一个镇子上，这儿离海岸至少百里。车子稳稳地停在一家客栈里。车夫在这儿熟门熟路，与前来招呼的伙计斗嘴，又拍打柜台领班的后背。舒莞屏自己取放柳条箱包，一直不让它离身。客房宽敞，家具陈旧。到了半夜，单薄的卧具难以抵挡袭来的寒意，使人想到此地毕竟是半岛腹地，从地图上看就像伸入海中的一个犄角，三面浸入大海。因为太冷，舒莞屏凌晨醒来再也没有入眠，在床上待了一会儿，索性去了外廊。天上星辰闪烁，北风比白天要小。他料定这场"北煞风"有点虚张声势，也许比预计的时间要短，航船启程的日子说不定还会提前。他想到这里有些急切，疑惑自己的这次出行是否过于草率。不过那个磁石般的沙堡岛群落、居于其间的女子，诱惑力正随着他接近界河而变得强韧。离天亮不远，客栈院里隐约可辨车辆的轮廓：几个人抬着沉沉的东西，正往驿车轿厢下面塞。那里用来贮物。有人举着一盏灯笼过来，照亮了弓腰归置东西的车夫。举灯的人小声叮嘱什么，车夫点头。这些东西大概要交到下一个站点。天大亮了。

上路后，因为一夜少眠，舒莞屏忍不住打起瞌睡。他发现车夫毫无困倦，扬鞭昂首，像赶赴一场喜宴。午餐在路边小店用过，然后启程。越是往西越是靠近海岸，这从风中的腥味和翩飞的水禽便可知晓。一种泥腥气从大片水汊蒲草中发出，车子已经行驶在最荒凉的东部边缘。太阳偏西，不出预期，他们将在黄昏时分驶入那个客栈，舒莞屏准备在那里歇息一夜，第二天一早渡河。他问到那三位客人，车夫应道："他们的一路可没有我们顺，想想看，三个人嘛，车子不如今天轻快。好在离'老万玉'的地盘不远了,你今夜会睡个好觉。""啊,听说那是个有名的女响马。"车夫斜来一眼,"哼"了一声:"不止一拨官家探子想打河西的主意,都给宰了。"声音像刀子。舒莞屏吸一口凉气:"都是传说吧。""传说多了也就成真。我跑车多年,实话告诉客官,谁都不是'老万玉'的对手。"

五

　　车子在天黑前驶入客栈。这儿离界河一定很近,尽管看不到它的影子。一片相连的青砖平房,隔开的几个小院,中间是高起的二层砖楼,原木围廊的栏杆很旧。车夫与店家一起踏上木梯,将舒莞屏送到客房,说不能在此过夜了,要连夜返程。舒莞屏这才想起银两的事,呈上并再次道谢。车夫说:"客官来到吉祥地了,保你鸿运当头!"舒莞屏望着那个干瘦结实的背影,突然觉得他肩颈摇晃的样子有些熟悉。记不起在哪里见过。随店家迈入客房,发现这里宽敞舒适。站在窗前望了一眼稀疏的星星,俯身看二进院落:小巧的卵石路和花坛,美人蕉正在盛开。院子外面响起牲口的嚏声和骚动,是那辆即将离开的骡车。车夫下楼走进院子,微弱的灯光映出不甚清晰的轮廓。舒莞屏瞬间记起了顺德饭店的一夜,那是洋人到来的前一天,他去咖啡间,正遇到里面出来的三个人:两个男人送一位瘦高个儿,他们分手时拍打他的肩膀,很随意的样子。

　　店家四十多岁,和颜悦色礼数周全,询问饮食及其他。这是一家坐落于特殊之地的老店,来往宾客各种各样,主人见过世面。他上下端详客人,提高声音说:"嘀咦,好生贵气啊!"舒莞屏看对方一眼。"这额头这眼睛,鼻如悬胆!恕我多言,官人,在下问一句,是路过还是小住?来小店有商贾官役,也有道上高人。小店再安稳不过,保您舒心适意。""我只住一夜,天明过河。"店家发出"嗯嗯"声:"那好,你要乘船,小店和渡口相熟。""我想从桥上走。""那座老桥早就塌了,只能去渡口。"

晚餐丰盛,主菜是烤鸭和海鲜。舒莞屏第一次吃到海胆,觉得多刺的壳体很像一只刺猬。厨子介绍这里主营"齐菜",是源于古齐国的菜肴,发源地就是这一带。"那会儿齐国灭了莱国,这海边村落就成了齐国地盘。老齐王喜欢渔家口福,海物成了大菜。"厨子搓着手,很是得意。说过菜肴又说齐国:"那在当年是天下第一大国,五霸之首哩。咱齐国的宝剑和丝绸是顶有名的。老齐国亡了,可它的后人还在,那是有大本事的人。"

厨子说到兴头上,伸出胖胖的手指点画西北方向:"那个'老万玉'就是姜姓后人,她要把齐国原样儿立起。咱们河东都是她的臣民了。"舒莞屏垂下眼睛倾听。"进了她的疆界可就不一样了,百姓安居乐业,六畜兴旺。""我估计那边的大宴也是'齐菜'吧。"舒莞屏说。厨子笑眯了眼:"那是自然了。不说大话,咱去了河西,说不定还能在'大公'面前露一手呢。唔,客官去河西有何贵干?""啊,我不过是个生意人。""那就是做大买卖的。"厨子说到这里,听到里面有人喊,做个手势离开了。

舒莞屏饭后没回客房,沿卵石路徘徊了一会儿。风很凉,但不大。"北煞风"显然落定了。在二进小院的北边有一些低矮的屋子,可能是堆房和寝室。一道小门将前边两个院落隔开,他推了推,是虚掩的。黑漆漆的过道很长,一直通向远处,腥咸的湿气从北边泅来。他想到了成片的沼泽、无边的蒲苇。鸥鸟的鸣叫淡淡的,消逝在远处。有两个黑影从过道右侧的厢房跃出,好像从窗子上出来,轻轻落地。他们抬着重物。舒莞屏贴墙站立,等两个人走远。前边传来紊乱的脚步,吸引他向前。声音渐渐远去,微风吹在脸上,又凉又湿。

  小院西北角有哗哗的水声。这里离河还远,可能是渠汊从旁经过。舒莞屏应着水声,一直走到角门:风和水声都从这儿涌来,还有隐隐的人声。那些黑影显然跑向了这边。他看见了闪动的火光,很小,晃了几下熄灭了。原来前边是一条水汊,两旁长满苇荻,一直延伸到院墙。几个人在弯腰忙碌,其中一个稍稍提高声音,熄灭的火光又亮起来,几个头颅探到灯下看着什么。这一刻舒莞屏心头一怔:那张瘦瘦的长脸有些眼熟,还有声音。他认定是那个车夫,这人并未返程。正疑惑,响起了划水的桨声,一条小船在微弱的火光下离岸,很快隐于苇荻。

  舒莞屏离开角门。在伸手不见五指的过道上,一只粗臂猛地从后边勒住了他的颈部。猝不及防的偷袭。他觉得这人力气大得可怕,要把自己提离地面。他稳了一下神,借力腾跃,同时左肘狠扣对方肋骨。颈上力道顿失,他拧动挣脱,扬拳击中对方下颌;跳到几尺之外,猫腰,待人扑来,一个侧身闪过。黑影里有了急促的脚步,一簇火把逼近。无路可逃。舒莞屏镇定自己,站立不动。

  车夫从火把后面走出,拱一下手:"我果真没有猜错。舍不得离开,就留下侍候您了。"舒莞屏盯他一眼,没有搭腔。这会儿有个熟悉的面孔从一旁闪现:一脸肃穆的店家。"好身手好胆量。不过这一回你算走到了头,过不了界河了。"店家额头上有块灿亮的疤痕,舒莞屏好像第一次发现。这个人面色一沉,立刻变得阴狠,瞥瞥四周,又盯向他:"你从顺德一路跟来,分明是旗营的探子。前几天这边刚宰了几个道员，就扔在水汊里。这会儿我们忙完了，倒也有些工夫，咱们喝一杯？"

两个黑汉扭住舒莞屏的双臂，用力压他的头颅。店家摆摆手："远来的是客。松开吧。"他们松了手，另一个持刀的矮壮汉子挨近。一伙人分成两帮，一帮走向别处，一帮拥着舒莞屏往前。在砖楼前边的院落里，一幢灯火通明的房间内，透过窗户传出钝钝的击打声。他们走进去，有三四个赤裸上身的人打斗激烈，见了来人并不理会。一个身上印满红色疤痕的壮汉把对手擒住，狠力拉向胸前，往上一举，单脚蹬住对方小腹，猛地掀翻在地。地上的人紧闭双眼，挨过剧痛。店家嫌倒地的人碍事，踹了一脚。

里间拉了布幔，几个凶汉站起，向店家弓腰，目光投向陌生人。有人用刀尖顶住舒莞屏的腰部。店家坐在一张老榆木桌旁，上面摆了杯盏。店家示意舒莞屏坐在对面，将一杯热茶往前一推："我待客只到午夜子时，下半夜就交给他们了。"说着指了指几个汉子。他们身后是绳索鞭子、拴人的木架，墙上是黑紫色印痕。"你们几个好生伺候远道贵客，这是从几百里外来的。"车夫插话，叼上烟斗，让身边的凶汉点火。

"咱们边饮边聊可好？我这店是开大宴的，有齐菜大厨，你吃上烤肥鸭了；只要银子足，还有人肉宴哩。你不缺银子，是也？"店家饮下一杯。舒莞屏低头："我是个生意人。""去河西？""正是。"店家哼一声："大宗货物在哪里？小生意可不用去河西。""我要看看行情。""你是为那三个人来的吧？""我不明白店家的话。"吸烟的车夫抽出烟斗，吐了一口："别给我装红毛虾蜷着了，就是我上次拉的客官，当中有个洋人哩。"舒莞屏摇头："我与他们素昧平生。"店家垂下眼睛："下半夜就要到了，我得回去了。"

店家就要起身，一个头包黑巾的人碎步跑来，附在耳边说了几句。店家神色一怔，看了看身旁，说："退下。"除了舒莞屏，所有人都离去了。有两人携一个大包裹进来，在桌上展开，是那只柳条箱包。他们将里面的樟木盒与硬壳圆筒抖出，交给店家。店家让人把灯烛移近，在裤子上擦了擦手。屋里静得出奇。店家的眼睛离展开的画越来越近，看了一会儿又眯着眼退开，像被灼伤，喊："这是真的！嗯嗯，这是真的！"

店家收起圆筒，双手压在背后，看着舒莞屏。"咱得换个地方说话了，到了下半夜了。"他往外走去。门外是几个汉子，他们还在等待。店家从几个人中间穿过，一声不吭，身后的三个人紧紧抱住怀里的东西。

来到楼上客房。店家让人把东西放在桌上，屋里只有他和舒莞屏两人。"客官，告诉一句实话，这画是怎么来的？""使银子买来的。""你可知画上人是谁？""不知。只觉得好看，一张西洋画儿。"店家站在窗前，看一天星斗，背向他。"不，你要去河西找一个人，你心里清楚她就是画上的人，是'大公'。"他转过脸，上唇翘起，"这画便再多的银子也买不到。你不如从实说来。或许，你真的走到了尽头，看不到明天的日头了。"

舒莞屏走到桌前，把那个包裹的圆筒抱起，"那我告诉你，这是一位老人的东西。他已经离开了人世，生前托付一件事，就是让我替他交还这张画。因为遇上了'北煞风'，船要延期半月以上，我就想过河。这是实情，没有半句虚言。"他一口气说完。

店家喉结上下移动，像咽下每一个字。"那老人是她的什么人？""我说不清楚。""你说得清楚。不过也罢，到时候全都会明白的。好了客官，事情结了一半，另一半要到河西再结。这么着，你就算小店常年不遇的贵客，咱要好生供着你。好好睡一觉吧，待到天亮，我派最好的兄弟送你去渡口，无灾无难到河西。不过你能不能见到画中人，那就要看自己的造化了。到了那边，大富大贵或一刀抹了脖子，都不关我的事。嗯哼，你听个分明。"

第三章

一

护送舒莞屏的是一个膀大腰圆的家伙，三十多岁，长了一把红胡子，眉毛很长，闪着蓝色，活脱脱就是一个妖怪。店家对他说："你知道怎么办，按规矩来。"红胡子吐一口，说："放心吧，老东家。"船开了。宽宽的河面足有三十丈，浊浪滚滚，涌来的水波好像不是朝向大海，而是相反。一些大个头鸥鸟上下翻飞，跟船往前。"如果有座桥就好了。"舒莞屏抵紧船舷，抵抗摇晃。红胡子说："不是没有桥，有一座，在上游十多里。靠海越近浪头越大。我操界河。"他看一眼舒莞屏腋下的柳条箱包，乜斜着往船上拉屎的鸥鸟："我用火铳崩了你。"

好不容易上岸了，不长的一段水路差点让舒莞屏呕吐。他脸色白得像纸，步子踉跄，紧抱箱包。红胡子说："你得跟上我，要想撒丫子，我就一刀咔嚓了你。"说着拍拍腰上的弯刀。舒莞屏看着不远处的村落:"什么时候才能见到老万玉? 她家还有多远?""她家大了去了! 过了河全是她家!""我须早些见她,要赶船期呢。"红胡子笑了:"那也得洗涮干净,要见老万玉,不把脏疵呼啦的泡个干净,门都没有。""你这一说我倒糊涂了。""到时候你就明白了。唉,我想那个大热水池子啊,操他娘的,我足足半年没吃那里的肥菇炖沙鸡了。"

村子到了。街巷干净,行人笑吟吟的,说又来俺们营盘了? 红胡子说:"狗日的嘴甜。"有卖瓜果的摊贩,他抓起几个咬一口,又递给舒莞屏。摊贩拣出大个的果瓜塞来:"客官尽吃。"红胡子吃了一些,从腰里掏出几张脏腻的纸片:"给你一些碎银,不用找了!"摊贩作揖。舒莞屏问红胡子:"你没给银子啊!""呔,这是河西的银票,比白花花的银子还顶用哩!"舒莞屏讨来一张,见上面有数码面值,有套红印章,是一个女人的侧影轮廓。他指着不甚清晰的红印:"这是谁啊?""万玉大公!""啊,印在了银票上!"他吸了一口气,再看。

穿过不大的村子,眼前出现一座座海草大屋。它们像巨型蘑菇突兀地长出,让舒莞屏眼前一亮。大蘑菇间距不等,有的是独栋,有的被密闭的长廊连起。几十座海草屋,围在高栏内。大门有岗亭,摆了拒马,站了挎刀的兵士,一色黑衣。舒莞屏吐出一句:"啊,老万玉家。"红胡子白他一眼:"我操。"

他们在大门口的岗亭前没有耽搁多久。兵丁要搜身,红胡子掏出什么晃了晃。大海草屋形状不一,圆的、六棱的、长方的,更多的是四四方方中规中矩的大宅模样,显出威势。这些海草屋盖得十分讲究,环境整洁,种了不少花草,最多的是美人蕉。他在河东客店也看到了这种花,原来这一带的人偏爱这种植物。转过几座海草屋,进入不甚明朗的长廊。眼睛适应之后才看得清,这廊也是海草搭顶,墙壁是蒲叶做成的帘子。有几个小窗,遮了蜡染布幔。拐来拐去进入一间小屋,一个扎了双髻的女童站起,盯着红胡子:"通牌。"红胡子递上木牌。女童击掌,里面出来一个身材细长的男子,走路像麻秆一样摇晃,做个手势让他们跟上。

舒莞屏和红胡子分住两间客房。红胡子说:"你还是我的人,待会儿交出去才算完差,我明天就回河东了。这是个好地方,泡澡儿吃大烤鱼喝米酒,让人眼馋。你小子有大福分,果真见了'大公',可得替我磕个响头!"舒莞屏不语,心里只想快些见到老万玉,速速返回不误船期。

半下午时分,女童进来说:"时辰到了。"她领两人在檐下行走,拐来拐去进入地下。有人拦在入口,让他们脱衣换鞋。舒莞屏拒绝:"这算什么!"红胡子说:"嗤,好生傻笨!"说着上来揪扯。舒莞屏只好脱掉外衣。只有一件内衣了,后面有小猫似的脚步声,是女童,盯着他:"脱。""断不可以!"话刚出口,红胡子一把扯下了他的内衣。舒莞屏大叫:"好生无礼!"女童用食指和拇指捏起那件内衣,扔到一旁。红胡子晃着赤裸的身子,夯着胡子训斥:"过了界河,就得按规矩办事!小嫩葱一点辣味儿没有,还以为是朝天椒哩!"

硫磺味儿扑鼻而来。这气味太熟悉了。他想到了舒府的六角宫。随着往前,气味愈加浓烈。灯火昏暗,四壁上悬了几个蜡台。黑幽幽的水池,有人正在池角浸泡,打瞌睡的样子,两手抱膝,头伏在膝间。红胡子推推拥拥让舒莞屏往池角走,说:"见见老山姆!"水有些热,只一会儿就大汗淋漓。他们走到池角,舒莞屏差点跳开:是个女人,头发又长又浓披散着。红胡子说:"老山姆,俺送来了一棵小嫩葱。"

女人胖胖的身躯抖动着，往水里沉去，头发在水面漾开。水中头颅慢慢抬起，上半身挺起：四十多岁，双乳像两颗头颅搁在膝上；一张四方大脸，腮紫唇黑，两眼像板栗；使劲瘪着嘴，嘴角两边的纹路变得很深。她坐在水中，膝头分开，腰上的一片白布扬起来。舒莞屏"喔喔"两声，扭头躲闪。她眯眯眼："不懂规矩的物件。给我拴挞了来！"红胡子将舒莞屏揪到跟前："给老山姆施礼，这是大草营总管。"

舒莞屏脖子昂着："我要面见'万玉大公'。"老山姆低低头，不停地放屁。"哎呀，这里遇到了最臭最腌臜的人！"他心里喊叫，弹起双臂，红胡子被推到了几尺之外。"唔哟，好身手，老娘甚喜！"女人叫着拍手："来人把他拿住。"话刚落，池边出现了两个光膀子的男人。舒莞屏不再躲闪，端坐水中。"这就好了。好生洗洗，身上干净才能吃酒。"她说着一摆手，两个男人离开了。

"老山姆，总管大人，我赶来河西，只为面见'万玉大公'。您早些送我去吧，我最多待上两天。如果误了船期，那就得再等十天。"他说得缓慢而又恳切。红胡子拍拍他湿漉漉的头顶："呆子，不洗干净，带着臊气能见'大公'？"老山姆的手伸到舒莞屏颔下，让他仰脸，"哦哟，这般俊俏的小生！白生生就像秋天的小刀鱼。天佑'大公'，咱这里一天到晚张网捕鱼，支罗扣鸟，吱扭扭扑棱棱没完没了！这是多少银子都买不来的啊！咱靠的是威声，是大公的英名！"红胡子击掌："老山姆说的铁对！您好生收下吧，我明儿就回河东！我们主家说了，他身上带了一件宝物，这好比瞎子摸营，全靠那根竹竿哩！"

老山姆不再说什么，哼哼着躺上池台，让红胡子给她推背。"还是你的牛胳膊有劲儿，给老娘往死里推，推，哎呀好生解痒！"红

50

胡子弓腰搓她厚厚的背肉，一双手从上往下捋将起来。老山姆舒服得哼叫，对池中的舒莞屏说："让他捋几下吧，保你去些火气。"舒莞屏没有吱声。

老山姆从池台上摇摇晃晃站起，伸手往水中一捞，借着浮力把舒莞屏拉到台上。红胡子过来帮忙，她摆手挡过，"嗯嗯"几声，粗臂一抖即把人按在台上。"给我拿个大泥碗来！"她指挥着，一只脚踏在舒莞屏背上，蹲下，从头到脚细细看过，捋几下，拍打说："上好后生。"她让红胡子不停地舀水浇泼，又将人翻转过来。舒莞屏闭上眼睛。老山姆将他的发辫拆开，冲洗，又扎成一束，喊着："泼水。"这样忙了一会儿，她坐下喘息："老娘好久没亲手洗涮一个后生了。哎呀，真是一件累活儿。得了，换上袍子赴宴去！"

池边铺了蒲席，三个女童给他们擦了身体，取来香脂挨个抹了一遍。三个人披上细软布袍，扎了带穗的腰带，穿上木屐。灯映在廊壁上，到处暖煦煦的。长廊尽头是宽大的厅堂，里面是一张长桌，上面摆满菜肴。"咱大草营今儿招待的是一位贵客。从今夜起就归我管了，我会把你一步一步领到大公跟前。"老山姆让红胡子坐对面，让舒莞屏挨近，"多么软的小手儿。贵公子才能长出这般小手。添米酒，上大菜，烤鸭子肥鱼肚，海蜇芥末汤。今夜咱不醉不休，明儿睡到日上三竿。"

舒莞屏发现桌上的凉盘已十分丰盛，主人一摆手，两个女童又端来大鱼。一条乱跳乱蹦的黑斑鱼足有三尺，刺鳍参起，双眼凶恶，瞪着所有人。手戴皮套的壮士一拳捣在鱼头上，挥动刀子，瞬间剥下一张完整的鱼皮。一块块鱼肉在拧动的大鱼身上割下。热腾腾的米酒端来，大陶罐在几个人手中传递，注满杯子，咚咚饮下。红胡子连饮三杯，两眼变红，厉声指斥舒莞屏，令他喝尽。舒莞屏无动

51

于衷。老山姆大笑。红胡子恼怒，站起来给舒莞屏灌酒。他的粗臂伸来，一双大手刚挨近下巴，舒莞屏肩膀抖了一下，拐肘击中了他的肋骨。"日他妈小嫩葱儿！"他两手捂着肋部趔趄，老山姆大笑。

二

舒莞屏在大草营住下，活动范围仅限客房和拐尺形长廊。一日三餐有人提木盒送来，送餐人穿灰色长衫，戴四方小帽。"我要见老山姆。"他迎着对方喊叫，没一声回应。端详客房四周，仰望天井。那是唯一的逃逸之路，可惜墙太高。红胡子已返河东，这里只有他自己。大草营好像没有人声，也没有风。午夜打开樟木盒，取出圆筒，展开画幅。白马扬蹄长嘶，女子回眸，让人心颤。他发出呻吟："万玉大公啊，我这会儿，今夜，就在你的大草营里了，相隔咫尺，却被囚禁。那个吴院公可是你的救命恩人啊，我是他的主人，一直把他看成父亲一样。老院公，你如果听到了我的祷告，就把我引到万玉那里吧。"

他做了最坏的打算：误了船期就乘下一班，无论如何也要见到那个女子。从离开顺德饭店向西，一步步接近界河，奇事就没有停息过。终于踏上她的地界了，一切更加莫测。他相信老山姆就是万玉大公的总管，其职分相当于舒府的吴院公。"万玉啊，无论你多么智慧和勇武，我敢说，你的大总管一定找错了人！这个女巫一样的胖子会误大事！"他沮丧至极。从窗户上看星星，已是凌晨时分。突然有人叩门。"谁？""官人开门。"女童的声音。

门打开，女童退后。不甚清晰的烛光下站了一个粗粗的身影，那张四方大脸和板栗一样的双眼很快让他认出来人。老山姆又粗又乱的头发勒了一道皮条，额上有三个紫色凸起的火罐印痕。"总管大人！"他施礼。"官人久等了。我这人有长睡不醒的毛病，昏睡三天三夜都是常事。醒来一拍脑瓜想起大事，立马来也！"说着径直走入屋内，鼻子蓬蓬吸着，说："有鞑子气！身上干净了，鞑子气一丝没有，才能去见'大公'哩！明白啵？""敢问什么是'鞑子气'？""嗯，跟清廷混久了，个个都有这种臊气。我这人鼻子好，一嗅便知，'大公'才派我来做这个差事。"

老山姆今夜穿了皮甲戎衣，肩膀下边钉了鱼鳞似的晶片，还扎了一条宽皮带，足蹬长筒皮靴，腰悬一把短刀。她见他上下打量，就坐下，把穿了皮靴的脚蹬向床边："告诉你吧，我是界河西岸的副总兵，有这个衔儿。今夜行的是公事，才穿这身衣装。"舒莞屏觉得这副打扮古怪可笑，只问："总兵阁下，我不是清廷的人，怎么会有鞑子气？""嘻嘻，我是不会错的，我身上有两个地方从不出错，一是鼻子，一是下身。我睡过的人数也数不清，一上手就知道是不是好物。你跟我实话说来，前些天跟定那三个人，就是和黄毛洋人一块儿的，会是什么？""清廷探子。""招了就好。""不是我招，是河东店家说的。我若真是探子，早就死在了客栈。"

老山姆拍着脑瓜，取出一个鼻烟壶吸一下，喷嚏连连，涕水横流。"我他妈的吃上烟土就好了，可惜不能沾，这是'大公'铁规。我若是手握重兵的六大将军，就能躺在蒲床上吸几口了。日他妈的，哦哟，透露军机大事当斩！我接上问你，鞑子气到底怎么染上？姓甚名谁，家住何方，一一报来。"她张大蛤蟆嘴，一副心不在焉的模样，"公事公办甚是烦人，换了别人，先是采了元阳，然后一顿臭揍拴上老虎凳，保你屎尿全出来了。不瞒小生，咱前些天刚把两个

53

探子送进铡刀铺，咔嚓一响铡成几截，扔进水里喂鱼算完。说吧，不把底来端，难过这一关。本总兵知悉一些来历，才让你泡池子吃大餐。为甚？只为了让你见到'大公'！说吧，我的大耳朵支棱着哩！"

舒莞屏为了让气息流通，把窗子打开。老山姆说："不可，咱说的是机密大事。"她把窗子关严。"我是舒府公子，广州同文馆生员七年，再有一年结业。"他不想说下去。老山姆拍腿："得，同文馆与清廷正是一伙。何时做了探子？"舒莞屏跳起来：

"我不是探子！我受院公之托，来见万玉！"

老山姆鼻子歪着，摊着手："你的意思是，不用本总兵送铡刀铺了？那就从头说来，不用慌急。看小脸儿粉嘟嘟，一条大滋油辫儿。说吧，赶在天明把案子结了，我从来不愿拖堂。"舒莞屏看着窗外夜色，发出一声叹息。他取来箱包，打开樟木盒，将圆筒放在床上。老山姆想去抚弄，舒莞屏挡过，将画幅一点点展开。老山姆一脸惊惧，双手合十："啊呀大公，果真是宝像在此。快受大草营总管兼界河副总兵老山姆一拜吧！"她退开一步，深鞠一躬，眯上眼睛。

老山姆不再哈欠连天，神情亢奋，长筒皮靴嗵嗵跺地："我保你前程远大，从今儿个起黄金铺路！大公封你个爵位也说不定。先好生歇下，半晌再用早膳，海参鱼肚羹，外加小豇豆龙眼肉糜粥，半个小荞麦花卷儿。天一亮再泡大水池子，开一场大宴，我让仨俩童儿为你唱一曲渔鼓辞儿。第三天领你去看营兵上操，见识一番勾连枪比武、洋枪打鹌鹑。等你喝好玩好，打足精神，咱就送你拜见万玉大公。"

他听过这一通啰唆，再次恳求："谢天谢地，让我天明就拜见大公吧。我实在等不及，真的没有时间了，再有五六天就该开船。"老山姆龇着黑紫牙龈:"老天爷,要见大公的人,还记挂一条破船?你真是小肚腩着白长了一副好眉眼,可怜见的!""让我早日拜见万玉大公吧!快领我去吧!"他发出了哀求。老山姆拍腿:"她住老营帅府,那是沙堡岛大城池!你刚入地界,离那里还远着哩!"

舒莞屏听得清晰,顿生悔疚。这次远行实在莽撞,险遭河东客栈杀身之祸,又在河西苦苦羁留。他暗自盘算:既然前路遥遥,那就不如再做打算,待同文馆年考之后,一切自可从容。"老山姆总管,在下万不可误了船期。这就返回河东了。"

老山姆脸色阴沉,右手摸着悬挂的短刀,两只大眼睁睁闭闭,长叹一声:"嗯哼,只要进了大草营,就不再是自由身了。我不拦你,你跑出大营试试,不怕中箭、中刀、中镖、中火铳,那就好。"舒莞屏想从她脸上看出破绽,没有。一阵沮丧,还有痛惜。他望着透亮的窗子,仿佛看到了天水一色中,那冒着浓烟的客轮烟囱。

三

老山姆让舒莞屏乘坐一辆舒适的驴轿。这种车子有宽大的轿厢,内设软座和卧榻。共有四头健壮的驴子,前后各二,行路平稳。启程前他被告知:从大草营到下个大营,要经过三大村镇和一座渔场;每一程都有人按照上面传下的牒令送客,顺风顺水,半天工夫就能把人送进沙堡岛。

驴轿平稳舒适,却不如骡车快捷。舒莞屏认为骑马是最好的,自己从小被吴院公放在马背上,已习惯奔驰。驴轿有两个车夫,前后各一。轿厢中有神情肃穆的护兵陪伴,他们似乎永无倦怠。一辆驴轿可几天几夜不停不歇，只半途换下牲口。好在车子午前驶入那个大镇，再经一个渔场就到过夜的地方。舒莞屏打开布幔看外面，这里有酒肆客栈，店铺林立；看到了银号，这只有青州大城才有啊。他忍不住问护兵：这是河西最大的街市吧？回答令人吃惊：这可不是最大的，和这差不多的至少有七八个。

继续往前。空中有了鸥鸟，原来离海不远，很快要进入那个渔场了。原以为这里是捕鱼的海边，走近了才知道是制鱼卖鱼的地方。一眼望不到头的海草棚子，里面是刚刚运来的大鱼，一溜木台前站了手挥大刀的人，他们给大鱼剖洗，撒盐，然后装到木槽中。这是不曾见到的大鱼：花斑的通身黢黑的、蓝的紫的花白的，有的像碾盘那么大，放上砧板一个蹿跳，尾巴将人扫个趔趄；火红的章鱼放上台子，绞拧不停，就像一朵怒放的巨大的鸡冠花。到处腥味刺鼻，耳朵被吱吱哑哑的各种鱼的尖叫塞满。它们叫着，射出的水箭啪啪击打车幔。舒莞屏大睁双眼："天哪，我第一次听到鱼的喊叫！"

整整多半天辗转于近海，傍晚入住客栈。第二天改走水路，随行护卫每到一站即交换牒令。三条篷船驶向水道，中间一条稍大，坐了舒莞屏、随员和轮换的桨手。篷下有软椅和茶几，摆了杯盏和果子糕点。前后各有一条更小的船，挤坐五六个兵丁，他们双目圆睁瞄着四周，刀箭在腰，斜挎长杆火铳。桨手强悍，船行轻快，惊飞群群水鸟。随着驶入水道深处，蒲苇和水柳多起来，不见天日。水道连着大片沼泽，穿过沼泽又是大大小小的沙丘。水鸟叫声和陌生的兽鸣交织回荡，阴森吓人。舒莞屏听到一种粗糙的闷叫从林野发出："嘞嘞咿咿，哦哦吃啊吃啊！"背后传来回应，那是尖尖的女人般的咯咯笑声："咳儿咳儿，哈哈肉儿肉儿！"他缩起身子。护卫是个斜眼青腮男子，三十左右，手不离酒葫芦，不时饮一口，嘴角带着嘲笑。舒莞屏害怕浪涌打向舱板,一路搂紧柳条箱包。前边水道愈深,浪涌更大,黑白间杂的浪头在船边甩起:一条青背大鱼气昂昂从旁游过,睁圆的眼睛瞥了几下船上的人。

舒莞屏确信接近沙堡岛,问了问,男子说:"咻,还远着哩。听到海猪呼哧呼哧叫,那才算到了岛子跟前。""为什么那样叫呢?""为什么?啊哈,它们在干那事儿,用这法儿消食。想想看,海猪吞了一肚子鱼,胀得慌,公海猪一把拿住母海猪,从天黑叫到天亮。岛上人吵得睡不着。"他听懂了。男子往水道吐了一口:"我操死他娘了!"

船行一个时辰。男子吆喝:"歇歇,找个湾子解解乏。"小船慢下来。一会儿看到飘在高处的幌子,苇丛中闪出棕色屋顶。船停在一个木头平台下。女店家伸出两手招呼,认出了船上的护卫。热腾腾的陶钵端来,酒也取来。男子吃相凶猛,只一会儿就吃掉了半钵汤肉。舒莞屏走向一间祭堂,看到供奉的四张画像:一个女人、一尊菩萨、一只刺猬、一只狐狸。他问女店家:"这是怎么回事?""这也不知?万玉啊!""啊,是她?"舒莞屏细看女人坐像,发现与"策马图"完全不同,长脸变成了方脸,下巴过于丰实,满目慈悲。"那刺猬和狐狸呢?""都是仙家啊!这里供奉四路神仙!""万玉也是神仙?""这还用问?"

一路沉默。舒莞屏一直在想那张女人像。这是几天来最让他震惊的事:那个像磁石一样吸引自己的女子,而今,在这个愈走愈近的世界里,竟是这副模样。他实在忍不住,问身边男子:"女店家供奉的万玉像,真的是她?"男子肩膀一缩:"说不来。咱又没见大公。"

四周水生植物更加茂密高大,船长时间穿行在阴森处。野物在远近呼号,分不清是水鸟还是四蹄兽。那种粗糙而突兀的嚎叫实在骇人。岸边有飞速跑动的声音，仿佛有什么在绿丛中不顾一切地逃窜。男子歪头瞥瞥一脸惊悸的舒莞屏，拍拍腰间的短刀说："那哭嚎的家伙是个绿面妖，个头不大嘴巴不小，见人吃人见鸟吃鸟，能一掌拍死海猪。有人用西洋火铳迎面开火，它伸出巴掌一划拉，打到肚子上的铁弹像米粒一样掉了。对付它还得用刀，眯着眼扎上去，别睁眼，睁眼会怕；只管没头没脑往里扎，热乎乎的东西喷出来也别管，那是绿色血水。脏血放完了，绿面妖也就啪嗒一声倒下了。"

终于看到了百丈之外的高耸陆地：像凝固的大海浪涌，又像在奔跑中突然停息的山岗，背上长了密集的蒲苇和水柳，间杂一些山地和平原都能看到的橡树和槐树。不时有船只在那里进出，驾船人穿了紧身黑衣。大概这就是沙堡岛了，舒莞屏一阵兴奋。可是船并没有向那里驶去，而是绕开。他询问的目光投向身边男子，男子说："天还早哩，冒冒失失投营，会被活剥了吃。""这也太吓人了吧！"男子做个鬼脸："实话实说，这些水道我从不敢乱闯，做公差守本分，只去熟悉的店家和水驿过夜。"舒莞屏想从他的神色上看出一丝夸张，没有，完全是一副老实模样。

四

天黑时分，三只船驶进了更宽的水道。在渐渐收窄的闸口处，竖着一排尖尖的木桩，挡住前路。有两条大船分停两旁，栈道细长通向岸边，那儿有一幢不大的草顶屋。有人用钩子拽住前面一只小船，尖木桩吱吱呀呀沉入水中，小船通过。剩下的两只船被一一盘查，反复验看文书牒令，然后放行。

舒莞屏问:"我们进了大营?"男人手扶腰刀,咧大嘴巴又紧紧收束:"过了这道关就不能乱说了!你我都得小心!"水道拐了个大弯,前方只有蒲草和树木,奇怪的是这里突然静谧,像是万物休眠。偶尔有什么跳水声,显得突兀。"啊,这就是那片最大的沙堡岛了,大城池肯定建在这里!"舒莞屏眼圈红了。他心中默念一个名字,扳着手指算起来,差一点从座位上站起:天哪,已经过去了八天,剩下的时间寥寥无几,误掉船期是八成的事。"我怎么办哪?哪怕只耽搁两天,返程顺利,也不一定登得上那条客轮了。"他觉得这一程真是冒失到了极点。可事已至此,实在不能打住,不能功亏一篑。脑海里再次闪过老院公的眼睛,手贴紧胸口那儿:一封信札还在。"是的,忍住吧,快到了最后时刻。"他心里说。

篷船又走了一个时辰,仍未停息。两边出现大小建筑,有草顶和瓦顶两种。这很像一个村落,又像散在草野中的营地。船终于停泊。清一色的大草顶屋,比刚刚路过的那些屋子气派,比前些天住过的大草营还大。草屋相连,兵丁游动。他知道本次水路抵达了终点。果然,船上的人都登岸了,那个一直坐在身侧的男子却把他按住,让其坐在原位,自己上岸。这样过去一会儿,一个胖胖的四十多岁的男人走来,身边跟了两个侍从。胖子拱手:"公子!一路劳辛!"舒莞屏起身还礼。"在下为副统领跟包,叫我'辛辛阿二'就好。公子请。"

登岸后,随船来的几个人从角落走出。一路不离左右的护卫说:"公子,公干已完,你到了老营,咱们两清了,后会有期!"舒莞屏谢过男子和几个桨手,目送他们离去。辛辛阿二走在前边,不时回头一笑。舒莞屏想着接下来的会面,不由得心跳加快。他想告诉这个人:再也不要拖延,我只想快些见到万玉大公。

先要安顿下来。住处比大草营还要宽敞,只是没有那么长的廊子,也没有女童和男侍。他追上刚走出几丈远的辛辛阿二:"啊,先生,我想请您即刻通报,我须马上见到大公。"胖子眉头一皱:"公子,我们大公还在西边。您先安心歇息,副统领会用四轮驴轿送您!""我已经等不及了!"胖子拍打衣襟:"公子,哪有这般容易啊!须多些耐心才好啊!"

半天时间白白流逝。舒莞屏草草用餐,从餐室出来,走在疏落的草屋中间。这里十分闲散,没有兵士阻拦。穿过几幢屋子,来到荒芜草地。又见水鸟,有什么动物惊慌离去,灌木枝条剧烈摇晃。沿小路往前,看到一个水塘。有人蹲在水边,是个女人,五十多岁,手提活蹦乱跳的大鱼。"啊呀!"她叫着,抡起大鱼,"嘭"一声摔在地上。

他想走开,她叉腿拦住:"官人好生性急,家来!"舒莞屏这才发现塘边有一幢泥屋。"家来!大营里都知道我这算命的老婆子。我不要钱。"她啰啰唆唆。

老婆婆把鱼扔到一个木盆里,倒了一碗茶汤,端详舒莞屏。"可怜见的富贵公子。好大的官运!啊哟妈呀,入了桃花林,又进野猪群。天哪,公子有难!好比烙铁去皮油锅抽筋,只无解法。"

舒莞屏吓得脸色煞白,汗粒从额头滚落,问:"我会见到一个人吗?"老婆婆手指乱动,仰脸眯眼,猛地睁开眼睛,眼白大得吓人:"啊呀呀!""敢问婆婆,我什么时候才能见到那个人?"老婆婆咬住嘴唇,抖动双肩,不发一声。

第四章

一

　　进入沙堡岛的第一个"礼拜日"是值得记忆的。同文馆的教习和生员皆以"七日"记事。舒莞屏发现自己从离开烟台顺德饭店的一刻，就将"北煞风"肆虐之期定为"七日"或"十四日"，即在一个星期或半月之概。其实自然之变从来不会固守历法。他这样计算船期和日程，完全是在南国养成的习惯。

　　他在无意间步入的那座泥屋里受到震动：女人所言既有未来，又有以往。这让他惴惴不安。婆婆谈及的一路大事和身世经历多有切中。天哪，既已套上怪异的命运之箍，要挣脱就得折断筋骨。脑际倏然闪过一双碧蓝的眸子、一丛金发。亨利沙哑与尖厉参半的声音，高高在上的师尊与狎昵的目光。一道灼热掠过额头。"季考或不能指望，年考切不可耽误。"一句话响在心头，好像在回应洋教习亨利。又一次来到塘边，看四处翩飞的水鸟。他觉得与婆婆相遇之后，一根弦正在悄悄松弛。小心抚摸这弦，唯恐某一刻断掉：它的一端系在舒府，一端系在南国。这是一根脆弱而又顽固、纤细而又韧长的老弦。

正在出神，一只手搭向肩头。是辛辛阿二。"公子让我一阵好找。咱们回吧。"舒莞屏随他转身。这个跟包的名字颇怪，让人想到了旗人。他们回客房计议日程。舒莞屏再次提出拜见万玉大公，辛辛阿二摇头："我等唯有小心，保您毫发无伤入府。""去大公府邸？""先去'国师府'。所有拜见万玉大公的人，必得去那里。""谁是'国师'？""啊，冷霖渡大人。禀报公子，您这一程早有快马报与大人，大人传下话来，没人敢有一丝懈怠！昨日得知大人出营巡视了。既如此，公子可在营中安心消磨，或外出观事。"

舒莞屏陷入悲凉无奈。他盘算一番，只好依从辛辛阿二：从大营坐船，小半天可抵海猪观赏地；从那里西行，可去东部最大操演场，一睹兵伍之威。

一大早，舒莞屏在武士陪伴下登船。船不大，除了武士和桨手再无他人。因为有雾，船行缓慢。太阳升到树梢，雾气变得稀薄。水道渐渐开阔，两边不断传来呐喊。他问何人喊叫？武士答：是深夜爬上来的海中水族，它们整夜在咸淡水流交混处捕食，待太阳升起已经饱食，就喊个不停。说到这里武士高兴起来："几年前山河未定，一支悍匪倚仗时新火器，得意忘形，一路驶入水道深处。黎明时分响起呐喊，悍匪误以为大军围堵，心慌意乱。守岛将士趁机扬帆，万箭齐发，半个时辰就收拾了这帮悍匪。"

船上自备餐饭。船行不久抵达水湾，岸边有石板和沙滩，远远传来长长的哈欠声、呼哧呼哧的喘息声。武士和桨手兴奋起来："海猪们吃饱喝足爬上岸来晒日头，舒坦得撒欢了！""好家伙，看哟！"

一些海中巨物像一块块光滑的石头，跌宕移动，半仰躯体厮打和游戏，捉对交配。"呜哟啊嘶，咔啦！啊哈！杀杀杀！"它们的呼噜分不清欢喜和愤怒，只在沙石上笨拙滚动。舒莞屏第一次看到这种场景，惊得一声不吭。"这些粗蛮家伙力大无穷，全身都是油脂。咱们用它熬油，做丈八高的火把。看夜晚捕鱼撒网，才算见识那个阵势。嘿！啊嘿！"武士喊着。

天上出现了几只大鹰，它们在海猪湾上方凝住，一动不动。沙湾下边浪涌噗噗，散开一条条银链。大鱼在远处跳跃。有异样的叫声从绿丛爆发，是一种禽类。一群灰翼鹳鸟飞旋而过。桨手沉默许久，吸着大烟斗："真能干的家伙啊！听说它们是海贼变的，是胡吃海喝的冤魂转生的，真是一点不错！"武士点头赞同："一点不错！盗贼，还有那些死在水道和海里的兵勇，转生成它们。要不说肉不好吃嘛，都是杀人不眨眼的狠性子！""咱只好把它们点灯熬油了！""那些山里人没见世面，一闻荤腥就流口水，不忌肉粗膻气，弄回家去掺了羊下水炖着吃哩！""啊哈，山里人都是土鳖！""人家还看不起海边人哩，叫咱们'海贼'！""就是海贼！就是海贼！"两个人议论，喊叫，再加上野物的呼吼，舒莞屏觉得耳膜震痛。

太阳偏西，武士催促去下一个过夜的地方："那儿有一个驿店，店家雇来一个半鱼半人的男子！"舒莞屏问："那是怎么回事？""讲不清细啊，见了就能明白。"

前边的村落很小，驿店在水道近旁。店家是个女子，浓妆艳抹，戴了不少首饰，见了武士拍手呼叫："大营官人可来了，昨儿个梦见旗罗伞扇，今儿个应验了。"武士口吐亲昵的粗话，说："别瞎鸡巴嚷嚷那一套了，快备好米酒肥虾鹌鹑蛋，再让'老毛哈'出来唱个渔曲儿。"女店家说："官人放心！"武士对舒莞屏说："'老毛哈'是一条

63

大鱼精和村里闺女生的，水性好，唱起曲儿不是人腔！"

这一餐全是水乡美食，各种鸟蛋，河海大鱼。烈酒里浸泡小拇指大的海马和海龙。武士一见这种酒立刻拍腿大叫："好酒啊！老猫知道肉香啊！"女店家做个鬼脸走了。"这酒一喝，人就不安分了。沙堡岛上的人与别处可不一样，一天到晚捉对儿，哈嚓哈嚓！"武士比画着，桨手大笑。

女店家领来了"老毛哈"。这人看不出年龄，二十岁或八十岁都有可能，长了一双圆亮的鱼眼；鼻子像马面鱼的上颚，嘴巴像鹦鹉螺；头顶毛发打卷儿，纠在一起像鱼的鳞片。这人显然惯于在客人面前表演，施一个礼，叫一声"客官尊听"，然后光脚拍地，两手甩着节拍。他的嗓子果然称绝：尖细脆亮如蝉鸣，又能瞬间让怪音从鼻腔发出，产生很大的共鸣；他嘴巴唱着，尚有余暇做出伴奏，如笛如鼓。"俺红红小脸章鱼鳃，亲了梭鱼小嘴再回来。都说龙王闺女俊，可惜又蛮又横脾气浑。俺把她拿将出府去，老丈人噗噗嚓嚓泪如雨。恩爱夜短人困马又乏，明春儿小崽突碌碌生下仨儿俩。"

"老毛哈"一边唱念一边比画，全是不雅的动作，让武士和桨手兴味大增。一边的店家待他一曲唱毕，问："哈儿，又有新曲儿罢？""中哩。""老毛哈"应一声，板脸唱道："呼啦啦一阵大北风，白马飞来女大公。咱为你想得咽不下米，咱为你三天不再沾荤腥。神灵降下大吉祥，你一刀宰了黑煞星。"武士跺脚大叫："好也！"女店家说："还有！""老毛哈"唱道："小月牙儿悠悠晃，岛上百姓泪呀汪汪。泪呀汪汪，听俺从头说端详。"后面发出的是复杂的伴音，嗡嗡，啪啪，紧接着身体飞快打了一个旋儿。这时舒莞屏才发现"老毛哈"下身穿了布片做成的裙子，舞动时露出一双毛疵疵的大腿，两只奇大的睾丸泛着青魃魃的颜色，好生吓人。

几支曲子唱罢，女店家做个手势，"老毛哈"退下。她看着舒莞屏："官人有所不知，别看'老毛哈'相貌丑怪，自从我将他收为义子，村上闺女，还有路过的女子，看上他的可不在少数。'老毛哈'不动凡心，你猜为甚？他月亮天一人蹲在水边，我寻思，那是想起了鱼精老爸。我担心他有一天跳进水里，游回海里。"武士拍腿："那可糟了！那得提防，使绳儿拴上？"

从海猪湾离开，途经干鱼市、火烧镇、打铁庄、瓷枣市，走近一片荒原：远看浅草无边，深处耸立帐篷，低沉的轰鸣和尖厉的呐喊从那里传来。这就是有名的"操演场"了。武士说："公子前来'观事'，这边接了牒令，不然周边十里没人近前，随意出入会被射杀。"舒莞屏心上一紧。他们转乘驿站的骡车，一路三次盘查。腰悬弯刀的兵士索看腰牌，武士鼻子沉沉地垂着，一脸鄙夷。前行十里，终于有骑手迎来。

他们被引至一排草顶屋前，踏上一座搭起的高台。右前方传来威严的吆喝，一排排隐约可见的队伍向这边跑来。齐整的脚步越来越近，兵士一色蓝装，双目炯炯，腰悬弯刀肩扛火铳，皆为西洋枪械；辫子束在长筒帽中，帽带紧系颔下。主人介绍："此乃火雷队，下面有弓弩队、火炮队、骑兵队。轮番操练。"

队伍变换阵形，捉对厮杀，喊声震天。有枪手出列，百步外十发皆中。箭手携精巧的洋弩，数箭连击。大炮推过来，炮手黑巾飘飘，腰扎宽皮带，足蹬踢山靴。最后是骑兵队从一角杀出，举刀呐喊，冲到高台前又一个折返，砍舞而去，马蹄将泥土溅到半空。"我的妈呀，什么龟孙抵得住！"桨手呼叹。武士对舒莞屏说："不知是六大将军的哪一部，待我问问。"说着转头问了，主人摇头："他们是护城副都统的人。"

舒莞屏感到震惊的是，自大草营开始，所见兵士皆有洋人火器，至操演场已达极数。可见界河以西仅就兵械而言，已远超半岛悍匪，不输青州旗营。他相信官家新军也不过如此，实在未曾料到。从高台下来，策马赶往北部。这里是整个沙堡岛最开阔的地带之一，除了大块平地，还有水汊沙岗和茂密林草，可施行更多演练。喊杀再度传来，主人指着黑乌乌的林木："那里正有一场追剿，不动火器，徒手相搏。护卫大城池的多是这样好手。"

舒莞屏想象中的"大城池"，是连通一体的沙堡岛，上面有成片房屋，一簇簇拱护的中间部分，就是"大公"的府邸。他一想到那两个字就心头灼热，忍不住仰头北望。他不知道"大城池"的准确方位，却总要想象成迷离的北方。

看完演练天色已晚。去夜宿的地方，经过几排兵士营房。空地上有人点火烧东西，走近了看，原来是兵士们在烹一种林间水汊捉来的大水鼠。它长得像小猪，比兔子小，圆滚滚的，是难得的美味。伏在地上吹火的兵士呛得满脸泪花，说："官长，再待一会儿就熟了！"他们嗅着浓浓的香气走开。主人说："这种大水鼠每日里吃薄荷、野菊和水芋，大香哩！总兵大人喜欢吃它，如今胖得爬不上马背。"

二

辛辛阿二对归来的舒莞屏说："公子福气，可往府中去也。"舒莞屏被突来的讯息惊呆。"因副统领吉言，国师大人正从边地赶回，要见公子。"跟包双手合在胸前，"大人是个夜猫子，整夜无眠。府上内外大事,从军机要务到小民粮草,须一一记挂心头。公子就要见到大人了!"舒莞屏自是欣喜,再次拜谢。"今夜副统领大人与您话别,明日还要送到码头。"

晚宴丰盛。副统领兴致颇高,一一介绍席上佳肴:水鳖蛋,海蛏王,海参盅。他指一下草纸包裹的一块黑乎乎的东西:"趁热吃下!这是大水鼠,用松枝熏烧,至美!"舒莞屏不敢食用,对方甚是遗憾。饮过几杯,副统领臃肿的身体倾来:"公子,我可否看一眼'女子策马图'?恕我冒昧。"舒莞屏稍稍吃惊,镇定一下,点点头。副统领立刻兴奋了。

"我敢说,这是大公!"副统领跟舒莞屏回到客房,从怀中掏出一个短柄凸镜,弯腰看画像。他赞叹不已,双手合十,问:"你可知这画出自谁手吗?"舒莞屏摇头。"公子,我告诉你,除非冷大人亲手所绘,别无他人。""啊,可这是一张西洋油画。""公子有所不知,国师岂是凡人!大人本为豪族后裔,前三代家道衰落。俊杰发愤,得中举人,后任两湖总督幕宾。洋务初兴,大人始入洋行,西洋画技熟稔,言语通达。大公举事威名远扬,大人感奋,舍弃优渥,千里投奔,忠贞不贰。大人学贯中西,可谓诸葛再世。公子一表人才,出身名门,为南国同文馆生员,此行必得重赏。"

一夜好眠。天明四轮轿车已在门前,待去码头。有人在车旁忙碌,将一些物件搬至轿厢。辛辛阿二说:"副统领备下薄礼,不成敬意。"舒莞屏无法推辞。副统领赶来送行:"公子一路顺畅,楼船也算舒适,只半天路程,随员伺候。"舒莞屏拱手再谢,登车时心里泛起暖意。他望着几个相送者,再看向肥菇一样的草顶营舍、疏密间杂的林野、远处的乳色雾幔,生出梦幻之感。

码头十分安静,随员往绛色楼船上搬弄礼品:一匹滑亮的绸缎,一盒干制海珍，一包河汊茨米。进得楼船不由惊叹：包厢软榻，还有侍童。舒莞屏心情欣畅。自穗启航抵沪、抵烟，再到老院公去世、出西营、入顺德、过界河，一路不曾安生，悲凄怆凉，提心吊胆，以致绝望。船期已然无望，同文馆季考更是难追。唯有把握的是年考：只要十一月初回到南国，当无大碍。

整个航路颇为静适，水道不宽，蒲苇茂密，水鸟远啼。驶过沼泽即是大小不一的沙丘，没有房舍。偶尔看到高高竖起的木架草寮，上面有兵丁。舒莞屏看着外面，柳丛渐渐稀疏，出现大片抖动的苦草。他倚在榻上，睡意蒙眬，只见一头面色悲伤的狮子缓缓走来，一直走到跟前。啊，他先是看到它求助的眼神，然后看到了流淌的血迹：它身上有一支箭。猛地醒来，一颗心怦怦乱跳。搓搓眼睛，什么都没有；再看，只有摇动的苦草和蒲苇。重新倚上榻背，好像听到了什么在响。啊，是清晰无误的"噗噗"声：由远而近，越来越重。他跳起，抵紧厢窗：外面仍旧是一片拂动的草叶。可那声音还在响，只是化入茫野，愈来愈淡，直至完全消逝。

他心中发出惊呼："啊，是的，这是一种大型动物的声音！一只很大的魔兽，它的名字叫'灾殃'！我刚刚听到它的蹄声！"一时手足无措，四处寻觅，想看到一道援助的目光。没有，没有任何人。他蜷向一角，浑身战栗，额头渗出一层汗粒。他想的还是吴院公的叮嘱：在某个沉静时刻，人真的会听到灾殃的脚步，它们因体量不同，发出的蹄声也不同，小者"嚓嚓"，大者"噗噗"。"我这次听到的是'噗噗'！"他闭上了眼睛。

剩下的一程无心观看景物。船好像驶向一片干燥的沙原，进入寸草不生的死地。舒莞屏小心地吸进空气，嗅不到一丝腥湿，也没有淤泥腐草的气味。他吸入的是热辣辣的灼烫，有一股烧焦的煳辛。

探头去看水道，离船体稍远的藻叶下面，一只胖胖的青斑河豚正在潜游。"毒鱼！"他咽下一句惊叹。"官人，船要靠岸了。"侍童站在门口，旁边是两个谦卑的随从。他站起，一抬头看到连绵不绝的房舍：大顶草屋、石砌楼房、开阔的广场和连接的长廊。这就是那个"大城池"了，沙堡岛的心脏，枢要之地。

"我来到了老万玉家！"

一颗心急促跳动，呼号咽到心底。近前是一个青石砌成的码头，几丈宽的石子路往前延伸。天极蓝，没有一丝云彩。前来接人的是一辆简朴的两轮马车，随车的是一位年轻人，话语无多。舒莞屏被安顿在一座拐尺形的连体小屋内，有一个不大的院落。年轻人待他放下东西即要离开，告诉：隔壁有吃食。如此冷寂一路少见，不过反倒令人喜欢。他知道这个住所就在大城池中。简朴的小院里有一株月季。他想象穿过几道胡同或一小片空地，就能走进"老万玉家"了：大营的人称为"帅府"。不，她只会住在"家里"。这样想着，在小院里徘徊，直到午餐时间。草屋拐角有一间餐室，那里有一张小桌，上面放了一个棕色食盒。揭开盒盖，里面有汤水和米饭团子、一块玉米饼、一碟咸鱼和两只烤芋。食物简单合口，好极了。玉米饼和咸鱼也是烤过的，有一种焦香。他细细咀嚼，记起了西营密织的蛐蛐声，啊，那是在老院公身边，两人盘腿坐在草地上喝粗茶，吃烤鱼和玉米饼。"院公啊，我一路跋涉，不知过了多少关卡，这会儿终于站在她家门口了。我真的离她不远了。"

整个下午没人打扰。这种清闲是少见的，只需等待。小屋陈设简约，几乎没有多余之物。硬榻上有草垫，裹了浅灰色粗布。被褥也是这种布料。一桌一椅，都是原木。桌上有一个粗瓷杯子。整个摆设比经过的几个大营，更不要说驿站和客店了，都要简易许多。

这里更像一间兵营,只是没有看到身着戎装的人。他从踏入小院前就注意到,这些疏朗的房舍之间很少有人,一片静谧。这种环境似乎更好。无论是南国还是青州和舒府,都太过喧嚣了。

天色暗下来。他寻到了烛台。晚餐还是放在那个小桌上,奇怪的是一直没见送餐人。这一餐照样简单。多了一样咸粥,咸鱼换成了腌蛋,主食是黑面馍馍,有一股浓郁的麦麸味儿。饭后很想饮一杯红茶,没有。如果有咖啡就更好了。忘了身在何方,殊为可笑。天黑得早,长夜也无不好,正可翻书。可他很快发现,今夜格外焦灼难耐。没有一个人可以询问和闲谈,只能独自享用这份沉寂。他想感受海风:由小到大的、偏执不倦的吹拂、难以忽略的腥咸和湿气。没有。温吞吞的夜晚,好像置身于内陆。这儿离大海不远,是水道纵横的沙堡岛,应该在任何时段里听到鸥鸟。

舒莞屏抵抗着困倦,挨到午夜。睡前将椅子抵在门前,上榻后很快入眠。不知睡了多久,一阵敲门声把人惊醒。他坐起,心跳咚咚。敲门者转向窗户。他点上蜡烛,穿好衣服。"公子,我从冷大人那儿来。您已睡下?"一个细细的男声。舒莞屏"啊"了一声,赶紧开门。进来的是一位细瘦苍白的青年,双臂收在身侧,肩膀微耸,一副小心翼翼的样子。"实在抱歉之至,冷大人,国师大人,他差我来的。大人这会儿闲着,让我看看公子,说公子歇下也就作罢。"

舒莞屏听得明白,是冷大人身边的人。主人在凌晨时分想起自己。这太出乎意料了。他连连点头,说"无妨""太好了",一边整理衣装,洗把脸,梳了发辫,说:"我们去吧。"出了院门并无车马,知道去的地方不远。年轻人微喘:"大人只为了见面方便,才嘱人把您领到这个小院。""这么晚了,国师还不歇息?""大人要到早上五六点才会入睡呢。"舒莞屏"哦"了一声,记起有谁说过,冷大人是一个"夜猫子"。

在一幢稍大的草顶屋前,年轻人说一声"到了",上前推门。两个黑影闪到一旁,见他们进入即把门关闭。踏入院落才看到有几幢更大的草顶屋,它们相隔不远,由一条封闭的弯廊连接。廊的中间探出一片小檐,一扇不大的木门,门楣悬起灯火,映出漆成暗底的门扉,上面画了银色苞朵,是玉兰。进入长廊才发现这里烛光昏暗,要仔细看着脚下。廊中铺了蒲草编成的软垫,走上去没有一点声音。年轻人站在褪色的绛漆门前,"笃笃"敲了两下,推门而入。室内宽敞空荡,一张大条案上摞了书函,两边是一溜木椅。有些打眼的是一扇很大的螺钿屏风,将这里一分为二。室内光线模糊,但墙上的几幅油画还是引人注目。全是小幅画作,欧洲手笔,一幅人物肖像,画了垂垂老者,另几幅都是风物。舒莞屏在画前伫立的一刻,屏风后面响起轻轻一咳。一个并不高大的身影闪出。舒莞屏猝不及防地退开一步。

"I was impolite and I do beg your pardon.(抱歉。实在无礼。)"一个略有沙哑的低音,胸腔共鸣声很重。舒莞屏急忙施礼:"Distinguished sir, it is an honor and pleasure to meet you.(能见到尊敬的先生,我非常荣幸。)"一只手搭过来,轻拍一下肩部,差不多扳着他向前走了几步,将其按在椅子上,自己坐在对面。"啊呀,公子,终于见到了你!好,一切正如他们所言,果然俊美英爽。连日奔波通关实在烦琐,公子受累了。"屏风后面有浓浓的咖啡香气溢来。舒莞屏坐在冷大人对面,好不容易从讶异中镇定下来。想不到对方能说一口流利的英语。这人五十左右,清净白皙,稍瘦,双目深邃,戴一副金丝眼镜,一截表链闪烁胸前。一头乌发稍显稀疏。嘴唇轮廓鲜明,似乎比常人红润一些。

两副精瓷杯碟放过来。好浓郁的咖啡。舒莞屏很久没有喝到这么好的咖啡了。对方与自己一样，没有放糖。他注意到那只捏着银匙缓缓搅动的手，那样纤细。一些白色粉末撒进去，可能是奶精。可以看出这都来自洋行，有点意外。"你能闯到这里，让人甚是惊异。哦，外面的人，比如青州那边，会说沙堡岛上住了一群绿毛妖怪。"他这样说时，嘴角漾出笑意。"不是这样的，"舒莞屏放下杯子，"听到更多的是万玉大公的传奇，她的名声传到了江南。同文馆教习，哦，一个金发洋人，把她比作'东方的圣女贞德'。这让我感佩不已。"

"圣女贞德，嗯嗯！"冷霖渡手抚喉部，像被刚刚咽下的咖啡烫了一下，站起。他瞥了一眼窗外，那儿什么都看不到。回过脸时，舒莞屏看到他的鼻子抽搐了一下。鼻梁小巧，挺拔，有些尖，让人想到一种禽鸟。"我想听听了！外面的故事总是有趣的。"他坐下。舒莞屏却不知从何说起。关于她，最多的还是从老院公那儿听来的，这会儿发现竟然并非完整的故事，只是一些片段。其实关于她，完全可以用一幅精美的图画来取代：没有什么比它更能够诠释一位惊世骇俗、英勇无畏的侠女了。"我们院公常常说到她，直到最后，他才如实告知一个谜底，原来他是见过大公的。大公来到沙堡岛以后还找过院公，不是她本人，是通过中间人。"

冷霖渡望过来。舒莞屏的目光与之相撞，垂下眼睛。"我受院公嘱托前来拜见万玉大公，带来了他的东西。办完这些事即要赶回南方。因为'北煞风'误了船期，来得匆忙。不过，后悔已来不及了。"舒莞屏抿抿嘴角。冷霖渡追问："为何后悔？""因为太过急促，这么大的事，原不该这样草率的。"

冷霖渡再次站起，在案前踱几步，转到他的背后，抚一下他的肩头。"尊敬的公子，你为自己的匆促而愧疚，好。许多话还有时间说。不过我最想知道的是那位老人的话。哦，也许这多有不便，你只该对大公一个人说。"他像找不到自己的座椅，弓腰仔细看看，小心地坐下。

舒莞屏摇头："不，冷大人，这没什么可隐讳的。那是老人最后一番话，啊，他是这样说的，'一切都来不及了。我没想到会走这么急。这件事只好让屏儿代我去做了。'""没有遗漏什么？原话如此？"冷霖渡的声音突然变大，当察觉到这一点时，立刻语气低缓地补充道："他大概有很多话，只说了一点。不过这已经足够了。"

舒莞屏望着烛光照不透的地方，说："老院公望着远处叹气，捶打自己那条假腿。我想他如果不是因为它的牵累，也许最终要与万玉大公见上一面的。""你肯定他会来？""会的。""公子，我还想请教，院公如果真的来到这里，是短暂停留，还是不再离去？"舒莞屏摇头："他不会留下的。舒府离不开他。"冷霖渡摸着下巴："嗯。公子，自舒大人和夫人过世，舒府已不再是原来的舒府了。"

屋内太静了，角落里好像有一只小鼠跑过。舒莞屏沉默不语。他心里正权衡一件大事：老院公能否舍下终生为之服务的、血肉相连的舒府？这会儿他似乎又嗅到了浓浓的硫磺气味，看到湿漉漉的卧榻，一个浑身赤裸的毛疵疵的胖子。这人正呼呼喘息，叫着"屏儿"，他是老院公的死敌，也是自己的死敌。"不过，我想吴院公一定会返回舒府的。"他声音很小，像自语一般。

"为什么？"

"因为老院公有更大的事情，他还没有做完。"

"什么事情？"

"寻找父母大人受害的凿实证据。"

冷霖渡站起，有些单薄的背部弓起。他踱到阴影里许久，传来

73

一声轻叹:"是的,只有当事人知道,最后耽搁的大事是什么。"

三

　　仅隔一天,冷大人就回访了舒莞屏。这个冷清的小院,黄昏来得也早。在灰蒙蒙的日落时分,冷大人独自来了。他进门时手拎一个圆形食盒,外面裹了厚厚的棉层,所以里面的食物是热烫的。"我们一起用餐吧,这相当于我的早餐。"他取出绿色竹叶裹起的饭团,扇贝汤盅,嫩笋小春卷,板栗糕,鱼丸,灼烫的老酒。这些东西一一摆在桌上,足够两人食用。他问舒莞屏的日常饮食,从舒府到同文馆,再到界河以西的日子。他对西洋餐饮自不陌生,说自己每月总要开一两次洋荤。"我赞赏西洋早餐,简明扼要,也便利许多。几十年来,咖啡和红茶是少不了的。"他说着抬起头,"河西的口味粗蛮了些,公子受委屈了。"

　　舒莞屏觉得自己与对面的冷大人颇有同好,但对方似乎更为挑剔。因为半岛东部地区为北方最早的基督教登陆地,风习与内地有异,如烟台顺德饭店那样的地方即不罕见。眼前的冷霖渡熏染洋习之深,令他意外。此人在洋行有几年时间,可毕竟国学为柢,还曾是清廷的幕宾。他发现此刻对方待自己宛若同侪,并无倨傲,举止谈吐却非随意,一派谨严慎重,口吻颇为诚挚。这让他感动。"国师太忙了,无一日闲适,通宵达旦操劳,还抽出宝贵时间见我。"

　　"公子言重了。在我来说,没有什么比见识才俊更大的事了。你千里迢迢来到蛮荒僻野,无半点怨声,可见胸襟气度。河西者何?不过是万难不辞、韧忍砥砺,不畏鞑虏不惧顽匪,舍生忘死而已!

呜呼，所言太过沉重，就此打住吧，公子！"冷霖渡收束稍稍激扬的声音，微微摇头，独自饮尽剩下的半杯。

舒莞屏看着这张瞬间变得惨白、渗出微微汗粒的面庞，双唇不觉张开。他吐出一句在心中翻腾无数次的恳求："冷大人，明天，不，最好是今夜，就让我拜见万玉大公吧！因为再也不能拖延了，这不光是为了追赶船期，还有，我实在按捺不住，国师！"

一阵沉默。冷霖渡的手再次落在他的肩上。这样一会儿，国师开口了，那语气像进入一场遥远的回忆，正在慢慢折返："自然是的。我像你一样。万玉大公统率三军，她真的太忙了。我也有一些时日没见了。她的辛劳难以想象。亲爱的公子，我们只有怜惜和爱护大公了，只有耐心等待了。我知道你急切的心情，你的学业和前程，季考年考接踵而至。可我还要送公子一句话，'既来之则安之'。我这样劝你，也同样告诫自己。唔，你的午夜正是我的早晨，是的，我的早晨没有霞光，那会儿我常扳着窗棂，端一杯咖啡看满天星斗，想自己的一生，所有的幸与不幸、我的命运、我与一个圣女的遭遇。是的，你昨日提到了'圣女贞德'，她和万玉确有渊源。不过这个话题太远了，我们还有时间说它。啊，恕我多言，公子见笑。"

餐后两人在院内踱步。星星出来，风很小，夜气微凉。舒莞屏看一眼国师单薄的身躯，将一些热辣辣的探问隐入心中。这个时刻不想追问，诸多请教留待以后。国师的手在那棵月季旁停留了一瞬，大概想到了它的尖刺。他转脸看舒莞屏："为了起居方便，能有更多交谈的机缘，公子可否住到我的隔壁？那里有内廊连通，会好得多。"舒莞屏没有一点准备，简直有些大喜过望，脱口而出："那太好了！那会打扰国师的啊！"

"喏，你知道我在沙堡岛多年，很想吸一口新风。公子就好比那风了。"他的手从月季旁收回。一钩弯月升起,星星密挤。舒莞屏感受了一种倚重和信任,声音变得热切而低沉,如颤颤悄语:"一切听从国师。"

第二天即有人帮助移居。两个男子推来一辆木轮车,把裹了层层草纸的坛子、一大沓粗布套起的东西搬上去,再把几个木盒提上。所有多余之物都由那个副统领赠予,是多出的一份家当。他自己怀抱那个柳条箱包。新居其实就在国师府东邻,同样是一幢草顶屋,由一道长廊连起,看上去只是那片草顶屋的侧翼。在上午九时的明媚阳光下,舒莞屏将整片建筑好好端详了一番。

这就是远近传扬的"大城池",它的核心地带,即神秘的机枢之地,国师府。这是三五幢前后错落建起的大草屋,墙壁是褐灰相间的草泥垒成。大屋顶看上去如肥胖的蘑菇,覆了厚厚的海草。这样的屋顶可长达百年不朽,河泥垒起的墙壁则可屹立几百年。这样的草屋不仅坚实,而且冬暖夏凉。无论近看或远观,它们都像一群野外放逐的活物,似乎在一阵突然吹起的大风中即可移动,奔向原野。

进得屋内才知道它的气派。这里毕竟不是渔居民宅,比那些房屋宽大许多,内里设计也用了一番心思,恍若进入一座安稳如山、威严沉默的宫殿。它的最大开间南北约九丈、东西三十丈,中间由梧桐木格推拉纸壁隔开,很是雅致。最里面的榻室有火炕、地铺两种,地面有蒲草编成的垫子遮盖青砖,走上去悄无声息。廊道相当宽敞,壁上是野麦草做成的饰帘。室内窗户大小不等,北面一面略高,形如南瓜;向南一面是开敞的大窗,一律配置了雨搭,大白天合上雨搭,屋里就变得午夜一样了。

舒莞屏看过内间,发现了一具精致的棋盘,旁边是两个木雕棋盒;另一边有一张琴桌,上面横了一把古琴。他不会弹琴,初通棋子。

拐过一个小间边门，进入长条形的大间，看到墙上的一张宋画。他放轻脚步。屋里静到极处。找到了浴室：一个椭圆形柳木澡盆、一沓布巾、几条擦身的丝瓜瓤。他从两张卧榻中选了火炕。隔壁是洗漱的地方，像轮船客舱中的一样小。

在屋内走动时，回想前一夜看到的冷大人的陈设。好像同样宽敞和沉静，都有长廊连接。不过那个夜晚只在螺钿屏风外面坐了一会儿，未到其他房间，只能想象未知的幽深。他发现这座大屋外面的长廊尽头有一扇紧闭的木门，是反锁的。从这儿看，这道小门可以通向几幢大屋，那属于冷大人的空间。除了长廊连通，他在琴房中也看到了一道棕色小门，它隔开了外面，那同样是一个未知之地。

入夜，有人送来食盒，从廊中进入。他想到了操劳的国师，对方这时也该享用一餐了。这个时刻正是冷大人忙碌的"白昼"，一盏盏烛光亮起来，瘦削的男仆在不远处蹑足而行，偶尔端去一杯茶、一杯咖啡。

舒莞屏未能入眠。他从廊中走出，看一天繁星，深吸一口湿润的夜气。不远处是透着烛光的窗子：一个，两个，许多个。主人在那些窗子后面，短暂或长时间地停留。

第五章

一

每天下午三点或深夜十一时许,是冷霖渡饮茶小憩的时候。舒莞屏两次听到长廊上那扇小门叩响,都在这样的时段。他急不可耐地上前开门。"啊,国师大人!"他退开一步,拱手施礼。冷大人松弛得很,脸上是刚刚忙碌一场后的舒缓神情。"我来看看公子做些什么,哦,辞书;这个嘛,航海测算。"冷霖渡将稍厚一点的书籍拿起,细细翻看,拍拍,放到桌上。"这是下一个学年才用到的。"舒莞屏解释,"不过地理勘测是上一年的。"冷霖渡对同文馆的课程与学制,特别是教习和提调的设置颇感兴趣,问得很多。"那些洋教习,有的就来自洋行。我听说东印度公司1858年裁撤后,就有不止一位洋人去了同文馆。当然这些中国通大有用武之地,在哪里都是炙手可热的人物。"冷霖渡议论着,不再谈下去。

舒莞屏想到的是在途经演操场时看到的兵伍,他们的呐喊搏击,特别是那些新式西洋火器。这种阵势即便在新军那里也不多见。他还想到了在顺德饭店看到的三个人,其中一个即为洋人,他们显然是到河西做军火交易的。显而易见,这里的西式装备与军伍配制绝非空穴来风,此地与洋行必有多条热络而隐秘的通道。如果不是亲眼所见,他无论如何也不会相信沙堡岛拥有这样强悍的新师。岛外传说,此地不过是日益壮大的边地武装,其中不乏混合纠集的山匪,番号几经更易,形成与清廷对峙的顽韧割据。迄今为止,岛上所辖区域自东部界河起,西去七百里沿海,南北二至三五百里不等,狭长之土几经扩张,早已跨越黄河。它的核心即沙堡岛上的"大城池",驻有重兵,另有六大将军把守东西要塞,对中枢形成拱卫之势。

"国师大人,三年前的一次遇险,使我至今难忘。它不是绑架勒索那样简单,这是吴院公事后告诉我的。他认为其中包藏了更大阴谋,甚至怀疑是伯父舒员外假山匪之手加害于我。那一次险些丧命,更可怕的,是把那个山寨女匪当成了万玉大公。她面貌猥琐可憎,竟以'大公'自居,我却无辨真伪。那一年我十七岁,第一次返回北方,就经历了一场可怕的劫难。"舒莞屏叹息,"我是从顺德饭店被两个女匪接走的,就是这个地方,几年前换约签署了《马关条约》。"

"洋务救不了清廷。"冷霖渡轻藐地摇一下食指,坐到琴桌前。他并不动作,好像正在犹豫。他想起什么,仰头:"哦,那个冒名'大公'的女匪是'小雀鹰'吧?""是的。吴院公这样说过。""一个嗜血的蟊贼,胆子不小。清廷拿她毫无办法。我们的一位将军将其剿散,只差一点就取了她的性命。"他拨一下琴弦,一声幽吟。稍停,伏身弹奏。悠远,激越,渐入幽境。舒莞屏凝神,屏住呼吸。啊,猝然停息,令人无法收回神思。

"冷大人，原来这是您的琴啊。""是我为公子准备的。""可惜我一窍不通。"舒莞屏搓手，羡慕不已。"公子不弃，就让我来教你吧。"冷霖渡微笑，一点玩笑的意思都没有。"我天生愚钝，怕要辜负国师的美意。"冷霖渡下巴往里收了收，面色严肃许多："绝非如此。你不光会成为一个非凡的琴师，还会走出超人的棋路。我是说，公子闲来不妨挪动黑白子儿，体味方寸之间的诡谲。"冷大人说完看那张画，又看空白的墙壁，好像琢磨该添置什么饰物。"公子有暇去我那里看画吧，喜欢就取来。"他转过脸，又恢复了开始的微笑。

舒莞屏想即刻探究对方的宝藏，好奇心突然增强。舒府最多的是各色画作与精美玩器，祖父和父亲都有这样的雅好，母亲曾说："他们为这些费了不少银子，比置办田产还上心。"吴院公很少带他在那些地方流连，不过认为主人器重之物总有大用，口口声声说"那些宝贝"。吴院公真正喜爱的还是骏马和兵器，比如那匹栗色大马、那支短铳。他对少年莞屏的拳步从不通融，每每发出苛责。也许就因为导师的偏嗜，舒莞屏至今琴棋不通，书画未精，也算一个遗憾。不过他十四岁离家去了同文馆，在教习们的熏染之下，对西画倒也稍稍入理，常为纤毫不爽的洋人笔触发出赞叹。

冷大人要离开了。他实在太忙。不过他刚走了几步又回头，似有邀约之意。果然，他说道："公子可有兴趣看一下我的藏品？""啊，今夜？现在？""当然。"他们踏向长廊。拐了两次，舒莞屏一时迷失方位，早已记不得初入国师府走进了哪一幢、哪一间。冷大人在一扇小门上拨弄几下，门开了。一进门就嗅到一种特别的气味，让人想起存放马具的仓库。点起蜡烛，映入眼帘的是一个很大的案几，比上次看到的要宽许多，上面是一片凸起的斑斓山水，原来是精心制作的立体地图。黄河，泰山，湖泊，大河，城墙蜿蜒。"啊，这里就是我渡过的界河。"舒莞屏指着一条弯折频繁、自南向北的蓝色曲线。

冷霖渡赞许的目光投过来："你找它毫不费力。指一下沙堡岛的位置。"舒莞屏在近海处看到了交错的河流和沼泽，一簇"蘑菇"。"你觉得这张图上最重要的标记是什么？"舒莞屏不假思索地指向了那簇"蘑菇"。对方摇头，伸手抓起一根木条，伸向那道并不起眼的、时隐时现的城墙："在这里。这是齐长城。它南抵泰山，东南直至苏东。它的西北部是河西飞地。哦，东边囊括整个天涯海角，所谓的'天之尽头'。这就是当年有'五霸之首'之称的齐国，是那时的版图，可谓海内最富庶最强大的国家。想想看它的历史有多少年？"

舒莞屏说不好。"大概三五百年？这要查查年表才好。""不必了，让我告诉你吧，自西周分封姜太公至田横复国失败，齐国存在了八百四十四年！你可曾听说世界上有这般顽韧绵长的王国？说说看！"舒莞屏汗颜："大人，我真的想不到！我实在未曾预料，这真是一场，一场独特的'Marathon'（马拉松）。""That is true, and it deserves the name.（的确如此，而且货真价实。）有人会说齐国其实只存在了八百多年，准确说来是八百二十五年。错了！它最卓绝坚毅而且感人至深的，恰恰是最后十九年！这是齐国后裔复国者向死而生的十九年！"他最后几个字发出了尖厉的高音。令舒莞屏难以置信的是，这会儿微垂双睫的冷大人眼中似有泪光，当然是不易察觉的。

沉默的一刻，冷霖渡往阴影里走了一步。他的声音从深深的夜色中传来，显得低沉暗哑："你一定熟悉最后一个被秦王流放的齐王，也知道田横吧。这个复国者自杀于汉王召见中途，麾下的八百壮士听到传来的噩耗，一齐跪在东部海岛，面向他离去的方向拔剑自刎，全部殉国了。公子，你听到这个故事会想些什么？""一个悲壮至极的故事，令人难以置信，却是真实发生的。""那你想过河西，这里，它的未来吗？"

舒莞屏看到了黑影中有一双尖亮的眸子。他有些慌促。从未想过。但他知道这一问逼近了巨大而紧迫的、蠹在眼前的命题。他似乎有个模糊不清的答案，但唯恐说错。他摇摇头，手心渗出汗粒，抓紧了衣襟。

"公子，这里是'八百壮士'的国度，游荡着不灭的魂灵，更是他们后人的集合地！"

冷霖渡从黑影里走出来，那面容在烛光下显得陌生：冷漠而生硬，因为咬紧牙关，腮部坚实，目光变得冷酷无情。舒莞屏退后一步，闭紧嘴巴。冷大人垂下头，那稍稍稀疏的黑发在烛光下丝丝清晰。这样大约过去一刻，屋内没有一点声音。冷大人的手抚在舒莞屏肩头，口气温和多了："公子，后面的事情也就变得容易了，只要稍稍想一下就会举一反三，因为这一切嘛，都该顺理成章。"

二

"后面的事情"到底如何、是什么，那一夜冷大人却没有说下去。是一件"要务"打断了他们的谈话。当时从室内的某个角落传来了重重的敲门声，不待这边应答，一个身穿甲胄的武士推门而入。这人径直走向冷霖渡，施礼后呈上一个函札。冷霖渡匆匆览过，边走边说，头也不抬："公子再叙，我要去了，抱歉。"说着随武士走入了阴影。

整整三日未见冷霖渡。舒莞屏日日独处，又一次想起船期。屈指算来那场"北煞风"已过半月，也就是说，被耽搁的客轮至少离港七日，不出意料的话当从沪上驶往南国了。他眼前又闪过了金毛亨利的蓝眼睛，心里念一句：我如今待在你做梦都想不到的地方，一个至为奇异的、几近梦幻之地。由亨利想起那个西洋女子，圣女贞德。"啊，贞德，一个神奇的人！"他这样默念，心头闪过的却是万玉大公。老院公秘藏的那幅'策马图'已经印在心上。耳畔又响起了老人粗重的喘息，脸上是一道沉沉的目光。他长时间想着那个光滑的假肢：由久经风雨的陈年梧桐做成，木质轻盈且不会变形。就为了冒死搭救自己，老人第二次失去了左腿，好在这次可以替换。为了觅得一根足以配上老人的好梧桐，他和西营的仆人四处寻索。老人在木工房里亲手为自己打造这条义肢，用上了全部的心思。在舒莞屏看来，它最终成为一件完美的神物，以至于有了体温和扑扑脉动。还记得最后的工序：先是细细打磨，搓脚石揉砺，玻璃片刮擦，而后用手掌一遍遍抚摸。那是他第一次从南国返回舒府和西营，也是第一次历险之后。他亲眼看到吴院公倚仗那条梧桐腿，不无艰难地移动，终能跨上马背。不过老人一旦骑上这匹栗色大马，整个人就完全不同了，没人看出是一位伤残老人。那次离家，老院公亲自押送一辆轻快的骡轿，一直将他送到胶莱河边。

　　冷大人再次出现仍然是一个深夜。他还是从那条长廊进来，好像消逝的三天里，人一直近在咫尺。原来界河之东发生了一件"大事"：一支投来两年之久的山匪哗变，不仅杀死了老营派驻的部将，而且掠走几十条来复枪。叛匪自海边防地向南，接近山地突然东折，渡过界河，与另一支山匪会合。这场阴毒的计划谋划日久：先是由岛上的旗营坐探买通总兵，使用了大把金条。令舒莞屏不解的是，既为山匪，必为清军所剿，为何二者又能够互通款曲？确凿无疑的只有一件事：冷大人于至危之时坐镇大营，由六大将军之朱砂滚子万东部全歼叛军。

这一夜冷霖渡闭口不提腥风血雨之路，依然吟吟含笑，叫着"公子"，共饮上好的咖啡。像过去一样，冷大人在杯子里加少许奶精，而舒莞屏只喝清咖啡，两人都不加糖。"我本来邀你去赏藏画，可惜耽搁了。这都怨我把你领到了'山河'面前，所谓功名误人，江山忘义，我们所言过于沉重了。该是轻松悠闲的时候了。我们今夜何不去那里看一下？在这个岛上能与我共赏这些宝物的，大概也不会超过两三人了，实在可惜！"

没等舒莞屏应答，冷大人已经起身。这次没有穿过那条长廊，而是去了琴房。在那扇一直封闭的小门跟前，冷大人旋动了几下。门后黑漆漆的，什么都看不见。冷大人击掌三下，一道微弱的烛光由远而近。那个瘦削的男子手持烛台走在一旁。烛光泅不透重重夜色，只能照见一丈方圆。走入方形长条形以至多角形的几个房间，有的空无一物，有的积满书函和木匣、陶瓷器皿，还有形状特异的兵械如弓弩之类。一种古木和铁锈掺杂的气息时浓时淡。这些房间终能相通，由一道道门和长廊串联一起。

来到一个稍大的厅堂，这里烛光灿烂，让舒莞屏一时难以适应。他凝视壁上，不由得发出"啊"的一声。原来这里全是西洋画作，大小不一的画幅挂满四壁。"拉斐尔，伦勃朗，喏，这些名字公子不会陌生。"冷霖渡嫌光线不足，特意取过一旁男子手里的烛台，端到画前。"我在同文馆那里都不曾见过。这么多！冷大人，我无论如何都想不到，也不敢想！"冷霖渡把脸转向他，像看一幅画："公子受骗了。它们大半不是真迹，是摹制品。可惜画者本人也无缘见到原作，因为那是不可能的。唔，真品也有，它们不多，可也足够让人欣慰了。"

整个厅堂四壁，三面是摹绘品，一面是原作。舒莞屏分辨不出二者，只觉得色泽笔触并无差异，特别是在时光中沉淀的某种难言的内质，似乎完全相同。他钦佩那个绘制者，忍不住问此人是谁、他又是怎么做到的？冷霖渡苦笑："照葫芦画瓢，终归小技耳。你之赞许令人汗颜。那个胆大妄为者不是别人，正是本人。"

舒莞屏忍住讶异。对方口气归于平淡，转脸看壁上的一幅画。舒莞屏让深深的惊诧隐伏下来，可是很难。"大人竟有这样的奇技，不是亲眼所见，断然不会相信。大人的雅兴与志趣，实在令人敬慕。我不知这样说可有冒昧，我真的无论如何都想不到。"他说这些话时，因为怯懦而不再流畅。这一刻他忘掉了身在半岛西部荒芜苍凉的沙堡岛，因为这里正被深重的夜色包裹，没有风声大作也没有巨浪扑动，沉默的角落里烛光如莲，辉映着异国艺术的神采。一种莫名的感激在心头漾开。他最后说："我是那么，那么 rude（粗陋）。""It's wrong. You are the best connoisseur.（错了。您是最好的鉴赏者。）""在下不敢，国师大人，我真的不知该说什么了。请原谅我的无知。"

冷霖渡将手中的烛台交给男子，微笑摇头，复又点头："在偌大一个河西，不乏智者异士，奇技淫巧样样俱全，唯有西洋画术少有知音。我想告诉公子，除了阁下，如果还有第二人能够识此境界，那也并无他人，只有万玉大公。我看出了你的惊讶，可我还是要如实相告。是的，她也曾站在你现在的地方，那会儿一双眼睛比烛光还亮！那是她的心灵之窗，正将这些如数收纳；准确点说是以慈悲和怜惜，更有恩泽，将它们轻轻抚摸了一遍。从那时起，我觉得这厅堂中所有的画，无论是拙劣的描摹还是原作，都蒙上了一层神秘的莹光，这光渗入纤笔和油彩，不再离开了。是的，万玉大公肩负的使命，她神圣的灵，把这里覆盖了，充满了照亮了。她在这里停留了半个时辰，可是从那以后，这间厅堂就容不下他人了。它一直是闭锁的，今夜，你是唯一光顾的人。"

不知为什么，冷霖渡的声音有些沙哑。舒莞屏垂首，不知该怎样倾吐这一腔感激。他抬起头，看到对方的目光望向西南方向，那是一片烛光未能照彻的深幽。过了一会儿，冷大人目光垂下，收束在尖尖的鼻头上。这个稍稍异样的鼻梁让人想到了一只鹰，阴郁，饥饿而又孤独。舒莞屏嘴角紧闭，鼻中沟微微抽动，仰脸看着他。

"这个夜晚，我们可以忘掉许多。这是我最高兴的时刻，我想公子也是如此。战乱，搏杀和心机，纷争无尽，乱世正未有穷期。可是谁来照料这些真正的珍宝、人间的精灵？我这样说并未包含自己亲手制作的赝品，不，它们不过是顶礼膜拜的痕迹而已。我是以它为媒，与遥遥深处的那些灵魂牵上一条细线；它们二者连接起来，就好比这些年刚刚兴起的西洋电报，哦，这种时兴玩意儿半岛也有了。这条看不见的细线把千里万里不相干的东西连起来，像做梦一般。唔，扯远了，我的公子！"冷霖渡摘下金丝眼镜，揩揩眼睛，似有微微泪光。

舒莞屏心里泛动千言万语，不知从何说起。他在想面前的冷大人以怎样的工心，描下这纤细逼真的每一笔？还有，那些汇集的原作又来自何方？他首先想到了那些分布在大江南北的教堂，还有洋行。连年混战，教堂遭劫，一部分画作也就流入民间。他想到那个女子，那个骑在马上回眸一瞥即让人不再忘记的侠女，她本人也曾站在此地，像自己一样看过这些画作。

三

午夜不知不觉来临。这个时刻冷霖渡兴致最高,已忘记对面这个年轻人并非一只夜猫子。因为源于深处的好奇和吸引,舒莞屏竟然毫无倦意,总是精神振作。他甚至不再去想那个由穗至沪至烟的航班,昂昂的汽笛声似乎正变得遥远。

凌晨,几杯咖啡之后,冷霖渡掏出怀表看了看,"嗯"一声站起:"我有一幅临摹品想给你看。它没有放在那些画中,因为它必须独占一个厅堂。随我来吧。"他转身走向长廊,不再回头。廊上烛光很弱,如同稀疏的星星将人引向深远莫测之地。拐了几个弯,连续打开两道门,进入一个漆黑的空间。冷霖渡点燃蜡烛,高高举起。啊,看清了,一幅稍大的油画,画的正是一位骑马戎装女子!这是以前见过的!是的,舒莞屏想起来了,那是洋教习亨利展示给自己的,即那位法兰西传奇英雄。"圣女贞德!"他脱口呼出。眼前这一幅比亨利那张大多了,似乎也明丽多了。他上前一步,与马上女子对视:她的眼睛正望向自己。

"你果然认得。'古有法兰西,纤纤牧羊女,神赐斩魔剑,法王泪如雨。十六从军去,百年一铁骑,战旗挥指处,莱斯起神迹。'"冷霖渡声音低沉,字字清晰。舒莞屏看着他。"我刚才念的是《贞德颂歌》,它很长,流传有好几个版本。我能够记得它的全部,那是在洋行的收获。'河水急潺潺,夕阳如血艳。炮声惊马蹄,大地起尘烟。几欲折戟去,喊杀摧心肝。'这首歌约有二十一节三百余行,当时年轻善记,能一口气背下来。也就是这首长歌把我引向了一个地方,走上生死攸关的一条长路。圣女就在前边,我听到了她的马蹄声,是这声音在牵引。公子,在深夜,只要用心去听,就能捕捉到远处那匹马的奔跑声。它急一阵缓一阵,从未停歇。那是圣女贞德的战马,我看到了她的披肩,她的长矛和剑,她的头巾和盔。啊,你看她!"

舒莞屏听到了急促的喘息,看到了高高擎起的烛台和苍白纤细的手指。面前的圣女贞德在闪动的烛光中腾跃。"公子,你会在心里疑问,认为那个几百年前的女子不能复活,一切不过是幻觉。我今夜要告诉你的是:圣女是不会死亡的。她脱去形骸是为了飞得更远,她换下洋装是为了更换甲胄。你会将我的话当成疯言呓语,可我甘愿如此。我要向你说出一个真实、一个神迹。算了,不必让你猜谜了,干脆直接告诉你吧,万玉大公就是今天的贞德! 不过你要切记,我这样说不是一种比喻,而是在说神示的隐秘:万玉正是东方的圣女,是她的转世再生!"

舒莞屏把一声呼叫咽下去。冷霖渡的手微微战栗,那支烛台开始摇晃,舒莞屏不得不去帮他。可是对方躲开了,身体一躬跽到一边,将烛台放到窗前。这一瞬间舒莞屏好像明白了什么:老院公最后时刻交还的那幅万玉策马图,与眼前的画作出自同一个人,不过画者将马上的法兰西少女变成了万玉! 接下去的叹息证明了猜测,那个弓着的背影在窗前发出低吟:"那是我为万玉大公画的最好的一幅画,可惜后来再也无法重复。它画出了她的形貌和心灵! 我发誓一丝都没有夸饰,它是一笔一笔画就的! 我把看到的万玉大公一丝丝绘出,耗尽心力,抵达极致。我将它放在身边,从不示人。可是越到后来,越是不能直面对视。我明白它只有一个去处了,那就是献给大公本人了。我这样做了。所以,也就从此失去了。"

随着声音渐渐低沉，窗前的背影驼得越发厉害。这个人好像突然衰老了十岁。怜惜中，舒莞屏差一点喊出："不，它就在我的手中，您如果愿意，今夜就能见到！"是另一个声音在制止，那是老院公的低语："不，你要见到真正的主人，要亲手交与她！"他强抑冲动，最后忍住了。冷霖渡的腰背突然挺直，转脸看他，目光变得凌厉寒冷。他躲开了这双眼睛。

舒莞屏觉得面颊上有击打的痛感，还有北风的刺疼。这个夜晚除了圣女贞德画像给予的惊讶，难忘的还有后来，一个小声默念《贞德颂歌》、由欣悦难抑的激动突然变得绝望的人。绝望，啊，这两个字是怎么跳到脑海中的？可这是不会错的，这一刻他真的从这个人的眸子中看到了伤绝。

回到住处，舒莞屏久久无法入睡。打开那个柳条箱包，取出那张灼烫的画像，让烛光一次次移近又挪远。他发现与以往不同，只有这会儿才真的看清和读懂了这幅画。画中女子比那张西洋圣女的脸庞更为俊美，特别是那双眸子，楚楚动人。这是侠女与丽人的完美合体。从她的心窗投出的，是一束久久不熄的强光，这光投向的不是某处场景，不是战场和烽烟，不是一群厮扭搏杀的人，而是某一个人。这个夜晚，他读出了深不见底的温情和爱怜。

无法遏制的潮涌荡起。必须立刻见到她，就此奔向一路颠簸的终点。这样的夜太长了。

一连多天过去，他不再像过去一样吃和睡，也难以阅读。他在屋里走动，拍打坚实的墙壁。大草屋海草混合河泥做成的厚墙，沉实坚厚。他觉得自己就像一个囚徒。坐在那张琴桌前，试着抚弄，不成音调。他觉得冷大人食言了：对方并没有对自己言说五音之妙。是的，这个人究竟有多忙，外人是难以想象的。他甚至想到这位冷大人每天只用常人十分之一的时间睡眠，通宵达旦忙碌，还会寻一些间隙画上几笔。自己是何等有幸，与大人长时间共饮叙谈，甚至能够一起品赏画作。

又是多日不见冷大人的踪影。舒莞屏午夜走出屋子，在柽柳和合欢树间徘徊，看那些长廊连接的屋子透出的烛光。两个影子在不远处游动，那是卫士。他们不会无视他的存在，显然不想打扰他。

又一个深夜来临。困倦不见了，这有点怪。他感到惊讶的是，自己住到冷大人隔壁就不再有午夜前入睡的习惯，而是随着这个时辰的逼近而变得亢奋。常常于凌晨强迫自己睡去，可是一早就会醒来，一整天不觉得疲惫。他甚至怀疑此地隐伏了某种类似于细菌的东西：在同文馆学过的解剖医学中涉及病毒与细菌，知道那是肉眼无察的极细微的活体，有巨大能量。这无测的能量正在左右自己。兴奋，躁动，古怪的欲求，已将整个人俘获了。他无法得知这种后果是什么，只是多少明白了冷大人颠倒的作息，以及超人的精力是怎么一回事了。

他正在室内踟蹰，响起了敲门声。是瘦削青年："公子，大人嘱我好好服侍您，他正连日在外巡察，不放心您。"他举起手里的东西，一个朱红木盒。有一股香气漾出。盒中原来是几个小碟、一壶热酒。摆上案几的是几片红色腊肉、醋鱼、酱瓜，还有从未见过的吃物：三只醉虾。精美的夜宵太诱人，他感到了饥饿。瘦削青年并未马上离去，而是站在一旁斟酒。他邀其共饮，对方辞谢。

男子离开时，一阵冲动让舒莞屏上前一步："请转告大人，我真的不能再待下去了，我要拜见万玉大公。"男子躬身施礼："知道了，公子。"男子出门后，他即有了睡意，和衣小憩，很快入眠。这是许多天仅有的一次深睡。醒来已是半上午时分。餐后出门，看大城池的秋景：一路匆促躁急，抵达后竟未好好领略一番。碧蓝的天空、摇动的树木；白云走得快了些，一只胖胖的白鸟飞过。这提醒他此地多水，渠河纵横且离大海不远。极目远望，看草顶大屋间掺杂的砖石建筑。所有房舍都很分散，似乎没有严格意义上的街巷，也找不到传统的家居院落，真像旷野上生出的一簇簇巨型蘑菇。

他沿着清澈的渠水走去，路过一些房屋，看到一队兵士正在操练。他们着装一致：打裹腿，穿灰衣，戴圆筒帽，腰扎皮带；没有发辫，不，发辫挽在帽子里。一旁的木架上放了刀枪，西洋快枪。他站下欣赏了一会儿搏击，继续向前。刚走近一个跳蛙作响的蒲塘，有人热汗涔涔赶来，是那个瘦削青年。"公子让我好找啊，我该陪您出门的，实在不好意思。"对方喘息着，最后说到一件要事：冷大人回示，说万玉大公军务在身，短时间难以回府，还请公子鉴谅。如公子实在寂寞，可去城郊观事。

又是"观事"。舒莞屏心中一沉。他自知日日盼念之事再次落空，此刻何止寂寞，而是愤懑和焦灼，还有疑惑：那个马上女子或许最终只是一个传说，仅仅活在奇幻之境，无法看到也难以走近，因为并非一种"实在"。"公子想去哪里观事？"男子稍稍提高了声音。舒莞屏抬头，大声回道：

"我想看大海！"

四

马车一直向北。这里谓之"大城池"，是当地人的习惯叫法而已，其实更像几个互不相连的村庄，撒落在河道水汊间的大片淤沙丘岗上。这是几千年海风与激流相互作用之下形成的特异地貌，历经多年营造，一簇簇大草顶屋疏密有致，倒也可观。道路两旁植被旺盛，多是怪柳蒲苇。另一些内地树种，如柳树和白杨十分常见，不过更加高大生旺。女贞合欢栾树橡树黑松，也能见到。舒莞屏发现自渡过界河，有两个特别之处让人留意：一是大草顶房多由长廊连接，二是常常见到美人蕉。前者或为防风及私密之需，后者则不太明了。一丛丛美人蕉在院内吐放，好像正探望一个个过客。

　　随着往北，风变得凉了。瘦削青年和另两个年纪稍大的兵士一路陪伴。兵士冷冷的面容和腰间的短铳和弯刀，提示这里仍需警戒。四人乘一辆双套车，厢中没有软座，好在道路不太颠簸。瘦削青年说："我们其实可以坐船的。"原来海边有几个小码头，河道畅达。"船的用处在这里更大，它们好比蒙古人的马。"舒莞屏点头。他记起进入界河之后不断弃车登船，远比乘车舒适。不过这次来海边选择乘车是对的，他们还要去无法通航的地方。

　　一道道沙岗生满了杂树。鸟儿喧声逼人，还有其他动物在嘶嚎。偶尔见到岗上闪露的孤单屋顶，那是哨卡。大约穿越了三四道沙岗，一抬头看到了低平的生满灌木杂草的沙原，不远处就是大海。天际线无法分辨，因为天色稍阴，望去是统一的铁青色。海的深处呈墨绿，越是近岸颜色越浅，最后变成蓝色和绿色。鸥鸟多极了，它们起起落落。离岸远近都有海岛：远的半隐于云雾，近的则很清晰。舒莞屏长时间看着一个近处的海岛，那里的房舍也是大草顶，绿树杂生，看去轮廓清晰。

　　"这岛真好！"舒莞屏发出赞叹。瘦削青年点头："那是'浪荡岛'，看着近，坐船要一个钟头哩。要等南风。"舒莞屏举袂试过，西南风。"我们能去那个岛吗？""哦，这得有牒令才行。公子去那里不难,改日可问国师。""岛上都是打鱼人吧?""是,只有鱼,粮食菜蔬要从这边运去。您看!"瘦削青年手指一条刚刚驶出的船,"那是当值的船,两天一班。"那条帆船不大,好像一动不动凝在水上。"平时岛上的人就乘这船进出?""是的。不过他们不能轻易出岛,那也要牒令。岛上有一个水营,他们属于护城副都统管。"舒莞屏在想,如果有进犯者从海上袭扰,那么这个岛对于防御太重要了。若是官军的战舰,要抵御恐怕不易。

瘦削青年知道舒莞屏在想什么,说:"这一带海岸的大炮是最厉害的,以前让几支水匪葬身海底,从那以后再也没人敢打这里的主意。如果从东西南三个方向进袭,那才是最难防备的。悍匪和官军形成三面合围,有过几次险象。不过我们的将军可不是吃素的。"他说起这些,一改往日的寡言少语,话语畅快。海中的帆船不觉间驶向码头,它变大了,帆是深棕色,竟然在逆风中鼓胀,舒莞屏颇为不解。

码头上有一些人,大多像兵士。卸船的人肩扛重物,或几人合抬一些很大的物件,发出闷闷的呼吼。舒莞屏想到近前去,陪伴的三个人却建议往西:"那边是渔场,快上网了,那才好看。"马车上卸下两匹马,他和瘦削青年骑马,两个兵士一个留在车上,一个徒步相跟。在噗噗的浪花旁策马好极了,这在舒莞屏还是第一次。海风清凉爽利,鸥鸟喧叫,有的竟俯冲到马尾巴那儿。濡湿的粉细河岸上留下一个个花样蹄印,马似乎也很愉快。从这儿望向大海,颜色又大为不同:一层层一缕缕,如同凝固的厚云。深黑色、微紫色、蓝色和白色,渐次排开,在近午的阳光下变幻。近处有几条大鱼在跳跃,划出一条短弧,溅出白色水花。有一种钝声从深处传来,像牛的哞叫。舒莞屏让马放缓,侧耳倾听。瘦削青年听了一会儿,说:

"哦，海牛，谁也看不见。它叫的时候会有大风。""你也没见？""谁都看不到。不过都知道，'海牛一叫，大风必到。'""什么时候？现在？"瘦削青年摇头："不知。有时一个时辰，有时要到半夜。反正听到它的声音，船就落帆靠岸。"

前面有一簇簇人影，呼号声近了。"啊，上网了，我们来得正好！"瘦削青年有些兴奋。离那片人影越来越近了。有两个穿了油布衣裤的汉子咋咋呼呼从一条舢板上下来，抬了一团火焰似的东西。他们惊呼一声下马。那团火焰在燎动，两个汉子像被烧灼一样，不断发出尖叫。近了，原来是一只大到吓人的章鱼，装在一个大筐中，勒了几道绳子，长了吸盘的长爪伸出。它的巨腹因为生气而鼓起，颤动，眼睛黑紫，是两个大大的斑点，闪烁和盯视。舒莞屏不敢近前，两个汉子见了他们立刻闭上嘴巴，不再喊叫。他们小心地绕开，一匹马却因为好奇挨近了一点：只一眨眼的工夫，就像一束火焰在风中燎了一下，章鱼的长爪紧紧缠住了马腿。马往上一蹿，蹬了几下，章鱼的火色长索还是死死绞住。

舒莞屏和瘦削青年吓坏了，不知所措。两个汉子躲闪腾跃的马，一个从腰上抽出弯刀，瞅准机会一个箭步上前，把章鱼长爪砍了下来。马跳开，那截断下的章鱼长爪还吸附在腿上，马嘞嘞大叫，踩蹦，好不容易才得解脱。两个汉子抬着那团舞动的火焰远去了。舒莞屏看清是自己刚才骑乘的那匹马甩掉章鱼长爪，它向这边靠近，依偎在身边。他抚摸它受惊的身躯。

震耳欲聋的声音，是整齐的拉网号子。大网的白色漂子在近海形成一个直径十丈的半圆，两端都有人伏在绠上，随着号子用力。领头呼号的是海老大，高大粗壮，脸色凶狠，来回跑动、骂，踢打拽绠的人。随着半圆形的漂子一点点移近，围在网中的鱼虾沸腾起来。大鱼跳到一人多高，垂落时激起一片浪花，无数的水族攀到水溅高处，发出若有若无的尖叫。像梭镖一样的针鱼刺中了鳐鱼，鳐鱼又甩动长尾打翻了鲅鱼。青魆魆的大虾弹射箭须，周边小鱼无一幸免。生死之间的一条界线，就是那道白色的网漂。一条银色大鱼在阳光里发出刺眼的亮色，它翻越了那道弯弯的漂子。海老大愤怒至极，骂人、骂鱼、骂大海、骂一切见到的东西。不断有大鱼成功逃脱，海老大快要急疯了。就在这惊天动地的呼号叫骂、海浪和死命挣拼的水族嘶鸣交织中，那道弧形白色漂子终于缩成了很小的扇形。

舒莞屏看到了一座鱼虾的小山，迎着西南风翻滚倾倒。吼声不知来自大海还是人和鱼，耳膜快要爆了。海老大的怒吼就从这巨大的嘈杂中冲出来，号令所有人，让他们在这千钧一发之时各领其职：一部分人跳进海中，冒着被突然变大的浪头冲走，或被网线缠住淹死，或被长嘴鱼咬伤咬残的危险，游到漂子跟前，用尽全力提拉，阻止水族最后一刻逃窜；另一群人半伏到拍岸的浪头下边，闷住一口气按住网脚，以防水中生灵从下边脱漏；再有一群人于沙岸不远处飞快铺开一片苇席，等待从大海里俘获的水族。

近岸是一排排半卧于沙子下的渔铺。这是拉网人的住处。渔铺旁到处是摊开的网具、锈蚀的铁锚、一条条舢板。这里有制鱼坊，所有捕来的鱼类都要在这里分拣，小鱼做酱，大鱼剖洗腌盐；虾蟹之类或腌制品要转运码头，送往大城池周边地区。瘦削青年说整个河西共有十多个这样的渔场，它们是重要的银库来源。除此之外还有捕蜇场，那是更大的进项。"渔场不如捕蜇场，从春季到初秋，海蜇涌来，船都没法出海。捕海蜇不用拉网这么费力，只用长柄抓钩一只只拖上来就行。不过海蜇上岸不久即会化成汁水，那要赶紧使上盐和白矾才好。这里的捕蜇场是江北最大的,从这儿往西就是几条河汊入海口,那边有十几个捕蜇场,上千人捕蜇。"

舒莞屏想一直往西,去那片捕蜇场。"那还远哩公子,要再找时间。除了渔场和捕蜇场,还有两个盐场。"瘦削青年抱着膀子,天有些冷了。"大城池地可肥沃?"他想到了粮食供给。"我们有最好的粮田。公子可能想不到,我们还有金矿。""金子?""金矿的一半在我们手里,另一半在官家手里,"瘦削青年看着西南方的迷茫天色,"不过用不了多久它就全归我们了。"

舒莞屏似乎记得以前吴院公讲过的事情:曾祖父曾奏请朝廷开发半岛中西部金矿,未得准奏。那是天下少有的富矿,几道不高的山梁,名曰"玲珑"。当地山民用土法开采冶炼,官家只想掠夺。"悍匪蜂起,官匪勾结,最苦的是淘金人,他们捧出的是黄金,留下的是尸骨。"吴院公言犹在耳。

舒莞屏看着西南方,那是一片浓浓的雾霭。

五

一场风暴正在逼近。他们忘记了海牛的哞叫,正在马上缓缓而行,突然听到了由远而近的躁动:连续不断的浪涌从深海一排排耸起,撞击,水体迸裂,无数碎屑扬到高空,发出呼叫。这声音渐渐变得尖厉,终于猛烈爆发。大团乌云赶来相助,将水举得高高,狠力抛开、击碎。紧跟而来的浪涌像鲸鱼背一样出现,匆匆赶往海岸,去征讨吞没,去拆毁陆地,去呼唤海边的亡灵。陆地上的亡灵多到森林一般,在上万年的时间里,在人还不像人的时代就开始诞生。

死对于亡灵就是生。亡灵的来路千差万别，最多是溺死鬼，其次是被石块和铁器打死戳死的。最年轻的亡灵来自沙堡岛，这些人死得惨凄而又突兀，因为这当中最不幸的是被西洋火器所伤的一批，这些火器的发明者是心智不全的人，不知道火器将人击中是怎么一回事：它不像刀剑那么痛快，只让人慢慢流血，迟迟不愿变成亡灵。

瘦削青年捂着帽子看天空翻涌的云朵，叫着："天哪！"他看着舒莞屏："公子，风暴来了！你看海牛叫得多准，它来了！""怎么办？""我们别找那辆车了，直接往南，去大沙岗南坡躲一躲吧！"舒莞屏凝神北望：大风和沙末混在一起，刚才还能看到的景物全都不见了。"天哪，拉大网的人怎么办？我们的车、兵士和车夫去了哪里？"他叫着，手勒缰绳，马在抖动。瘦削青年有些急："拉大网的人会跑回渔铺。咱们的人不要紧，他们会钻到车下边躲过风暴。老天，这风沙可真大啊！"

两人往南疾驰。刚走了不远就听到呼喊："啊啊，我在这儿啊，是我啊！"瘦削青年勒紧缰绳，马在北风中扬起前蹄。舒莞屏打马奔去。一大团沙粒旋来，整个人和马腾空而起，好在落地时没有跌倒。他吐出嘴里的沙子，跳下马寻觅喊声。前边传来呻吟：一丛被沙掩去半截的柽柳下蜷着手捂腹部的兵士，身上的沙土渗出了殷红的血。"啊，原来是你！如何受伤？"他认出这是那个卫士。"大人，我刚离开车子，就遇到了一个蒙面水鬼。这是真的！他没有火铳，可是他有吹管，是暗器把我射中了。"

大片风沙搅到身上。舒莞屏用身体遮挡他，从衣服上撕下一片布绺为其包扎。血渗得轻了。舒莞屏把他扶起，费力挽上马背。卫士嘟嘟囔囔，还在说"水鬼"："他肯定是半夜摸营的，遇到了风暴。他不会是一个人，是一伙！"

97

舒莞屏觉得大风沙裹起自己和马,还有卫士,囫囵个儿往前推。半个时辰之后,又一匹马出现了,险些撞在一起。舒莞屏认出是瘦削青年,摇动伏在马背上的卫士,让他复述刚才的话。瘦削青年大叫:"我们快去告诉沙岗上的兵士! 快!"

沙岗上的草顶屋里跑出几个兵士。他们和瘦削青年耳语几句,七手八脚搀起受伤的卫士。风暴平息已是午夜,舒莞屏等人不能停留,让兵士备一套车马上路。车子疾驰,半途遇到一队兵士,这些人是为拦截那些"水鬼"而去的。

急急赶往大城池,抢救伤重的卫士。黎明前来到一个树木茂密的院落,这里有浓浓的草药味儿。他们把伤兵抬下马背,有人走来,一见瘦削青年就叫了一声。伤兵抬到室内,这里灯火通明,药味刺鼻。一个戴了绒帽的医生看了伤情,一仰脸看到舒莞屏,叫一声:"好俊美的官人!"舒莞屏从对方的鬈发、眼睛和声音上知道,这是一个四十多岁的女人。瘦削青年在他耳边低语:"大药堂总管。"

卫士在天亮前醒来。女总管对愁眉不展的舒莞屏说:"官人放心,他几天后就能站起。刀伤无碍,左耳旁的青紫斑痕才叫麻烦,那是亡灵的阴毒。"她目光灼热,他将脸庞转向一边。对方说下去:"亡灵在夜间和风暴天出来,单个或几个一伙。这在沙堡岛是常事。大药堂救过不止一个被它们所伤的人。""真有这事儿?""嚯,沙堡岛不是别的地方,溺水的多,船在海里河里翻了是常事;还有交战杀戮,山匪一进水汊就无路可逃。多亏大公,只有她才镇得住! 她出去巡视,离开大城池了,那些亡灵就从淤泥里冒着泡儿上来;大风一起,还能从沙土中吹出来。它们借着风势一路喊叫,找人报仇。找不到仇人,就胡乱撕咬。官人可得小心,不过咱有大药堂,有药,有驱邪符。"

她诡异的神色让人害怕。舒莞屏看了转醒的卫士,只想离开。

他和瘦削青年走出院落，女总管一直送出大门。瘦削青年咕哝："她父亲是大郎中，去世后就由她接手了。"舒莞屏说到水鬼偷袭的事，瘦削青年说："那是小股水鬼，原想劫持浪荡岛，遇上风暴，就转向了渔铺。都擒了。"这消息让人放心一些。他在想冷大人离开的时间，今天已是第五日："但愿大人不要遭遇这场风暴。""不会的。大人已经回来了，他还问起公子呢！"舒莞屏听得真切，心里涌起一股暖流。

六

　　舒莞屏睡了一天。侍童在天黑时携来食盒。莲子粥、糖渍小鱼、酥饼、烤水鸟。焦嫩的小鸟让人不忍食用。饭后一杯苦咖啡，让人感受了特别的安怡。一天一夜的经历宛若梦幻。午夜展开半岛地图，这是在顺德饭店绘制的，沿海岸线添注了一些标识。烛光移近，先是找到浪荡岛，然后寻觅那些河道、渔场和水汊。从这里往西，一直到莱州湾西侧，有更多的沼泽和水道，是极其复杂的水网系统；似断还连的沙堡岛像锁链一样延伸，这中间就有盐场、捕蜇场和大大小小的渔场。

　　清晰而沉着的敲门声。他想到了归来的大人。果然，还未等上前门就开了：冷大人。大人进门的一刻，后面有人为其加了一件披风。"公子受惊了！"一声低低的问候。"大人辛苦。我们只去了一天一夜。看过渔场，还有来往于浪荡岛的船。"舒莞屏有些兴奋。冷霖渡扯扯披风说："公务在身，不得不经常出行。独处于我是一件奢侈的事情。孤独，这是何等美好啊！可惜人这一辈子总也停不下来！"冷大人看着他，眼里是热切和怜悯的光。

他们相对而坐。无语的一刻，舒莞屏记起了那些油画。每一张每一笔都要一丝不苟，那要耗去多少时光！可面前的大人何等忙碌，用东边大营副统领的话说，他就是诸葛再生，事无巨细，亲手料理，等于是万玉大公延长的臂膀。此刻，这位稍稍瘦削、面色苍白的人，看去何等温和平易。舒莞屏正在压抑突来的冲动：再次提出拜见万玉大公。他不知该怎样忍住，对方却替他说出来：

"公子，你等待的时间有些长了。船期已误，赶不上同文馆的季考，索性再等些日子吧。大公不在，我们就一起等待，闲聊一些事情。这对公子也许是重要的。你曾经和我一起看过那个地形图，记得古齐国的边界。你也许会问到'大公'这个称谓。不错，吴院公说过，那个可敬的老人知道很多。不过这是一个最能守秘的人，他只吐露了很少一点。关于大公，他不会比我知道得更多。公子愿意听我说出一二吗？你听过了，再去拜见大公，也许更好。"

舒莞屏不待对方打住，急切的目光已经暴露了内心。他看着冷大人。

"那好吧。"冷霖渡将杯子推向一旁，"就让我们从大公的身世说起吧。你可能知道，她生于半岛最富庶的望族，是贵胄之后。话要从西周封赐齐姜说起。姜氏封国至今已近三千年，子嗣繁衍，流布于半岛，万玉为七十三代传人。这种血缘脉络，非专于谱系数年而不可考。不瞒公子，我自两湖总督幕宾时期即着手此事，历时十年又七，总算有一点头绪。万玉既是太公传人，那么按西人传统，即可称为'大公'。"

舒莞屏生怕遗漏一字。冷大人停息，那双因莫名忧愤而变得犀利的眼睛盯了过来，让人战栗。他避开这目光，发出怯怯一问："可是大人，她并不姓姜啊。"冷霖渡嫌热一般推开披风，身子前倾："这就是今夜要说的关节了。万玉原为姜氏所生,只因曾祖结仇于官家,才由万姓收养。改日我给你看'宗谱考续图表'。公子,这份图表才是我一生最大劳绩,没有之一。"冷霖渡伸出两手,似要抓住舒莞屏的双肩,倏又停住。这双手拢向嘴边,呵一口气,飞快搓动起来。

舒莞屏将披风搭在大人肩上。冷霖渡低头:"我曾迷于星象。西人占术大不同于中华堪舆谶纬之学,其实互有牵连。我一直为万玉大公传奇所困,深夜无眠屡屡自问:一纤弱少女竟能手刃清廷蛮儿,跃马大荒一呼百应,何也?后入洋行,初通西人事迹,见贞德戎装策马图,又获万玉像,始觉二人何其相似乃尔!"

阵风吹过长廊。窗外星稀月明,树影摇动。冷大人额上渗出细小汗粒,呼吸稍急,伸手按住胸部,倚在窗边。"公子愿陪我到外面走走吗?""啊,好的大人。"

他们沿长廊走出,一直走向旷地。风有些凉。远近微光,是大城池不眠的窗口。孤鸟飞过,羽翅击打夜气。秋虫鸣叫,是唯一的歌者。冷霖渡缓缓叙说:"多少年过去了。我投向万玉大公时年纪比公子大,舍弃了人人嫉羡的前程。我一生并无婚配,身边只有一个养女,也将她带来。今夜我必得告诉公子,这是冥冥中的注定,一种前定。"

舒莞屏未应一声。要说的话千般繁复,不知从哪里开启。他在自问:你已经为那场突来的"北煞风"错过了船期,还会错过什么?这一问,心口有一种窒息感。他按住胸部,那里一阵撞疼。

"我不知公子一路所闻,还有进入沙堡岛的观想。这里没有青州豪奢,也比不上舒府堂皇。此地唯有艰辛、忍韧,唯有与万恶渊薮一搏之顽志。几顶草屋,飓风难摧,何也?"冷霖渡一只手伸向冰凉的夜气。等不到回答,这只手即转向星空,在半空凝住。

第六章

一

两人踱步直至凌晨三点。寒意从北方来,无声无息侵入万物。舒莞屏衣单,额部却渗出微汗。冷大人近在咫尺,像一块烤人的赤炭。回到住处,舒莞屏发现内衣尽湿,顷刻间周身寒战,牙齿磕打起来。他和衣裹被,忍住眩晕,像颠簸在风沙腾空的海岸,眼前舞动章鱼的长爪。头疼欲裂,火焰般的长爪伸向颈部,喉咙扼紧。一阵呕吐,眼前一黑。后来的事情就不知道了。

他睁开眼睛,很长时间不知身在何方。四周静极,没有远方。好像历尽跋涉来到这里,力气用尽。最后他看到了天花板、四壁,嗅到了浓浓的药味。这是哪里?用力想着,听到了缓缓脚步。有人走过来,使劲探头:绒帽,圆眼,紫色眼睑。"啊,我如何来到此地?"他终于认出这是大药堂的女总管,欠身发问。

女总管上唇绷紧,睫毛根根粗壮,快要挨近舒莞屏的脸颊,眨动着,鬃刷一样刺痒了他。"呜呀呀!"她擦一下口水:"官人总算转活过来。你中了寒邪,阴毒攻心,前些天被亡灵偷袭了!"舒莞屏仍旧问道:"我如何来此?""府上差人抬来,那会儿你咬紧牙关,快闭气了。"他想站起,谁知刚一动即被揪住。"官人死里逃生,身上的怨毒像苇根那么深,须连根拔除哩!"她做个威吓的鬼脸,转身喊叫:"大赖二黑子三麻腿,快来!"

应声跑来三个人,都是年纪不大的女子,身穿粗布连体衫,头戴四方小帽。她们盯住床上的人,按女总管口令行事:扭住,抬起,"呼啊呼啊"叫着,一连穿过几间厅堂,进入一个烟熏火燎的小屋。屋里有一张宽大的木椅,上面是几条布带。她们不再听他喊叫,只用带子将人束紧。对面是一张长条供桌,上面是香炉,墙上贴了凶神恶煞的画像。女总管燃起三根粗香,插入香炉,双唇飞快嚅动。三个女子将几支竹筷蘸了水,在碗中扶住,然后小心地松开。竹筷重复倒下几次,最后两次竟直立挺住。女总管大喝一声:"好一个魔障,还不与我拿下!"旁边女子手持一把砍刀,猛地砍向竹筷。

竹筷扑地,女总管好像力气尽失,拍打舒莞屏:"官人看得明白,果真是亡灵所伤。毒在腠理之下,趁着还没游到肺腑,快些吸拔出来,再晚一个时辰就没命了!"她两手做个抬起的动作,三个女子就"呼呀"喊着将人托起。她们将他抬入一间生了火炉的屋子,放上一张结实的大床。舒莞屏觉得自己又要晕厥,盯着床上的两根布带,用最后的力气吐出一句:"不可拴绑。"女总管哼哼笑,俯身叹气,将他的手腕捏住,搭上三指号脉,又撑开眼皮看过,对三个女子点一下头。

她们解他的衣衫。"医家大人,断不可以!"他喊起来。女总管缩缩鼻子:"官人以为这是何地?救命要紧!"三人手脚利落将人缚住，动弹不得。很快脱得一丝不挂，他口中愤愤："我会说给冷大人的！"她们好像什么都没有听到，为之翻身，伸手度量颈下每一节椎骨，又在臀部那儿按压几下。女总管说："真是一个玉人儿。小心些吧，就当一件细瓷。"

她们取来几片白绢，将四肢细细缠裹，只留躯干，把酱一样的东西均匀涂抹。麻辣，灼烫，忍不住呻吟。"好生受用啊，活不成了呀，刀割一样呀，扎心扎肉啊！"女总管站立一旁嚷叫，一脸嬉笑。三个女子满脸肃穆，盯住床上的人。覆在肌肤上的棕黑色酱料鼓着水泡，破碎时冒出镪水那样的气味。一刻过去，她们用一个短柄刮板上下拉动，除去酱料，用热巾擦净身体。肌肤白里透红，有几处紫色斑块。

女总管大眼凸起，指点那些紫斑："阴毒从这儿出来，看亡灵做了手脚！ 呀，或许是些女亡灵！ 想想看，几十年不遇的小生，怎会放过？ 一边的男亡灵个个都是嫉眼后生，少不得趁机使些阴招。"一个女子问："寒湿可盛？""阴毒有，寒湿就有。快往任督二脉走动火罐。"她们搬弄竹筒做成的火罐，用一团棉花点火，飞快扣在身上。肌肤往罐中收缩，舒莞屏再次呼叫。女总管坐在床上，啧啧赞许，低声咕哝："这就尽可放心了。余下日子喂些汤药，往脑瓜上系一条箍魂带。"

舒莞屏睡了两天两夜。第三天下床，果然觉得清爽许多。他谢过女总管，就要离开，对方却厉声阻止："不可。这不过是做了一半儿。凡被亡灵使过阴招，除根最快也得七天八日。那些顽皮阴狠的东西，全不按人间伦理行事。我这里说些陈年往事与你，官人听悉。"正说着一个药娘端着东西从旁走过，女总管做个吓人的手势，对舒莞屏挤一下眼：

"那一年大药堂从浪荡岛招来几个药娘，个个眉眼怪俊，胸脯鼓凸。她们要学会熬药下针走火罐，推拿捋背。要知道大药堂并非火阵救急，专为副都统以上大人疗治。那天官人送来的刀伤卫士，转活后就送到小药堂去了。"

"他伤势如何？"他打断她的话。"保好。拔除阴毒，敷上刀创贴也就无碍。官人看上去无伤无疤更无血渍麻花，倒比那人重上十倍！""何以至此？""何以？"她翘起厚唇，"官人没有照过镜子？老天，你这样的也敢投胎下凡！睁开眼四处睃摸一下，世上去哪儿找这样的？不说大眼生生，就看这头发乌油油浑身面团一样，多少人恨不能嚼嚼咽下！人间如此，阴间又能好到哪里？那些亡灵遇见你，怎么会有好果子吃？它们要挽起袖子结果了你，哧啰哧啰一顿折腾，让你死不了也活不成，小鸡蔫拉着！"

舒莞屏叫着："总管大人，在下实在无法入耳！""我本是讲那几个药娘的。官人把耳朵支棱起来吧。事情原是这样，她们刚进大城池时野性未除，结果也就出了大事。"她龇牙咧嘴，吸着冷气，"她们不知自己早被亡灵盯上了！那些瘦干干的亡灵溜出野地，嘴含苇秆吹出风声。几个女子穿了薄衫睡在边厢，风声越来越大，吹开屋门。老天，窜来的一群亡灵又细又高，蓝的，煞白的，还有粉紫色的。这要看当初变成亡灵的季节，天气越冷颜色越深，冬天是黑色，夏天就是白色了。它们野疵疵凉巴巴，七手八脚把她们抬出屋子，抬到水塘边，就像捉到大鱼一样欢喜。说来没人相信，亡灵对人非礼只是把阴气吹进体内，让她们浑身鼓胀。可怜的药娘眼瞅着完了。老娘为她们诊治七天七夜，一点点祛除阴毒，这才让人转活过来。"

舒莞屏额上汗出，只求她别讲了。女总管叹一声："官人的阴邪比谁都重，因为那些男女亡灵合起来占你的便宜！"

接下的几日要吃没完没了的汤药，它们装在紫花瓷罐中，散发出铅锡和铁锈味儿。用药三日，又系"箍魂带"：一条宽不过二指的布条画满驱邪符号，扎到脑门上。"使上它，魂魄也就聚起来。那些犯了癔病的人，就因魂儿散了。魂儿多轻啊，那是随风飘扬的。"女总管这样说。她把扎了额头的舒莞屏领出门去："四处看看吧，你又不是外人。"她前边引路，漫步院中，看塘里嬉玩的花鲤，拍它们摇晃的头颅。这是宽敞的三进院落，同样是海草屋顶。正屋是宽大的套房，内置精致的桌椅卧具。几个素衣女子拿了东西在门前走过，个个端俊。"这都是来自浪荡岛的药娘。"她说。来到边厢，里面一片忙碌，蒸汽浓重。有人呼呼拉动风箱，还有人推着小型石磨。摞成一人高的多层笼屉冒着白汽。穿过边厢，去一间安静的大屋。女总管用钥匙打开一个高大的柜橱，里面是颜色不一的瓷罐，贴了封条。她说："这是滋补汤盅，能让人起死回生。"

舒莞屏看着这些斑驳的瓷罐，似信非信："总管想必吃它？"她脸色陡变："我？岂敢偷吃一盅！我是替府上大人掌管钥匙的！"

二

舒莞屏要在大药堂度过七天。他走进疏林，看一棵棵青杨：它属于白杨一族，树干白皙光滑，叶子墨绿，树冠收拢，有一种清纯动人的气质。偶有药娘从林中走过，漆亮的眼睛往这边瞥一下。他不敢判定她们是否被亡灵非礼，有些心痛。

终于可以离开了。他向女总管施礼。门外有车子等候，瘦削青年恭立车旁。"冷大人可好？""大人出行两天，今儿个去见大公了。"

舒莞屏眼睛一亮："大公归来了？""是的。""啊，她终于，她总算回来了！大公！"最后一句呼在心底。

　　回到住处。这里仿佛比往日空寂许多。他在屋中踱步，看那张宋画和蒙尘的琴。天快黑下来吧，午夜或凌晨即可见到冷大人。他回想刚刚度过的七日，觉得那么新奇。自己像被施了魔法，浑身松弛，只觉涓涓热流从小腹往上游动，在胸口那儿停留一瞬，又爬上喉结。他看着渐渐昏暗的窗外，好不容易等到烛光燃起。门响了，是提送食盒的侍童。一点食欲都没有。今夜何等漫长。不知等了多久，门终于再次叩响。这次进来的是冷霖渡，舒莞屏发出"啊"的一声。大人轻拍一下他的肩膀："听说公子病得很重。还好，气色尚可。"冷大人看着摆在案上的几个小菜，伸手捏起几条小干鱼填在嘴里。舒莞屏为他斟了一杯颜色淡绿的酒。这酒有一股苹果味儿。冷大人颇不胜酒，几杯下肚脸色红了。"大公归来了。"冷大人的声音透着苍凉。舒莞屏一颗心跳得飞快，盯住对面的人，发现他双颊的红晕瞬间褪去，变成灰白色。

　　"大人，这一天真的到来。我有些慌乱了。"舒莞屏正要站起，被对方伸手按下："与我最初的情形一模一样，公子。其实大公再平易没有。她这次离开的时间有些长，我也牵挂起来。公子，要知道她不是自己，她是这里的一切啊。归来就好了，可惜一回到府里又要忙碌。人看上去好像没有消瘦，她就是那样啊！公子，她真是一个神奇之人啊！"

　　冷霖渡的声音昂扬起来，但很快缄口。舒莞屏不知拜见大公的具体时日，白天或夜晚，黄昏或凌晨，只要大公愿意，可以是任何一个时段。冷大人心中似乎了然一切，淡淡回道："我的孩子，就是小棉玉，到时候会领你去的。她是大公最信任的人。哦，你等小棉玉好了。""什么时候？天明？""哦，她很快会来的，这事儿她会办好。"

冷大人走后，舒莞屏想强行入睡。他抑制心底的兴奋，用尽所有力气让自己休憩，以便神情专注地站在大公面前。可惜全部努力都失败了，无论如何难以入眠。最后是几个模糊零碎的梦的片段：过河的小船、大药堂的女总管、水塘边的算命女人、操演场的呐喊。

用过早餐，太阳照亮窗棂。多好的一天，不仅毫无困倦，而且心情明朗。他觉得这是吉祥的一天。果然，送饭的侍童刚刚开门，身后的一个人就出现了。门一点一点推得大敞，强光映出一个瘦小的剪影。他看不清逆光中人的脸庞，只觉得是一个比侍童还小的少年。舒莞屏向前一步，门外的人似乎要吓得逃窜，但退开几步又站住了。舒莞屏离对方只有三四步远，这才看清是一位女子。"小棉玉？"他心头闪过一个名字。

她总算跨入门内。实在看不出年龄。瘦小的身躯，举止宛如孩童。她侧身关门的一刻，他看到了她脸上有一层绒毛，是比常人更为显著的细细的毛发，让人想到一枚秋桃。小巧的鼻梁很秀气，杏核眼，可惜鼻孔微翻，这使一张稚气的脸庞变得相当怪异。她身材太过单薄，平肩，一双粗手大到不成比例。这双大手关上门，一直压在身后，看着主人。

"您是小棉玉吧？"他上前一步。"舒公子，我是。"声音沙哑，十分细弱。她往屋内走了几步，悄无声息。"是冷伯让我来的。""哦，冷大人说过的。"他声音里透着高兴，看着这个走近的女童，吸了一口凉气：她绝非十几岁，近看至少有二十或三十岁，那目光沉甸甸的，肌肤也无光泽，眼角的几道深皱透出沧桑。只是整个稚弱的身体，看上去好似孩童。她开口有些颤抖，那是羞涩之故：太羞涩了！

舒莞屏从没见过这么胆小和慌促的人，她简直不敢正眼看人，顶多用眼角扫来一下，一双大手不知该放何处，一会儿捏弄衣襟，一会儿搓着裤子，最后攥成一对拳头。她紧攥双拳，满脸绒毛在微弱的室内光色里变幻，不再闪烁金色，而是变得暗淡，伏在脸庞上。

"冷伯让我好好服侍公子。"小棉玉垂着头。他这时发现了她的过人之处：睫毛很长，这大概是整张脸庞上最显著的特征。他说："我一切都好。"面对这个怯懦的女子，他有些怜惜。他记起冷大人的话：小棉玉是万玉大公最信任的人。这让人刮目相看。他忍不住问道："我们何时拜见大公？"

"啊，大人决定便好。"

"我？我来决定？"

"是的大人。"她依旧垂着头。他一下站起，不知该做些什么。更衣？洗漱？准备见面的礼品？对方的回应让人惊喜而又局促，实在大出所料。他搓搓手，回头瞥一眼她，不敢相信这是真的。他踱回桌边，问道："只不知大公的起居习惯，她何时方便？"小棉玉看着桌子："大公无论睡多晚，都是黎明即起。""是这样！那我们立刻、现在，这就动身？"小棉玉站起："好的。"

舒莞屏毫不耽搁，换了熨洗的衣服，站在镜前：一个年轻公子，似有陌生，向他皱眉眨眼。"你啊，考验的时刻到了，这比季考和年考还要让人慌张。"他伸手拍一下对方，镜子上留下汗湿的指印。抱起柳条箱包，取出里面的香樟木盒；少顷，决定携带整个箱包。贴身衣兜里是那封信札，他一路上小心按抚，却从未打开。正正衣领，踱到外间马上愣住：冷大人不知何时站在那儿，独自一人，正在等候。

"公子，如果我没有猜错，你的箱包里有别人的一件东西。""别人？什么东西？"舒莞屏把箱包收紧腋下。"它曾经是我的，后来么，就属于另一个人了。现在这件东西又要回到主人身边了。"冷霖渡的目光紧盯那个柳条箱包。舒莞屏恍然大悟般"啊"了一声。冷大人点头："你还记得那个夜晚的交谈吗？关于大公和圣女贞德？我当时没有说出那幅画的下落，其实知道它在哪里。它正被你一路携带，你却不知这是一件多么重大的事情：你是替人归还一件信物的。公子不必紧张，我不会截取这件宝贝的，尽可放心。不过在你完成这件大事之前，我还是要最后看它一眼。它毕竟是我一笔一笔用心绘出的，这个要求并不过分吧？"

舒莞屏自见到冷大人以来，从未听到如此恳切的、近乎哀求的声音。"冷大人，当然，一点都不过分。"他把箱包抱到桌前，打开，取起那个硬壳圆筒，除去外面的丝绒布套。旁边是一双逼视的目光，是在极力克制中微微颤抖的两只手。舒莞屏屏住呼吸，一点点展开画幅。空气凝住了。斑斓闪烁，一双由远而近的明眸如同闪电般射来。白马，长发紫巾。似有若无的长嘶，马蹄的叩击。舒莞屏听到了急促的呼吸，一转身，看到了一张煞白的脸。冷大人双目紧闭，像害怕灼伤一般，稍稍歪头，发出一声指令："请收起吧。公子。"

三

从这里前往帅府不足三里，还是乘一辆马车。朱色车厢，内设软座。小棉玉将厢帘放下。舒莞屏撩开一角，看平整的沙路、路旁的白蜡树和合欢树。旷地疏林，几幢大草顶屋，几个院落。他不想询问，只待车子驶向终点。突兀地停车，窗外仍是空旷。下了车才看到一片树林，林隙里有一道高墙，上方露出海草屋顶。心跳加快了。两匹枣红马昂首伫立，车夫垂鞭不动。小棉玉在前边引路，走入林径，踏上一条卵石小路。穿过一道方门、一道月亮门。两个男子为他们开门。小棉玉步子灵动，走得很快，不得不站下等人。

院子里只有边厢没有正屋，迎面是一道横廊。两个身材颀长、面庞明净的青年站在廊前。要进内院就要穿过长廊，从另一端迈入。又是一个院落，不大，洁净雅致，美人蕉盛开。静极了。院中小路窄窄的。小棉玉把人领到屋中。宽大，摆设陈旧，老式木椅和藤椅，还有一张软榻。空无一人。一位男子端来茶点。小棉玉去了另一间屋子。他抱紧那个柳条箱包等待。

脚步声响起，不是来自里间，而是室外。小棉玉跟在一个细高身量的女子后面，步履轻盈。她们从边厢出来。舒莞屏站起。四周静谧，从门口望去，一片凝止透明的空间，一株摇动的紫叶李。细高女子独自进门。舒莞屏忘记了施礼。他一直看着她：光洁的额头，比常人稍窄的脸庞，漆亮的大眼，长颈。她微微含笑，冷凝的眸子很快化为温煦的暖流，从舒莞屏肩头那儿漫过，淹没了脸庞。"在下拜见大公！"一句刻板的套语吐出，就像捧了一件瓷器，颤颤端起，生怕跌到地上。她唇间露出洁白的牙齿，随之发出一声芬芳的叹息："啊。"

她也许没有发出任何声音。他只依从对方的肢体语言，退后，坐下，腰身挺得笔直。那只沉沉的发辫不知怎么垂到胸前，他把它挪到后背。他听不到她的声音，只觉得她颀长的身躯稍稍离开椅背。与此同时，专注的探寻、无以言喻的热情，正从她的身上流泻和洋溢出来。她看去至多有三十岁，束一条紫巾，大把浓发垂向后颈。她的目光充满了仁慈和怜惜，像看一个令人好奇的稚童。他早已做好准备，端严庄重，竭尽全力捕捉她吐出的每一个字，不让它们溜走。他要将一些晶莹的语言的颗粒抓住，握在手里。他闭闭眼睛，吴院公的面容从脑海蓦然闪过。他强迫自己镇定下来，让说出的每个字都圆润清晰：

"大公，在下谨受吴院公之托，前来送达一封信札、一件重要物品。"

"公子一路辛苦，让你等得太久。"她这样说，目光却落向那只柳条箱包。他的手在衣服里层稍稍停留，掏出了那封信札。她接过，展读，起身踱到窗前。她一直看着窗外。少顷，再次低头看着信札，看了许久。仿佛才记起屋里的客人，回过身来。舒莞屏知道该交与那张"女子策马图"了。他双手呈上裹了蓝色绒布的硬壳圆筒，后退，待她亲手打开。她动作缓慢，甚至有些犹豫，一点点将绒布褪去。只展放一半，只露出那双灼人的眸子，即飞快合起。她一直背向他，这时长吸一口气，转过身来。她示意他坐下。

"公子从南国匆匆赶回舒府，是吴院公的召唤吗？""正是，我接到了他的急电。""你在他身边待了几日？""七日，从迈进西营大门算起，七日又两个时辰。""加上赶路的时间，你离开西营已是第十一日。"她代他答道。他实在震惊，啊，一天不差。他点头："正是。老院公知道时日不多，急于召我回来。他要交代身后大事。大公，院公和父母大人一样，都是中毒而亡。"他再也无法抑止泪水。

大公将信札按在胸间，这样许久，缓缓抬头："公子，我们尚有时间叙谈。说点别的吧。哦，我倒要问一句，画像与站在你眼前的人，是否同一个？"舒莞屏泪花闪烁，看她："大公，这画实在逼真！如果说还有一点差异，就是现在，这会儿，大公没有骑在马上！"他说得急促而又真切，因为画中那双惊魂之目此刻就落在自己身上。他有些怯懦，低下头，再次抬头立刻惊呆了：大公脸上漾起了少女般的绯红。啊，确凿无疑，这是一种羞涩！不过这神情只是一闪，旋即恢复了原有的沉静和肃穆。

"关于我的传闻太多，自十三岁开始。多少年过去了，我如今已经成了'老万玉'。杀人恶魔、妖女，还有，'下凡圣女'。好在我知道自己在哪儿，我是谁：一个侥幸逃命的女子而已。"这声音低沉而轻淡，透出一丝忧伤和果决。他听着，心里生出一种强烈的反驳之念、一腔沸动的话语，只不知从何说起、如何说起。她微微皱眉，一只手拍在他的肩上："公子就像一只小羊。"

首次拜见大公，就在这句奇怪而突兀的比喻中结束了。前后只半个时辰。

舒莞屏许久以后还记得那一刻、那些细节，反复咀嚼那声呼叹："小羊"。他百思不解的是，大公为什么会说出这样的话？难道自己给予对方的最初印象，竟会如此羸弱和稚嫩？不，他自认为是经历九死一生之人。他只想说："不，我远非看上去那般柔弱。我会是、我已经是、我必定是一个百折不挠的男人！"是的，他觉得自己与老院公分别的一刻，即踏上了一条义无反顾之路，慷慨悲歌之路。"这世上再也没有什么可以迷惑我、欺骗我、改变我。我已做好了完全的准备。"

他仍旧回味不已，为自己刚刚经历的那个难忘时刻：全身沐浴在慈爱的光泽中，只想让这段时光一直延续下去。可惜，那会儿一个男子突然进入，无声地交与大公一个函件。是的，当时就是这样的情形：她瞥一眼手中的东西，立刻站起，脸上换了一副冷凝的表情。她甚至来不及多看客人一眼，说一声"抱歉，再叙"，快步走出屋子。极为宝贵的首次拜见，就这样生硬而突兀地结束了。

他由小棉玉陪同返回。回到房间，才发现余下的时间这么多。

一个人徘徊，走动，偶尔走出长廊。这座"大城池"每天有多少事情在发生，一切皆与自己无关。一个个时辰耗去，既莫名急切又不知要做些什么。无心看书，一遍遍回忆那个场景：大公的举止与神色；那里，空旷阴郁的房间光线不足；那儿没有一丝烟火气。

四

两天后，小棉玉又来了。她像一只小鼠在长廊上游动，屋里的舒莞屏一直听到外面的窸窣，几次察看却无踪影：她站在廊柱后面。他关上门，她才踮脚走动，犹豫是否敲响这扇小门。这样踌躇多次才伸手叩门，声音小得听不清。门打开，她却往后退缩。"啊，小棉玉。请进。"他看到她双手提在胸前的样子，立刻想到了一只逃匿的鼹鼠。"公子，冷伯让我来陪您。"声音小极了。

他为她斟茶，红茶和咖啡。她端起咖啡，垂头饮用，发出吱吱的声音。他看她的脸庞，再次为这满脸细密的绒毛而讶异，为那对微翻的鼻孔感到滑稽。鼻梁是挺起的，两颊红润细腻，那双毛茸茸的杏核眼，则有一种显而易见的美。胸脯高得不成比例，她大约正为此而感到难为情，不得不用力躬身。看不出年龄，从形体举止看不会超过十七岁，从声音和神色看，又像三十多岁的人。这目光有一种过来人的沧桑，这会儿正沉沉地落在地上。他说："我许多天没见冷大人了。他太忙了。我，也许很快就该离开了。"她听过，立刻不再饮茶，死死盯住他。他说："我已经拜见了大公，事情既完，该踏上归程了。"

小棉玉两手抱着杯子，一脸惊怵，低低呼叫："这怎么会！这不可啊！""哦，如有可能，我还要向大公当面辞行，或由冷大人代我告别。"他转脸看另一个方向，语气郑重。小棉玉害冷一样战抖，摇头："公子不要啊！"她的身高仅达到他的腋下那儿，仰着脸，是一种祈求的表情。他有些迷惑，看着她，发出唐突一问："小姐芳龄？"一句话出口马上觉得难堪。"I am sorry, it is ridiculous.（对不起，实在荒唐之至。）"他后退一步。

小棉玉望来一眼，嘴巴张开却没有一丝声音，垂下头，像犯下不可饶恕的大错。他说："请您原谅我的冒昧。"他明白自己刚才将其当成了一个孩子，这会儿瞥了一眼她垂在身侧的大手：这断然不是一双孩子的手。"公子，可愿去看冷伯画室？"过了一会儿，她打破沉寂。"我已经见过了冷大人的收藏，不过愿在离开前再看一次。"她摇头："不，我说的是他作画的地方。那里您肯定没有看过。""啊，当然！那太好了！"他大喜过望。她立刻转身，走在了前边。

他们穿过长廊尽头，折向一个垂挂帘子的房间，像从迷宫中钻出一般。在稍稍明亮一点的小厅中，他们拾级而上，登上一间椭圆形的屋子。这里整面墙壁都是窗户，光线好极了；窗外是几棵钻杨和白蜡树，更远处是广场，有鸽子或鸥鸟起起落落。窗户对面靠墙处有一个画架，一旁的多层隔板放了画具，颜料气味浓烈。他一转身立刻发出呼叹：大半个墙壁都挂满了画，全是万玉的肖像。端庄的半身像，画上是那双熟悉的眼睛，正在看过来。他离得太近，不敢迎视这目光，不得不退后一步。"冷大人画出了大公的神采。"他发出由衷的赞叹。

"他一有空就在这里画。"小棉玉说。"他去帅府为大公作画吗？""不，大公在他心里。他对这些画全不满意，就一遍遍重画。"小棉玉双手护在胸前，像在祈祷。待了一会儿，她瞥瞥对面小门："那是冷伯的书房。"说着从身上摸出一串钥匙，晃着，"谁都不能进去的。"小门打开，是一间比画室略小的房间，摆满了顶到天花板的硬木书架，有一个取书的木梯。架上除了排满的蓝色函套，还有一些硬壳西洋书籍。屋角的书案上有摊开的折页，上面写满了正楷，原来是《贞德颂歌》。他刚念出几句，她马上背诵起来。

小棉玉说了这首歌的来历：冷大人从一位洋人那儿购得，同时还有一张"贞德策马图"。她在书架下层的柜子里取出一个木匣，里面是一帧巴掌大的画像：驭马举旗的西洋女子。他以前在同文馆亨利处见过一帧，不过远不如眼前这幅精致。

舒莞屏与小棉玉在画室和书房待了许久，最后又去了冷霖渡当值的地方：有螺钿屏风的大屋。屏风后面有一条长案，他们坐下，瘦削青年端来茶与咖啡。小棉玉不再说话。他发现她是一个极其胆小的女子，因为羞涩和怯懦，走路无比轻微，说话需费力才能听清。这位冷大人的养女太过木讷，弱小单薄的身躯显然发育不良，可能在成长的时段没有足够的食物。就是这样的女子，却成为万玉大公最信任的人，而且可以在冷大人这里往来穿梭，掌管一切：腰间哗啦啦的一串钥匙即说明一切。冷霖渡离开的日子，她就是此地主人：一个小小的、不动声色的、声微气弱的主人。他不止一次想到了鼹鼠，这种活动于阴郁和黑暗中的动物，正在不为人知的时刻游走于长廊，这好比它的地下通道，一座交织盘绕的迷宫。他突然明白了河西才有的特异景观：所有的建筑都由长廊连接，这是鼹鼠游走的需要，好比洞穴。它们不喜阳光，在黑影里活动，咀嚼食物，抖落身上的沙屑，让那件黑亮的皮袍变得滑爽。

他啜饮咖啡，端量对面低头抱杯的小棉玉，觉得她的一双手就是翻向外侧的爪子，可以飞快地扒开沙土，由一个空间抵达另一个空间。是的，这座府邸从外边看只是一个围在白蜡、青杨与合欢树中的院落，内部却有许多高低错落的房间相交和连通。小棉玉对这里显然是最熟悉不过的。

他对小棉玉的好奇心油然而生，忍不住问起她的身世，尽管觉得冒昧。他发现对面这个小人儿比想象的更加晦涩：吞吞吐吐说不出一个完整的复合句，有时欲言又止，有时不知所云，有时说东言西。他不知这是由于性格还是固守秘密所需，反正自己遇到了一个不敢正眼看人的小木头人。

尽管如此，他最后还是将对方的只言片语组合起来，拼凑出一个大致的情形：她最初是半死的女婴，被狠心的生母扔到了一个乱葬岗上；一个拾荒老汉捡到了她，卖给了一个白面书生，这就是后来做了两湖总督幕宾的冷霖渡。舒莞屏最终弄清了她的时下身份，又不禁大吃一惊：小棉玉有一个正式职衔，全称为"辅成院提调"。啊，辅成院，大城池的要地，由冷霖渡大人直接管辖！他差点喊出声来。

冷霖渡搜罗各种"大能之人"，这些人全都汇集在辅成院。他们有的精通西文，有的擅长占星术，深谙紫微斗数。"提调。"他念着这两个字，想起同文馆的同一职衔，那是馆中的最高职阶啊！他看着她垂下的脑壳，发间分缝透出的洁白的头皮和一点头屑，忍不住震惊，脱口喊了一声："提调大人！"

小棉玉身躯一抖，陡然挺直，一双杏核眼直视过来。不过这目光转瞬即逝，头颅再次沉向两膝之间。他呼叫她的名字，不再发出刚才那样的大声，唯恐吓着她。她仍旧没有回应。他等待着。这样过了许久，她才将身子挺直，一张脸变得簇新，像刚刚洗过一样，声音板板地说："我梦见了白马，公子在马的后面。""白马？啊，说说看！"她激动得下巴抖动。在他的追问下，她有些后悔了。不过

117

好像覆水难收,她只得将做过的梦从头说了一遍。

三天前,就是她送公子前去拜见大公的那个晚上,她梦见了白马:大公的坐骑。令她害怕的是马上没有人,只有马在独自奔驰。一个男子在后面呼叫,伸出两手,想抓住它的长鬃。白马狂奔,甩起的后蹄险些踢中男子。一束清晨的阳光从阴霾射出,照出男子苍白的脸庞,正是公子,胸部血迹渗了一片。她被梦中的惨烈呼喊惊醒了。

她讲完这个梦,面无血色。他安慰她:"那匹马和那个人,都会安然无恙。"她低头抽泣,细小的声音至为悲切。他终于听得清楚:她担心的是另一个人,是大公。原来大公又一次离开了帅府,此刻正在遥远的西南边陲,那里正有一场酣战:战事告急,官军出动重兵,防地接连失守。

他问:"冷大人也去了前方?"她摇头。他说:"放心吧,我们会等来捷报的。"小棉玉泪水止息,神情畅快一些。她说冷大人有另一些要务:有一批火器交易,那边是个洋人,而我们这里除了大人,没有一个能够前去搭话的"通嘴子"。

五

小棉玉离开后,一连几天全无音讯。这天中午,她神色急切地叩门而入,说:"那边大药房接来了受伤的将军,是朱砂滚子万东。"他听过这个名字,有些惊愕。"将军左眼保不住了,不过人已经太平了。"她说。

六大将军个个都是传奇人物,各有辖区,有制敌法门,有令敌闻风丧胆的名声。比如朱砂滚子万东,在半岛地区只要提到他的名字,夜啼小儿都会敛口。最有名的一场搏杀是与官军争夺一个山寨,寨主是官军庇护的一方,有恃无恐,几年来笼络百余人家上山,筑城架炮。朱砂滚子万东攻寨三天三夜,伤亡过半。因为守敌火力太过猛烈,据险顽抗,进攻一方渐显疲惫,不少人萌生退意。唯有将军不畏不馁,身先士卒,一边请求大营侧援一边殊死搏杀。第四天凌晨山寨攻破,守敌混入山民,无法辨识,万东遂下令浑杀不论。至黎明时分,整座山寨尸横遍野,鸡犬未留。

小棉玉告诉舒莞屏:将军伤重,可见战事危急,大公安危委实令人揪心。她去大药堂看望将军,只为获取前方消息。可惜伤者半个脸庞肿胀,除了悲愤震怒,别无叙谈。女总管告诉小棉玉:到底是英勇无敌的将军,伤了左眼,人人丧魂失色!"你道怎地?将军刚来时毒箭还在眼上,黑黢黢的,是西洋弓弩所伤。医匠动刀要使蒙汗药,谁知伤得太深,做到半截药力失了,将军在床上大喊大叫,老医匠瘫在地上。再使蒙汗药,忙活两个钟头,才把那只眼摘下。将军叫起来地动山摇,满院的鸟儿都吓飞了。"

舒莞屏和小棉玉探望将军。女总管前来迎接,眼睛不离舒莞屏,嘴瘪着,像要哭出来:"哦哟公子,又是你呀!"小棉玉蹙起鼻子:"我们这就拜见将军。""使得,不过要看将军烦劲儿上来否。"

女总管弓着腰跑开,一会儿回来:"将军发火了,要解头上的绫子,药娘拦不住,只好让人把他的手缚了。他把三个人的手都咬穿了。探望只得改日了。"她邀他们喝茶叙谈。

女总管说:"将军哭了几回,没有眼泪。想想看,他不敢有泪,一流泪那眼再也长不好。他惦念万玉大公,说她救了自己一命!这已经是第三次了。哦哟,那一天厮杀好生激烈,官军有一种叫'加特林'的机枪,把一个方阵的兵士都打趴了。将军火气上来,领人猛冲,只躲机枪没防弓弩,黑影里嗖嗖射来一支冷箭,扎中了左眼!血顺着脸哗哗流下。万分危急中,烟尘里飞出一匹白马!"

舒莞屏喊道:"大公不该亲临火阵!"女总管哼叫:"谁说不是!不过大公是圣女转世,有神灵护佑!她伤了一丝毛发?没!"小棉玉驳道:"那可不成!如果神灵打瞌睡了,溜神儿了,那怎么办?"舒莞屏想:是啊,万事皆有不测,神灵也有疏失的一瞬啊!他不再言语,垂下头。

小棉玉叮嘱女总管:不到万不得已,不可缚将军之手,那会惹出其他事端。女总管点头,嘴角漾起一丝笑意:"大药堂少不得捆人,上次对公子也是一样。"

中午时分,大药堂突然传过话来,说可以探望了。进入将军病房,舒莞屏一眼看到斜倚床头的人,差点惊得喊出:一个矮小的男人,嘴巴瘪着,目光呆滞。因为失血过多,脸如死灰,左眼连同半个脸庞被布条裹住,剩下的一半肿着。鼻孔不通,不得不张开嘴巴喘气,两颗獠牙龇出。将军一看到小棉玉就喊:"提调大人!"小棉玉叫着:"将军。"独目人拱手施礼:"我不日出征,让那些鞑子在克虏伯大炮下变成鸡屎!我要把这群杂种吊在老城池的门洞上!"

朱砂滚子吼叫,口沫横飞。女总管对舒莞屏小声说:"有些小人儿,一到了战场就全变了!有志不在年高,蛮气不在身量!"床上人看到了她,乜斜着:"你这日不死的玩意儿,听见没?"她赶忙弓腰:"将军,听得仔细!"回头又小声咕哝一句:"不死的独眼!"床上人一手捂住伤眼,大喊:"痒死了啊!我非亲手砍死十个八个鞑子兵才行!"

女总管说:"动刀后都是这样,里面长出新肉了。"正说着有人敲门,原来是府里的瘦削青年。他一进门就对小棉玉说:"大捷啊！大公归来了,这会儿离大城池南门不远了！"

床上的朱砂滚子听到了,一个扑棱跳下,喊:"我去南门迎接！"女总管想要阻拦,独眼人根本不听,掐腰大喊:"备好车马！"舒莞屏看到这个矮小的人独眼生辉,一脸凶悍,虽然未着甲胄,却有一种冷霸的气势,屋内所有人立刻顺从起来。瘦削青年跑去备车,女总管让人取来将军戎装。小棉玉说:"公子,咱们快走！"

朱砂滚子领路,三人迈出大门。天刚过午,阳光强烈,树木在风中摇动,天空鸟群惊掠。有两辆马车驶来,朱砂滚子与瘦削青年共乘一辆,小棉玉和舒莞屏乘另一辆。车子疾驰,很快穿过广场和大片草屋,一直向南。驶入野地,两旁的房屋少起来,更远处是不甚清晰的村子轮廓。阳光下尘土飞扬,朱砂滚子在车上又叫又骂,一会儿大笑:"万玉大公！我来了！鞑子兵夺走了我一只眼,这一笔血仇必报！"

远处腾起一片烟尘。小棉玉指指前面,没有说话。传来车马和人声。舒莞屏看到朱砂滚子站在车上,伸出一只手。渐渐看得清了,那片烟尘更大,接着出现了人群和车马,还有舞动的旗帜。一支队伍迎面而来,越来越近,正是大捷而返的将士。有一单骑从队伍中蹿出,那是一匹白马,驭手身着甲胄,好不英武。"啊,看哪公子,看哪！"小棉玉声声呼叫。

舒莞屏一直看着白马、马背上的人,惊得合不拢嘴巴:这是万玉大公！瞧她一手持缰,头扎紫巾,长发披肩,一件深色披风在身后飘扬。大公身躯挺直,望向远方,阳光把人和马照得锃亮。

舒莞屏心中叹道:"这就是那幅'女子策马图',它复活了！"

第七章

一

　　整个大城池都在欢庆大捷。平日里疏朗而安静的草屋之间出现了扭秧歌的人。舒莞屏随瘦削青年出门，看那些欢笑的场面：穿戴整齐的村民抬着整只猪羊敬献大公和将士，待在广场不愿离去。一个武士模样的人出来接待，人们一阵呼号，有人发出抽泣，喊："国泰才能民安，战事激烈的时候俺日夜不宁，为大公祷告，烧香求佛，在供桌上摆满了果子。好不容易盼来得胜的一天，俺们欢喜得要死！"武士拱手拜谢，收下礼品。令舒莞屏惊讶的是有人抬来了陌生的海物，那一定来自渔场：一丈多长的大鱼，脸庞比人还大，一双大眼瞪着，长尾上有火红的尖刺。还有一条阔如碾盘的鳐鱼，占据了整整一驾推车，鳍上扎满了吉祥的红布条。

　　人群的呼喊令人难忘。人们说，那些平日里依仗洋枪弓弩耀武扬威的鞑子，枪哑了弓弩也不灵了：大公一扬手放出"掌手雷"，鞑子没得逃窜！将士们都是胡须夯开的神刀手，冲上前排头砍去！鞑子喷出蓝乎乎的血，流到地上小草冒烟，像镪水一样！鞑子多么凶残可怕！战场诡谲神鬼难测，大公战马一嘶，敌军终作鸟兽散。

那些难以安眠的日子，喧哗一直在耳畔鸣响，脑海里摇动着一张张憨朴的脸庞。一匹白马，马上女子，已经凝在心扉。舒莞屏并无困意，常在午夜起身站立窗前。他寻觅北斗，看那颗淡弱却又永恒的星辰，寻找环绕它的杓星。冷霖渡尚未归来，小棉玉几日未见。舒莞屏向瘦削青年问起了小棉玉。

"啊，她这几日是最忙碌的人，要在辅成院和军营言说大捷。""她？小棉玉？""是的，冷大人将她一手调教出来，能够一口气说上一整天！"舒莞屏愣怔怔看着对方，不发一言。

从头计划归程的时候到了。他准备与冷大人和大公正式道别。分别的日子即将来临，这让人有些失落。他好像看到了夜幕中有一张老人的脸庞，脸上漾着欣悦，赞许道："屏儿完成重托，那就离开吧。"他似乎听到了同文馆生员们低低的交谈，看到了那个走路挺直身躯的总教习，还有亨利的蓝眼睛。四野沉沉，秋虫鸣叫，这里是半岛西部的沙堡岛之夜。

凌晨时分恍然入睡，好像听到一只小鼠在游走。坐起谛听，忍不住开门：长廊中有一个双手垂在胸前的小人儿，啊，小棉玉！揉揉眼睛，影子还在，她碎步趋前，一双鼹鼠那样的翻掌从胸前挪到身侧，嘴里发出轻轻呼唤："公子，是我。不该打扰您的，我走近这里，看到了烛光。""无妨，请进吧。"

"公子，我有一个重要消息报告，也就等不到天明了。"她高高的胸脯急剧起伏。他猜到了什么："冷大人归来？""啊，不，是大公啊！她想见公子！""大公？大公还未入睡？""不，她是昨儿个

123

告诉我的,那时我在东大营,与将士们一起。我连夜赶回了。"舒莞屏连连说:"小棉玉啊,提调,我们随时可以去的!"

"那就半上午时分吧。让大公歇息一会儿,她太操劳了!"她并无离开的意思。舒莞屏端来热茶,她捧在手中并不饮用。他发现她脸上的绒毛隐伏了,整个人显得容光焕发。她的胸部太高,这时弓背含胸,显出无法自持的羞涩和拘谨,偶尔瞥来一眼,又深深低头。她把杯子轻轻放下:"明日九时拜见大公。"

第二天上午,那辆绛红色的轿车准时停在门前。小棉玉和舒莞屏上车,瘦削青年的目光一直把车子送远。舒莞屏注意到路旁的树木和房舍间有一些身材颀长的男子,他们着深色便装。看似松弛的大城池,警戒甚为严密:无眠之夜偶有外出,无论凌晨还是其他时刻,都会感受从某个方位投来的一束目光。他不知何时获得了一种异能:于无声无察间得知即将到来或隐伏于暗中的某些消息,比如听到"灾殃"这种魔兽发出的"嚓嚓""噗噗"声。吴院公说得对:"灾殃"不过是一种动物,它们藏在暗处,走走停停。

关于它们,迄今为止有过两次可怕的听闻:"嚓嚓"或"噗噗"。前者已经应验,后者尚未到来。悬而未决的事情最为可怕,这让他一直忐忑。身旁的小棉玉突然发出一叹:"万玉大公啊!"他看看她,说:"那七天七夜,大公一直处于危险之中,她不该去阵前的。"小棉玉点头又摇头:"可怕的还有大城池,还有这里的白天黑夜。"

小棉玉断断续续说了几件凶险的事,听得他一身冷汗。

官家和悍匪一天也没有放过大公,从她十三岁逃出魔窟至今,可谓用尽心思。他们在大公所经路径挖陷阱、布兽夹、埋火雷、打冷枪,还让行刺的人伪装成娘家亲人、崇拜者和投诚者。歹人散布于酒肆、街巷,一瞎眼瘸腿老人可怜巴巴伸手讨要,见大公走近猛然端起拐杖，杖下镶了尖锥！施毒者还随大公进入庙宇，扮作僧人递上符水，亏得侍卫先饮一口，七窍流血。恶计难逞又施民间邪术：招来诸多亡灵。这些透明的影子只在黑夜放出磷光，日月之下形影全无。好在大公身上闪射隐隐金光，亡灵无法靠近。

"如果有一天我为大公而死，将毫不犹豫。"小棉玉说。

二

厅堂暖融融的。大公衣衫单薄，一件浅紫碎花绸衫，图案是雏菊瓣儿。她颈部很长，头颅挺起，开阔的额头和俊秀的鼻梁，深邃的双目，别有神采。这双眼睛充满慈爱，有时又溢满疼怜。她看着客人，言语殊少。这里有一种历尽劳辛之后的松弛和舒缓。一股淡淡的茉莉气息，从她身上溢出。她摘下那条浅色紫巾，一头浓密的浅褐色头发垂下，遮住了长颈的一部分。

"大公离开的日子，府里甚是牵念。"他说。她眼角一扬，似乎在问："是吗？"其实她只是微笑点头，嘴角漾出欣意。她的手插入衣兜，取出一枚深红色的卵石。"喏，我在西南部的一条河边捡到的。"她托着它伸过来。"它像一块紫玉。"他说。

一个男子进来，将托盘放在他们中间，有茶盏、掰开的几片葵朵和石榴。她取了一片葵朵给他。"一场战事牺牲太多。几场祷告和斋戒刚过。唉，自洋务兴起，官军火器为我所不及。将士仍执迷于利刃强弩。"她眯目望向窗外，掩住心中的痛楚。

他回想一路所见，西洋器械并无少见。冷大人还在为此奔波，相信日后将有更多企划。大城池固若金汤，所有觊觎者必要归于失败。他为这里祈祷。

"此为两年来最惨烈一役。敌人伤亡七百,我方将士阵亡三百余。"万玉大公眼中似有泪光,一手抚在舒莞屏肩上。他不敢看她的眸子。他在想那些加害于大公的恶毒计谋:眼前这位柔软的女子竟躲过那么多暗算,这近乎奇迹! 不过她生来就是一个传奇,此时此刻,他愿将冷霖渡吟诵的《贞德颂歌》从头复叙,觉得眼前的人正是圣女贞德的半岛化身,两位女子确有神秘的关联。上苍神妙无测,人类只有惶恐与膜拜、坚信和服从。他的身体有些微颤,她的手挪开了。

舒莞屏忘记了告别。这之前他还想过,第二次拜见大公后,他将踏向归途:来时由东至西,去时由西向东,再渡界河,开始自己的南国之旅。可是在大公面前,这一切全都遗忘了。刚刚还在谈牺牲、杀戮、大城池的安危,只想不到要向大公辞行。

"我在激战间隙想起一个人。公子猜猜?"大公说。舒莞屏无从猜想。"哦,公子,你该想到吴院公。他把礼物还给了我,在最后时刻交办了这样一件大事。而你,终究没有让他失望。"

这个话题让舒莞屏一怔,马上记起这次拜见有一个紧要事项:向大公辞行。他站起。

万玉大公抬头,目光凝住了。"啊,公子,瞧你有多么亮的发辫! 我真想掂一掂它的重量! 不可思议,让人迷惑! 请原谅我的唐突,你进入沙堡岛自会发现,这里的男子全都没有发辫! 公子可知为何?""不知。""男子自西周、战国至明朝,皆是束发的。"

舒莞屏揩了一下额头,听下去。"公子改为束发愈加俊美! 吴院公在世也会应允的。老人不在,该让我决断:到了那一天,就由我来为你束发!"他听得真切,双手不由得捂住了发辫。他不敢想象离开这里之后,一个失去发辫的男子会引来多少目光。他的手滑下来。

他想到了冷霖渡的头发：它们剪得稍短，往后梳去，接近于同文馆洋教习的发型。

"大公，我记住了。"他暗自斟酌，想到明年或后年：自己于同文馆结业将首选出洋。他曾见过几张远去西洋的生员照片，一个个西装革履，那条发辫自然剪去。可他未曾敢想，大公会为自己束发，这是多大的事！这种事是断然不会发生的。他垂下了眼睛。

三

冷霖渡回来了。舒莞屏上午十时见到了他。令人吃惊的是冷大人那样冷漠：看人宛若生人，目光峻厉，几乎再无往日热情。大人一夜忙于事务，却没像过去那样清晨即眠，而是继续埋头案上，带着满眼血丝站起，匆匆接过仆人递上的茶点，几口吞下。在长廊上，他见到了走来的舒莞屏。舒莞屏被冷大人凝在眼角的泪珠惊住了。大人点一下头，脸庞转向窗口，一手撑向廊柱。瘦削青年过来，搀大人往前走了几步，又想起舒莞屏，回头招了招手。

三人来到长廊尽头，进入一间小屋。这里有一张凌乱的卧榻，上面是陈旧的被子和一摞摞书。枕头上有个凹印。舒莞屏马上意识到这是大人的卧室，简陋出人意料。有人端来一杯茶，刚放下就被唤回："咖啡。""是，大人。"那人很快端来两杯浓浓的咖啡。冷大人拿起杯子一饮而尽。"公子，天一大早，让我们说点高兴的事情吧。我离开的日子，有什么见闻？小棉玉服侍可周？"他说这话时有些憋气，勉强露出一点笑容。

舒莞屏不知从何说起。对方离去的几天是整个大城池最悲伤的日子:虽有民众庆贺大捷,但一阵热闹过去,剩下的全是不祥的传闻,因为伤亡惨重,有人痛不欲生。听说大城池南边的医堂里住满了伤员,就连大药堂也来了不少伤者。那个朱砂滚子失去左眼的嚎叫,至今想来还令人恐惧。可是这些事情终未提起,只说小棉玉:"啊,想不到她是辅成院提调,那里的总领。"

冷大人这会儿流露的笑容真切多了。"公子谬赞。她如亲生孩子一般无二。我收留了她,把她养大,教她识字兼学数理。她能说不多几句西文,也会画几笔。她今年已三十一岁。"最后一句让舒莞屏差点喊出来:她除了那双手和偶尔肃穆的神色,随处都像一个孩子啊。"辅成院有各种异能之士。上个月她听观星老人说会有战事发生,而今全都应验。"冷大人的目光变得冷冽了。

舒莞屏想告诉冷大人:万玉大公大捷归来,骑一匹白马自阵中远驰,那飘飘长发和挺起的身姿,活脱脱就是那张"女子策马图"的复活! 他想说:您当时多么传神地抓住了大公的英姿! 那真是天下无双,丝毫不逊于那位圣女贞德! 他看看冷大人,说出的却是这样一句:"我再次拜见了大公。"

"啊,好极了。大公历经鏖战,亲自去了西南战场,让人日夜悬心。最后得知她平安归来,这才睡了一个安稳觉。公子,我在日夜不眠的日子里一遍遍默诵那支《贞德颂歌》,为她祈祷,也知道她会平安无恙的! 我归来第一件事就是拜见大公,不巧她刚刚入睡。她实在太辛苦了。我从那里回来已是凌晨三点。公子,你把刚才的情形细细说来,不要担心啰唆,慢慢说。"

舒莞屏点头:"大公那天心绪还好,不甚疲惫。她与我一起剥葵朵饮茶点,只是说到了战事,泪水在眼中闪过。她还提到了吴院公,说想念那位老人。"舒莞屏讲到这里,发现冷霖渡的目光变得阴鸷,就停下来。"别停！你接着说，她问了老院公什么？""她，她说自己即便在战斗间隙，也时常想到他。老人在最后的时刻送还礼物，而我，已经完成了老人的嘱托。"他如实复述一遍。"还有呢？""还有，"他从头忆想，说，"大公说，如果老人健在，也会让我拆掉鞑子发辫。还说，到了那一天，她会亲手为我束发的。"

舒莞屏止息了话语。他再次感到了一对冷冷的目光，垂下头："因为一时激动，竟然再次忘记向大公告别！"他抬起头，"大人，您就代我向大公辞行吧，我这就返回同文馆了。大人，您的照拂和厚待，我将终生不忘。"

一片沉默。没有回应。冷大人端起一只饮空的杯子："哦哦，好的。既已做完，就该归返了。"冷大人站起，在榻前踱了几步，发出若有若无的叹息。几句细碎的低语无法听清，仿佛在说给另一个人。过了一会儿冷大人转过身来，泪水顺着鼻子两侧流下。舒莞屏站起。冷大人伸手将其按下：

"我的爱子，我是说爱子一样的人，几天前刚刚战死了！"

舒莞屏抱住了冷大人的手，听他诉说："他是跟在身边十多年的卫士。两年前送他去了营地，给了他一匹好马。前两天还梦见他。我的孩子，像小棉玉一样的孩子。公子要离去了，一路多多留神。今后我伏案久了，凌晨时分再无人陪我饮一杯苦咖啡，说一两句洋语了。"他按按喉结，摇摇头，"我又要一个人享受这里的长夜了。"

舒莞屏一阵难过袭来，不忍看冷大人。只有这会儿他才能确切地找到此地的地理坐标。是的，在同文馆学到的测绘学派上了用场：此刻脑海中出现了沧海茫茫，波涛静流，深深的沟壑，这中间是花瓣一样的陆地，撕裂成几片；在这开裂的瓣朵中，最可怜的就是小小岛屿和凸出的半岛了。一个悄悄探入黄海的犄角，好像它在做出这

129

冒险的探试之前，先是沿柔浅的海岸轻手轻脚走了一会儿，然后大胆地跨出一步。这就是胶莱河以东的半岛。在无人知晓的角落，在靠近莱州湾西部的沼泽水汊中，上苍以她不可言喻的伟力，随意堆积，一座座沙堡岛也就出现了。只要有泥土，不管是沙土还是黑土，也不管是珊瑚礁还是冲积的山石屑末，只要能够成片成形，上面就会出现小虫和四蹄动物，以及最后赶来统治一切的两足动物。在所有的动物中，后者确是不凡和狡黠的，他们修筑房屋并相互争夺陆地，掘井，打造长矛，围上篱笆，然后享用自己的时光。

他在默想中飞快将目光收束，由无边的浑茫到疏朗的大草屋，再到一个院落、一间屋子、两个人。其中的一个年轻人不久就要起身，东渡界河，一直走向黄海边的一座城市。他将从那里入海，像一条鱼那样游过一条弧线，途经一座人烟稠密的都会，最终去另一座都会。从此，剩下的一个人要独自拥有自己的长夜。

正在暗自悲伤，对面的人说话了："公子，你时下的情形，就和我当年一模一样！"

四

延宕至上午十时，冷霖渡仍无睡意。因为要与人道别，伤感总是难免的。"我的公子，我没有宝物赠予，也没有副统领那么好的锦缎。我这里只有书画和一些微不足道的小零碎儿。想了想，索性就送你一番衷肠之言吧。我说过，你这会儿与我自己当年相同，实在毫无夸张。你可能还记得我说携小棉玉投奔万玉大公的事吧？那只是概而言之。真实的情形则要曲折许多。最初只是义无反顾，后来的日子却也十分漫长。大公立足山寨,历尽生死之险,这期间我至少两次要离她而去。我知道,一生抉择不可不慎,荣华富贵未必贪恋。满腹学识该如何使用？人之大勇也非马上之争。就为了一篇待写的大文章,我决计要离去了。"

冷大人垂下头,足有三两分钟。再次开口有些鼻塞:"也许让我终得悔疚的是身边的小棉玉。我发现跟随万玉大公以来,她已变得颇有心志。这样的孩子数不胜数,有的饿死,有的被土匪杀害。一村一镇生出有点姿色的女子,必被掠走。强人抢夺,官府更坏。大户豪门必与官府勾结,豢养大批恶丁,不然就无法自保。万玉养父将她许与官家,分明是锦衣玉食的前程,毁掉这些的却是她自己！她看过太多血泪,知晓太多冤仇,豁出性命绝非一时之勇！她从一座刀山走向另一座刀山,一直走到今天！"

舒莞屏看着他。冷大人鹰一样的鼻头变得如同铅坠,压得头颅低垂,最后不得不用力挺颈。"令人称奇的是,九死一生之人除去最初一击,再无伤创。什么弓弩洋枪,更不要说矛枪了,一律不能沾身。有人亲眼见贼兵从后偷袭,刚举弯刀,就有一颗飞弹垂直而下,孟贼应声蹶地。枪弹怎会笔直搜顶？分明是上苍之手！凡此种种令人叹服,自知凭一己之微,三两笔墨,断不可自骄。我从此发誓成为忠诚的仆人,大公的仆人。哦,这就是我的当下,我的今日！"

瘦削青年进来,在冷大人耳边悄语:"大人该休息了,您已两天没有入睡了。"冷霖渡指了一下空空的杯子。青年再次端来茶饮。冷大人捏起一只小圆饼填进嘴里,又递来一片。"Nostalgia has its own value.（怀旧也非一无是处。）喏,这种小圆饼是我在洋行经常吃到的。红茶与咖啡就像烟瘾一样难戒。沙堡岛的作坊造出了同样的小圆饼。与作坊类似的创制还有大药堂、辅成院、火器营、种植营和银库,林林总总不一而足。就像谋划文章，所有段落还需组合起来。我发现这里有一个雏形：中西合璧，五脏俱全，合榫配套。最难的是汇集天下异士！万玉大公有一名言，'得一城易，得一人难'，算是说出了至理！公子，得'一人'与得'众人'孰先孰后？先得'一人'，后得'众人'；如若反置，只得'众人'而轻失'一人'，终究也将失去'众人'，江山也就随之失去！"

"'众人'我懂，'一人'为何？"舒莞屏问。"'一人'，"冷大人抚摸胸部，像胃疼一样呻吟，弓下腰，"他在茫茫人海中，看去与常人无异。难的是，怎样把这个人从人海里找到。这就是我们四处寻觅异士的缘故。稍有异能者多，真有才具者少，为不朽之业献身者则少之又少。我是他们的痴迷者！我不怠不倦地寻找他们！今天，我就见到了这样的一个人！"

"他在哪里？"

"就在眼前！"

"大人折煞我也！"舒莞屏脸上灼烫，脖子都红了。

谈话终止。冷霖渡倦了，嗓子嘶哑，两眼红丝越发明显。舒莞屏躬身退开一步。冷大人身体斜倚榻上，为了省些力气，将两个拐肘撑住榻边："小棉玉会帮你打点上路的东西，她是细心的孩子。你若晚走一两天，我会为你送行；如太早，我要躺在这里歇息。我真的累了，公子。我相信缘分，咱们后会有期。"他的声音越来越小，最后接连低咳，整个人蜷伏在榻上。

舒莞屏自廊中走出。时近正午，太阳热烈，四野温煦，微摇的树叶泛出光泽。空中有一群鸟儿在高翔，它们在一座座大草顶上掠过。略有腥咸的风吹来，令他惊异的是，自来到这里，好像第一次以嗅觉感知海的距离。他想到了那次大海之行，那撼人心魄的渔场呼吼，那一场罕见的风暴。

屋里一切如旧，空荡无声。他无心打开案上的食盒，在那张宋画前看了一会儿，又去隔壁，把散落的几粒棋子收到盒中。打开柳条箱包，里面除了几件衣服和书，并无他物。他按按胸口，这是一个习惯动作：信札已经不在了。打理行装太过简单，随行仅一箱包。他打开柜子，那儿有副统领赠予的锦缎之类，它们将转赠小棉玉。

想着小棉玉，人就来了。她像往日一样沉默，只是更加怯懦。她身体缩去，整个人越发瘦小，脸上的细绒变得更浓了；欢快的时刻，这层绒毛会闪出浅浅的金色，中间那双大眼睛也亮起来。她全身最显著且超越常人的，就是这对又大又黑的杏核眼。她上唇鼓突，鼻中沟又长又深，这使她看上去像个极有主意的人。但她此刻真的像一只小鼠，一进门就待在角落，后来上前一步，不声不响打开食盒。她把菜肴摆好，坐在一边。他邀她用餐，她摆手：

"我是来为公子打理东西的。"

五

直到凌晨，舒莞屏仍无睡意。这是冷大人忙碌公务的时间。他步出屋子，想看到窗子上的烛光，没有。一些影子在徘徊，那是值夜的卫士。这里的戒备毫不松懈：那些密谋加害于国师的同样大有人在。有许多惊心的故事，它们由小棉玉断断续续说出。除了日夜有人护守，冷大人的行踪格外隐秘，没人知道他的日程安排。最重要的是他异于常人的作息时间：在人们大睁双眼的白天，他会闭眼休息；而在大多数人安歇时，他却大睁双眼。这就让那些寻隙下手者少了许多机会。冷大人有着过人的嗅觉与听觉,他能从空气中闻到不祥的气味,从沉寂中听到刺客的脚步。有一次他正读函册,手中的杯子轻轻落案,他小声对一旁的人说:"去林子南边小径上看看。"几个卫士出去,只一会儿就擒住两个贼眉鼠目的家伙,事后得知是清营的道员,他们伪装成卖糖炒栗子的人进入大城池。还有一次卫士呈上一只西部商家送来的籽瓜,模样鲜亮诱人,送瓜人笑吟吟的。大人让这个人吃上一片,与之闲谈,结果不到半个时辰,那人就口泛白沫倒在地上。原来这是一只毒瓜。

冷霖渡因为奔波太久,一连两天,窗口都是漆黑的。舒莞屏决意与冷大人正式告别。他认为再次拜见万玉大公实属奢求,却断不可以在大人休眠时悄然离去。第三天,小棉玉又来到这儿。她进门后垂着两只大手,好像只待一句吩咐,就招来送行的马车。两人多是沉默。她这双手过于粗糙了,是一双无法改变的奴隶之手,尽管已经贵为"提调"。她的目光从自己手上挪开,说:"公子,还有一些地方该去看看,可惜来不及了。"

他的背朝向她,那条乌黑的长辫油亮丰腴,散发出沉香的气息,粗可盈握,光滑顺溜,静静地昭示和默许。

小棉玉趋前一步。他转过身,目光在说:我等冷大人醒来。她说:"冷伯有时会接连七天不眠不休,有时会一口气睡上七天七夜。"他摇头,像发出一句自问:"再等七天七夜?不,我该即刻上路了。"他直视她:"尊敬的提调大人,为我备下马车吧!""什么时候?""现在!"

车子驶向广场东南,沿一条南北大路往前。再往东拐就是那个青石码头了。小棉玉坐在舒莞屏旁边。马蹄叩击卵石路面,声声清脆。马车折向东西大路时,舒莞屏探出车窗喊了一声:"时光还早,我们先去别处。就去辅成院吧。"小棉玉头颅低垂,快要埋入两膝之间。这是她惯有的一个动作,使他无法判断对方:羞涩还是默许?期待还是深思? 马车开始转向,半个钟头不到,已绕过几幢海草屋院落、一幢两层高的砖楼。马车停在了一个沙岗坡下,这里是茂密的槐林和白杨林,林间有两个相连的小院,是清一色的海草屋顶。不过这里的屋顶好像更厚更高。舒莞屏一眼就喜欢上了这些房屋,这片林子。他们下车。小棉玉说:"这是冷伯亲自选下的院址。原来只有一个小院,又加盖了一个。那小院是老道修炼的地方,他搬走了。""老道?""嗯哪。他去大药堂了。"

他们来到提调当值之所:小院尽头的一幢小屋,一丛竹子掩映,背风向阳。一个暖融融的处所,屏风隔扇,颇像冷大人屋中的摆设,只是小了许多。屏风上糊了高丽纸,后面也是一条长案,上面是宣纸笔墨。案上有一个瓷铃,那是用来呼唤侍童的。屋角有一个大火炉,样式新异,记得在一些府邸中见过。小棉玉说:"这是大城池最暖和的地方。到了冬天,还要在大屋旁搭一小屋,那叫'冬屋子'。"

小棉玉说这些时,一改往日的艰涩,流畅了许多。她胸部挺起,走起路来雄赳赳的。当她发觉他投来的目光,立刻萎缩起来,话语再次变得迟滞。走出这座小屋,院中有砖石路,路旁照例是美人蕉。迈入一间阴暗的屋子,蒲团上坐了一位光头老者,正低头看一古卷,蘸一下口水翻一页,对来人看都不看。另一间屋子是三个冥思者,手指捏起端放膝头,同样不理来人。邻室传来声声激谈,循声寻去,发现两个中年男子正拍案相驳,目光冷峻,争论晦涩的"义理"。舒莞屏一时不愿离开。两人当中个子矮小者愈战愈勇,奋力拍案时一腿提起,猛力跺地。对方是一高大男儿,额上青筋毕露,最后期期艾艾双手拱拳,显然落败。

他们出门，小棉玉说："那大个儿败得好惨！"舒莞屏答："好惨。"他听不懂那两个人在说什么，只知奥妙。相邻的屋子安静至极：一个垂了枯细发辫的老人正掂弄几个生锈的铜币，那是春秋战国时期的刀币。老人向小棉玉和来客施礼。"他是银库先生，弟子刻制银票底板，上有万玉大公侧身像！"小棉玉提高了声音。

他们站在一个稍大的厅堂中。这里可容纳百人，一个小木台，下面是一排排木椅。"这是讲堂，人多就来这里了。""谁来听讲？""府里。冷伯有时也来，不声不响待在一角。有一回大雪天来了一位头戴貂皮帽、大氅包裹、围巾遮去半个脸的高个儿女人，事后才知那是大公！她就站在那个地方，那儿！"小棉玉指着大堂一角。舒莞屏略有吃惊，发出"啊啊"声："那天谁在宣讲？""冷伯。嗯，后来是我，我可说不好。大公一直站着听下来。"

马车驶离辅成院。风大了。他们上车时听到了唰唰的树叶抖动声。马车一直向前，沿原路。又回到了那条通往码头的东西大道。三五鸥鸟旋过车子。淤泥和腐草气味加重。舒莞屏搓搓鼻子，对身旁的小棉玉说："请折回吧。我今天不去码头了。"

小棉玉的头颅低垂在两膝之间，没人看到她双颊滑落的泪珠。

六

舒莞屏将被任命为"辅成院总教习"。他得到这个讯息着实慌了，说："断断不可。我即便出任教习一职，也是徒有虚名！"传话的是瘦削青年，他摊着两手："这是不可更改的，大人！""冷大人知道吗？""自然知道。"舒莞屏不解，愣愣地望向他。"这是万玉大公的意思啊！""大公知道？这事惊动了她！"瘦削青年躬着身子："大公看重辅成院。火器营能工巧匠甚多，可她只去一次。小棉玉那里她至少要去三两次。""请告诉冷大人，这让我委实惶恐。"他说给自己，"在同文馆，'提调'是至高职衔，'总教习'次之。就连亨利也只是'教习'。"瘦削青年说："这里的'总教习'不止一位，轮流当值，由提调大人举荐。"舒莞屏更加不安："小棉玉，你怎可做此举荐，你也太难为我了！"

一夜都在等候叩门声。他不敢擅自前去。一排窗户亮起烛光，那是通宵不息的值夜者。舒莞屏愿将作息时间颠倒过来，心中响起一个执拗的声音："老院公啊，如果我没有猜错，您是让我走一条大道。我记得您临终前说，'时间来不及了，只有你代我走这一程了。'我今日终能明白这句话了。"从午夜待到凌晨，没有倦意。他想让颠倒的作息试练自己。大约凌晨两点，一阵倦怠袭来，他摇摇头，握紧双拳。

门响了一下，轻轻的。是神采奕奕的冷大人。经过几日歇息，大人已从疲惫中彻底恢复，目光专注明澈，额头的浅纹也消失了；鼻头不再沉沉垂下，而是轻轻上扬，整个人显得开朗愉快。伴随的总是浓香的咖啡和小圆饼，还有几块菱形蛋糕。"公子，我们的'总教习'，从今以后我们即同为万玉大公臣僚了。这如同再生一般，嗯，我是说许多年前的自己。"他举起杯子与之轻轻一碰，品味着，搓手。"冷大人，在下可做任何杂役，抄抄写写或做通嘴子，皆无不可。小棉玉实在是举荐错了。"

冷霖渡听得饶有兴味，最后板起脸，竖起一根食指摇晃："这绝非小棉玉的主意，而由大公裁定。辅成院隶属国师府，小棉玉身为提调，职阶与副都统同。万玉大公得知你留下来，甚为欣悦。那是一天中午，她站在木槿树下，口中默念'老院公'三个字。可见真正的举荐人是那位老人！"舒莞屏抑制心中的激越，说："老院公想不到我舍弃年考，更想不到这个职衔。""公子看过那封信札吗？"舒莞屏摇头。冷大人看着漆黑的窗子："我们都没见过。那是他和她的私信。我相信他将公子托付于大公，是深藏的一个主意。"

冷霖渡的声音最后小到不能听闻："只有将军以上职阶，大公才会亲自为他颁下印信文书。不过这次她要破例了。大公的决定必与吴院公有关。"他的手伸出，碰到对方辫梢又倏然缩回。舒莞屏抿起嘴角，注视前方，看着烛光的晕圈在变大。他想到了小棉玉：如果刚才没有听错，那么这个小女子的职阶竟然与副都统相同！这让人震惊和费解。他初见这女子，觉得对方就像一枚忘记收摘的冬桃，在梢头瑟瑟发抖。多么可怜的女子，却有如此显赫的地位。无法置信的事只在这遥远的沙堡岛上才会发生吧。

冷大人离去，他渐渐不支，伏案睡去。有人给他搭了一件披风。这样直到天明，醒来时身旁有一个食盒。草草用过早餐，走出门去。一个卫士手扶弯刀，趋近拱手："总教习大人，在下是您的贴身侍卫，随时听从大人吩咐。"他看着这个身材壮实的青年："你今年多大？""在下十八了，大人叫我'憨儿'就好。""嗯，憨儿，你只需忙自己的事情，不必站在这里。"憨儿躬身："我要站在这里，我是您的人。""既是我的人，就听我指派：回去歇息，没有传唤不得转来。""大人，在下不敢哩。""回转罢。"憨儿僵持一会儿，退去了。"冷大人，我真真作难了！"舒莞屏看着半空的太阳，自语了一句。

一辆绛红色马车停在近处，小棉玉从轿厢出来。舒莞屏恍然大悟：这华美的车子原来是她的。以前这马车是停在远处的。他往前迎了几步。小棉玉的额头在阳光下闪亮，上唇显得愈加突出，深长的鼻中沟似乎显示出握有重权者的某种特征。他不由得拱手:"提调大人。"她抿嘴还礼,随他回屋。侍者端来饮品和糕点。他一时不知说什么。"我已闲居太久,不敢尸位素餐。在下只想尽快做些事情。"他抬起头,只见对方颊上闪过一丝顽皮,旋即变为一个小小的酒窝。她用力抿着右边的嘴角,抻拉双腕。他发现她袖筒外的一截手臂生了微黑的绒毛。她飞快将手缩回。

"总教习只需教仨俩后生洋文,德法日语尤重。若能教出几个通嘴子,也算功莫大焉。"她笑吟吟的。他马上摆手:"在下英文尚可,其余初通而已。""那也无妨,就让他们初通罢。"她的杏核眼溢满喜悦。他以前从未见她的目光在自己脸上如此停留。当他抬起眼睛时,似乎听到那双透明的目光像玻璃一样折断,发出哗啦声。"公子,总教习,没有比你更受大公和冷伯器重的人儿了,你做什么都好的。只要你高兴,怎么都好的。"舒莞屏听对方将自己叫成"人儿",颇为不适。

"如何当值,还望提调吩咐。我当竭尽所能。"他找不到更多的语言表达内心的诚挚。他为面前的女子褪去过人的羞涩而庆幸:这之前甚至无法与她顺畅地交谈。他从来没有遇到过这样拘束的人,她在自己面前无法直视,连启齿都难。"何时去辅成院,请提调大人示下。"他的声音沉着而庄敬。"公子大可随意的。日后您仍旧住这里,冷伯乐于让您做他的邻居。他吩咐的事情才是要紧的,我们都听他的。"他听得明白,自己其实徒有虚名,一切如旧:"这怎么可以!这断不可以!"他在心中呼叫,说出的是另一番话:"那就交给我几个后生吧,一起演练西文。""我让他们前来,你得闲就摇一下手铃。"

她离开后,他才想到事情的荒谬:从自己居所到那个辅成院起码有十里之遥,那里的人怎可听到手铃?那个闪闪发光的瓷铃大如拳头，就放在琴案上。他看看渐暗的天色，伸手抓住瓷铃的硬木手柄摇了两下。声音脆亮，尾音长而又长，似乎还未停歇，那个深棕色的角门就被打开了。

　　站在门前的是憨儿。"啊，是你。我不是让你歇息去吗？"憨儿喘着："大人，我就在门后小屋歇息。"实在无语。舒莞屏吐出一口气："去吧，传那几个习练洋语的后生吧！""是啦大人！"

七

　　天有些凉了。西北风在加大。落叶最早的是栾树，接着是白蜡。枫树不多，金黄与深红的叶子交错杂陈。早晨踏上林间，舒莞屏不忍去踩那些落叶。后来他发现它们有的已被压上脚印，紊乱脏腻，这才想到夜里有人徘徊于此。抬头看那些在晨光中暗淡下来的窗口，知道一支支烛火都熄灭了。他努力改变自己的作息，想过一种晨昏颠倒的生活，还是勉为其难。看来一切并非那么容易，这也需要童子功：老院公叮嘱他黎明即起，洒扫庭除。"啊，老院公，我要在这海角度过第一个冬天了。我不知道这里的冬天是怎样的。"

　　他觉得枫叶是凝固在地上的一束束霞光。他捡起一片叶子，转脸看到有人走来。"冷大人！"他呼叫一声迎去。冷霖渡破天荒没有安歇，而是像常人一样享受晨光了。一夜无眠，脸上毫无倦容，经过洗漱，发丝齐整，双目明亮，走近了，一只手放在他的肩上："公子，今天是你的大日子。待会儿，我们要一起去大公那儿。小棉玉的车子即刻就到！""我们？"他的手放在胸前，两眼迷蒙。冷大人没有听到这声询问，只说："公子回去更衣吧，我与你同往。"舒莞屏的心怦怦跳起，一边走一边回望：树隙中的霞光像一把长剑，那个人就在殷红的剑光下边。

小棉玉的马车果真到来，那独有的叩蹄声由远而近，最后停在石阶前。舒莞屏在疑惑中站立镜前，整整衣衫，换上一件青丝短衣，又将辫梢上的缎带解下，改系一条蓝黛毛绳。他端量着系好蝴蝶结，又改成坚实的死结。步下石阶时，迎面的轿厢已经开启，里面坐了冷大人和小棉玉：她像一只沉睡的小鸟歪在一旁。三个人挤在后座上，冷大人打趣道："这样暖和多了。"

帅府的落叶似乎更多也更斑斓。鸟儿在叶子稀疏的枝条上站立，喊着："吓！吓！"黑衣男子把院门拉开，待车子通过又关合。在一条通往长廊的黑石路上，一排目不斜视的卫士腰悬弯刀，外加一支短铳。车子跑过石路，在一排野椿树下停住。三个人走向长廊时，廊柱上垂挂的兰花正在吐蕊，香气引人驻足。舒莞屏仿佛看到某个安静的下午，暮色初起时，一个身材颀长步履轻盈的女子正站在这儿，深深地吸进它的气息。冷大人走向前边一点，他们跟上，没有走向以前的二进院，而是一出长廊就向左拐，走进边厢。

这是一个南北向的稍大厅堂，里面已经肃立十几个男子，他们只看前方，当冷霖渡走近时，一齐躬身施礼。小棉玉示意舒莞屏与自己站在一起。冷霖渡并不入列，独自踏上矮矮的木台。厅堂内铺了蒲草编成的软垫。这种蒲垫让舒莞屏觉得超过了舒府中的羊毛花毯，有一种说不出的奢华。再看前面的木台，那上面铺的是染色的蒲垫，有展翅的凤凰图案。厅堂两旁插了彩色旗子，还有一束束紫色和黄色的花。舒莞屏觉得这里真的要有什么大事发生，因为经过装饰的厅堂，特别是肃然默立的这些人，都在期待。这些人大都四五十岁，除了小棉玉，全是陌生者。正在他暗自揣测时，一个洪亮的声音响起,所有人都在呼喊一个名字:大公。

是的,万玉大公。她从边门进来,踏上木台,含笑致意。一件浅紫色长衣,重裾拖地,整个人显得更为高爽。其实她确比一旁的冷大人高出一些。一个宣礼官模样的人谨慎而堂皇地说了几句,退下,改由冷大人以和缓亲切又不失庄重的语调,说出这是一个"大日子":为一位将军颁发雄狮勋章,为辅成院新任总教习颁发印信文书和精金腰牌。话音停息,欢呼四起。宣礼官念出将军的名字:"朱砂滚子万东。"一个四十岁左右、左眼遮罩、身穿甲胄的男子上前,台前台下施礼,拱手的动作利落快捷。这人脸形窄窄下巴歪长,左边嘴角像是一直咬紧了什么。他挺胸站立,双唇拉成直线,倾听颁辞。啊,舒莞屏因他这身打扮差点没有认出。

舒莞屏一直盯着闪烁的勋章和一块亮锃锃的铁牌,看它怎样由冷大人接过,对在眼前看一下,然后交与大公;大公威慈的双手接过,颁给将军本人。他生怕疏失了每一个细节,看着,忘了随众欢呼。临到了自己。还是一如前面的程序,还是宣礼官和冷大人。只是他站立的位置稍偏一点,冷大人牵了一把。他不敢直视大公的眼睛,只盯住她颔下一点。他发现大公如同男儿一般挺拔。他闭闭眼睛,睁开时,一张对折的盖了大红关防的纸页、一副金闪闪的长条形腰牌就在手中了。

舒莞屏站在原地,直到所有人离去。他手中的东西不知被谁取走,拖着燥热的身躯往前挪动。一个男子面无表情地引导。他循着男子的手势走向木台一侧,进门向左,走入一个芬芳的小屋。他嗅到了兰的气息,扬脸寻觅,见到几个精致的木架上各摆一盆兰花。屋中静极了,与刚刚经历的喧哗形成两极。大约过了一刻,屋门开启。他站起来:"大公!"

万玉大公微笑不语。不同的是她已褪去那件长长的披袍,只穿爽爽的宽松的衣衫,一件针织花边细布白衣,罩一件绿点短褡。"公子是我们的总教习了,这在几天前,不,在你第二次来这里时,彼此都不曾想到的。"她示意他坐,自己坐在长条软椅另一端。"我那次忘记向大公告辞,有些慌乱,不知所措。"他如实说出。"哦,为什么?""因为,我好像站在了十字路口。"大公点头:"人总要站在这样的路口,不过也总会走向一个地方。今天,当我拿起那个腰牌时,好像看到了一双眼睛,全是赞许。""我知道,那是吴院公。我每天深夜都要想起老人,想起他的话,他的西营,那里的木瓜树。"他低下了头。

万玉大公坐近一些,一手伸到他的颌下。他抬起头。"公子,如果你不介意,就由我亲手为你束发吧。今天当是一个边界,跨过它就不一样了。这条辫子该去掉了,你已是河西的人,不该是从前的打扮。"舒莞屏要站起,却被一双纤手按坐。那只肥硕的发辫握在她的手里。他背向她,感受那只手正痛惜地抚摸发辫,然后费力地解着辫梢的死结。真不该扎得如此紧实。后来这辫梢被填到她的嘴里,她用牙齿咬开了那个死结。以手代梳,一遍遍梳理浓密的长发。最后,另一只手取出一条青色锦带。推拢浓发,扎上带子。他被引向一边的镜子。

镜中是一个熟悉的陌生人:眼角稍稍吊起,额头饱满而明亮。他闭了闭眼睛。"好俊俏的小生啊!"一声轻叹,他的脸庞给扳到她的胸前,压在那儿。他听到了她的心跳。他仰脸看她。她像叹息一样发出呼叫:"我的孩子啊!"她轻吻一下他的额头,说道:"去吧,总教习!"

他走出屋子,走向长廊。黑石路上没有了那排卫士,也看不

143

到其他人。有人在招手,他定神一望,是小棉玉。她望向他,合不拢的嘴巴好像在轻轻呼叫。他们上车,车轮转动,彼此一声不吭。车子驶向原路。小棉玉抓过他的手,让他抚摸手边的印信文书和透着些许凉意的腰牌。她说:"那些人都去东南门了,他们去看刚逮住的匪首,那几个凶恶的家伙要示众三日呢。我们去那边如何?""好的!"

东南门是从未去过的地方。原来是大城池东南十余里的城外,是人口密集的村镇。街道一如村庄集市,有不少挑担推车的人。生意人在叫卖。车子走得很慢,尽管行人闪路,一些孩子还是要追赶围观,车夫不得不让车子慢下来。前面是十字街口,那里挤成一团,所有人都仰颈看同一个方向。有人扯着嗓子大嚷,重复的只是一句话,终于让人听得清楚:

"你等看好!这就是那个'小雀鹰'!这个女匪杀人掳掠无恶不作,胆敢冒充我们万玉大公!你等看好!"

小棉玉指了一下半空。舒莞屏看清了,那是挑在高高屋檐上的一根横木,上面拴了不甚清晰的球状物。天哪,这是一个女人的头颅。"小雀鹰!"他呼叫一声,浑身冷战。

第八章

一

　　冷肃逼人的季节来到了沙堡岛。半岛东部令人色变的"北煞风"，在这里不足为奇。大风呼啸的日子属于亡灵：暗无天日的时辰，乌云降到半空，再降到离地十丈、一丈和一尺，杀人越货的毒手就出现了。传说这种凶悍的毒手一大早就能扼死整条街的人，不分男女老少，一个个身穿老棉袄死在泥尘中，脸色黑紫，颈部发青，头发踩在土末里。亡灵接管沙堡岛后，所有人都敛声闭气，夜里吹熄蜡烛，白天关上门窗，抄手垂头等待。大海的怒吼是亡灵的声威，那些水中怪兽不敢上岸，因为岸上有比它们更残暴的、步伐轻快的黑影，这些影子赤身裸体，没有体温，不惧严寒。侥幸活下来的渔人和捕蜇场的人，事后会讲述险象环生的日子：寒气就像杀人刀，脸没挨近就裂开了。大风雪不是斜横吹来，而是垂直击打陆地。河道封起，海里有了冰矾。鸟儿钻到地洞，与瑟瑟发抖的兔子做伴。亡灵在冰

145

上滑行,在风里舞蹈,相互传递消息:在某个拐角有些许热气传来,伸手就能捏住。它们循着一线若有若无的呼吸摸到人的老巢,向他们呵一口气,一家人立刻成了冰坨。老人小孩,男男女女,来不及眨眼就死了。黑影挥手击打草屋和树木,到处都是"咔嚓嚓"的声音,是倒塌和折断。世界脆弱到不堪一击。十二月底之后是亡灵的节日,这样的日子不属于劳民,也不属于悍匪:人人畏惧深冬的沙堡岛,不敢踏入半步。

亡灵被驱赶到大海深处,是近几年的事情。万玉大公的队伍在岛上驻扎下来,将军们的脸色比亡灵还黑。兵士照拂这里的一草一木,用冷热交织的方法化解亡灵的诡计。他们为瑟瑟战抖的寒士发放棉衣,熬老姜汤,盖冬房子:入地半截的小屋生一只火盆,很容易驱走严寒。进入这个季节之后,防范官军和悍匪事小,熬冬事大。备下老棉靴和厚厚的衣被,搭建冬房子,堆积劈柴,这是保命的东西。

岛外的觊觎者在呼号的大风中不敢轻举妄动。如果有人怀着侥幸心理偷袭沙堡岛,半路就会变成冰雕。"天冷得滴水成冰,哈气成霰,哪里是杀人的日子!"有幸逃脱的来犯者事后谈起当年的冒险,感叹不已。守岛将士躲在冬房子里喝酒吃鱼,压根不在乎外面的事情。对他们来说只有亡灵才是对手,而这些身如泥炭的黑影早被热气吓跑了。冬房子里火盆嫣红,旁边是烤得流油的鱼干和鼓泡的羊肉,逼人的香气宣告了一个祥和的没有杀戮的季节。这是所有识字人和睁眼瞎的节日,他们玩各种销魂的游戏,打纸牌和占卜,听道士与和尚讲经,吞食让人浑身冒汗的补药,传递岛外消息。

从十二月到来年三月这段日子,北部海湾全是大如舢板的冰坨,它们在狂暴的呼号中日夜碰撞,咔嚓嚓的巨响传到几十里外。沙堡岛通向外面的三大河道结成坚冰，又被积雪覆盖。狂风扫去小山一样的雪岭，露出一些死不瞑目的人：悍匪和官军悄悄来袭又悄悄死去，没人收尸。把守河道的将军无须过于分心，他们只要裹起翻毛大氅偎在炉边喝酒，等待传令兵糊满一身雪粉，跌跌撞撞来报好消息就行了。不到四个月的时间，严寒会替守岛将士们干许多活儿，兵不血刃，干脆利落地把那些阴险贪婪的家伙送到阴曹地府。岛上春天姗姗来迟，因为隆冬留下的冤魂哭哭啼啼不愿离开，它们一天不走，寒气就一天不散。

百日隆冬的威风由天地鬼神一起完成，缺一不可。大公人马驻扎大城池的第一年，那个百日开端应该写入史册。那时，一幢幢冬房子刚刚搭好，将士们来不及搬进这些半截入土的矮屋，就和裹在黑色旋风中的亡灵开战。那些家伙来去无踪，从浪荡岛周边或更远处窜来，驾着冰船沿水汊滑行，攀上苇蒲河柳的梢头四处寻觅，大口嚼着冰凌，发出咔啦咔啦的响声。这严冬特有的声音令人心惊胆战，人们误以为这是亡灵在咬人的骨骸。对付这些没有形影的东西，靠的不是火器枪矛，甲胄也不中用，只有包裹厚实的棉装，比如用海豹和海猪皮塞满蒲绒做成衣裤，比如用生牛皮和苫草须做成靰鞡。这才是最好的盾牌，能把一支支致命的冷箭挡住和折断。与此同时，一座座冬房子响起噜噜火炉，这声音使方圆数十里的亡灵闻声而逃。所有的冻死鬼，千百年游荡在河汊海边的孤苦凶残的影子，都在传递一个惊慌的消息，寻找一处安身之所。

因为所有水汊河道一夜冰封，天堑不再，那些扛着时新火器的官军制订出完美的冬狩计划。他们为了避免人与马在冰面上滑跌，特意给所有马匹和士兵装上铁刺鞋，穿上坚厚严实的隆冬甲，趁着风势减弱的月亮天向冰封的水道进发。一片吱嘎吱嘎的铁刺扎冰声，在寒冷的月光下响起,再有一个时辰就与阴险的浪涛声混在一起。那时月亮西沉,天地浑朦,沙堡岛将被血洗一空,片甲不存。最早被吱嘎声惊醒的是入洞的鼬子,它们提起前爪嚎叫不已,唤起了一群休眠的鼹鼠;鼹鼠急急穿起黑亮的皮袍传递消息,把睡得死沉的岛上守军揪住耳朵弄醒,敲响一张豁牙锣。火铳响成一片,守岛将士燃起火把。官军的铁刺鞋一离开冰面就成了累赘,他们在守岛兵士的利刃下逃奔不迭,哀嚎遍野。追逐在冰河上的厮杀格外凄惨:官兵有备而来,两脚生根,守岛兵士不是敌手。

月夜血战直至黎明,海上吹来大风,密挤不透的雪霰滚滚而来,官军人马来不及卸下足底铁刺,全部陷入雪中,只露出发紫的头颅。死伤惨重的守岛兵士已经无力一一砍削这些雪原冻瓜,耗去半夜,再加上整整一个上午才勉强干完。一场震惊岛内外的冬季厮杀就此结束,沙堡岛的守军与来袭官军死伤各半。以此役为界,无论岛外官军还是悍匪,莫不畏惧胆寒,百日隆冬各自休整,不再贸然进犯。沙堡岛将士自第二年冬月配备滑车和滑靴,可于冰上飞速穿梭,引弓挥刀,让外敌闻名丧胆。而后数年,大小匪患及官军虽有来犯,但大致有惊无险。整个沙堡岛之冬进入以逸待劳或守株待兔的佳境。

铺天盖地的风雪之下,一座座小而隐蔽的冬房子暖意融融。漫长的百日过去,人们会更加留恋大药房和辅成院。这是两个迷人的去处。不过那时要去这两个地方颇为不易,要在抵达前不被冻死才行。大雪阻隔的日子无法乘车骑马,晴朗的日子少之又少,说不定刚刚抵达半路,一阵突来的风雪就能把人掩埋。

那两个地方筑有最好的冬房子,它们不像别处那么矮小,虽然照例半截埋在地下,但露在上面的部分有玻璃窗。屋里还有一座西洋铸铁大火炉,塞进劈柴唱得格外嘹亮。大药堂的药娘不仅貌美,还有一副动人的嗓子,听她们唱歌会忘记一切:那些在大药堂的伤残将士,有时就得靠她们的歌声分神缓解。在一座沙岗下的辅成院本来就是岛上最暖和的地方,那里搭建的冬房子最好。此地有两个日子不能错过,一是"宣讲日",二是"辩论日"。宣讲者通常是一位"高人",他能以故事或道理让听者入迷,令他们不知不觉间凝神屏气,双泪长流;辩论者发起一个话头,多个能言善辩的人与之争嘴,听来甚是有趣,惊心动魄。无论是一人宣讲还是多人争辩,总能吸引很多人去辅成院。百日隆冬,所有在冬房子里度过一些好日子的人,都会深深体味它的好处。无论是宣讲还是争辩,最后阐明的都是这样的道理:山匪只有贪欲而无公义,除了打家劫舍一无是处,奸淫掳掠无所不为;而官府只是另样盗贼,那儿空有堂堂仪式,到处溢满骚鞑子气,所以必得剪除。在激动人心的讲堂上,身着棉袍的年轻人无声进出,去外面抱回大把劈柴,端来冒着热气的大号茶壶。

严酷的冬季万物潜伏,大雪压境,有一多半时光昼夜混淆,整个世界都是灰黑色,阴晦不明。没有绿色,鸥鸟绝迹,猛禽无踪。在洞穴里摆下私宴的,是黑衣精灵和阴沉的土遁动物。海湾里的冰坨碰撞一夜,水鬼央求巡海夜叉放行,扎入冰封的水汊潜游一天一夜,于凌晨抵达陆地。它们爬上大药堂落满冰凌的台阶,让冬房子里打盹的女总管打个寒战,睁开紫色大眼四处睃摸:一个药娘心不在焉,两手像揉洗衣服一样在副都统疤痕累累的后背抹药,敞开的衣领那儿分明有一只黑黝黝的大手伸进去。那是水鬼无形的手。药娘皱眉,张嘴哼叫。女总管大喝一声,那只手马上化为一缕白汽,飘向门外。

女总管披一件海猪皮军袍,又加一身羊皮背心,穿上靰鞡,往辅成院跑去。她叫着"小棉玉提调",一连寻过多座冬房子,只不见那个瘦小的身影。一间大屋里有呼呼喘息的声音,女总管看得清楚:小棉玉坐在高桩蒲团上主持宣讲,下面人一溜端坐。这些人多半是大药堂来的,全是副都统以上职阶,由药娘陪伴。她又看到了那只黑疵疵的无形的手,这只手在人隙里游走、抚摸,沾上哪里,就会留下一道湿痕。这手再次伸向了药娘。

女总管大声呵斥起来,宣讲被突兀地打断。

二

从十字街头归来,舒莞屏一直无法驱除噩梦。"小雀鹰"那双枯目深凹的头颅高悬木笼,迎来岛上寒冬。他躲入琴室一角,闭上眼睛,脑海中闪过那间筑在峭壁上的山寨囚室:窗子开在顶部,冷月投下清辉。生死关头驰来一匹栗色大马,鞍上是老院公。"院公,我留下来了,已经上了另一条船。"他双手搂在胸前,抵御明显加深的寒意。风在加大,窗上雨搭关合,室内宛如黄昏。瘦削青年叩门而入,说:"总教习大人该入冬房子了。"

几个仆人忙碌起来,帮主人收拾随身用品一起转移。新居相距不过十丈,照例由一条长廊连接,不同的是要往下走十级台阶。这是一座小小的陷入地下的屋子,只有原来卧室的一半,榻案周备,还有一个窄窄的洗漱间。大铸铁炉燃起来,小屋里热烘烘的。瘦削青年说:"大人,您的劈柴是十宗,按百日计,十日一宗,今冬无虞了。"舒莞屏得知国师大人也进入了冬房子,同样使用配发的劈柴。他觉得抵御严冬的仪式过于隆重了。"冷大人离您不远,有廊道相连。侍卫憨儿随时待命,还用那个瓷铃。"瘦削青年离开前说道。

进入冬房子的第二天,大雪骤降。从小窗上看到乌云急驰,天空开裂处正在倾泻或吸入,旋成巨筒的杂屑混合着大股雪粉,斜横而去。空中有隆隆声,细听是从北方传来的,像海中巨涌在响。天空变成了紫色,接着是黑色。风在减弱,钝钝的响声不再停歇。枝丫折断,宛如一个巨大的黑鸦翅膀,扑嚓一声扑在地上。室内静息,炉火不再噜噜。舒莞屏移动那个瓷铃,马上引来了憨儿,他站立门外,手抚弯刀,脸色汗红。他们共饮一杯热茶。交谈中得知,去十字街头的那一天,憨儿和另两个侍卫一直跟在他和小棉玉车旁,不断阻挡那些靠近的村夫。憨儿说他亲眼见过街上悬起的一大排木笼,分别装了几位要犯的头颅:一个额头方阔的男人,两个长脸女子。

舒莞屏当然知道他们是谁,一手按住怦怦心跳,又摸腋下:那儿的柳条箱包早已抽离,取走它的是两个打裹腿的女子。她们一开始就引起了他的注意。颠簸的马车,轿厢的垂帘,两个女子坐在后面。她们半路使了手脚,他失去知觉。今日,大雪压顶狂风呼号的时刻,他为那两个打裹腿的女子感到怜惜。

在寂寞的冬房子里,舒莞屏渴望见到冷大人,可惜廊上没有一点声息。午夜时分,他饮一杯浓茶或咖啡,坐等凌晨。他在想不远处的另一座小屋,那儿的炉火旁也有一个不眠之人,正在品咂和啜饮。舒莞屏有许多时间和憨儿交谈,对方不再拘谨。这个长得粗壮的男子是南部山地佃农之子,世代都为巨富耕作,同族兄弟都是主家近身护卫。世道混乱,兵匪滋扰已属常事,巨富不得不蓄养一支武人。有一次山匪用银子买通了武人,攻入大院,巨富与几名护卫得以逃脱。山匪为半岛西部一支强虏,拥有数杆快枪,劫掠富豪无数:财物多半取走,剩余分给村民,谁家男子入伙,可得大宗粮银。村中通匪者众。巨富逃脱十日后入宿佃户,为隔壁村人密告。巨富被杀，一家老小除了几房妻妾无人幸免。年轻女人由大小匪徒掳去，护院兵丁绑在村头受屠。憨儿和同族兄弟被悉数捆绑，共有七位。持刀人杀得眼红，正要砍杀七兄弟，奇迹出现了：一匹白马踏踏而来。

万玉大公正路过此地。她让侍卫救下七个后生，他们长跪不起。白马离去时，七兄弟一齐追随。憨儿泣诉："公子大人，我还记得大公的白马扬蹄嘶叫，它嗅到了刺鼻的血腥！我们七兄弟这辈子都是大公的人！"

这个故事太过惊心。"憨儿，"他口气艰涩，"给我说说后来，我想知道杀人魔头的最后结局。"憨儿抹抹眼睛："总教习大人，他就是六大将军之一，猞猁胆刘通。"舒莞屏不敢相信自己的耳朵："竟是这样？""他是那些富豪最怕的人。官军追剿三年，第四年走投无路，投到了大公旗下。""原来这就是猞猁胆！""大人，万玉大公最恨官家和富豪。她收留那些杀富济贫的狠人，让他们改邪归正。"

第一场风雪停歇，太阳和蓝天令人神往。舒莞屏穿上粗厚的棉衣，又往脚上缚了一双靰鞡，就要出门。憨儿劝阻："大人万万不可，外面实在太冷了。"舒莞屏回屋加一件斗篷和围脖。憨儿穿了海猪皮冬衣，脚上同样是一双靰鞡。一到室外，立刻感受了肃杀之气。仿佛有一万枚钢针刺向脸和手。远近道路横起雪岭，超过了身高。到处没有人影，也没有任何活物。舒莞屏在隆起的雪岭前发问："我们去哪里？""大人，还是回冬房子吧。""这太可惜！多好的太阳！"憨儿摇头："往后一百天，全是熬冬的日子。"

舒莞屏望着西北方向，可以看到辅成院后面的一溜沙岗。因为风雪阻隔，五位学洋文的后生无法前来。显而易见，只要雪岭还在，授课是不可能了。"怎么办？在火炉旁待上百日？"他咕哝着。憨儿指指横起的雪岭："雪会堆得更高，那时就在岭下掏洞，马和车从洞下穿过，来了风暴就能躲在洞里。"隆冬时节，所有恐惧都来自北方：传说西北天的黑色云脚就是海中巨兽竖起的长尾，脾气大得吓人，挥舞起来飞沙走石，大块冰坨抛到半空，往死里砸，要把陆地砸裂。所有水汊和沼泽都是这头怪兽砸出来的，火气上来日夜不歇，一边吼叫一边甩动巨尾，一口气抛砸五天五夜。最可怕的就是这些日子，谁遇到都别想逃脱，人、兔子、鹰和鳖、精怪，包括不走运的鬼魂，全都砸得粉碎。

"那些捕鱼场怎么办？"舒莞屏想起了秋天见过的渔人。"渔场、码头，还有西边捕蜇场，一个月前就挖好了大壕，在地窨旁掘出更深的坑道。到了要命的时候，他们就得钻进去。没白没黑的日子，头顶轰轰响，只要不把土层砸穿也就平安无事。等一点点静下来，才敢摸回窨子，人连吓带饿都快半死了。""沙岗上的守兵怎么过冬？""他们也在岗下挖了大洞，就像草獾和沙鼠一样，塞满干草和吃物。全岛都在盼着春天，沙岗上的野花一开，渔场捕蜇场就人欢马叫了。从码头跑浪荡岛的班船也开了，岛上的灯塔又眨眼了。"

三

三十日后，阻隔道路的雪岭堆得更高，下边挖开一条通洞。一个天气晴朗的上午，五位后生来了。在散发劈柴香味的炉火旁，授课开始了。舒莞屏为他们编了简易的德法日语课本。他不无遗憾地想到了那场"北煞风"，这使自己错失同文馆至为重要的最后一个学年。五个后生在牙牙学语的间隙盯着总教习的束发：不久前还是一条乌油油的发辫。总教习洁白而饱满的额头、额下漆黑明亮的眼睛，是他们在大城池所见过的最美、最不可思议的人。"我敢说，副都统以上职阶的大人，没有这么和气俊美的。"一位后生说。"大人是从南国来的，只有那里才养得出这般水嫩人物。""您是靠美貌和学问当上总教习的。"另几位后生接上议论，慨叹不已。

舒莞屏问到小棉玉，后生告诉：每到大雪封门的冬日，提调大人都是最忙的，要准备最重要的几次大堂宣讲，还要听辩论会。在最冷的日子，辅成院有令人嫉羡的伙食：那些平日闭门不出的人蹲在炖锅前，将以前积攒的干肉和鱼胶拿出来，熬制诱人的汤肴。这些人以冬为乐，一边饮着浓茶和老酒，大口吞食美味，一边绝不轻饶对手，抛出几个挠头的话题。百日隆冬过去一半，他们养得面色有光，一双眼睛滴溜溜转，讲起话来声如洪钟。小棉玉会不声不响溜到这样的地方听听怪谈，顺便打探一些消息。最诡异的事情就发生在这里，闭塞与阴暗中，流通着谁都听不到的各色讯息。

小棉玉就在这些小屋里听到杀手潜入大城池、探子混进大营、军兵哗变的种种音讯，顺藤摸瓜，配合守护大城池的副都统，一举拿下几个胆大包天的狂徒。上一年秋末，官家派来的几个道员扮成干货商人、药材贩子、倒卖火药的通洋人士，精心策划一场午夜起事：在卫士害困打盹的时候偷袭门房，吹灭烛火，劫持副都统家眷，杀死要人。至为耸人听闻的是前年三月：二十几位从岛外投来的新学青年，口口声声投奔大公，手持一纸荐信。这些人各处窜行，暗中绘出三大水道。幸亏半路消息泄露，杀伐严厉的将军从浪荡岛归来，将他们悉数沉入沼泽。"传说国师大人也会到这些小屋里来，不事张扬，只坐在角落里倾听。"后生说。

舒莞屏像听神话一般。他知道该去辅成院了。"既为总教习，就该当值。"他心中念道。炉火旁是码得整齐的十宗劈柴，根根爽直，皆为粗木劈成，投到火中有一种特异的香味。副都统之下者只配发劈柴五宗，且是细小的枝条根杈，多生湿烟。每日餐饭仍由食盒提入：一碟碟食物端出来，香味瞬间溢满小屋。舒莞屏偶尔忘记用餐，将碗碟放在炉火旁烘烤。他邀憨儿一同用餐，对方总是谢绝。舒莞屏发现在窄窄的冬房子里，无论是餐饭还是红茶咖啡，都变得更加滋味浓郁。昏天黑地的暴雪之日，万物肃杀的冰封之季，所有的温暖与享用都是难言的奢侈。

　　一个阴郁的早晨，他有些难以按捺。早茶用过，站在窗前看枯枝寒鸦。"哦，实在待不得了。"他决定去辅成院。摇了瓷铃。"我们去北岗吧，见提调大人。""这不是晴天啊，让人担心哩。"憨儿说。舒莞屏伸手去取冬装："备马吧，十里而已。"憨儿犹豫着，还是转身离去。

　　路面有冰凌，马儿走得小心。憨儿骑了一匹灰马，马的额上有一块疤痕。舒莞屏胯下是一匹毛色闪亮的红棕硕驹，蓝悠悠的大眼遮了长长的睫毛。"大人的骑姿啊，我没见这么好的！"憨儿赞叹一声。天空西北部有铅云移动，浓烟样的云团在翻滚，向高处延伸。憨儿喊："嚯咦！"舒莞屏扬头看去，说："海上正有大雪，好像就在浪荡岛的方向。"憨儿仰起脸，嘴巴有些哆嗦："所有大风雪都从那个地方冒出来。大人，我们回返吧。""再快的风暴也赶不到咱们前边，放心，就到岗下了。"他双膝碰一下马腹，它的步子加快了。

　　当两匹马进入一条长长的雪洞时，呜呜的轰鸣响起来。这是大风掠过洞口的声音。雪洞上方泛出青魆魆的光色，像无数小眼睛在眨。洞口变为灰色和铁青色、黑色，接着又是几道银色光束闪烁不已，天突然黑了。"大人，风暴真的来了，咱就待在雪洞里吧！"憨儿刚刚喊过，胯下的瘦马叫了一声。舒莞屏看看身后，人和马的影

155

子已经泅入黑色。他迎着模糊的马蹄叩击声喊道:"断断不可,那要封在洞中。大雪还在风的后面,我们只可加紧!"他催马向前,身下硕驹奋勇激越,毫无畏惧。他似乎听到了身后那匹马急躁的喘息。憨儿远远呼应:"是啦大人!"

他们冲出雪洞时,一股刚劲的西北风猛击过来,人和马一个趔趄。大团雪云在移动,速度超出想象。雪团移到上方就会垂直压下,发出淹毁一切的噗啦声。世上没有任何一处的冬雪比得上半岛西部,这么沉重、阴险和急躁,在头顶悬停的时间不会超过半个钟点,然后呼隆隆倾泻而下。冬日里所有倒下的树木、房屋、牲灵,更有躲闪不及的人,都要经受它们粗暴残忍的蹂躏。憨儿知道这些,所以这会儿呻吟起来。这刚刚发出的哼唧声令舒莞屏不快,他一手掩住刺痛的鼻子,大声说:"不过是风雪而已!"一句出口,只觉得刺在颈上脸上手上的风,都像刀割般尖利。

后面一截路程变得更加艰辛:路面模糊不辨,雪粉一团团抛掷。马儿在风雪的撞击下时而低头时而高昂。他们凭感觉向前,更多的时候信任马儿。一会儿大风骤减,只闻呜呜的鸣叫,不见雪粉糊面,知道又一次进入雪洞。憨儿劝说道:"大人,我们在这里躲避一会儿吧。""大雪封洞怎么办?前边顶多还有五里!加把力气,午餐前就能赶到!"舒莞屏不得不用更大的声音呼喊,以压过愈来愈大的轰鸣。风暴明显加剧,雪洞里因为四面的泛光才勉强看得见脚下的冰凌。大块的长条形冰凌像玻璃瓶一般,在莫名之力的推动下咔啦啦滚动。头顶有东西垂落,如霰似雾,后来又是大把的盐一样的颗粒落下来。舒莞屏听到呜呜呜响中夹杂着吱吱声,心头猛然揪了一下。他双膝猛击马腹,喊着"快",往前冲去。那个比脸盆大不了多少的洞口一点点变大,颤抖着扑面而来。舒莞屏不顾一切喊叫着,似乎听到了身后那匹瘦马抖动的骨骼,听到一声哀号。

像有一把巨手猛烈扳了一下马头。他知道是冲出雪洞的刹那。与此同时,轰隆隆的钝响在身后发出。他转身时,只见刚刚塌下的一座雪岭:不太高,由一块块冻结的雪团和冰凌筑成。"憨儿啊!"他扑向雪岭,发疯般扒开冰雪,只一会儿两手就染红了白雪,却毫无疼感。雪岭的边缘在颤动,露出一条灰色的马腿。他喊叫,搬开冰坨,看到另一条马腿。他牵拉绳索,哀求雪中的牲灵站起。一簇簇冰雪终于裂开,那匹瘦马企图挺立,又再次跌倒。他拉紧缰绳,捧起它的头颅。瘦马站起,歪颤,最后挺直。"啊,憨儿!"他把一团团雪粉和冰块掏开,把憨儿紧紧搂在怀中。憨儿睁开了眼睛。

四

大风雪在日落时分停息。国师府直到掌灯时才发现两人走失。三五卫士跌跌撞撞举起火把,费尽周折找到了雪窝中的两个人。他们的身体埋入雪中大半,因为两匹马的守护才活下来。两个人被直接抬到了大药堂。女总管认出了昏厥的人,鼓鼓的大眼满是惊恐,两手一拍:"我的妈呀!"她呼来唤去,对大药堂中所有的人做出威吓的手势,一会儿又变得低声下气,蹑手蹑脚。她在屋子拐角处一把揪住一个端了水盆的药娘,在她敞开的衣怀那儿拍了一掌,喝道:"快去喊蝎子眼和老毒腿,就说贵人冻个半死,难保胳膊腿了。"药娘跑开。

蝎子眼和老毒腿是沙堡岛上对付伤冻的能手,他们曾经让一个埋在冰雪中一天一夜的人苏醒,将冻掉了一条腿的人救活,并为其镶了一条假腿。两个人联手做事：一个人把昏死的人弄醒，另一个把醒来的人弄笑。他们咕咕哝哝念咒一样在垂死者耳边絮叨不停，硬是一次次将溜到阴曹地府门口的魂灵领回。蝎子眼的一双眼睛像悬在眼皮外一般，看人时飞速转动，当病人危急时，这双眼睛就凝住不动。老毒腿有一条不会弯曲的腿，这条僵腿踩住病人的腰背，从上到下把人踩得周身赤红，待热气泛上来，人就转危为安了。这会儿两个人把舒莞屏和憨儿抬到一张榻上，搓弄不已，凑近了昏迷不醒的人咕哝着。半响过去，老毒腿对一旁的女总管说："也许不中用了！"女总管做个威吓的手势："有个闪失一刀砍了你！"

蝎子眼泪花闪闪，在舒莞屏的额上轻轻吹气儿，伸手沿肩膀和腿根按下来，在会阴处久久停留。老毒腿将耳朵贴在两人腹部听了听，喊一声："小河化冻了！"女总管喜极而泣，说："老天有眼哪！万一有个三长两短，咱们仨全得身首异处！"话音刚落，昏睡的两个人一齐发出长叹。蝎子眼愣怔怔退后半步，伸手指着仰卧的人，对女总管说："看也！"她探头一看，原来舒莞屏睁开眼睛，一双黑白分明的大眼那么清澈，正缓缓转向四周。

人转活，剩下的事情就好办了。蝎子眼和老毒腿指挥药娘熬药，分装在不同的大缸中，然后将两个半死的人浸在缸里，半个钟点换一个缸，依次浸泡下去。最后一口缸是滚烫的，而第一口缸却是冰冷的。两个人最终大汗淋漓，出缸时被一床毯子包裹，随着女总管一声"起呀"，被几个药娘抬到了一间小屋。毯子包裹得两人只露头脚。蝎子眼翻开他们的眼皮看了看，说："中也。"老毒腿点上烟锅吸几口，伸出烙了烙他们的脚板，见脚倏地收回，说："无碍了。"

女总管欢天喜地，一边让人禀报国师府，一边找来一把碎银，塞给蝎子眼和老毒腿。憨儿喂过两天汤药即给送走，留下舒莞屏转入大药堂的冬房子：宽敞明亮，在一片白蜡树中，由一条长廊连通那排干冷的大草顶屋。舒莞屏急于回到自己的住处，女总管板起脸："非不从也，实不能也。总教习大人，您的事情由不得我。"她把一些吃物、药钵和火罐之类堆在榻旁，亲手料理。吃流汁时，她用一把瓷羹饲喂，他伸手挡过，她拉着长脸："这可使不得！"她亲手为他拔火罐，在他袒露的背部涂抹油膏，一串串泪珠滴落下去，不敢抽泣，小心地按上罐子。"等公子大人的寒气出来时，又是活泼的人儿了。"她抚一下他的胸部，"隆冬天里，穿再多的棉衣，里面也得戴个小肚兜儿。"她这样说，第二天就取来一个彤红的棉肚兜儿，要亲手给他系上。舒莞屏谢拒，她粗大的鼻孔翕动不已，喷着气说："大人以为怎么，这是治病的药兜儿。"说着对在鼻子上，让他嗅浓烈的艾草气。"这兜儿里有艾绒夹层，是驱寒扶正之物。"他只好依从。她仔细系了，在后背那儿绾了个蝴蝶扣儿。药娘进来端药时不断受到呵斥："低眉合眼放下东西就走。胡乱睃摸什么？"后来她索性不再让她们进屋，凡事亲力亲为，说："我说什么也不能让这些蹶腚拉胯子的物件进来了！不将门板把好，国师会把我咔嚓了！"说着手在脖子上比画一下。

　　舒莞屏觉得自己一切如常。他再次要求回府，有人却送来了那个柳条箱包，打开一看，里面是几本书籍，还有换洗的衣物。因为入睡很晚，仆役送来夜宵。这里的饮食与府中大有不同，大致是食药同源之物，是一些意想不到的东西，如特别调制的汤羹微辣，掺了过量的胡椒和姜末。每个清晨必要食用大药堂自制的补养汤盅，这种紫花瓷制器皿用蜂蜡密封，水中煮得滚烫，打开即是胶状浓汤，一饮而下，有一股甜甘和些微的土腥。他站在窗前，庆幸这个清冷而明澈的夜晚。好静的一刻，恍若回到另一个地方，啊，那是吴院公的西营。心头一热。

门被轻叩。有人禀报说国师到来。他转身搓眼，疑惑听错。还没等再问，人已退去，这才醒过神来：刚刚进来的是瘦削青年。门由一只白皙细长的手推开。"啊，国师大人！"他觉得自己像在呻吟。多久没见冷大人？整整二十一日，差不多是百日隆冬的三分之一。一种难言的感激和思念，让他不知如何开口。对方在烛光下端详，伸手按按他的肩部。"冷大人。""不会有事的。公子是下凡的麒麟，自有神灵护佑。哦，我是不可救药的宿命论者，公子知道的。"舒莞屏搬过一张软椅，又递来一杯咖啡。冷霖渡饮一口："还好。这个女郎中算个老总管了，大药堂交给她我是放心的。你在这里度过百日，到了春天自然不同。"

"百日？"舒莞屏没有听错，声音不觉高起来，"大人，我断不能再待下去，病已全好。我要回去，我有五个后生，还有，我要去辅成院当值，面见提调。"冷霖渡为自己添一杯咖啡，加进奶精，用一只小勺耐心搅动："这样的鬼天气只有咱们这儿才有，也只有咱们才能对付它。公子，耐心比什么都重要！"

"可是，冷大人，我不能像个白痴一样被人侍候。我没有那么娇弱，我自幼在吴院公身边习武。"舒莞屏声音低沉，目光从对方脸上移开。冷霖渡搓了一下面颊，"啊啊"两声，退后半步："当然，勇气，它们一刻都不会离开你。我想问总教习大人，你会把我看成一个由人伺候的白痴吗？"一句出口，舒莞屏慌慌呼叫，剧烈摇头："国师大人，您是大城池最操劳的人，就因为您的夜夜不眠，才会有这里一个又一个早晨！"

"我真该把公子的话记下来，写入记事簿，让其成为难得的一页。"冷霖渡嘴角挂着冷笑，"不过你实在是言重了。本人远远说不上旰衣宵食。你知道我是个享用主义者，趣味多多且顽耿难易，迷于画技和棋艺，对上好咖啡和醇酊上瘾，花不少的银子弄来西洋奶酪。我的不良嗜好花掉的银子使个人账上屡屡亏空。这里多言了。不过我想告诉公子的是，风暴肆虐之时，日理万机的国师做了什么。公子可有兴趣倾听？"他顿了顿，没有等到回应，缓缓言道："这对我可是难得的日子。营中少有急务，前方也在熬冬。火炉边正好深入玩味，探究也就愈加耐烦。在隆冬百日前三十日，我将齐国史及封国太公世系再加研习，细部关节一一厘清，如同猜字谜一般，难以自拔。我将姜氏世系繁复名录做成骨牌排列，切换挪动，数次推倒重演，昼日颠倒，不觉东方之既白，仍旧兴味盎然。"

舒莞屏目不转睛看着，从冷大人微仰的鼻头和稍稍翘起的嘴角看到了一丝孩童的顽皮。不过这神情转瞬即逝。"西洋占星术与紫微斗数、易理和天象奥义，倾心日久皓首穷经，却未必入门。辅成院，那个耳朵后边总挂着一片灰腻的星象师，曾经准确预言了三场战事。这人近日又言灾星异位，果然革命党首领出洋归来，时局再添变数。这是另一话端。我想说大公世系与古齐之变，齐国疆界及数块飞地。她的强盛之期不仅含纳东南海角，且在燕山之南据有险地。而今大城池不过是草屋簇簇，未来建都临淄抑或东莱黄县归城自可再议。举大事者不可偷安苟且，须得深谋远虑，不计一时荣辱。多年来戎马倥偬，却未敢疏失纸上经营。在此不揣浅陋，愿向公子袒露，是的，这或为迷狂之举，然而却是一心要做的大事。"

舒莞屏不再喘息，唯恐遗漏一字。他发现此时的冷大人眼中闪烁火星，嘴角瘪下，透出逼人的果决和自信，那根纤细的、白得令人生疑的食指提起，往下一捅说："我想创立一门全新的学问，'万玉学'。"他笑眯了眼，抱着膀子，显出无比快慰。但仅有几秒，这双手又滑落了，在身侧攥成拳头，然后渐渐松开。"她就是那个我们多次见面的、熟知的、近在眼前的人，那个让人不敢直视的女子，啊，半岛的圣女贞德。我大声念出《贞德颂歌》，心里想的是两位马上侠女，她们合而为一了。是啊，万玉大公切近而又遥远，她身上谜团太多，流动着几千年前那个伟大世族太公望的血液。这是世系和血缘的学问，牵涉到考古、星象、谱系、战国史诸多领域。我在凌晨时分常常望着星河激动难抑，自问作为一个拓荒者，凭一己之力，能否承担这一重任？这一问让人胆怯，却未敢颓唐。我深知使命所在，愿自己是上苍选中的那个人，于缄默无语的深夜接受了冥冥中的神启。"

舒莞屏看到了一双绝望中复燃的眼睛，那儿有泪花闪烁。他看到那双垂在身侧的手在颤抖，抬起，最后落在自己肩上："亲爱的公子，说到这里你该明白，有一类人，比如我和你，当然也包括小棉玉，我们的战马和盔甲到底是什么！在这里，我想大声问一句，你，尊敬的投笔从戎的舒府公子，愿不愿与我一起拾起这副沉重的担子？容我大言不惭地问一句，您可否愿意，于百忙之中余下一点边边角角的时光，为本国师，为一个蹩脚的学问家当一名助手呢？"

"我，啊，冷大人！"舒莞屏身子晃动了一下。他有些大惊失色，觉得眼前这一幕大出所料。可是此刻不容多想，也没有机会深思熟虑。他一边摇头一边应道："大人，我自然愿意。可我什么都不懂，我不过是一介生员，刚刚进入第七个学年。"他的汗水流下颈部，双唇哆嗦。

冷霖渡面色和缓下来。咖啡凉了。"公子，在我看来你是不二之选。你身上潜藏的力量，是你远远不曾想到的。"

五

终于回到了冬房子。这儿好像在主人离去的日子一直炉火未熄。舒莞屏觉得这里如此温馨，似乎比以往任何时候都更加让人喜欢了。他把那个柳条箱包放好，这才意识到它是一直跟随自己的唯一不变的资产。他想摇动瓷铃，门已叩响，憨儿站在那儿，满脸沮丧："大人，我是来辞别的，府上将为您指派新的护卫。""为什么？"憨儿缓缓举起左手，那儿失去了两根手指，"这是那一天冻掉的。还伤了脚趾。"憨儿眼圈红了。舒莞屏愤然："我不会让你离开。这并不碍事。"憨儿一再揖谢，说全靠大人了。他退下后，舒莞屏急急唤来瘦削青年，以不容商量的口气说道："这个卫士，我要一直留在身边。""这个，不过，是啦。"瘦削青年躬身离去。

从这天开始，餐盒中多了一个紫花盅钵，是大药堂配送的滋补之物。盅内有一股难言的气味，险些让人呕吐。每次食过，半响之后小腹即有温热涌动，而后片刻困倦，睁开双眼却虎气生生。来人嘱道："此汤盅为大药堂为副都统以上者配制，专于伤病之期施用。""我如果停用汤盅如何？""春天虚咳不止，说不定会暴发恶疾。"他愕然："岛上众人皆不服用。""那可不同。中了冬魅万万不可大意。""'冬魅'是什么？""它没有形影，是亡灵呵出的气儿，平时藏在冰坨和海底，随水浪泛出，让可恶的大风携到岸上来了。"他再次听到"亡灵"两字，皱起眉头："为何这么多亡灵？""啊，这是千百年积攒的。剿杀的匪帮、死于海难的、逃避仇家的、走投无路的、被水汊淹没的、精怪吞食的、老鹰啄空脑壳的，所有丧了性命的冤魂都在这里转悠，它们托生不得，也没有别的地方可去。""真可怕！在这种地方建起大城池，算是险地！""大人说到了根上。除了咱们大公的威气，没有人敢在这片水汊交织、瓦檐浪鼓荡的地方安营扎寨。不瞒您说，最初被官军和悍匪赶到这个地方，那时山穷水尽，叫天不应叫地不灵。幸亏冷大人通阴阳大法，唤起十二万亡灵编成影子军，这才稳住了阵脚。"舒莞屏问："它们是怎么御敌的？能抵挡官军的西洋火器吗？""大人有所不知，影子军刀枪不入，弹丸射到肉身才出血，影子自然不怕！它们朝官军呵气，人和火器立马冻住了，哗啦一声碎成八瓣。""影子军真了不起。后来呢？""后来它们想与大公争夺地盘，不知天高地厚，两边撕破了脸，也就没有好果子吃了。"

从大药堂来人那里得知：一场突来的风暴使大城池死伤数十人，都是野外当值者，轻者失去耳朵和手指脚趾，重者成为独腿或独臂人。舒莞屏自那场冬劫后又经历了两场昏天黑地的至坏天象，持续时间远长于第一次。冬房子温暖，却能于夜深人静时听到钝钝的捶打声，那是远处的巨浪抱起碾盘大的冰坨，一下下不停地轰击海岸。这样的夜晚无法安眠，勉强迷糊时，会觉得整个卧榻被抬起来，摇摇晃晃往前，訇然一声抛在地上，人即惊醒。他在惊惧难眠时不止一次唤来憨儿，两人一起饮茶等待飓风停息。憨儿说："进入百日隆冬的下半场，就是一月底前后，最吓人的五天就会到来。这是老天爷脾气最大的时候，风像木棍一样硬，上下左右横扫，什么挨上它立马破碎。五天过去到海边看看吧，冰和沙堆成岭子，里面露出鱼虾和死鸟、海猪、毛疵疵谁都认不得的怪物。那是万物的坟场。""太可怕了，这个冬天快过去吧。""五天之后，剩下的也就不算什么了。说白了大家就是在等那几天，一天天熬。"憨儿看着左手的两个断指，并无懊丧。

那一夜他们正在闲饮,瘦削青年叩门进入,说看看总教习大人入睡没有。舒莞屏知道冷大人的冬房子就在近处,却从未进入,这会儿便跟上瘦削青年出来。踏上外面的长廊,立刻感到了逼人的寒意。他回头加了一件斗篷。顺长廊登上台阶,一直向右、向前,拐过以前看过的那间空旷的藏画室,又走了三四丈密闭的通道。脚下铺了蒲垫,这是与一般长廊的不同之处。廊边有焦干的插花,分别是枫叶和狗尾草间杂的黑心菊、蝴蝶花和火棘串儿。走向地下的台阶,拨开两道高丽纸隔扇拉门,进到一个不大的厅堂,那儿有一个站立的男子。男子面无表情地为他们拉开厚重的橡木门。

一股浓浓的咖啡味儿,这是冷大人永恒的标识。烛火比任何地方都亮。西洋大火炉,炉边没有堆积的劈柴,三只木匣里装了黑色炭球。这里比一般的冬房子要大上一倍,所以摆得下一榻一几,还有长条书案,案上铺了毡子。茶与咖啡,两碟圆点,一碟烤榛子。冷大人正埋首看什么,抬起头伸展两臂,欢欣地拍打凌晨访客。舒莞屏在案角看到了一个蓝色汤盅,马上想到了大药堂。"那个女总管的规矩。聊以自慰而已。"他瞥它一眼,坐下,"丹丸我是不吃的。她那儿有个道人冶炼那玩意儿,分赠将军,得些赏赐。走火入魔的家伙是有的,这个道士也有对手,弄他不过,独自一人住到浪荡岛一边的荒岛上了,某一天会登岸献丹。三年过去杳无音信,不知这会儿死了没有?"他不无欣快地击掌:"公子知道我喜欢异人,那些家伙也就闻着声气来了。辅成院,就是贵公子领职的地方,委实有些不凡之人。嗯,他们当中有辟谷者,已经四十多天汤水未进了。"舒莞屏怀疑自己误听,再问一遍。"四十一天了。""竟有此等怪异。""Yes, it is. Words are nothing but wind, seeing is believing.(是的,耳听为虚眼见为实。)公子会看到这个人的,胡子半尺余。"

说到初冬遇险,舒莞屏仍有歉疚:"我太过莽撞,卫士险些丧命。他失去了两个手指、一个脚趾。""这里的冬天就像水汊沼泽一样,凶险难测,不过能够顺势而为,就是另一番情形了。在这个难得的休兵之期,我们的烛火比别处明亮:可以不必疼惜地点燃两支。海猪猎取极易,油脂多多。渔场盐场,捕蜇场,开春后都要热闹起来,那是令人垂涎之地。古齐国强悍皆因鱼盐之利,而我们居险拥利,西渡黄河移师黄海,当不再是臆想之事。其实除了精兵固防、厉兵秣马之外,持守如一和坚如磐石的'义理',才是固邦制胜之本。"

冷霖渡吐出"义理"二字,面色肃穆。舒莞屏倾听窗外风鸣,看无边的夜色。浑茫如墨的大地天空之间震荡均匀的钝声,是遥远奔袭的气流和滔滔浪涌的撞击与合奏。这不过是再平常不过的隆冬之夜,如果不能专注于沉静的寻找,就会忽略过去。不,在这隐隐的貌似平缓的声息之中,潜藏着一次剧烈的劫掠,那是未名的自然的诅咒和复仇,是对上一个季节陆地上所有生灵的贪欲、占有、苟且和侥幸的最后清算。严寒之剑磨得锋利,斩杀和收割在摧枯拉朽中开始。为了这次狂屠的邪恶征战,自然之魔将大海中无数的水族做了祭献。"我们即将迎来百日隆冬的高潮了。公子,这是你在沙堡岛上度过的第一个冬季,它不会让你失望的。"冷霖渡的手搭在他的肩部,目光在束发的青色绫子上停留。

舒莞屏沉默不语的时候,相信对方正窥见自己的内心:它起伏波动,蜿蜒至一个难以遗忘和疏离之地。他不止一次想象那片静谧的疏林中的院落,那简朴而雅致的、庄严而羞涩的草顶屋,在这个无情无义的北风嘶吼之中怎样安度。那不是别处,那是一个收敛了躁动和热烈的巨大躯体的心脏,是它的生命之核,是不曾停息的搏动。

那儿传来的脉冲送出源源不绝的热力，维持着周流及循环的信心和韵律。他面对国师，目视这沉着的谈吐，还有这凌晨烛光下的案几茶点、散在一旁的书籍和册页、搁在笔洗旁的砚与纸、暂时摘下的金丝眼镜和从宣纸下露出一截的怀表链，不敢提起那个话头。那是因为灼烫和敬畏混合而成的禁忌，那个无时不在又总是隐去的字眼。是的，他没有问到万玉大公的百日隆冬，那里也有一个必备的冬房子？也有铸铁炉？他只是坚信，浑不讲理的夹带雪与霰、雾与凌的北风，绝不敢冒犯那扇深色的、褪下斑驳漆片的百叶窗，不敢直视一眼那柔亮洁美的额头、额头下的长睫和深目。那道慈悯的目光抬起来，一切狂野的躁嚣就会瞬间止息。

六

只有见识过五日隆冬的顶峰，才算得上经历了沙堡岛的战栗。这个时段因为没有白昼与黑夜之分而显得漫长，因为无处不在的震撼摇动而难以安眠。轰轰而过的浓云和卷到半空的雪粉、乌鸦翩飞似的满地碎屑杂物，仿佛让整个空间随时都会凝固，变成一个既污浊又坚硬的实体。这之前是搅动旋转的浑汤，等待末日的沉淀。这一天降临时，所有活物都在大难不死中睁开眼，搓搓鼻子吸一口气，试试这个历经重置的世界能否活下去。还好，有空气，有泥腥味儿，有声音：胳膊粗的冰锥啪啦啦折断，在地上跌成八瓣。

炉火欢唱。食盒里有红枣甜粥，还有一壶烫人的老酒。"这是炊堂为大人备下的，叫'五日酒'。"送餐的仆人说。舒莞屏知道这种庆祝是理所应当的，破例独自饮用，觉得整个心情都温热起来。他盼着为五位后生的授课能够接续,再次想到了小棉玉,觉得长长的耽搁无论如何都不可原谅。国师大人说到时下要务:能训导出几个上好的通嘴子比什么都重要。军务连接洋务,如今火器流通少不得洋行交易,那些蓝眼人吱吱歪歪的声音好像花斑啄木鸟,暴躁时又如同一头生气的骡子。

仍旧是昏暗的一日。上午十时风有些大,想不到有人叩门,来者竟是小棉玉。"啊,提调大人!您来了!"舒莞屏惊得不知所措。小棉玉穿了深灰色的连帽装,整张脸庞包裹在蓝色的毛绒镶边里,让人想起一只跑得呼呼喘的兔子。她脸色红红的,唇上有刚刚融化的细小冰凌,睫上有水珠。那对杏核眼这会儿显得又大又亮,满是欣喜。她看着他不吱一声,这样若有一刻,突然像肚子疼一样双手收到腹部,整个人委顿下来。她坐下,接过杯子,饮了小小一口。"公子,我听说了,知道你受了惊吓。"她的声音小到不能再小。他听得明白,那是指自己与卫士险些被冰洞掩埋的遇险。"我急于当值,实在有愧于大公和国师。"他低下了头。

这一刻屋内没有一丝声音。他发现小棉玉忘记脱下冬装,额上生出汗粒。不过他觉得这张生了一层绒毛的小脸由棉帽包裹,有一种未曾预料的疼怜生出。谁能想到面前这位小小的女子拥有副都统相同的职阶?他尽力将其想象成一个浑身披挂盔甲、手握杀伐大权的人,可惜总也不成。他抿抿嘴,为她续一杯热茶,想提醒她褪去棉装。她终于脱下了那件连帽长衣,一副瘦小的躯体一下袒露出来,让人想到一只羽毛未丰的小鸟。她那双眼睛显得过大了,大到与整个身体不成比例。这眼睛溢满了羞涩,闪烁躲避,不敢在他束起的头发那儿停留。她说:"再有不久就是春天了。春天啊。"

"提调,您吩咐的每一件事,在下都将竭尽全力。"他站起,声音缓慢而持重。小棉玉也站起,上唇嚅动,长长的鼻中沟渐渐松弛,两只细小的胳膊拢在胸前,袖筒外的一截闪着微红的绒毛。"公子,您是国师的人,他会亲自交办事项的。您不必去岭下当值,也不必出营。"她看着别处,头颅因过于隆起的胸部而显得有些小,正努力挺起,露出像男子似的粗大喉结。他点头,看着她:"提调大人说的'出营'是何公干?""哦,是这样,通常在春秋两季要去几个大营,分头充做'巡督',一年里待在外面一月到数月不等,然后回府禀报。"他多少明白了一些。他在想曾经滞留过的两个大营、演练场,眼前闪过大草营总管老山姆诡秘的笑脸,还有那个赠予一匹锦缎的副统领。他问:"'巡督'可以去哪些地方?""更多去将军防地,去渔场捕蜇场。外营不敢怠慢'巡督',可也足够辛苦。如遭遇不测,就再也回不来了。好在这种事不多。公子不必挂心,您是不会出营的。"

"提调大人会在春天出营吗?"他忍不住问一句。"这要听府中指令。四季除了隆冬,我随时都可出营的。"舒莞屏一阵神往。他甚至对所谓的"不测"感到好奇,抬头看着窗外。阴郁的天空云朵移动很快,枝丫摇动得厉害。小棉玉说:"不必担心,最坏的天气已经过去。路上的雪洞变得结实,再也不会崩塌了。"舒莞屏在想其他。他渴望马背上的驰跃。令其沮丧与不甘的是习武的延宕,这在同文馆都未曾荒废,进入大城池后竟停顿下来。"吴院公,我不会让您失望的。"他心中念道,转向她:"提调大人,我想随您出营。"小棉玉鼻侧和嘴角漾着一丝顽皮:"啊啊,只要冷大人舍得,没有不成之理。"

舒莞屏在她沉默的间隙,想到了至为重要的事情。他搓手,在炉火那儿烘烤,其实并无寒冷之感。他掩去心中的不安和焦虑,最后说:"我身为总教习,却饱食终日。我甚至不能倾听'义理',对此一无所知。提调,这是一种煎熬。我好比一只笼中鸟,眼巴巴看着蓝天。"小棉玉鼻头蹙起,嘴角绷成一条线,双眼在他的束发绫带上掠过,胸脯剧烈起伏。这样一会儿,她呼出一口长气,整个人缓释下来:"我自己也是这样的鸟儿,冷伯提着笼儿。有一只大手把笼儿拍得粉碎,我飞啊飞啊!你也一样,公子听到了吧?"舒莞屏被这流畅而凿定的语气激发起来,大声问:"这只大手在哪儿?"

小棉玉再次萎缩身子,两手抱住胸口。她不敢抬头,哼着,吸着鼻子,像是陷入了深深的悔疚和困惑,还有一如从前的羞涩。她咕哝着:"公子啊,公子,大城池从未有过的公子,贵公子啊!"这声音越来越小,最后没法听清一个字。她好像被室内炉火烤得不能支持,可还是不忍不舍地待下去,不再说话。对面的公子又问了什么,她两耳被嗡嗡声塞住,一片模糊。她摇晃头颅,想将耳廓从厚厚的包裹中挣脱出来,总也不成。她吓坏了,这种情形从未发生过。滚烫的流体从上到下涌来,周身胀到不能忍受。她半张嘴巴,乞求般喊了几声"总教习",对面的人声声应答。她再次听到了他的声音。

凌晨,舒莞屏伏在案上打盹,梦到了一片原野。他骑在马上,独自一人往前。后来似乎隐入雾中,好浓,有一股硝味儿。穿过浓雾,来到一片乱石散布的山坡,坡下坐了比乱石更多的人,全是身穿盔甲的武士,个个怀抱矛戈,头颅向着同一个方向。有人站在一块巨岩上宣讲,声音稍稍沙哑,好生熟悉,定睛看去,原来是身个矮瘦的小棉玉。他凝神谛听,突然有一只手抚在背上。原来是冷大人,他微笑着,将一件披风搭过来。舒莞屏赶紧站起。"国师大人!"冷霖渡让他坐下,自己倚在案边,露出整齐的牙齿。"公子被凌晨扰烦,实在抱歉。我看到门隙的烛光才敢贸然造访。"舒莞屏困意全无,两眼闪烁异彩:"冷大人随时召唤即可,您的教诲在下求之不得。""好生悦耳的声音。公子总是让我想起一个人,这个人使人感念也令人迷惑,可惜已无缘相见。"

冷霖渡踱步,垂下眼睛。舒莞屏从这突兀的话语中猜测那个人,不知是谁让其长夜慨叹,心心念念以至于此。冷霖渡无意隐匿什么,接上说:"我在想那个未曾谋面的老人,你的吴院公。他把最后也是最大的事情托付给公子,你可想过前后缘由?"舒莞屏怔了一下,沉思不语。"公子千辛万苦携来的那张万玉大公策马图,何时落到院公手里,又由何人送抵,这对于我永远都是一个谜了。公子可还记得院公失去左腿的那个夜晚?"冷霖渡声音低缓,像怕惊扰了对方。

"我永远不会忘记。府中响起奔跑声,火铳和嘶喊声。奶娘牵着我躲进密室,一直等到天亮前,吴院公浑身是血被人扶进来。伯父舒员外后来说那一夜是万玉大公袭扰,吴院公斥为妄言。是悍匪砍伤了他,他清楚地看到了骑在青花马上的男人。院公对伯父与悍匪的往来早有疑虑。可惜更多事证都装在院公心里,随着老人的离世,这就成为永久的谜团。"舒莞屏锁眉凝目,两手揪住披风说下去:"'策马图'是几年后才到院公手中的,只不知何时、何人送达。"

"这个谜团只有万玉大公知道。还有那个夜晚的激战,也是如此。公子,我对这一点深信不疑:你的吴院公曾是大公的救命恩人;而我们万玉大公是有恩必报之人。她会如何回报吴院公,没人能够探知。嗯,那是大公自己的事情。"

"冷大人可问大公。"

"不,那是大公自己的事情。"

第九章

一

沙堡岛的春天盛隆浩大，超越了舒莞屏记忆中的任何一个地方。比起难忘的舒府之春，那里竞相开放的紫荆、迎春和连翘，还有娇羞的海棠，这旷远海角沼泽野地的浓绿与绽放才算疯狂放肆。当年精细雕琢的石与陶、门楣与窗棂之侧的稚叶与蓓蕾、突然飞来的黄鹂、一群蜜蜂和彩蝶、小姐仆人喜盈盈的脸庞，曾给人多少欣喜讶异。最新鲜的眸子应对最妍丽的季节，已化为永恒的景致。出乎意料的是，在海角西北部，南风推开一道巨大的屏风，一片斑斓伴着似有若无的喧哗，瞬间淹没了一切关于苏醒的记忆。溪汊旁银亮无垠的白茅花、月色下像水波一样跳荡的草芒、哈哈大笑一掠而过的巨鸟、迟迟不愿融化的冰坨、大声抱怨的水族、奋力跳跃和急急追逐的四蹄动物，让人惊得大张嘴巴。他想迎着旷野呼喊，试一下久违的奔马和尘封的弓矢，穿越那片乍暖还寒的透明的风，在黎明的晖

172

光和悄然笼罩的夜幕中远驰。

他训导的五个通嘴子不甚如意,不是他们不够努力,而是自己才疏学浅。那一沓入门手册太薄,日日温习的洋文,声气里总有一丝海角的尾音,就像一根割不掉的发辫。五位后生早就束起乌发,像他一样系了绫带。"总教习大人,海猪顶着冰凌上来了,它们顺着长渠爬进水道,到岸边晒太阳了。"他们报告春天的消息,难掩神往的模样。舒莞屏想起以前经过的航路,那些慵懒的家伙没完没了的交配,嚯嚯吭吭的呼号。"上边有令,谁都不准射杀那些笨笨的胖物,让它们好好吹吹暖风。"后生咂着嘴。"上边"是谁? 护卫大城池的副都统? 那个满脸横肉的家伙不会这么慈悲。舒莞屏想到了一双怜惜的目光,心头一阵灼烫。只有那样的一对眸子才能关注万物普惠的春天。"Let us enjoy the sunny days!(让我们享受阳光明媚的日子吧!)"

随着炉火熄灭,窄小的冬房子不再宜居。很快,大城池的所有人都在同一个日子返回原来的住所。一种久违的宽敞让人格外舒畅。舒莞屏拨弄那张蒙尘的琴,听意味深长的和鸣。墙上的宋画用陌生的神色看过来,出奇地超然和冷漠。五个后生三日一聚,每次都带来全新的见闻。"春天会有战事,或大或小。将军防地又到了紧要时候,提调大人该为巡督们摆酒送行了。"舒莞屏心上一动:"提调大人不会出营吧?""她会的,说不定要去东边大营。"

长廊外有一丛盛开的连翘。舒莞屏与这团金色对视,一动不动。它绽放出无法收敛的热烈,问候这个远客,知道他首次探寻这里的春天。身后有马的轻嘶,一转身看到了绛红色的车子,脱口呼一声:"提调!"小棉玉从车上下来,在连翘旁站了片刻。进入屋内,舒莞屏听到了一个重要的消息,这让他有些讶异:万玉大公想请总教习

173

为她念一点洋文。"以前是冷大人,可他昼夜颠倒,又格外忙碌。现在好了,你是再适宜不过的人了。"她一脸欣悦。

舒莞屏不敢相信自己的耳朵:"万玉大公?她习洋文?""正是。大公求知若渴,从无倦怠。大公可不单是马上英雄。几年来她研习算学地理,专于洋务,也识得几句洋语。"

"我不知能否承担这样的重托,提调大人!"他声音颤抖,双手捧住杯子,"我实在不敢,大人。也许要经过更多准备才好,我真的害怕。若办理洋务,大公只一声吩咐,通嘴子随传随到的。"小棉玉摇头:"她不想在洋人面前当个懵懂。你能时常见到大公,是多大的福缘啊。公子,大公是谦和的人,没有比大公再和气的人了。"

这是一个不眠之夜。不断传来鸟儿的啼叫。原来春天的鸟儿像人一样。思绪总是徘徊在那片疏林的草屋四周:一些身材颀长的男子无声来去,不曾转脸看过一眼。他踏着落叶小径向前,有一只手为他开启那道小门。进入东西长廊,从另一端进入小小的院落。这个情景反复演练。他回想以往两次,不,三次亲聆大公教诲的情景。黎明前睡去,梦中有一场道别:提调大人为他摆酒,原来自己刚刚被任命为"巡督",正与五个后生一起奔赴将军的防地。他揉揉眼睛坐起,看着窗外曙色。"提调大人,我从未如此忐忑。"

一群鸥鸟飞过。少有的好天气。空气中充溢着令人愉快的泥腥味儿。打开窗户,天上有排成一字的大雁:往北是茫茫大海,它们将飞往更为遥远的北方。舒莞屏对这种禽类充满钦羡。他心中期盼而又惧怕,等待那个消息,唯恐错失,无心做任何事。他想象那个小院,一种特异的声音和气息。这之前也许应该拜见冷大人:向他求教,借助宝贵的鼓励和信心。"大公啊,我担心那一刻变成结巴。我的脑子里一片空白,会无地自容。"他伏在窗前,发出了呻吟。他不敢去见冷大人，只想独自冷却一颗滚烫的心。窗外涌入一股寒风，他大口吸入。

五位后生中的两位前来道别，他们真的要随巡督出营了。何时归返没有确定，只确凿地告诉自己的老师："一场战事真的要开始了。""哪来的消息？""大公已从府中离开。星象师说今春必有一战。""你们怎能得知大公行迹？""观星即可，这是分毫无差的。"后生说那个老星象师向他们透露过。舒莞屏松了一口气。

他在憨儿陪伴下两次去辅成院，没有见到小棉玉。有人说提调正在火器营和种植场：两处重地格外受到关切，因为要向大营提供战械和粮草。历经多年谋划营建，岛上兵械制造已成规模，不仅淬炼剑戈，还能仿制火铳和岸炮。火器营从各处搜罗人才，正打造强劲的弓弩和锋锐的弯刀，研制舟船，组建水军。种植场产贮粮秣，兼做被服，入冬前须备足几千双海猪皮靴鞡、蒲绒衣被、护耳和手套，更有将军和都统配用的翻毛皮袄和长筒靴。

经后生引见，舒莞屏得以见到神秘的星象师。这是一个耄耋之人，双目浑浊，银须垂胸，光亮的秃额甚是开阔，一张厚唇好似鲇鱼。老人的卧室兼作观星台：屋中有通向阁楼的木头台阶，顶部设一转椅，坐在上面遥望夜空。老人一双瘦骨嶙峋的手拉住总教习，眼睛尖利，缺牙少齿的嘴巴张开，发出震耳欲聋的呼叫。舒莞屏伏身看一张坡形木案，上面是一幅星象图。后生在一旁解说："这张图要报给国师府。只有冷大人读得懂。"舒莞屏问："真能从星象看出大公出营？""确实如此。"

回返路上，一匹栗色马从对面驰来。马上跳下小棉玉的贴身卫士，原来他正寻人。"总教习大人，提调接到牒令，明日与您一起出营，嘱您备好行装。"舒莞屏一阵讶异："提调大人早就出营了

175

啊！""大人今夜返回。""我们将去何方？"卫士拱手："在下毫无知晓。"

二

水湾码头停靠一条棕色篷船，上面下来两个武士，把随身物品搬到船上。舒莞屏将柳条箱包夹在腋下。船上分内外两个舱室，相当舒适：蒲绒软座，柳条茶几，两个小窗垂挂布帘。内舱只有舒莞屏和小棉玉两人。自出门那一刻小棉玉就一脸肃穆，话语殊少。舒莞屏想问她出营是否顺利，对外面情势甚为好奇。小棉玉衣装紧致，上身是御寒的兽皮小袄，下边是覆了布面的皮裤，膝下缠了裹腿；镶了橘红色绒里的棉斗篷沉沉垂下。这是她出营的装束。

船离开码头。小棉玉将斗篷除去，深吸一口，看着周边。茶香满溢，一旁是切成方块的甜薯薏仁糕。"这次出营出乎意料。接到牒令即不敢延宕，让卫士快马回营，早一些转告总教习大人。"她声音低低，一双杏核眼小心地瞥着对方。舒莞屏听着，忍不住说："国师未曾言及。""泠伯并不知晓。牒令从西南大营送抵，它来自大公啊。"舒莞屏一怔。小棉玉声音更低："大公移驻西南行营。那是临时帅府，离小火童陈立将军的防地不远。那里入冬前零星发生过一些战事，只为争夺黄金通道。我们一直占据山地以北，这条通道太重要了。"

"星象师说过，西南必有一战。"舒莞屏像是自语。小棉玉说下去："大公将朱砂滚子万东一部调至防地东侧，与陈立形成掎角之势。这是沙堡岛最好的季节，大公素喜西南行营，我们就要见到大公了。""我能做些什么？"小棉玉看他一眼："大公想在战事间隙习练洋文。"

舒莞屏不再吱声,撩开帘子看着航道。水是暗黑色,水道边生出点点翠绿。鹭鸟只腿独立,对驶过的篷船视若无睹。一只水虫在窗前飞旋。船尾的桨声节奏分明,船在均匀地往前滑行。

整个水路仅用小半晌。靠岸时,两辆马拉厢轿已经停在那里。小棉玉与舒莞屏共乘一辆,告诉他:从这儿到行营是第三节路,抵达应该是午夜时分。"那里备有夜宵。公子路上可用些茶点。"舒莞屏并无饥渴,也无心看外面景致。随着向南向西,草木颜色和诸多风物已在改换,气温明显高起来。他的脑海时常被那个面容占据。他从小棉玉闪烁的眼神上,看出了同样的激越和欣快。剧烈的战事仿佛变得无足轻重,要紧的是即将见到大公。在他看来战局并无悬念,有大公坐镇西南行营,一切也就迎刃而解。

夜色尚未浓重,舒莞屏注意到路边那些整齐的房舍,它们一律草顶,不过不是海草,而是麦草或苫草。这些建筑式样单一,让人想到了兵营。事实上真的如此,他很快看到了一些兵士模样的人在走动。穿过房舍是大片平原,稀疏的草屋和规整的畦垄给人安逸感。小棉玉说:"这都是麦地。秋天会有大豆和玉米。这里有军营护卫,没有匪患,是最好的地方。公子可知,河西的粮赋是最轻的,银库充盈,银两来自府里经营的盐场渔场捕蜇场,还有种植场。防务和火器买卖要花大把银子的!所有这些无一不是精细计算,由国师府一手掌管。万玉大公最看不得劳民苦楚,为减轻税负用尽了心思。要不那些村民把她的画像和菩萨摆在一起呢。"

说到村落的神祇和祭祀,舒莞屏觉得大异其趣:供桌前同时侍奉万玉和菩萨,再一旁竟是刺猬和狐仙。他说:"大公和菩萨,不宜与民间仙灵共祭。"小棉玉点头又摇头:"这些都是知晓的。不过半岛把刺猬狐狸黄鼬视为'三仙'，一定要供奉的。大公菩萨与三仙各有不同，日常小事交给'三仙'就好了。"

车子驶入几个连通的庭院：棕色石墙，草顶，矮院。这些建筑掩在疏林中，枝条萌动，有一股青生气。又是长廊，小小窗口有暖暖的烛光。四处极静。一只猫儿伫立，抖一下前爪。车子停在北边庭院，两个男子过来，小声与棉玉说着什么。安顿下来以后，有人领他们宵夜。

一间暖烘烘的餐室，被四盏三叉铜烛台照得通亮。一条铺了白色桌布的长案，一溜藤制靠背椅，每个座位前摆放一个瓷碟。舒莞屏闻到浓浓的烤面包的香味。这种气息和摆设只在同文馆有过。同行的护卫进入屋内，一个厨师模样的人轻轻击掌，请提调和总教习大人上座。小棉玉在舒莞屏耳边介绍：这人为西南行营总管，以前曾在洋行任过厨师。"他能做一手上好的西点，就留在这里了。"

夜宵简单，不过是一份甜羹、一块红豆切糕，外加几片面包。总管并不用餐，待大家开始后就站起，坐到小棉玉旁边的空椅上。"提调大人，我们许久未见了。哦，总教习大人我是知道的，想不到这样，啊，好生英俊。"他看着舒莞屏，嘴角缩着，"在下不知总教习大人饮食嗜好和禁忌，望大人示下。"舒莞屏拱手施礼，说一切好极了。

夜宿之处与餐堂相去不远，在同一个庭院。舒莞屏旁边是憨儿的小间。憨儿弯刀和短铳从不离身，待主人歇息后踱出屋子，看过长廊边门和通道，而后才和衣入睡。这里的夜风比北边大城池小了许多，四处静谧，传来微微虫鸣。舒莞屏很快睡着了，醒来已是半晌。窗帘打开，一地春阳，两只花斑鸟掠过，接着是一小群灰白相间的鸽子落上沙地。透过树隙可以看到几个男子，为行营卫士。草舍间几无行人，好像人们仍在沉睡。他走出屋子，憨儿候在门外，原来提调已用过早餐。

三

进入行营第三天,小棉玉和随员即将回返。她告诉舒莞屏,自己要回火器营了,过一段时间再来接他。"那时春天过去,战事也该告捷了。大公这几天正和几位将军议事。"她好像不忍离去,眼睫垂下,最后说一声"后会有期",缓缓转身。她在门边最后一次回首,舒莞屏看到了一双怅然若失的眼睛、一对盛满了悲凉的微翻的鼻孔。

总管和憨儿站在长廊一端。他们为他迁移居所。新居在相邻的西边庭院,那儿院墙稍高,颜色纯白,青石基座,房舍也宽大一些。庭院内是碎石小径,有几株刚刚展放绿冠的花树;挨近院角是一丛竹子,好生繁茂,跃动着一群麻雀;一圈敞开的廊子连接不同的房舍。进入庭院才发现,这里的建筑颇不规则,凸出凹进错落不一。又看到了美人蕉,它丰硕旺挺,肥厚的绿叶伸展到腰际,正孕育第一批花苞。

舒莞屏的居所由一个大间、一个小厅和洗漱间组成。一条拐尺形通道,一端通向南边房舍,一端连接西边餐室,有小门连通铺了蒲垫的走廊。"总教习大人,西边就是大公的书房,她常在那里读书。"总管说。舒莞屏看着长廊尽头,那里有一扇棕色木门。

晴朗的早晨。早餐仅他一人。侍者把红米粥和粗麦饼端来,一盅酱瓜和一个鸡蛋,外加一壶红茶。他食欲甚好,将所有东西吃完,然后享用热茶。从餐室出来,沿拐尺形通道向南走了几步。铺了青石的过道连通一些房间,走进去,扑面而来的气味让他想到了舒府的六角宫。一个身穿灰衣的侍童手搭一沓布巾走来,躬身施礼。他随侍童向前,看到了一间稍大的浴池,里面没有水。侍者引他走向隔壁,那是一个小浴池。这里有一处温泉,实在出乎意料。行营位于西南山地北麓,南临坡地,北接大片平原,疏林温泉,且在大营后方,确是至上之选。

憨儿在过道等候,见舒莞屏出来,说:"大人,这儿洗温泉便当。""是的。行营没有多少人,这浴池够大了。""它是由玲珑山北的大户修建的,山北最好的麦地都归他。他逃了,咱们重新修葺。"

上午十时,阳光透过窗子,照得室内一片温馨。总管身后是一个卫士,他们一起拜见舒莞屏。青年面孔白皙,泛着微微的清冷,耷拉的眼角透出阴郁。他们来请总教习大人,说万玉大公在书房呢。舒莞屏掩饰着内心的激越与欣快。在这样的时刻应装束严整。他去镜前看了束发,犹豫中换了一条新的绫带。

进入书房,第一眼看到老旧的榆木书柜、一张不大的案几、硬木椅和几函书。那灰蓝色的函套旁是两本西式硬壳书,很旧了。一道屏风遮去了其余部分。青年退去的同时,舒莞屏听到了轻轻的脚步,接着是一声问候。"Nice to meet you.(见到您非常高兴。)"舒莞屏听到的是一句柔婉清晰、相当流畅的洋语。"It is very nice to meet you as well, my honorable Archduke.(您好,尊敬的大公。)""啊哈,总教习大人,尊贵的公子!"她那双稍长的眼睛睁大了,如此明亮。可以看出,昨夜有过充足的睡眠,整个人完全没有劳顿的痕迹,轻松爽朗。她嘴角漾出微笑,长衣快要拖地,浅紫色,束发的带子也是这种颜色。"大公喜欢这种色泽。"他心里念道。她穿得似乎过于松软和单薄。不过他很快感受了室内的温煦,显然不同于自己的屋子。窗户挂了纱帘,窗前和稍远处各有一个精致的花架,是文心兰和垂丝茉莉。若有若无的香气。一张圆几,上面是茶具;脚下铺了染色蒲垫。一张宽大的软榻,大概平时大公要在此小憩。她请他坐

在圆几前,笑吟吟看他:

"我想,我们应该开始了。"

"是的大公。"这句话没有说出,只留在咽部。那儿有些灼热。不知从哪里开始。他这之前曾有小小的准备,将一些英汉对照语句写上一张张卡片,装入内衣口袋。这个时刻终于来临,他的手伸到口袋里,摸出三张扑克牌一样的硬纸卡,放在圆几上。大公倾身看看,笑了:"公子是最好的师长。冷大人夹带几句洋语,更像是缓解疲劳的一种方法,他最早教给的'dog'(狗)和'cat'(猫),第二天我就混淆了。后来他又写了几个词卡。我为自己想出一个妙策,喏,"说着取过架子上的一个象牙黄瓷罐,"每记住一个,就犒赏自己一枚蜜饯。"她递给他一片,又塞一片自己嘴里。

蜜汁李子。舒莞屏无法忘记迫在眉睫的战事:"大公离开的日子,大家未免紧张。"大公收起微笑,目光从他脸上移开:"山北的黄金通道被袭扰了三年,该有个了结。放心吧公子,二位将军有最好的弓弩和火炮,诺登飞多管机枪也会派上用场。""啊,听说那是最厉害的西洋火器,吴院公提到过。"

她端着杯子,隔着纱帘看外面的女贞树和茂密的竹子。一只红颚黄腹的小鸟在窗台逗留,歪头看室内。"你真的会来这里吗?"她发出一声悄语,显然不是询问那只飞鸟。她转身走向那株文心兰,"有些事情后悔不及,有些事情无法猜想。"像在自语,伸手摘下花枝上的一片干叶。舒莞屏抿抿嘴,心里说:"是的。"她问:"公子还记得院公负伤的那个晚上吗?""当然,"他站起,"我和奶娘在一起,天快亮的时候,几个人把院公背回来。""那一夜有人闯进府里,接着就有了那场混战。""是的。""知道那个人是谁吗?""悍匪!后来旗营的人赶来了。""嗯。吴院公一直这样讲,公子也就信了。可是今天我想告诉你一个谜底。"她走近一步，将杯子轻轻放上圆几：

"我就是那个闯到府中的悍匪。"

舒莞屏笑了。他把几张卡片拢到手里，像出牌一样抽出一张。"大公，也许院公真的盼望您的造访。在西营的日子，最后的那些天，他说得最多的就是大公。"说完这句，室内空气凝住了。他抬起头，眼前的一幕让他吃惊：大公眼里旋着一汪泪水。

四

晚餐很晚开始，只有大公和她的洋文教习两个人。九时许，她摇了一下手铃，有人提来食盒。仅有一荤一素、两碟酱瓜、两碗红米羹。主食是玉米饼和黑面花卷。餐后仍旧接续中断的讲述，还是关于那个夜晚。舒莞屏在想另一件事，即冷大人的牵念，他的耿耿于怀：到底由谁、在怎样的情形下，将那幅"女子策马图"送给了吴院公？这会儿，舒莞屏像冷大人一样好奇，只是不敢冒昧。

"吴院公对公子是慈父，对我则是救命恩人。公子，要知道三十多日密藏一个要犯，不露一丝痕迹，比登天还难。他为我包扎，又找来最好的医家。这一月成为终生不忘的日子。公子啊，自那次分别以后，我们只在模模糊糊的星夜下见过一面，那是相互盯视的片刻。不过相信他一眼认出了我，做个手势，将食指竖在唇边。他身后是踏踏马蹄和嘶喊，正在逼来。"她的声音越来越低，一阵停息，仿佛等待那阵急促的马蹄驰过，"他反身呐喊，将一队人马引开了。这就是那个夜晚。想不到结束得这样突兀。"

一场叙说沉静而遥远，透出无限悲切：那是伤愈第三年，她率队穿过山地北麓,发现这里离舒府只有区区十里,一个念头再也无法按捺。她和几个人轻骑夜驰,潜入舒府已近下半夜。最不幸的是与一支偷袭的山匪相遇,一切始料未及。"舒府上下正奋力迎敌,我们实在不幸,很快陷入了夹击的狭路。我和吴院公是在窄巷那儿相逢的。那时没有月亮,只有一天星星。"

万玉大公吸了一下鼻子,垂下眼睛。她再次站起来。舒莞屏觉得她的目光落向自己的发束,柔细洁美的额头微微抬起。多么沉重的额头啊。他嗅到了清冽的气息,不是来自室内,而是那个遥远之夜的星空。他转过脸,差点碰到了大公。他发现她湿润的双眼正望向窗外,那儿有一对雪白的鸽子落下,在月光里啄食。"请公子原谅我的絮叨。我太想听西营的故事,特别是院公最后的日子,你们的交谈。他怎样叮嘱你、交给你这件东西? 记得你说过,'如果来得及,他一定会到沙堡岛上来'? 你再复述一遍他的话可好?"

"大公,我会一字不差地再说一遍:是的,他就是这样说的。当时他喘得厉害,让我扶起,用最后一点力气往前挪动,打开那间密室。里面藏了一把宝剑、一支短铳和一个木匣,匣中就是这幅画。我从他的声音和颤抖的手,不,我从他的眼睛里,知道木匣里的东西有多重要。我明白,吴院公的话,是在说自己最想做的一件大事,可惜他来不及了。"舒莞屏站起,鼻子发酸。他肩上有一双手,这手停留了许久。

"还好,你代他走了这一程。你留下来了,这正是老院公希望的。你看到他赞赏的目光了吗? 我想听到一句诚实的回答。"

"在深夜,在安静的时刻,我不止一次看到了。我知道自己这样做,他是欣慰的。"

肩上的双手挪开了。叩门声。卫士将一封信函交给了大公。她

183

速速看过，对舒莞屏做个手势，转身离开了。他在书房等了一会儿，在屏风两边踱步，不知该等下去还是走开。屋子有些空旷，东西不多，就像帅府一样，几乎没有多余的物件，只需一匹马即可拉走。这里那么安怡和静寂、温煦，即便是深夜，仍有敞亮宜人的感觉。他对比了冷大人的房间，那个地方有不少散乱的器物，还有，最大的不同是那里的沉闷和阴郁，是任何时候都不能消除的私密感。

等了半个时辰。在这段时间里，他在案几和屏风后面挪步，看几函书、盛开的盆花。软榻上有一个蓬松的方枕，榻背上搭了一条白色粗巾。通向室外还有另一个小门，连接卧室或其他。又有叩门声，卫士进来告诉："总教习大人可以休息了。"卫士陪舒莞屏走出书房，踏上拐尺形的通道时稍停："大人如想洗浴，可去温泉。"舒莞屏犹豫了一下，随他走去。大池子旁是一个小间，有热腾腾的一湾绿水，散出浓浓的硫磺味儿。透过雾气可以望到水下石板，是绛红与灰白相间的颜色。池形像一枚桃子，蒂部涌动热泉。太好了，只是已近凌晨，有些晚了。

第二天憨儿传递一个消息：战事开局不利，朱砂滚子万东属下醉酒误事，未能守住东线，幸亏及时驰援才得以补救。"正面交战的是小火童陈立将军，他把精锐放在了官军和山匪之间。这股悍匪是老冤家了，这回要跟他们一笔结清。"憨儿有些兴奋，话语流利到让舒莞屏吃惊。他问大公在哪里？"哦，这只有贴身卫士才知。我早上还见过她的白马。不过她有时会骑另一匹马。"

舒莞屏的心思全在前方了。可惜这里离山地尚远，连枪炮声都听不到。他走出行营，望着浅蓝色的山影。那是有名的金子产地，许多年来山民私采坑矿，朝廷未能设置官营，只得忍受山匪的轮番洗掠。自山北至平原地带有一条隐蔽的黄金通道：有人将金条缝进衣襟，潜入犬牙交错的北部防区，辗转转入沙堡岛。舒莞屏深知这场战事意味着什么，更担心万玉大公的安危。

一连多天都是舒莞屏独自用餐。每餐稍有不同，总是一荤一素一汤，主食是糙米饭或黑面花卷，偶尔加几块芋头和一碟五香螺蛳。后厨总管负责整个行营事务，生怕冷落客人，煮了上好的茶与咖啡，特意说明：咖啡是大公从府中带来的。这是珍贵的舶来品，比在烟台顺德饭店饮用的更好。入夜，总管建议泡一次温泉："大人，这个汤是方圆百里无可比拟的。"他将它叫成"汤"，这与舒府是一样的。"有一个副都统腿疼，泡了几次就无碍了。还有一次大公害了风寒，洗过两次也好了。"

憨儿陪他一起去温泉，但无论如何不敢迈进小池，而是去了旁边的大间。舒莞屏一人享用这个桃形小池，觉得实在奢侈。有人叩门，一个年轻人手持托盘进入，上面是一沓布巾和洁身用的丝瓜瓤儿。"让我帮大人洗浴吧。"舒莞屏谢绝。厚厚的粗布浸入水中台阶，然后枕臂仰卧。水波让人沉迷，恍若盛夏。他看到一头浑身赤红的大河马，宽平的鼻孔喷出一道水沫，发出蛟蛇般的喘息。这是躺在六角宫卧榻上的舒员外。他睁开眼。门外有人轻轻踱步，他围上披巾走出。

憨儿在廊上来去，见他出门立刻迎上一步："大人，大公回来了。"

五

半月过去，终于迎来一次大捷。两位将军诱敌西进而后合围，歼敌大部，其余悍匪东窜。朱砂滚子一部欲撤回休整，万玉大公令其原地待命，让陈立东渡界河。半岛南部山匪与官军交火，遁向鲁南抱犊崮老巢。官军东顾，陈立向南，东窜悍匪以为夺金时机降临，再次扑向玲珑东麓。朱砂滚子佯作西撤，与陈立余部会合，形成夹击。

行营内春意渐浓，蜂蝶成群。一只碗口大的浅绿色蝴蝶飞至美人蕉下，又折向竹丛和刚刚伸展的芭蕉，引得憨儿一阵追逐。过了片刻，憨儿折回，轻轻呼道："大人！"

舒莞屏抬头，看到了顾长的背影，长发与紫巾。"大公！"他心里喊了一声。那只硕大的蝴蝶翩翩回转，迎着自己飞来。万玉大公回眸，蝴蝶越过院墙不见了。"多好的春天，我们却在应付一些可怕的事情。昨夜看天上星辰，想起了那位星象师。"大公说着，走近，"我对星象一无所知。公子何如？"舒莞屏摇头："这是太过深奥的学问。大公刚离开大城池，那位老人就从天象得知了。真真神奇。"

大公不语，绕过花树。他们一起走向书房。进入室内，舒莞屏看到圆几上多了一副洁白的针织网罩。男子端来茶饮。"公子也信那些言传？"她端起杯子，清澈的眼睛闪了一下，"能背几句《贞德颂歌》吗？""啊，那首歌很长，只记得前边几句。"她看着自己的双膝："我倒愿意相信冷大人的话，自己是'圣女一转'。那个女子是被活活烧死的。我想说，她出世了，她骑过战马，她胜利了。公子，一个人这样死去有何遗憾？"

"大公！"舒莞屏脸色通红，鼻尖上渗出汗粒，"我，我们所有人只相信一个结局，那就是大公最后的胜利！"

大公拢一下长发，缓缓束好，舒了一口气。她弯腰取起落在蒲垫上的一枚饰物，放入衣兜："冷大人是一个了不起的人。我感激他的不倦和忠诚。他一直苦研齐国古史，寻觅盛衰变异之理。他编制姜姓谱系图表，还发明了'大公'这个称谓。我知道他的良苦用心。公子，我终究笃信，富贵不足求，生死不足畏。既已上路，也就不必在意那个注定的结局了。冷大人正伸手将我推向那个火刑柱。可我告诉自己，我愿意。"

舒莞屏从未这样切近地看过这张面庞。额头洁美白皙，双唇如玫瑰初绽，一双深潭似的大眼。他无法舍弃这些庸常的比喻，因为除此将无法表达。他想做一头温驯的小羊，又想当一匹勇猛的雄狮，只在她的驱使之下。他忍住万千话语，吐出一句："大公，我们永远跟随您。"

大公眼中全是痛惜，抚着他的肩头："孩子！按年龄我可以做你的母亲了，院公把你交给了我。我只怕自己是一个无能和贪婪的人，误你一生。那样，我将无颜在天堂见到院公。他一定在那里等我。"舒莞屏的面庞倚向一边，触到一只温热的手。

大公站到那盆垂丝茉莉跟前。她从书架上取了一函，打开又合上："公子，日后你会一一结识我们这里的人。他们当中有不惧生死的将士，有打造快船的匠师，有为银库费尽心思的先生。大城池的水道和防务要塞由异能之士设计。不过，这些人只设计了一些火器、一座城池，冷大人呢，他正设计一个'大公国'！我们，还有后来的人，都将感念这个人！你不会想到，有谁会在至难至艰之时默念那首圣女颂歌，一遍又一遍，最后诵出声来！他那时在想些什么、为了什么？"

"我说不好。不过我听过冷大人凌晨时分盯着漆黑的窗外低声背诵。我想他在砥砺自己，还有，他想念大公。他心里一直将您和圣女合而为一。我去过那个三面环窗的画室，那里只有两个人的画像，最后二者合成一个。他一直尝试画一张端庄的、通行四方的大公像，以便在重要的时刻悬挂起来。"

"悬挂的机会是有的,在村民和店铺的供桌前,我总是和狐仙们摆在一起,连我都认不出自己了。"她这样说,忍住笑,"冷大人画得好多了,不过他把我的鼻梁画得高了,眼睛和脑瓜倒有一点儿像。哈,多高的胸脯,这个冷大人!公子不觉得这是他消磨时光的好方法吗?"她的嘴角出现了一丝冷嘲。

舒莞屏口气凿定:"不,冷大人对您充满了崇敬。那'策马图'是最好的一幅,大人说这是一生都难以超越的。他一边画一边默念那首颂歌,那神情和目光,那声音,大公如果亲眼看过亲耳听过,就什么都明白了。"

"公子的话该让冷大人听到才好。你说得最好的两个字是'砥砺'。是的,我在安静时也会诵读那首颂歌,有时泪水潸潸不能自已。我那时看到的不是马上圣女,而是她的最后:站在火刑柱下,火一点点掩住了她的脸。"

"大公!"

舒莞屏喊起来,声音突然变得嘶哑。他垂下头,再次仰起时珠泪满颊。她为他擦去泪滴,长叹一声:"我们扯得远了。该说点别的。公子来岛上有一段时间了,可也顺适?你如今兼做我的洋文教习,当把要说的话悉数道来才是。"舒莞屏吸吸鼻子,点头:"我享用太多,劳辛太少。冷大人和提调甚至让我免去当值,饱食终日。那五个通嘴子只偶尔光顾。大公,我想去城外,像提调那样去做巡督。我不能变成无用的书生。"

"你是我的洋文教习呢。""我不会懈怠耽搁。""你离开了大城池,我又如何传唤?""我会选择大公出营的日子;还有,就像现在一样,随大公出行。"她点头,眉头微蹙:"公子主意甚好。不过我担心的还不是这些。我怕的是公子在外面有什么不测,那就后悔莫及了。公子安危非同小可。""可是,提调大人身为女子,却能四处奔走。""那还不同。"

六

盛春到来的日子,战事已近尾声。一个槐花吐放的上午,憨儿向舒莞屏传递消息:小火童陈立的主力于凌晨翻过山岭,与朱砂滚子万东一部南北夹击,将敌人围在玲珑山下。激烈交火两个时辰,快马驰往行营,传送道道牒令。在青州旗营北去四十里的平原河谷,将军留下守兵,以防官军异动,并随时策应山北。交战自上午五时至暮色初起,除少数悍匪逃窜,已大部被歼。俘敌数千计,获快枪一百、克虏伯大炮两门、刀戈弓弩无数。捷报传来行营已是烛光闪耀之时,厨房总管提前备下贺宴,搬出泥封的几坛老酒。

小火童陈立及三位副都统驱马来到行营。贺宴于午夜开始。舒莞屏第一次见到这位声名显赫的将军:坐在大公身侧,另一边是几位副都统。将军四十左右,面色青黑,头颅小到令人吃惊,却有一对奇大的耳朵。大公向他们引见总教习大人,两边隔案施礼。菜肴依旧简素,黑面花卷和粗面包、红豆甜羹。主菜是煎鱼和酱猪肘。唯有老酒足量。将军很快显露豪性,举起大碗敬过大公,又敬总教习,咚咚饮下三碗。

酒宴时间颇短,结束后几位武士去了温泉。舒莞屏和憨儿在庭院吸了一会儿槐花香气,转身看书房:纱帘后面闪过大公的身影。她好像在遥望一天星辰。只一会儿,厚厚的布帘拉合了。"大公心情欠佳。想想看,我们战死一百个弟兄,加上开春的伤亡,差不多有二百余。"憨儿说。舒莞屏想起席间情形:大公强作欢颜,没有饮酒,只吃了一片面包和一点甜羹。憨儿看看头顶被花束压弯的枝条,说:"大人,咱总归是大胜啊,除掉多年大患。两股山匪无恶不作,饥荒年间树叶都吃光了,还要下山抢掠。""盛春时节战事会结束,这是小棉玉说过的。真让人钦佩。"

一连多天都有马嘶响在行营庭院。武士来去,空荡或满载的车辆驶进驶出。槐花愈开愈盛,直到败落。行营重归沉寂。大公再次与舒莞屏习练洋文,见面时依旧发出那声悦耳的问候。不再谈到战事。他还记得大公强抑悲伤的那些夜晚。他好像第一次听出她有较重的舌尖音。她学得认真,一遍遍习练,直到满意为止。"冷大人多次赞赏公子。可惜鱼与熊掌不能得兼,你不能回同文馆了。如果按时通过年考,公子真的准备出洋吗?""我想做一名公使。父亲大人认为强国唯有洋务,已不可延误。"

谈到先父,大公又一次问起他和夫人的死因,自然说到吴院公。舒莞屏看着大公的眼睛:"吴院公让我离开西营,再也不要回到舒府。沉冤未能昭雪,先人难以瞑目。"大公声音艰涩,但字字清晰:"公子记住,这一天不会太远了。"

分手时大公取了一函书送他:《桯史》。"文章未必上乘,好在岳飞嫡孙所著。公子闲览罢。"她送至廊前,说一句:"小棉玉要来了。"他明白,回返的日子即在眼前。

第二天风和日丽,南风吹来青生气息。憨儿和舒莞屏步出庭院,发现三五人站在青杨树下,是几个卫士簇拥着大公。她难得有这样闲散的心情。一只云雀在空中欢唱,大公手搭眼罩看去。卫士们叫着"总教习大人",大公也做出召唤的手势。

"总教习大人，前边有个小湖呢。"憨儿小声说。大家一起走去。青杨高大，鸭蛋绿的树干上少有枝杈，在泛青的麦田映衬下显得洁美英挺。蜿蜒小路旁是丛丛荠菜和艾草、毛茸茸的地黄花和伸展藤蔓的打碗花。小虫蠕动，蚂蚁匆匆。大公往前指了一下。湖水清清，呈淡蓝色，水边是几棵槐树，一片诱人的沙子。"我还记得前年秋天，我们在这里野餐。你们几个有谁来过？"大公话音刚落，有两个年轻人应声。

大家在水边坐下。水湾近处浅浅，微微漾动，打湿一小片沙子。水湾中央似有跳鱼，有人喊了一声。"这里的虾子极好，可惜太小。"大公说。水湾对面有柽柳和不多的蒲草，一两只鸟儿起落。"有一次冷大人来过，说'我老迈之时能在这里搭个草庵，也算至福了'。听听，一个多不安分的人。"她的话让旁边的人笑出来。一会儿，大公的目光落在憨儿脸上："壮士，可否试试身手？"

憨儿将短铳和弯刀放在地上，又将外衣脱下："谁来一起？""让我来吧。"说话的是舒莞屏。几位年轻人对视。大公"嗯"一声，对憨儿说："点到为止。"憨儿点头，立起马步。舒莞屏将披肩褪下，走到空地上，神色专注，躬身提手。他的左手在高处游移，右手迅疾出掌。憨儿转呼一声"啊矣"，跳跃躲闪，却未能防住扫来的腿脚。憨儿险些歪倒，单手撑地一旋，再次双拳并胸。四手凌乱往来，腿脚腾起，头颈神速挪闪。憨儿"嗯嗯"发力，把身量轻了许多的对手一下拱起，单臂挣出，欲将其按伏沙上。舒莞屏倒地前一刻左脚抵紧青杨，迫使憨儿连连仰退。呼赞四起。憨儿拱手说"大人好身手"，与舒莞屏一起向大公行礼。大公的眼睛长时间看着舒莞屏。

接上是憨儿单搏五个卫士。这一次憨儿并未马步收拳，而是弹跃于五人中间。五人出手敏捷，合力分击，无所不用其极。憨儿数次闪过,竟让五个顾长身躯相互撞击,与此同时仰身倒地,睁目四顾,在混乱追踢中连连滚地,却能频频发力。卫士呼号声声,杀声震耳,如虎豹般生猛。憨儿滚动,半仰半卧,粗壮的下肢宛如一双石柱,扫荡之处无不应声败溃。五位卫士先后啃沙,复又起身。搏击毕,憨儿完胜。舒莞屏看得明白,与自己的那一局无非是谦让和规避。大公对他耳语:"憨儿滚地功天下第一,剑术和飞镖百里挑一。"

小棉玉和几位随从来到行营。舒莞屏发现她变得更为瘦小,人也黑了许多。她目光热烈:"公子,我来接您回营。"声音小而沙哑。他不止一次听到她突兀变哑,甚至发不出一丝声息:那是初识的日子,焦急中不得不以手势代之。

"提调大人,您辛苦了。"他与之分享大捷的欣畅,讲那场简单而难忘的贺宴:"我看到了小火童陈立将军。大公为死伤的兵士难过,那一晚几乎没吃东西。"小棉玉点头:"有一回卫士遇难,她哭成了泪人。一匹战马死了,她也难过得没有吃饭。"说过大公,她又笑了:"听说您与憨儿比武,他败在公子手下。"舒莞屏的脸倏地红了:"提调大人明白,憨儿自是好意。不过我有了最好的老师。您见过他的'滚地功'吗?""见过。憨儿最大的本领,其实是箭技和飞镖,外号'小李广花荣'。"舒莞屏发出"啧啧"声:"原来身怀绝技。"小棉玉接答:"公子可知大公对您的器重了,让营中最好的卫士跟随您。"

小棉玉在行营滞留两天,与卫士一起奔赴山地,还泡了一次温泉。行前头一晚,舒莞屏向大公话别。大公说:"公子所教,我将日日温习,回到府里你再考我。哦,我们之间也该有个'季考'和'年考'。但愿不要让我遇上倒霉的'北煞风'。"一句话逗得舒莞屏合掌而笑。大公上下端详:"公子也该谢我。我为公子束起的头发,使公子变得越发俊逸。"

第十章

一

　　大城池的季节似乎晚于南部山地许多。海上冰坨化尽，寒气送入水道，无数鸥鸟飞来飞去，在屋中空地上匆匆而过，吓走一群群鸽子。一些车辆迎着寒意未消的北风驶去，凌晨即响起鞭子和蹄声。所有车辆都奔向渔场和捕蜇场。"从春到夏，海边最热闹的就是捕蜇场了。"憨儿告诉舒莞屏，"那些海蜇发疯般往岸上涌来，堵塞海岸，望上去就像一片片冰坨。"憨儿的话让舒莞屏神往：他最想看的就是那些神秘的浮游生物了，看它们大伞一样的冠盖如何飘飘而来。海湾发生太多怪异：有一年秋天突然涌来没完没了的青鱼，它们冒死冲向沙滩。那个情景让半岛人久久难忘，不知这么多鱼来自何方，又为何到同一地点殉死。远近百姓都跑到岸边抬鱼，鱼多得无法吃掉和卖掉，就腌制起来。后来人们才知道这是一个不祥之兆：第二年春倭寇来犯。那些从大洋漂来的船上满载头缠黑布的人，祸延三年。

海蜇大举犯岸已有多年。成群汇拢的海蜇令人由欣喜到恐惧，渐生不吉之忧。北部猎蜇场的总头领甚是强悍，身高马大脸色赤紫，早年从打斗中胜出。他将猎场编为军旅营地：大批猎物涌集时各营齐发，无分昼夜；偶有外营争夺则大打出手，生死无惧。猎蜇场时常血溅沙岸，水中有大鱼的血、海蜇的彩带和人的残肢。两年前总头领的人打死打伤相邻渔场百余人，还顺势劫掠网具掳走劳力。府中终于不再容忍，将其发配到种植营充作劳工。该头领犯下死罪，只因值守猎蜇场劳绩甚巨，宽待不斩。新头领为副都统手下都尉，赴任之初即携带大小头目，分别委以各营管带。总营统辖分营，将河西长达数十里岸线悉数纳入。猎场闲散时节依赖本部役工，春夏两季则征召三方劳民。

盛春之后，南北通路由军士把守，日夜响彻运蜇车的辘辘声。猎场役工成为临时管带，严厉管束召来的旱地男女。男子穿桐油衣裤，用长杆抓钩捕捞海蜇，女子在近岸沙滩上腌制海蜇。春天为猎营不眠之季，除非风暴来袭，夜里总是燃起粗大的火把：它们有一人多高，顶部的铁桶塞紧棉芯，浸满海猪油。火把照得天地通明，远近沙岸的嚎声从无休止。火把未照到的地方是草窝、地窖和沙沟，闲来无事的小把头和役工饮酒赌钱，用银票买乐，欺辱那些旱地女人。捕蜇场是银库最大财源，也是凶案频发之地。有一场械斗持续了三天三夜，最后不得不由大城池副都统用兵平息。械斗常常发生在分营之间，也有海中盗贼上岸打劫、宿敌争斗一雪前仇。总之惨剧在猎场收归军营后仍有发生，令人发指。当年的都尉已经发福，日日饮酒，将宽大的地窖扩成地宫，加盖带双层雨搭的窗户。他福缘不长，任总头领第三年，酒后被一女人用剖鱼刀割了喉咙。事后查明，该女子为倭人后裔。

舒莞屏向提调小棉玉进言：年前已见识渔场，而今恰逢猎蜇旺季，极想观盛。提调未置可否，只说四年前的惊人之旅。那时还是凶蛮至暗时期，所以险遭不测。她讲到此行三缄其口，脸色绯红。事后憨儿吞吞吐吐说出至险一幕：小棉玉身为巡督，颇为自负，对总头领当众训斥，引起忌恨。头领于夜间招集卫士畅饮瓜干烈酒，卫士大醉。小棉玉出门吹风，身边相跟的卫士东倒西歪。黑影里蹿出几个莽汉身如牤牛，力大无比，几欲非礼。万分危急之时，她拼命喊叫，突然爆发的尖声实在骇人，这才得以逃脱。

两天后冷霖渡大人见到舒莞屏，开口即问捕蜇场之事。原来小棉玉已将他的出营请求呈报国师。舒莞屏说几日即可归返："大人不必为此担心，我只要憨儿同行。"冷大人食指上沾了一点黑色，跷起来看着："那里不比渔场。你执意要去，可让副都统派上一队兵士。不过，即便如此也还不够。""为什么？""公子有何闪失，伤一根毛发，都会传到大公那里。春天的坏天气说来就来。出营是大事啊。"

第二天一早，瘦削青年交给舒莞屏一个厚厚的函件，打开一看，是冷大人凌乱而细密的字迹：大小不一，有毛笔正楷，有细小的炭笔。他伏身看了一会儿，才知道这就是"姜姓世系图谱"。文稿显然经过长时间订改，附有一份详细的图表。"我会从头拜读。"他说。瘦削青年走后，舒莞屏若有所悟：冷大人可能担心这边过于清闲寂寥，才将这样烦琐的巨作交与。他记起前些时日关于此事的夜谈，大人激扬热切的面容如在眼前。他明白这就是对方苦心营建的"万玉学"，是它的第一块基石。多么久远的追究和考据，他相信这份苦役自许久以前就开始了：一场按图索骥之旅，最终牵来了一头巨兽，它的名字叫"齐国"。

舒莞屏一连几日沉浸其间，暂时忘却了一切，对愈来愈大的南风浑然无察。除了有人按时送来食盒,再无他人打扰。送餐人不再叩门,只将物品放上廊内木台。有时他遗忘用餐,在腹部矜持的提醒下才取来食盒。从行营归来,他注意到自己的日常用度:荤素汤羹再加冷碟,不少于五个菜品,偶尔还有夜宵。他亲眼见到大公庆贺大捷的宴席,无非是几份寒酸的菜肴、糙米饭和黑面花卷。从此他拒绝沉甸甸的食盒,只取其中的主食和一羹一菜。大药堂送来的滋补汤盅自隆冬后稍减,改为三天一次,盅内汤汁已由深褐变为浅绿,不再浓稠。他觉得身体早已康复,可大药堂着人示下:副都统以上者凡有冬魅、寒证及其他疾患,均需服用冬春汤盅。来人恭敬而又固执:"总教习大人,这是府中规矩。"没有办法,他只得把这些汤盅放到一边。有一天走出廊门,见树下有一黑白花猫,立即回屋取来汤盅。失望至极:花猫嗅嗅,并未舔食。

冷大人这份图谱最艰涩的部分,为公元前391年姜姓国君被废,流放海岛之后的岁月。齐王并无子嗣,姜齐脉流就此隐沦无考长达六百余年。支系繁衍及私室旁证,牵涉无比晦涩的氏族变迁、种姓延续。去伪存真推演追溯,披阅浩繁典籍茫茫野史,集考古字源古航海若干学问,还要紧握朴学根蒂。如发纤毫若隐若现,剔捏加固,最终绘出一条清晰可辨、曲折无比、令人服膺的隐隐红线。这是血的颜色,竟然不曾断绝,韧忍存续。舒莞屏揉一下长时间伏案盯视的双眼,抬头发现暮色降临,竟忘记燃起蜡烛。

晚餐用过已经太晚。他想和憨儿一起去室外,刚取瓷铃,门即叩响。进来的是冷霖渡。大人进门即看摊在案上的图谱,上前翻了几页。"大人,我多少明白了您的苦心。这是至难之事啊。"他看着冷大人,又看那沓新旧纸页掺杂的文稿。"公子,我有一个粗率的想法,未来的某个时候,你可以着手将其译为洋文。"冷霖渡投来期待的目光。舒莞屏惊叹："啊，这太难了。要通晓其中奥义，须花去大量时光，更不要说可怜的学问根柢了！""哦，这不是眼下之事。未来或有洋人助力，这是后话了。"冷大人看看烛光未能洇透的夜色。舒莞屏有些茫然，他想不明白这与洋人有何瓜葛。

离开这个话题，冷霖渡露出欣色："公子，我把您急于出营的事禀报了大公。想不到大公甚是体谅，说公子正值血气方刚之年，囿于室内实在难为。你可各处走走。不过大公划下几条不可逾越的界限，自然是呵护爱惜。"舒莞屏目不转睛，一脸喜悦。"大公说职分至重，既要出营就以'巡督'名分，也好让人有所畏惧。总之万万不可疏失。"舒莞屏合掌躬谢："憨儿同行足矣。"冷霖渡晃一下食指："至少三人随行。等出营的牒令吧。"

二

两辆双套车载四人奔驰，春天骏马，自然欢畅。憨儿为卫士头领，将牒令文书收在身上。车上备有出行物品，两位武士配了连发火铳，憨儿携有弯刀和短铳。

一天驰走，剩下多是水路。向西越过十里，横穿三条南北大路，所见全是车辆与负担的行人。因为有通行牒令，两驾马车得以驶上一艘平板船，由它摆渡。下船后一路驰向西北，来到一座浮桥：五艘小船搭为桥墩，桥面是粗长的木头。这是出城后要渡的最宽的一条河，水色乌青，鸥鸟徘徊，硕大的海豹拍打水花。海豹在近处探头遥望的模样煞是可爱，这让舒莞屏忍不住伸手问候。南风依旧，但寒意明显加重。浓烈的腥气扑面而来，路旁出现了大片沼泽，柽柳和苇荻蒲草时密时疏，像连绵山峦延伸天际。水鸟多起来，它们追逐车子，有时竟俯冲到几米远的地方。

路上出现了关卡。那些身挎弯刀的兵士一看车辆就挥手放行。车上卫士说："我们的车子有记号。"舒莞屏这才发现车篷下有一副弓弩的浮雕。"副都统的每一辆战车都有这个。"憨儿说，"如果敌手追来，我们的车马还要快上一倍。战车轮轴、马，都是最好的。"说着来到了一个更大的关卡，这儿不仅有横杆，还有木头塔楼。憨儿下车交换文书，一个大胡子数着车上的人。憨儿上车时，兵头草草行了拱手礼。这是最后关卡。一个个凸起在苇草上方的屋顶出现了，是渔场猎蜇场特有的"窨子"。风向变成西北：当海风压过水道沼泽的风，风向也就突兀改变。海浪在稍远处扑动，一眼望去全是乌黑的颜色。看不到海浪，茂长的水草和耐盐碱的树木遮住视野。除了隐隐传来的人声就是水鸟的鸣叫，夹杂一些奇怪的粗吼。在刚刚融化不久的冰坨水域，那些过惯了严寒时光的海中怪物常常用怒吼吓人。没人见过它们的模样，据说是海猪和鳄鱼的混合体，像大猩猩一样直立走路，喜欢吃旱地生灵。

进入猎场，听到最多的是怪兽的故事。引导他们车辆的守营老人五十左右，一路用半真半假的故事犒赏来自大城池的人。他说女人为什么不能在近岸干活？因为海怪除了吃人，最爱干的一件事就是把女人扛走。"女人和海怪生出的孩子格外凶猛，扁头凹眼，鼻子小肚子大，进了行伍最不济也当个总兵，杀人不眨眼。"憨儿笑了。原来这个老人在变着法儿骂营里的兵头。

离岸五里远就是头领的大窨子。这里戒备森严，窨子前有一面旗，旗上有刀砍大鱼的标识。头领出来迎接客人，向巡督大人施礼。舒莞屏将随行者一一引见。头领鼻子里发出粗壮的一声："吭！"窨子里燃起粗大的海猪油火烛，亮得耀眼。这儿空间很大，卧在地下的部分多于上半截，内墙镶了护板，有厚厚的草荐隔绝寒湿。舒莞屏一眼看到大堂正中悬挂了万玉大公画像，是端坐的正面半身像，比真人胖了许多。这与冷霖渡画出的大为不同。头领向画像合掌施礼，舒莞屏一行随礼。

晚宴的长条桌上是热腾腾的大汤锅，冒出逼人的肉香。"大人可知这是什么物件？"头领伸手指着汤锅，舒莞屏看到这只毛烘烘的大手上有一枚珊瑚银戒。"大人在别处是吃不到的，这叫海狐狸，长毛的家伙，来往于海河之间，深更半夜会吹口哨。"他一再礼让客人下箸。鲜美香浓，味道更像水族。大坛白酒打开，头领高声吆喝："在捕蜇场不喝烈酒，就别想活过冬春！"这不是劝饮，而是一句诅咒。四个人只好饮过。酒太烈。头领说这不是一般的粮食酒，而是香蒲根和菱角酿成，用炒海马泡过一年，喝过后就再也不怕海风。"我敢在寒冬腊月去窨子外面撒尿，不信问他！"头领指一下旁边的副头领。那人立刻仰起酒糟鼻子："大人说的一点不错！"

酒宴的高潮是厨师推进一辆四轮车，大家发出呼叫：车上放了一个大托盘，上面是旋成塔状的一条金色红色花纹相间的大蛇，蛇头踞于塔顶，双目凛凛。"这是从深海里弄来的，十年不遇！"头领拍腿，"巡督不来，谁也没有这个口福！"说着抓起一副长箸，夹起一截鳞光闪闪的连皮蛇放到舒莞屏碟中。憨儿品尝后小声说："像鱼又像鸡。嗯，和以前吃的烤水鼠差不多。"舒莞屏始终不肯动箸。头领大笑，脸色通红，再饮两碗，大力击掌。席间很快静下，进来一个矮胖的男子，左右施礼，然后唱起来。

又粗又哑的嗓子，唱了一会儿突然变得尖细。他唱的是海上拉网歌，模仿海老大的骂声喊声、风声和号子，还有鱼族最后的呼号。

199

"我日死他娘了啊！绷紧缰绳啊！我日死他们了！嗨哉嗨哉！我日呀，日死他们了！"这种粗野的词儿竟被他唱得流畅自如，就像置身于狂烈的风中，又像在人头攒动的沙滩上，巨浪劈头盖脸拍下来，一丛丛倒下又爬起，死命地抓住网缰。矮胖歌手停下，头领赏他一碗酒。他一饮而下，再次鞠躬，回身离开时让四位客人大为惊骇：竟然穿了开裆裤！头领和副头领得意之极，大笑："这是营里的老泼皮，谁也唱不过他！有一次'夜叉'，喏，巡督大人，那是个不要命的骚娘儿们，招他去唱，结果听恣了，让他踹她的胯裆，踹一脚唱一句，句句合拍儿！"

哄笑压过了越来越大的风声。窨子上方的窗子呜呜响。有人进来说："老旗杆不行了！"头领一挥手："狗日的出去。"酒碗交错，那盘起的蛇塔吃到了基座。快到散场时推上来一个青黑色大肚陶罐，厨师用大铁勺给客人舀出黑浑的浓汤，又辣又酸。头领向客人介绍："这是大嘴鱼做的，放了朝天椒和黑胡椒，抗寒第一物。"又说，"巡督大人，我们猎场的人不比大城池，咱们全靠大吃大喝，不吃饱喝足，顶多活个七天八日！"副头领附在舒莞屏耳边说："这话一点不假。去年从火器营来了一个铸炮师傅，他给河口两边布防，结果中了寒邪，直接放挺在这里，埋了算完。"

宴后议事。头领舌头变大，含混不清，对舒莞屏几人喊道："巡督但雪（说）无妨，这里，"他指着头颅，"一门儿轻（清），哪里会裤（误）事！"他说一句副头领重复一句，劝几位大人住在营中："这里舒心暖和，又远离腌臜物件。"舒莞屏不解："什么是'腌臜物件'？""哦哟，那多了去了！海蜇往岸上涌，等于直接送上大把银票，让人红眼，野疵疵的手伸过来，什么都抢，使老粗的棒子都打不散。为慎重起见，巡督大人还是多窝在窨子里吧，出门要带一队弟兄。"副头领耐心劝说。舒莞屏与憨儿几个商量,最后决定住在总营,但捕猎和腌制海蜇的地方还是要去。"这是我们一行的职要所在。"舒莞屏说。

三

一夜风吼。早上风平沙静,天蓝得可爱,舒莞屏认为是难得的出行之机。他们去马厩时大吃一惊:车子蒙了厚厚的沙子,四匹马显然吃了不少苦头,可能一夜都在抖落沙尘,周边积了一堆,见到主人立刻睁大委屈的眼睛。"咱们出去散散心吧,太阳甚好呢。"憨儿抚摸它们,安慰拍打。副头领让七人小队跟在车子后面奔跑。临行前副头领让几位客人再加一套笨重的桐油衣,人人觉得多余,却也无法拒绝。

车子一直向北。后面的七个人一路小跑,舒莞屏只好让车缓行。只一会儿风就加大了,呼呼的海浪声也在逼近。一片矮小的窨子在路旁出现,越来越密。看到人影和黑白交织的沙岸了,喊叫声压过浪涛。车上人指着前面:泛白的漂浮物由近及远变得稀疏,越是靠岸越是密集,猎蜇人三五一组,手持长杆抓钩,穿着桐油长衣,正奋力拼挣。有几只小船歪在沙岸上。有人东奔西跑,指挥一些抬木斗的人,又朝水中的人叫喊。

道路在离沙岸几十丈远的地方中止。他们下车。大风刺脸,夹杂细小的沙子。震耳欲聋的巨涛和人声。大浪推拥海蜇扑向沙岸,伞一样的软躯披散红色棕色飘带,在巨涌的峰顶飞动,又急速滑向深谷。捕蜇人伸长铁钩把它们抓住,一只只拖到岸上。近处猎物没了，再往稍深的水里蹚去。有人不止一次被水柱击倒，爬起，再次伸出铁钩。彻骨之寒并未将人吓住，大风也不能把他们逼退。最可怕的是前后推拥的捕蜇人互不相让，有时会将浪涌中的人当成猎物，抡起铁钩狠力一击，鲜血立刻染红一片水浪。

舒莞屏觉得幸亏有桐油长衣才能站在岸边。他眼看不止一个血淋淋的人被拖到岸上，直挺挺地躺在沙子上，没人施救。他忍无可忍，喝问那个吆喝奔跑的头领。那人极不耐烦地回看一眼，骂一声"狗蛋"，依旧伸出两手向海中呼吼。憨儿看不下去，一把揪住那个人，迎着他的耳朵大喝："巡督大人在此！"被揪的汉子龇出板牙，大梦初醒般望着新来的几个人。他盯着这些人手中的刀械，身子弯下来。舒莞屏指指地上拧动呻吟者，厉声喝道："即刻抬走救治！有一人遗下，拿你是问！""呜呜哦哦大人，小的不敢是啦！"他揪住抬木斗的人，指指地上："抬，抬矣抬矣！"

东西沙岸二十余里，所见情形大同小异。舒莞屏看得心惊肉跳。"原来这就是捕蜇场！这更像屠宰场！海蜇，鱼，还有人，都一起流血！"他叹息，愤不可抑。可是巨涌和风中谁都听不到他的声音。他明白，眼下境况不是一月一年，而是一直如此。他不敢想早已开猎的月初，那时冰矶还未融尽，大风与涌流多么尖利。他想到此行之重：必要与头领商定万全之策，止息血腥。他不认为巡督只是一个空泛的头衔。沿海岸往东直走，那里是隔河相望的渔场了。陪同的士兵说最大的捕蜇场其实在西边，那里有数条河汊入海，是更大的海蜇汇集地。"也可能是风向和海流的缘故，从开春到夏末这一段西边水汊最忙，一到秋天，就是东边这一段了。"他们当中一个年纪稍大者说。

七个总营派来的卫士，再加上原来四人，从东部海边绕一道弧线,返回车辆那里,大约要跋涉十多里。他们在无数的水汊沙丘中辗转,冒着陷入泥沼的风险。中午时分吃了一点干粮,忍住饥困。备好的食盒留在车上。"咱们带了大咸刀鱼、玉米饼和红豆粥,还有一壶瓜干酒哩!"营中卫士说。没有办法,走吧。为了更加安全,他们只好绕得远一点,走近一溜窨子。这是腌制海蜇的地方:一辆辆车子停在窨子中间,抬木斗的人络绎不绝,斗中是捕获不久的鲜海蜇。海蜇卸下来要大声报数,由记账人分给那些穿了油布围裙的女人。她们蹲在自己的沙坑前,坑里铺了隔水的油布,里面是盐粒和白矾。一只只肥大的海蜇像死去的章鱼,拖着彩色长须按到坑中,挤压拍打,再搓上盐粒。女人的脸和手、露在外面的一截胳膊全是冻伤,是血口,和海蜇长须的红色混在一起。

两个女人与计数的男人发生了争执。女人小声分辩,男人瞪起大眼骂了一句。一个女人扯扯另一个女人,萎到一边。男人仍不饶过,跟上一步,揪住女人的耳朵提起,让她伏到一沓记满了数码的纸上,使劲将她的脸按上去。女人脸上的血和溅落的海蜇碎屑印在纸上,男人愈加愤怒。他将女人掀翻在地,又踹几脚。女人双手护脸嚎着:"不敢了,再也不敢了!"男人放开她,走向另一个女人。这是舒莞屏路过时发生的一幕。憨儿拉起倒地的女人,那个挥动拳脚的男人骂着脏话。憨儿把他提离地面,扔在一个脏臭的水洼里。

这个腌蜇地只是小小一角。前边是连绵十里或更长的一片窨子。这里都是女人,来自沙堡岛南部山地和平原。她们从一大早坐在沙坑前劳作,直到第二天凌晨,饿了吃一点随身带的黑面饼,喝一口陶罐里的水。大约凌晨两点,她们才一拐一拐回到窨子。舒莞屏蹲在沙坑前问话,得知她们全凭每天腌制的计数领取银票,不过不是每天领取,而要等到月底。如果因病因事中途离开,所有计数就全部废掉。许多女人带着孩子，他们跟在母亲身边做活，在窨子四周奔跑，捉小螃蟹。一个女人边哭边做，问了才知道，她的孩子就在前些天跌入泥沼，她早晨返回时才发现孩子没了。

　　舒莞屏和憨儿钻到窨子看了，发现只能躬身爬入。没有床铺，整个地面铺了厚厚的蒲草。窨子角落是一个泥巴锅灶，一个盐罐、一个咸鱼坛子、一把干菜。舒莞屏看到墙壁上有一抹血迹，反复追问，得到的是一个吓人的故事：那是上一个季节留下的痕迹。起因是半夜闯入一个男子，是北边沙岸的捕蜇人，他不光蹂躏了女人，临走还从角落里搜出了银票。女人苦苦哀求不要抢去两个月的血汗钱，他理都不理。女人最后只好摸到剖鱼的刀子，横着一抢。

　　因为在腌制场耽搁太久，回到车上已是太阳西斜时分。余下的时间要么赶回总营，要么按原来计划向西。舒莞屏望望天色，对几个随员说："我们继续吧，难得这样的天气。"车子启动，车夫甩响鞭子。卫士说要到西边的营地，起码要过三座木桥："不过，今晚咱们大概只能看一个分营了。那里的头儿叫'锅腰'，是个不错的人。"大家商定就在"锅腰"的营地过夜。

　　总算驶过了一座小桥。直着往北，听到了熟悉的喧声。这里的柽柳和蒲荻比任何地方都高大茂密，里面不断传出尖厉或粗重的吼声，像禽鸟又像陆地动物。士兵说这儿有一种既能四肢伏地又能用下肢站立奔跑的怪兽，模样像狼又像獾，人们叫它"花面虎"，很是可怕："它们并不吃人，只喜欢把人抱住一阵胳肢。听人咯咯笑是它的一大喜好，人笑啊笑，笑得上气不接下气，最后就死了。""还有这等异兽？"舒莞屏大惊。卫士答："河西这儿连海匪都不敢来，什么怪事都有。不过这里的捕蜇场是最富庶的，每季为银库提供的银票是东边渔场的总和。"憨儿小声说："大人，上次小棉玉提调，就是在河西这儿出事的。好生凶险。"

临近捕蜇场，舒莞屏让车子和两个卫士先去营部，自己与几个人走向轰轰作响的海岸。离天黑还有一段时间，火把燃起前正是海蜇发疯时。"这些没眼没爪的怪物，总是在黄昏前猛冲，好像要赶一场大餐似的。"憨儿喊着，因为海浪实在太大了，"过去要用大眼网捕它们，如今伸出抓钩就行。有一年网里拉了一个非驴非马、不是鱼也不是海猪海豹的家伙，长了猫头鹰似的脸，手脚有蹼，眼大须长，肚子光亮，是个母的。它有小牛那么大，站起来像人一样高，总是抹泪，还时不时地作揖呢。据说一位巡视的官人见了，命令拉网人把它放了。结果这官人得了福报，第二年升了两级，还娶了一房美妾。"几个卫士拍起了手。

与看过的东边海岸不同，这里海蜇堆成小山，正待车子运走。那些捕蜇人在小山后边呼号，不断将大个猎物扔上来。舒莞屏站在小山前边看着，突然有一条白肚大鱼扑棱棱从山顶滚下，他赶紧退后。绕过小山，这才看到黑浪翻涌的近海。不远处有一条舢板，正向前划一道弧线行驶，驾船人摇橹，另有人撒网。他们最后看得明白：撒下的是大眼网。岸上人等待小船靠岸，这边一溜人抓紧了网缏。与此同时，上岸的海蜇已被手持抓钩的人源源不断地拖上来。小船终于靠岸，一根长长的缆绳抛下，一群人拥过去。

拉网号子响起来。领号子的是一个红脸大汉，在猛烈的北风中光着头。他着衣不多，一件奇怪的兽皮大衣鬃毛外翻，胡乱罩上桐油衫，一手握着酒葫芦，一手在空中挥动。一线泛白的弧形网漂一点点靠近，远处的海蜇全在网里，与密挤的猎物缠在一起。"我的妈啊！这一网啊，抵上得一天的活计！"舒莞屏身边的卫士喊道。海蜇小山还在加高，它们的紫红色飘带相互纠扯，夹杂其中的鱼和虾发出吱吱声，喷出一股股水流。一个提着柳条斗的人不断地从小山上钩出鱼虾，突然被一个火红的章鱼缠住，大呼小叫。几个人上去解救，人挣出后已脸色发青，原来大章鱼勒住了他的脖子。

四

这一夜宿在"锅腰"营中。"我这里有最好的酒肴！""锅腰"一说话就作揖，努力仰颈，对舒莞屏几个竖起拇指。这人难以直腰，可是脸相威严。晚饭后，他把他们送到温暖洁净的窨子中，延续席间的大话："没有我的河头营，府上新派的总头领就是个'蹬'！"他做出仰面伸腿的样子。憨儿附在舒莞屏耳边说："'蹬'就是落败的一方，是快要完蛋的人和动物。"真是有趣。"巡督大人英明！您回府禀报一句，抵得上鄙人说一箩筐！""锅腰"咂嘴，叹息，歪头看了又看，咕哝："多么俊美的大人！脖子上少一条上好的珍珠项链啊！"舒莞屏走出窨子，觉得风比傍晚大了许多，星星没了，细小的沙子扑在脸上。"锅腰"从衣兜里掏出一条环形白链："大人挂上吧，上好的海珍珠！"舒莞屏一再谢绝，对方只好收回。

凌晨时分，舒莞屏被呼喊惊起。憨儿用力摇动门板。隔着窗子仍可听到外面的喊叫，看到跳荡的火把。憨儿气喘吁吁："了不得！大人快些出来，劫营了！""什么人？""不知，我让车夫牵马去了！"舒莞屏走出窨子，见几位卫士神色冷峻，手持刀械，做出拱卫状，一个个后背围成半圆，将自己挡在中间。不远处火光冲天，人喊马嘶，火把跳动着奔向大海。憨儿扯一下舒莞屏，蹲下瞄着大火。"我的天，这是什么海贼！他们不光开抢，还点着了窨子！"憨儿指挥几个卫士往东撤。一个车夫慌慌跑来:"车已备好,我们快些吧!"舒莞屏伸手阻止:"且慢。"他让憨儿一人留下,其余几个前去探个究竟。

火势明显弱下来。喊叫声渐渐远去,只有东北角有密集的火把。几个卫士回来禀报:劫营的来自海上,因为今晚风浪小,有人驾舢板摸上来。他们先点燃两座窨子,待营里救火时,就开抢东西。"五六只舢板哩,有两只拦下来。'锅腰'的人还在追,眼下无碍了,大人!"舒莞屏说:"我们看看去。"憨儿似在犹豫,后来贴近舒莞屏往前走。远处的火把散开一些,有的正往这边移动。犬吠近了,马的响嚏已经不远。几支火把映照下,十余个提刀挎铳的人走来,中间是"锅腰"。憨儿两手拢成喇叭呼叫,火把围过来。"我的巡督大人啊!让您受惊了!那些烂贼欺我今夜饮酒,岂不知大网张开哩!""锅腰"指着身旁的武士:"我的刀枪、大马和猎犬不曾饮酒。那些家伙惨了!"

"锅腰"和几个人往火把密集处走去,贴近舒莞屏说着由来。原来每到春夏时节必有劫贼,此地物丰财旺又远离总营,灾殃格外多些,只得谋划自保。这里有聪灵勇悍的猎犬,有拼死队,有暗桩地网:恶贼进入要道,按弄机关即升起尖桩围网,那些家伙不得脱身,这边弓弩刀斧火铳齐开。"大人前去看看吧!""锅腰"加快步子。火把照得脚下通明,一直引向隆起的贮货库,再往前就是喧嚷的海边。堆满了腌制海蜇的仓库外显然有一场激战,到处是撕破的衣衫和血迹、长矛和木棍。憨儿弯腰拾起巴掌大的沾血铁器,是一枚飞镖。在一条水道入海的沙嘴,离轰轰海浪一丈之遥,火把成簇,呼吼交织。"锅腰"拨开几个武士,大家看到一团乱网绞裹起五六个人,他们嘴啃沙子呻吟不止。相挨的是七八个牢牢捆绑的人,有的带着砍伤,有的已经没有气息。他们显然在这里遭到了埋伏。

"这些掠劫者来自哪里？由谁指使？"舒莞屏问。"锅腰"做出神秘莫测的样子,上唇翘起:"有老海匪,也有东边捕蜇场的人,他们当中有的说不定白天还在抢着抓钩干活哩！""那也太可怜了！"舒莞屏有些怜惜。"锅腰"哼着:"都是不要命的主儿,挣钱喝酒,半夜劫财,祸害腌海蜇的女人。大人,这些人捉不完杀不尽,都是穷汉,捕蜇打鱼当兵的都是他们！这些人进了山当匪,投了大营就是咱的丁,半夜打过来变成强盗！这里面有的捉了多次放了多次,我不像西边那个'夜叉',人家才狠,捉一个砍一个！这不,敢招惹'夜叉'的可不多。"他说到最后有了哭腔,手扶舒莞屏的肩头,又倏地缩手。

舒莞屏觉得这个名字耳熟。想起来了,总营头领说过那个厉害的女人。想不到女人也能掌管营盘。他问起来,"锅腰"做出缩头束手的夸张之态:"她是西边那个营的头儿,从这儿往西全是她的。除了没长胡子,比最横的海老大还蛮。大人千万不要往西走了,谁都惹不起她,就连总营头领都吓得尿裤子！别以为我是戏言,那是真尿啊！大人,咱速速回吧,风大了,哦哟沙子进嘴了！"

回到住处已近黎明。几个人困极。舒莞屏想了想原定归期,扳着手指就睡着了。一场风暴将大量沙尘卷来,比在总营的一夜还大。醒来已是上午十时,天空浑茫,没有鸥鸟,只有远处发出的野物哼叫声,透着惊恐和绝望。晚餐和午餐并作一次,"锅腰"让人将压惊酒端到住处。来人说头儿正在善后,昨晚未眠。比一场劫掠更倒霉的,是来不及搬弄的海蜇被狂潮卷走。"这实在令人惋惜！"舒莞屏说。对方摇头:"这是常有之事。"

在"锅腰"营中又待一天。道路堵塞,满地狼藉,"锅腰"不眠不休四处督促,又红着双眼探望府中来人,连连作揖:"巡督大人多谅,在下委实不周。哦也,腌制场那边也有伤亡,最可怜的还是娘儿们。""怎么？""顺手牵羊掳走几个,好在天明放回来,倒也平安。""锅腰"作揖,劝他们好好将息,尤其要避开西边的"夜叉"。舒莞屏尚未决定行程。"锅腰"再次将那串颗粒饱满的海珍珠捧出："大人佩上再好不过,人行千里,必获吉祥。"舒莞屏拗他不过,只好接在手中,回赠对方一把玉制纸刀。"锅腰"双手端平玉刀对在眼前,呼道："啊,这是宫中才有的宝物啊！"舒莞屏摇头："家中旧物而已。"

商量是否去"夜叉"营地,众人犹豫。舒莞屏说时间尚为充裕,如果舍弃西部,实为憾事。憨儿咕哝："听说那是某将军私控领地,'夜叉'不过是面上的人。""哪个将军？""不知。反正听说过。"这倒激起舒莞屏的意气,他声音低沉而果决："明儿一早启程,去西边,再从那里转道总营。"憨儿看看他的脸色,转身做西行前的准备了。

第二天晴朗,似乎预示前路顺遂。启程前"锅腰"率人前来送行,直到车轮启动还不肯离去。后面传来"锅腰"的大声："你等可见过这么俊美的巡督？ 这是天上投下的玉人儿啊,喝酒以袖掩面,多么贵气！"车上人议论这两天两夜,最难忘凌晨大火。憨儿说那些绞缠在网中的男人可能是倭寇。"他们不是早已绝迹？"舒莞屏问。"不哩大人,有的隐在周边几个岛上。这些人浑身腥气,和土鱼一个味儿。"憨儿说他出生的那个村子就有人娶了这样一个女子,眉眼哪里都不差,就是腥气太重,"爱吃生鱼生肉,还捉活鸡吃。"

车子往南走了半个时辰,然后西行。这是真正的大泽,水汊呈辐射状,一个个凸起的小型丘岛林草昌茂,像巨型坟垒。长喙红囊的怪鸟出现了,跟在后面的是四蹄小兽,一个个似土拨鼠,又似水狸,提着前爪久久凝视经过的车辆。"老了老了！ 老了啊哈哈！"一声声凄厉的呼喊从沼泽深处发出，是一种大型飞禽。它们呼喊着从远处而来，在车子上方扔下一串串便溺。"这帮腌臜物件！"一个卫士大骂，端起手中的弓弩，憨儿赶忙伸手阻止："这种鸟儿招惹不得！有一年一位大人伤了一只，被追来的大鸟啄去了左眼！这是真的！"

　　车子继续向前，路边的树与草遮去视线。"就像入了老林子。这会儿要蹿出一股飞贼，咱们全完了。"卫士吸着寒气，浑身战抖。舒莞屏从随身包裹里取出一张图，说："再有不远就是大沙岗了，我们要在岗下过河。"正说着，一个高高的木架出现在前方，架顶有一面旗子猎猎飞扬。旗下的人显然看到了车子，回身攀上几级，把旗子撤下。"那是猎场瞭哨，这是进场的独路。"憨儿判断。"啪啦轰咂！"架子上冒起一股土黄色的烟雾。"咦，这家伙拉响了土炮哩！"卫士喊。

五

　　西边营地的气派超过了总营。这里的窨子明显高大，地上的一截比前些天见过的都要突出，里面自然高敞明亮许多。营地筑于密密林草之中，涛声很小，风息时，竟然一片安静。没有卷动的沙子，只有水汽和蓊郁。水汊湾泊相连，一个窨子通往另一个，有圆木铺成的栈道。最大的一个窨子属于营头"夜叉"，旁边是两个小一些的，有卫士把守。他们衣着齐整，不差于大城池副都统手下的兵丁，刀枪齐备，戴了方顶护耳帽，站立时高昂脖颈。营地显然离海岸有些距离，这与其他几个猎场不同。舒莞屏独宿一个小窨子，随员住在百步之外。憨儿要与舒莞屏同住，主人坚拒。

午餐有些马虎，那个"夜叉"并未现身。整个下午无事，舒莞屏与憨儿随处看看。密挤的草与树以及连接窨子的木栈道让人喜爱。四处大致安静，偶有一阵突发的鸟啼从林中传出，是极为粗重或尖细的怪声，让人心惊。浓浓的腐草气和噗噗的水泡声从栈道两边冒出，四蹄动物时而探头。一只毛疵疵的水獭模样的东西趴在浮萍下，见他们走近，喷出一股脏臭的水流，溅了两人一身。

几个卫士找不见巡督，手持刀械跑得气喘吁吁，一见正在漫步的人才放缓脚步。正走着，不远处有人大声呼喊："大人啊！"是一个胖子，高举双手，做出召唤的动作。"俺们大营管去了捕场，刚刚得知巡督已到！"胖子边跑边说。舒莞屏明白，"大营管"就是"夜叉"。胖子走近，愣头愣脑看着舒莞屏："大人身上泥汤？"憨儿指指栈道下面。"那是'喷子'，一种长毛大蛙，肉是酸的。"胖子一脸歉意。

终于见到了"夜叉"：比一般男子还要高大，骨骼粗壮，两手垂在腿侧，两脚分得很开，见了客人并不施礼。舒莞屏放慢脚步，脸色绷紧。憨儿抢先一步，声音沉浑："这是巡督大人。""夜叉"单手竖在胸前，微微低头："见过大人。"舒莞屏回道："大营管！""夜叉"嗵嗵走在前边，回身一笑，露出几颗坚实的牙齿。

接风晚宴很是气派：厅堂华美，大方桌上堆满鱼肉，中间是一只烤鹿。米酒和白酒并不倾入杯子，而是一人一坛。舒莞屏说自己不胜酒力，"夜叉"说："我这人饮过了酒可不得了。"说完加一句，"喝多了不知畏惧。上一回我把总头领吓趴了。"一句出口，人们哄笑。舒莞屏盯着她端起酒坛的两手：手掌阔大，手背上生了棕色毛发，变形的骨节宛若核桃。她米酒白酒混饮，对客人的矜持不以为然："巡

211

督出营三不管，怕个什么？在这海边水巷，谁不喝上三坛大酒就别出门。"舒莞屏接答："出门会摔倒的。""不出门也会按倒。"憨儿大饮一口，抹抹嘴："小心我把他捏成肉饼。""夜叉"歪头看看憨儿，对舒莞屏说："上好卫士，裆大腿壮！"

憨儿晚宴后将铺盖扛到了舒莞屏处。胖子领几个壮士进来，说不可与大人混住。憨儿将他们推拥出去，不再理睬。舒莞屏秉烛夜读，那是一份手抄"东夷迁徙图志"，部分内容正可对应冷大人交与的"姜姓世系图谱"。他边读边做标记，直到一旁响起鼾声。屋外倒也安静，只有均匀的风声。偶有夜鸟掠过，发出一声呼鸣。午夜之后渐生倦意，很快入眠。一夜无扰，是出营以来少有的安逸之夜。

按原有企划，这一天要去捕蜇场。营中为巡督一行配备车辆和五位兵勇，带足吃喝。几坛烈酒装上车子，憨儿伸手阻拦，胖子拉下脸说："舍得下棉袄，舍不下好酒。你到了海边自然知道。"车队共十一人，新加的车辆载了兵勇和食盒，几把砍刀和一杆连发枪。憨儿觉得这种枪械并未多见，不像西洋物件，问了才知道是一种老式鸟枪改制的。"这边最怕的是鸟，不是豺狗和土狼。大鸟冲下来，就得使连发枪！"兵勇说。"用它对阵如何？"憨儿问。对方点头又摇头："火气忒大，只打不远，不如洋枪。"舒莞屏听着他们对话，认为"火气忒大"，正可迎对抵近之敌。

车子直驶西河，那里不仅是猎场尽头，也为边陲。很快出了浓茂的树草水泊，往北是一片低矮的灌木杂草，发红的锈水间杂起伏的沙丘。矮小的窨子出现了。女人提着杂物走动，身后还有孩子。窨子排成一行，铺了沙石路，也还规整。车子穿过腌蜇场往北，迎着海风向前。这里天气较好，大海的脾气似乎好于东部。随着接近海边，看到卷起的大浪和一排排大涌：一团灰白色的东西在荡动，随浪涌耸起和跌落。那是海蜇。这里的猎物少于东部，捕蜇人却更多，有的手持抓钩，还有人拉网。兵勇指点说："这里一年四季都是捕蜇场和渔场，不像东边。"

车子停在离海浪几丈远的地方，铺了石子和木头路：所有车辆可以直接装货。最诱人的还是拉网人，他们正等待海中舢板布网，然后分成两排拖拽缆绳。这和东边渔场差不多，只是同时布下三面大网。近前看才知道，一股颜色异样的海流将浮游物冲到东西沙岸上，于是就在那里布网。号子震人耳膜，夹杂脏浊之语。铿锵的号子与粗俗的字句连在一起，让拉网人兴奋。海老大举着酒壶，随节奏耸动身子。几个随行的兵勇一看到海老大就蹦蹦跳跳凑上去讨酒，随上喊起号子。

舒莞屏对其中一些晦涩字眼听不甚懂，只知是猥亵之语。他问反复呼叫的三个字："'磨盘腚'是什么？"兵勇答："我们大营管啊！"憨儿摊开两手："你们敢这般骂她？"兵勇"哼"一声："诸位大人有所不知！大营管是痛快人儿，她忒喜这词儿，谁骂得狠，她还赏谁哩！她有时在这儿站上一个时辰，就为了听这号子！"舒莞屏身边的人面面相觑。兵勇翘起胡子："几位大人走了一路，哪家猎场有咱好？这里个个吃饱喝足，没人掠劫。何也？全凭大营管以德服人，赏罚分明。那些偷营的，杀！那些使假银票的，杀！那些装成官人的，杀！凡事只要'杀'字当先，那还有什么难做？"

他们沿沙岸往西。水汊支流变多，木栈道也多起来。有一头大海豹蜷在前边挡住去路，卫士要用箭射，兵勇马上阻拦："使不得！""为何？""我们大营管说海豹是她娘家亲人，不得伤害！""哪有这事儿！"卫士收起了弓箭。兵勇脸色冷肃："大营管是生在深海一个岛上的，姥姥远亲就是海豹。她发火时常说，'我就不是人性儿！你能怎地？'谁拿她都没办法。"他们站了等那只海豹离去。憨儿合掌说："豹儿让开吧，请受俺一拜！"施礼后，海豹竟然打个哈欠，搔搔胡须，扑通一声跳进水里。

六

　　从西河返回已近午夜。胖子等在路口，心急火燎，见了就嚷："大营管喝上了！她这人性子急，边喝边等了。"舒莞屏几个赶紧进屋，见大营管果然喝多了，脸色紫红，一双大眼瞪着，真像海豹：生了长长的胡子。走近了看，才发现是正在咀嚼的鱼翅。她盯住舒莞屏，眼眶红着："巡督坐这厢。今儿个累甚，吞块白膘子肉？"说着提起一条白肉。舒莞屏谢过，接在碟中。

　　大营管口吐粗话，显然醉了。她在舒莞屏耳边说话，声音大到整个屋子都能听到："你这白生生的小脸儿鱼肚一般，又是'巡督'，这不要了人命？"舒莞屏喉结发胀，问："何意？""何意？"她翻着白眼朝向天花板，"你听那号子唱得可中？"舒莞屏看看憨儿，一脸不解。憨儿正大口吃肉，说："中听，他们在喊老母驴！"席间静了一瞬。"夜叉"跺足击案，指一下憨儿："这么着，酒后咱俩单挑，可能战上三五回合？"憨儿抱拳："使得。赤手还是执剑？""随你！"席间一片沉寂。舒莞屏端杯站起："诸位兄弟，本巡督一行多有叨扰，还蒙大营管襄助，我等明日即要回返，在此借酒敬谢。"说完先自饮下。

　　"夜叉"大饮，伏在桌上。胖子蹑手蹑脚走到她身边，轻轻摇动。"夜叉"仰身坐直，满脸珠泪，好像整个脸浮肿了，盯住了舒莞屏。"大营管！"舒莞屏站起。她龇着一口板牙嘟囔："我说过，我喝了酒可不得了！"

散席后，憨儿还记得"单挑"之约，挽挽袖子。舒莞屏阻止："休得戏闹。"几人簇拥"夜叉"而去。舒莞屏和几个卫士在栈道上走了一会儿。高大的火把下，两旁茂绿更为幽深。"哼嗯哼嗯""哆嘎哆嘎""啊吧啦呀吱儿"，高高低低的叫声来自夜幕深处。憨儿问："大人，您会洋语，竟听不出它们说甚？"舒莞屏大笑。该回去了。卫士将二人送至门口，施礼退去。憨儿进门吃了一惊："夜叉"像一尊泥塑般坐在椅子上。"她在哩！"他慌慌退出。舒莞屏叫了一声："大营管！""夜叉"睁开眼，对憨儿说："本营有要事禀报，还请规避。"憨儿未动。舒莞屏示意他到门外稍待。

"夜叉"反身上闩，说："巡督啊，本营酒力泛上来，还望海涵。有些许事体求助大人，不知可有冒犯？"她拿腔拿调，边说边将外衣脱下，露出碎花细绒单衣，"好个葱俊小生，脑瓜就像刚出锅的蔓菁。还不将我拿下！"她翻着白眼跌在榻上，动手褪衣。舒莞屏猝不及防，只见长爪似乌贼，巨腹如海猪。一股浓浓的泥腥味儿令人掩鼻。他去开门，想不到已从外面关严。"憨儿转来！"他拍门呼喊，全无回应。

"大人放心，他和几个卫士都好着呢。巡督走南闯北，可见过老鹰放过小鸡、老猫不叼小雀？"她一口咬住舒莞屏的束发绫子，哧一下拉断，两手做出扑人状。舒莞屏奋力一挣："休得无礼！""夜叉"站直，两腿奇长。"哦哟大人，执剑则个！"说着再次扑将过来。舒莞屏轻身闪挪，她一下跌在榻上。舒莞屏眼疾手快，扯住布单猛地将人旋裹，然后撕开几条布绺，将其捆个结实。

从午夜到凌晨，舒莞屏一直端坐读书。日上三竿，侍者手提食盒进来，瞥瞥榻上："大营管？""她正歇息。"食盒打开，里面有汤盅米粥。他对侍者喊道："唤卫士前来！"憨儿与卫士进来。"大人哪！他们对我使了蒙汗药！"憨儿说着，四下睃寻，站在榻前合掌大笑。卫士也忍俊不禁。憨儿说："待我将她扔进水汊里去！"舒莞屏阻止。

终得回返。车子驰过那道沙岗，又见高高的木架和旗子。哨兵不再鸣炮。"巡督大人真好身手啊！"憨儿一路感叹。卫士说："再好的功夫也抵不住蒙汗药。"憨儿说："再厉害的'夜叉'也抵不过龙王！咱巡督大人就是一条蛟龙！"舒莞屏说："各位切记，回营不得言及此事。"

天黑前抵达总营。"还是巡督马快。"头领咝咝吸气，一脸惊异，"那娘儿们真个是泼皮野物，依仗是老刀鱼范至将军的外甥女，谁都不放在眼里。她一天吃六头海参、三匹海马，都是起性之物啊！了得，几位大人能囫囵个儿回来，也算天佑！"舒莞屏有太多话说与头领：既为猎场总领，手握生死杀伐之权，即有不可推卸之重责。海风怒号之夜，他一遍遍设想返回大城池之后，如何面对冷霖渡大人。想得最多的还是万玉大公。时下，看着这位猎场总头领，终于忍无可忍："总头领为捕蜇场总管，想必是月月巡行了。"对方将茶盅端起，嫌烫般啜饮："大人所言甚是。不过，在下只得绕开'夜叉'。"舒莞屏历数猎场乱象：劫掠与惨死、捕蜇工与腌蜇女的哀号。头领仰头眯眼："此非一日积弊，已经四任头领。不说大风大涌之险，单是盗贼倭寇、各色悍徒，已数不胜数。各营自有路径，利厚物丰经营日久，吾小小都尉职衔岂能随意开阖。"他站起，声音低沉，"不要说'夜叉'了，小小'锅腰'也难驯服。去冬之前他又得赏赐，女子不足二十。在下老妻多病，居祖祠多年，苦处找谁说去？"

舒莞屏无从抚慰，言道："婚配须明媒正娶，何有'赏赐'一说？"头领嘴巴瘪着："巡督大人，那些将军，更不要说国师了，许配一个女子，何有不从之理？"头领拱手向悬挂的万玉像拜了拜，四下瞥瞥："我要禀报几件秘事，还望大人知悉。那个'夜叉'或有谋反之心，她出言不敬，操练兵勇，私制多管火枪。""谋反？""哦咦大人，在下亲眼所见，岂有半句虚言。"头领声音渐扬，"在下还要禀报，那'锅腰'私蓄大宗白银，明里缴银库七股，实则不到六股。"头领鼻头抽动，以茶代酒自饮三杯，殷殷言道：

"大人如得方便，可为鄙人美言。在下肝脑涂地，不求厚禄，只望府上稍有怜恕，赏赐一中等品貌女子即可。"

第十一章

一

自猎营归来，舒莞屏病倒了。憨儿发现食盒一直放在廊上，延至十时，叩门不应。榻上人还在昏睡，气息灼人。他连连呼唤："大人，咱们快去大药堂吧！"舒莞屏双目紧闭。"大人分明是中了恶风，哦咦！"

女总管携药娘等人赶来，喊道："啊呀，这是中了'黑煞'，不赶紧使上喇嘛大棒老菩萨汤就来不及了！"她让人在榻前燃起艾杵，熏汤滚沸，亲手施行砭术。病人胸腹遍布银针，宛若刺猬。至凌晨三时，舒莞屏缓缓睁开了双眼，额上泛出汗粒。女总管欣欣拍手。

冷大人进来，众人起身施礼，退出。"大人！"舒莞屏挣扎着站起。冷大人将他按在榻上，端详一番，摇头："我也大意了，公子。"尽管舒莞屏气息微细，言及捕蜇营见闻，还是忧愤难掩，眼眶湿润。冷大人垂目低语："'长太息以掩涕兮，哀民生之多艰！'一切终须了结啊。"他站起,神情蔫蔫,嘱一句:"公子好生将养,谨遵医嘱。春天还长着哩!"

冷大人移步,盯住那把古琴,像在犹豫。后来他坐下抚弄几下。高山流水,跌宕奔泻,倏然停息下来。"好生艰涩。"冷大人垂手而立,满脸沮丧。

三天后,舒莞屏觉得一切皆好。他与憨儿走向室外,看杨柳深绿,大口吸进清冽的南风。突然有辚辚车声,憨儿仰脸呼叫:"提调大人!"一辆绛红色厢车已旋过弯路。小棉玉从车上下来,披一件朱面黑里的斗篷,神清气爽。舒莞屏趋前施礼,对方发出朗朗高声:"大公就要来了!"

小棉玉没有停下脚步,一直往前。舒莞屏惊呼:"大公?""是呀。大公得知公子病了,从火器营顺路转过来。"舒莞屏搓手,向长廊走了几步。他想的是未及打理的居所。小棉玉说:"没那么快,咱在林中等待就好。"她走向一棵黑松,倚树而立。"这一程前后七日,就像一月。"她声音低低,又变得沙哑了。舒莞屏说:"在下弱不禁风,让提调笑话了。"他发现她正用力揪紧斗篷,把脸裹在里边,露出一双大眼,亮如鼩鼱。"好可怕的捕蜇场,好黑的窨子!"他这样说,又煞住话头。他在想对方的遭遇:在捕蜇场,她差点被那些无法无天的家伙非礼了。"提调,天下竟有这等凶蛮,若非亲眼所见,断然不信!"他愤然一叹。她将斗篷合上。

"提调,我不知一会儿见到大公,该不该禀报。""禀报何事?""哦,总头领的密报。""啊? 快快说与我听!"她将斗篷褪去,露出了前倾的额部,那个凸出的喉结正上下移动。他将总头领的话简要复述一遍。小棉玉吐出一口气:"哦,是这样。我呈与冷大人,他自会定夺的。""谢提调大人。"

219

他们从黑松下走开。一对相挨的鸢尾花正在绽放,小棉玉两手拄膝看它们。舒莞屏还为另一件事烦扰,最后说出:"捕蜇营小头领'锅腰'获得府中赏赐,是一女子。"小棉玉看着地上的花束,说:"那也须她们愿意。将军本就豪爽,大公和国师也是一副热心肠。"舒莞屏怔怔地看她。她回头发问:"公子还有何事?"

　　"没了。不过,提调!""何事?""大公和国师,他们仍独身一个人。"小棉玉笑了:"多么慈悲的公子啊!"

二

　　舒莞屏觉得面前的大公个子更高了,人有些消瘦,不过越发显得年轻了。他曾推算过,大公已年届四十,可看上去只有三十或更小。她的身材比自己还要高。这个居所没有帅府和行营那般敞阔,所以她在这里移动,好似一只长腿鹤鸟,而且是纯洁无瑕的白鹤。她除下头巾,一头乌发如水泻下。他搬来一张高背椅:"大公!"她心情甚好,那双眼睛看过来,显然为他的康复而高兴。

　　随大公前来的几位青年待在疏林中。一辆车子停在廊前,车夫正打理两匹毛色滑顺的黑马。有人端入一个很大的食盒,将饮品和几个小碟放在案上。大公看过起居间和卧室,还去洗漱间看了看,最后把窗纱撩起,站在那张宋画前。舒莞屏觉得屋里少了一物:大公画像。一股淡淡的茉莉香气漾开:这气息就源于近处,准确点说是从她身上散发出来。她看了一会儿画,探身看细小的笔触。她转过脸:"公子,你这儿还应该挂点什么。"

　　"大公,这里该有一张您的画像!"大公笑了:"那同时还要供奉菩萨、刺猬和狐狸。""不,只悬挂一幅'女子策马图',当然是复制品。"他说的是真话。他认为那奔驰的白马、马上的大公是至美的。"公子喜欢,我会送你。"她的目光使人明白,这绝不是一句敷衍。他立刻慌了:"啊,那万万不可。大公,谁都不配拥有这幅原作。我会请冷大人于百忙之中再画一次。"

大公摇头。他知道她的意思:那只是一次妙手偶得,是某个瞬间捕捉的神采。是啊,正因为如此,他才要拒绝她的赠予。他不能说出的是:大公将这幅画送给了吴院公,这让冷霖渡大人耿耿于怀,甚至有些忌惮和痛惜。大公说:"公子这里如果悬挂一张'吴院公骑射图',该有多好!可惜公子不善绘事,我也一样。他人有此技能,却没有见过院公。"

舒莞屏听着,蓦然想起身陷"小雀鹰"山寨的那个早晨,那个山坡:第一眼看到的马上老人。啊,那一刻是绝对可以入画的。"让我惭愧的是,自己无法画出!冷大人要教我棋与琴,只没说画技。""你去过他作画的地方?""去过,一个极亮的玻璃大屋。"大公点头:"那些大窗费了不少银子,为运回它们还死了一个卫士。我从未去过那个画室,你能为我说说它吗?"

"啊!是这样!"他仔细回想,以免遗漏某些细节:内外两间全是书与画,主要是画;浓浓的油画颜料气味有些刺鼻。他不解的是,冷大人为什么要无休无止地做同一件事,只画圣女贞德和万玉大公,最终却将两人混而为一?她们的眼神、身姿、面庞,都化成了一个。他难以解开心头的困惑,只说:"那里挂满了半成品,因为要反复修改才好。冷大人要画出最好的大公像,我想是这样。"

"我想问你,那个圣女贞德为法兰西眉眼,又是一位古人,哪里会与我相像呢?"她歪着头,一副饶有兴味的样子。舒莞屏被这一问难住了。他需要好好想一想。最后他说出了自己的结论:"大公,因为您和她一样,骑在马上;还有,您和她同为巾帼统帅。"她打断他的话:"我是说脸部,眉眼。"他发现她变得极为严肃,有些紧张地咽了一口。他仰头看一眼,又转向一旁,说:"大公的眼睛和圣女贞德相似;鼻梁高挺;自胸肩以下全都一样挺拔;而腰部那么紧致。"他想寻一个更恰切的词儿,却发现有些蹩脚,立刻缄口。

室内没有一点声音。他不敢注视大公。大公的呼吸变得细微以至于全无,胸部起伏。她走近一步,目光在他的颈侧停留,沿耳部挪移,上至发际,又转向脑廓。"公子能平安归来就好。这次出巡让我后怕。"她这样说,看着他的眼睛。"大公,这次去捕蜇场,当是我最难忘的。"他转向一旁说。

大公轻轻一咳:"非也。断不可如此孟浪。如寂寥,就去教我几句洋语吧。也可于近处走走,比如火器营和种植营。""大公刚刚去过火器营。""是的,那是我们的重地。如今它不只仿造西洋火器,还能有些新奇制作。公子待天气转暖一些,不妨去营中看看。""我已经有些迫不及待了。"

他们开始吃茶点。咖啡仍然热烫。精致的点心装在镀锌盒中,上有洋行标识。想想大公言及冷霖渡所用之物"费了不少银子",觉得未免奢靡。不过,冷大人将圣女贞德的神形赋予大公,又何尝不是一种奢华。大公坐在稍高的雕花椅上,鼻翼微翕,以疼怜的目光看来。门外传来马嘶声。"它们在唤我呢。"她这样说,却没有离开的意思。

"又要有新的战事了。"大公语气平静。他手中的咖啡泼出了一点。"这一战或比夺取黄金通道还要惨烈。与过去不同,而今诸事难料。革命党人在南国起义,其势力已不可小觑。一月前革命党总首遣特使潜入半岛,说来也巧,此人与舒府有些过往。"舒莞屏站起:"他认识舒员外?""不,是舒济大人。令尊曾在他出洋时赠予一千大洋。"大公放下杯子。他看着她:"革命党要'驱除鞑虏'。"这是他在南国听到的一个词儿。他站起:"既如此,也就不为仇雠。"大公微笑,取了一旁的披肩。

"我将与这位首领特使会面,日期未定。地点也许在烟台顺德饭店,公子对那里是熟悉的。"

舒莞屏轻呼一句:"They didn't pick me up.(他们不来接我。)那是我从南国第一次归来下榻的地方啊,是当地最好的饭店,听说,"他微锁眉头,"也是《马关条约》换约签署地。""是的,革命党人把会面地点选在那里,也许另有深意。"

三

天气快速转暖。"这是沙堡岛最好的季节。"憨儿说。是的,近海没有酷暑。因为对烟台之行的隐隐期盼,舒莞屏对转换的气候不曾在意,竟穿了厚厚的衣装出门。他们要去辅成院听一场"义理"之辩。他从未聆听提调大人言说,甚是好奇。进入大堂,只有不多的人,是从府中各处来的。两位通嘴子趋前施礼。从他们口中得知:今天的宣讲者并非提调本人。舒莞屏有些失望。

时间已到,听者寥寥。言说者一袭长衫,头发上插一竹筷。所议"仓廪实与礼仪荣辱",并无新意。舒莞屏听了一会儿即退去,前去探望提调。小棉玉当值处距老星象师一廊之遥。提调不在,顺路走进观星堂。老者正伏于星图,手握一把棕色小尺。"紫微。摩羯

223

之暌违。水逆命宫。呔。"老人低语，一仰头呼道："总教习大人！"舒莞屏上前搀扶，对方还在摇头："煞星逆扰，河东始乱。""又有战事？""唔，唔唔。"

离开观星堂，那个摆弄古币的匠师见了舒莞屏即热情邀入。在一间安静的屋子里，匠师指着一位长发紧束的年轻人："我的弟子！"话音刚落，伏案者抬头，是一位额头饱满的男子。"拜见总教习大人！"男子身边是一些不大的木板，染了各种颜色。舒莞屏认出是新老银票雕版，它们不无烦琐：一张小小的银票须数张雕版套印，纹路纵横，纠缠而不紊乱。最大面值的银票上有大公侧像：额头、紫巾束发、鼻与唇，在在毕肖。舒莞屏取起墨气清新的样张嗅了嗅，远近移动。匠师赞叹："这是三番套印、设多处仿冒密纹。"说着将银票移至耳畔，弹击一下。

年轻的雕版师叫"五微子"，为匠师得意门徒。"实为银库干才。"老者手指弟子，满脸怡色。舒莞屏对雕版师甚有好感，问了年龄，才知道对方大自己七岁。"五微子"原在胶州银庄做事，后去莱州沙河电报局，辗转来到沙堡岛。舒莞屏从对方微锁的眉宇看出了多思，从紧抿的嘴角看出了执着。他端起这双奇异的手：粗糙且布满大小创痕。

憨儿进来禀报，说提调大人已回居所。舒莞屏向师徒俩告辞。

小棉玉的居所比想象的要大。它在沙岗西侧，由正屋和边厢组成一个小院，院内有竹子、木槿和花椒。舒莞屏在厢间看到三节棍和连索镖，还有一对石锁。他拾起一对石锁，很沉。屋内有蒲垫和软椅、三五个蒲墩。一盆文心兰，一盆矮小的黑松。从敞开的门扉可见卧室火炕，炕席由紫白两色高粱篾儿编成，闪着油光。

舒莞屏的到来让小棉玉稍出意料，欣悦难掩。她端出茶饮，又捧来一些烤栗。舒莞屏谈到了那位星象师的预言,差点吐出"顺德饭店"四个字。想不到小棉玉俱已知悉,垂下眼睛:"大公要与南方革命党密使会面,可惜不成。密使北上遇刺,虽有惊无险,会面的日期却要大大推迟了。"舒莞屏站起:"竟有这事!"

小棉玉由密使遇刺说到大城池危厄:"近三年即有七起行刺、六起探子潜入。他们来自山匪和官府,扮成各色人等,有的要做长久隐伏。好在诸事由护城副都统掌握,得以防备。"他听得肃然,想到大公与密使的重要会面,有些忧虑:"也许去顺德饭店太过曲折。"他在想上一个秋天,自己渡过界河前后的那场奔走。小棉玉自然明白,摇头:"公子耽搁是因为道道关卡,你来自舒府和南国,护城副都统只好处处小心。"

舒莞屏忘不掉河东客栈之险,这一路的焦灼。小棉玉说:"公子记得大草营吧?那里的老山姆是冷大人的表亲。这是府中最为看重的地方,界河两岸眼线、火器买卖、河东往来,都要掌控。它明着是一座水疗营,暗里机关大着哩。唔唔,我说得太多,公子如风过耳罢。""谢提调,我明白的。""如今府上大人爱惜公子,你是他们最倚重的人了!"

四

舒莞屏尽力训导五位通嘴子,只求他们快快长进。其中一位随人出营,与东瀛人说合一笔买卖,又与胶州德意志洋行交接生意。冷大人对总教习大加赞许:"公子不负厚望,真是功莫大焉!"那是一个凌晨,冷大人兴致勃勃与之饮谈,还说到大公的语言禀赋:"她有一种罕见的天赋,很快记住一个洋语长句,然后像百灵一样唱出来。发音没得说,质地清淳且有异韵,合并半岛南部口音,听来甚是悦耳。"

舒莞屏对冷霖渡的盛赞颇有同感。如果大公专于洋语,哪怕在同文馆度过一个学年,也会是一名杰出的通译。这样想过又觉得殊为可笑:大公心系社稷大事,能习得几句洋语已是令人万分感佩了。"我许久不曾听到大公召唤了,上次一起温习洋语,已经过去三十三天。"他看看冷霖渡,低下了头。冷大人说:"哦,大公每日打理军机大事,实在是太忙了。"

这一夜冷大人停留稍长。舒莞屏提到了大公对自己的一个建议:去神奇的火器营观事。大人听后马上应允:"那自然去得。不过,"他竖起食指,"还是带两位武士吧,随憨儿一起。""记住了,大人。"冷大人离开,舒莞屏难得入睡,一直在想出营诸事。

三天后终得成行。两辆车子驶向东南部青石码头,出示牒令和腰牌,然后上船。只一个时辰的水路,而后改作陆路。车夫鞭马甚快,不久即可抵达火器营。憨儿一路欣喜,说到弓弩、弯刀和勾连枪,尤迷于飞镖:"它最是应手,式样多多。"舒莞屏对这类器械不甚明了,只对他的"滚地功"难以忘怀。

随着往前,道路两旁再不见房舍,唯有蒲苇茂长,水鸟纷旋。路面铺了沙石,比一般驿道要宽许多。憨儿往西北方向一指:"看也!"那里草顶屋和窨子间杂,高耸的瞭望塔特别触目,塔上踞了一只秃鹫。一道围墙出现了。

营门,一位管带正在等候。"总教习大人随我来吧,其余去坊中歇息便好。"管带分明要将憨儿和卫士支开。憨儿嘴里发出粗重的一声"哧",径直往前。管带驻足一刻,只好应允。

他们先看锻房和铸坊，又看箭镞弓弩坊。一溜木案上堆起大捆青竹，分别有人截剥，加铁头尾羽，一支支箭镞始成。匠师说："制箭须得齐国细竹，它生于东莱沿海。"几个人取过竹茎打量，赞叹不已。"洋人火枪比不得弓箭，试想一隅竹园可生万竿，唾手即取，哪似铁管机关那般费力。大敌当前杀声连连，一弓在手，比什么都要便利。"匠师边说边瞥卫士腰上的短铳。憨儿忍不住驳道："花费千金置办洋人火炮，可不是图个声响吓人。"匠师反讥："既有火铳，为何还要弯刀？分明是情势危急拔刀甚快。待你架起火铳，人家早就来个透心儿凉了！"憨儿额上青筋突起。舒莞屏说："匠师所言甚是。"

炮坊铸造最多仍是火捻台炮。匠师说："岸上御敌莫过于此物，稳壮敦实，当年倭寇怕的就是它。"舒莞屏问："克虏伯大炮如何？"匠师摇头："那要骡马拖拉，好在轻巧。若论岸上固防，就不如咱的捻子炮了。""受教了。再问匠师，诺登飞多管机枪如何？""啊，那东西见过，好比霰弹对付群鸟。以吾观来，真正利器，还是台炮弓弩和矛戈刀剑。"

走出制坊，舒莞屏告诉营中管带："国师最重洋务，我等要看时新火器。"管带俯身耳语："副都统以上方可，随员委实不宜。"舒莞屏正色："贴身卫士必得同行。"管带不语。舒莞屏往前，憨儿和卫士寸步不离。

进入一间阔大的厅堂。一位老者指点几个年轻人，在一张大纸上丈量标记。老匠师戴一副黑色圆框眼镜，食指似有残疾。舒莞屏向老者请教："这是何等异器？"老者耳朵稍聋，大声回道："水下鳖船。"

舒莞屏发现其形真如大鳖，左右各三爪、后部一爪。老者说："此物功成，可于水下潜行，兵士隐于舱内，杀敌易如反掌。兵勇穿鱼皮衣，见水则滑腻如鲇，有蹼有鳍，谁个能敌？"舒莞屏要看鱼皮衣，老者引他们去了隔壁。

两位身材瘦长的青年正在摆弄。老者说："穿将起来。"青年拱拳，摘下一旁的皮膜穿戴起来，头脚俱已包裹，只露一双黑目。憨儿上前摸了一把，嗅一嗅，小有腥气。不远处有一条水道引入室内，两位青年口含一把短刀，扑通跳进水里。

大家等了一会儿。"哦哟，好气量！"憨儿叫着。老者抄手站在舒莞屏身旁，两眼微眯。有苇秆移近，接着两位青年出水。憨儿上前摸摸他们，说："好生滑溜！"老者说："这是一种深海鱼皮，艮韧绵软，沾水即滑。"舒莞屏叹服："好生了得！"老者垂目："鳖船为水下神器，也叫'鬼船'，无人能防。"

舒莞屏点头称是，问他可通洋术？老者脸色稍愠："在下无非熟谙阴阳，易学为基。"舒莞屏不解的是鳖船既为潜行，水下兵勇怎样进出？老者双颊颤抖，笑在眉梢："这就是神妙所在了。"

五

火器营比预想的大了许多，除了制坊还有演试场。演试要在一个广阔的地方，那是无垠的荒野。火器仿制颇难，成批制作的有"火练长杆枪"，是来复枪和老式"鸡捣米"的合体：五十步开火，砂弹可致敌满脸血花。来复枪需端庄瞄准，稍有惊慌即弹飞偏向，而霰弹密挤如蝇，何愁不能命中。仿制短铳比洋货稍大，长若七寸，配以柞榆木匣，斜挎腰间，自有无上威风。双响枪、喇叭枪、铁珠枪、小手炮、滚雷子，各色火器层出不穷。

憨儿最注目另一种杀器：飞镖。匠师出示十字花镖具。憨儿取镖再三捻动，在头上蹭几下。有人在几丈远的杨树上画好人形，憨儿说一声"着"，腕子一抖，镖刃深扎"咽部"。众人呼赞。憨儿又将几支镖连连挥出，全部击中。"憨儿好生了得！"舒莞屏扳住他的肩头，欣悦难禁。

看过制坊，卫士问起"凌空羽舟"，老匠师点头："请巡督大人指教，日后也好说与国师。"说着往一座草顶大屋走去。这里比所有房舍都要高敞，墙壁案头到处悬摆竹木。墙上图绘各异：大鸟状、风筝状、飞人状。

"若要飞上高空，必得借助风力？"舒莞屏问。"大人所言甚是。风者，无色无嗅无形也，上天呼纳之气也。"老匠师两臂扇动。墙上绘一巨大风筝，尾部冒出腾腾烟雾。憨儿说："敢乘羽舟，必是不怕死的主儿。"

离开火器营即奔种植场。两场相距稍远，抵达已近黄昏。暮色中出现了无边田畴，人人呼叹："真大园也！"驶过麦田，芒穗齐整饱满，甚是喜人；穿过烟田，叶片翩翩宛如鸟翼。舒莞屏叹道："好个种植场！"

营中管带是一位眯眼瘦子，双唇张开，露出一口坚牙。他对巡督躬身施礼，举袂端平，颇有古风。舒莞屏问："这里除了麦菽，可有其他？""回大人，酒坊、烟坊、畜坊，还有'黑银坊'。"说到最后一坊，营管微笑捋须，"巡督明日便知。"

第二天看过烟畜酒坊，最后便是"黑银坊"。原以为是冶炼的坑矿，想不到营管带领他们乘车驰走半个时辰，穿过密织水汊，又爬高高的沙岭。登岭一望无际：微风摇曳中一片花海！"想不到这般妍丽！"舒莞屏大赞。营管引他们步入花海，指点："大人细看花茎！"

舒莞屏见花瓣下生出球果,问:"可食?""大可食之!旺血迷性的神品,也就是'大烟'!""罂粟?""是的大人!在下所说'黑银',此物也,为银库最大进项。"舒莞屏凝眉:"如此毒物怎可经营?"营管摇头:"大人有所不知。烟饼外运既可变换银两,又能消磨敌锐,何乐而不为?"

六

舒莞屏自外营归来,小棉玉说:"公子啊,我正要差人传你哩!大公要去行营啦!""啊!大公!"她凑近:"还记得大公与革命党北方特使之约?""记得,烟台顺德饭店?""因走漏消息,不得不改换地场。大公提议行营,特使同意了。"舒莞屏有些高兴:"我去行营?""自然要去。公子稍做准备,近二日就要启程了。"

行营之旅,小棉玉和舒莞屏一起。他们与大公的车子相距五丈,中间是骑马男子,后面车辆载随员杂役。天气不热,绿色正盛。小棉玉没有谈兴,一路沉默。她与舒莞屏一起,时常陷入缄默。舒莞屏引出一个话头,她或短语应付,或充耳不闻,呼吸有些粗重。"提调可有不适?"小棉玉声如蚊虫:"我好着。"

他想谈几日见闻,特别是革命党特使。几下颠簸,小棉玉碰到他的身体,慌得如同雏鸟。他说到那个特使:"提调大人,特使竟为家父故交,真是太巧了。"小棉玉瞥一眼,并未言语。"想必是年纪很大的人了。"小棉玉摇头:"出洋还是少年。"舒莞屏神往地望着窗外闪过的田畴。一只扑来复去的燕雀,一只蝴蝶。又见青杨。啊,流动的长渠,奔跃的野兔。"革命党!我在同文馆听说过。就要见到了!"他有些兴奋。

车子停于半途驿栈。有人寻舒莞屏,引他进入一个房间。大公已坐在桌前,做个手势让其坐下。小巧精致的金边瓷杯,橙黄的茶汁。他端起杯子,又嗅到了茉莉香气。"那个人终于要来了。"她摘下手套,露出纤纤十指。他好像第一次切近看这双手:无一粗疵,匀细柔软。就是这双手为自己拆散发辫,完成了一个重要的仪式:西洋通常要为年满十八岁的人举行庄重的成年礼。"可我早就过了那个年纪。"他心中念道。

"大公,我想到特使未免忐忑,还请大公指点。"舒莞屏微微仰脸。大公微笑:"公子不必紧张。我们对他同样生疏,不过他不会忘记舒大人当年的襄助吧,这自有一份情谊在。""我总觉得他们革命党,与大公相像。""哦,说说看。""他们,"舒莞屏抿抿嘴,"我说不好。不过在同文馆听说了,革命党是要'驱逐鞑虏'的。"大公点头:"所言甚是。这就好。我对会面一直期待。"舒莞屏有些冲动:"大公在未来的一天,能与他们总首会面,那该多好!""会有那一天吗?""一定会的!"大公站起:"我的公子多么聪慧!"笑声如渠水流动,清朗明亮。该启程了。

车队抵达行营两天,特使还未到来,比预定时间晚了一天。大公让小棉玉前去接迎。特使再一次临时改变路径,于河西大草营滞留一夜,改由护城副都统手下拱卫。此行消息严密,连驻守的将军们都瞒过了。

与上次来行营一样,总管满脸和善地将舒莞屏引到住处。还是他一人用餐,还是极简的餐饭。总管有些为难,说:"总教习大人,饮食着实粗陋了些。大公一再叮嘱,说劳民艰辛,日常不可奢费。""哪里,这是最好的。"等待特使的几日,大公没有唤他共习洋语,也没有走出书房。他知道她正准备即将到来的大事,无暇分心。

第三天小棉玉回来了。憨儿告诉舒莞屏:"那个特使来了,正在休息。这家伙一路紧紧张张,大概累个半死。"舒莞屏见到了小棉玉,她说:"特使还好,人蛮精神。不过他太瘦了。""啊,是这样!多大年纪?""看不出,也许四十上下。干瘦,脸绷着,不苟言笑。"她说大公极可能与特使在夜间九时至凌晨一时见面,请他稍做准备。他不解:"为什么要等那么晚?""革命党人夜间很少睡觉,大公为了尊重特使。"他点头,心里想到的是另一个人:冷霖渡大人。

一如计划,会面九时开始,地点在书房。参加的人除了大公和特使,只有文书和舒莞屏。书房多了一盆玻璃海棠,其余照旧。圆桌前有几把高背椅,桌上是咖啡和茶、精致的小圆点。大公与特使对坐,稍偏一点是舒莞屏,一旁是文书。舒莞屏尽管提前从小棉玉那儿得知一些特使的面貌特征,亲眼目睹还是忍不住惊愕:此人面色精白,瘦到贴骨,单眼皮下双睛尖亮,一绺稀须;短发,立领洋服,黄铜纽扣,脚踏白色皮鞋。

"特使先生,这里我要引见一位特别的人士,舒先生,他是舒府大人舒济的公子。哦,想必您还能记起舒大人。"万玉大公这样介绍。特使面无异色,伸出右手:"当然难忘!公子好!幸会之至!"说罢再无多言,更无热情。舒莞屏觉得刚刚握过的手有一点寒意。他声音低涩,回应同样简洁:"特使先生好!幸会!"接下去转入正题:特使对大公说,总首极其重视该次会面;这是革命党与沙堡岛的首次会谈,对于彼此当有重大意义。舒莞屏注意到对方一直未提"大公"二字,只称"阁下"。"阁下事迹见诸报端并于民间流传,总首甚是钦佩,期待未来与阁下会面,共商驱房大计!"

万玉大公听着,面色安然。她亲手为特使添茶。特使言毕,等待大公说些什么。静寂片刻,大公转向舒莞屏:"特使按年龄看为你兄长,你在同文馆数年,皆为通洋人士,共识必多。公子有何话说?"舒莞屏对大公的问话毫无预料,一时措手未及。他镇定一下,说:"特使,大公与总首会面,该是何等重大。"话语刚落大公就笑了:"公子谓之'重大',真真如此!特使先生,这里容我再次请您转达总首先生,在下切盼总首能够择机访问河西。我们携手之日,必是鞑房败亡之时。以总首之胸襟见识、外邦友朋,我们有幸合作,大业可成!特使此行匆促,不能去沙堡岛会见冷霖渡大人了,国师将失去当面请教的良机。"她语气不徐不疾,甚是平和。

特使端坐,身躯一直挺立,面色如初。舒莞屏觉得这位男子甚是特异,仿佛周身无一丝油脂,全由坚韧筋肌构成,好似脱水风干一样。他又屏住呼吸,咽下一个惊叹。大公站起,一场会见即将结束。书房的门由卫士打开,总管站在门外。时间刚过午夜,大公邀特使宵夜,仍由舒莞屏和文书陪同。

还是那间餐厅。这里比过去多了几支叉形烛台,粗布白巾上的餐具闪烁光泽。高脚杯和果子酒,刚烤的面包。菜肴较庆贺战事大捷的一夜更为简单,仅一荤一素一汤。大公持杯致辞,多半与书房的话重复。特使话语更少,只用舌尖沾了一点酒,吃得缓慢,把自己的一份打扫干净,又用面包擦过碟子上的汤汁。夜宵结束时舒莞屏得知,特使在行营逗留的时间只剩三十个小时,明天某个时候,和大公将有一次茶叙。

第十二章

一

特使离去前的三十个小时，发生了一件令舒莞屏深为悔疚的事情，这将让其陷入长期的自责和不安。那天夜宵后互道晚安，分别回到住处歇息。舒莞屏入眠稍稍困难，因为刚刚经历的这场会谈实在太重要了。他有太多的遗憾与费解：双方自第一次约定会面到现在，必有诸多准备和期待，特使因旅程险峻不得不拖延日期并更易会谈地点，历尽周折；然而两人正式会面的时间竟这么简短，所谈内容又大致是一些客套之辞。他一直在想那个特使的言谈举止，还有周身透出的气息。这对自己是全新的经历：无论是在舒府还是南国，都不曾见过类似人物。"原来这就是革命党。"他心里咕哝一句，睡着了。

入眠晚，醒来却比平时早。梳洗完毕，正要去餐室，拉开窗帘见到不远处有一个中等身材的男子，是特使。特使当时背向这边，站在那片茂竹前一动不动。舒莞屏因为好奇，出门沿甬道往前，从边门拐出，去了小院。特使被脚步惊扰，转过身，投来一双尖利而沉重的目光。他们互致问候。舒莞屏自然说到许久之前：自己年少，未得机缘见识父亲出洋的朋友。对方点头，视线落在密挤的竹竿上。"舒大人离世出乎意料，最初得知消息悲伤之至！"特使叹息一声，话题很快转到舒莞屏就读的同文馆，说到南国："那是总首行医的地方。""啊，他是医生？""悬壶济世，人体与国体原理相似。欲救吾国，总首找到了一剂良药，即'革命'。"舒莞屏听到那两个字，发现一道炽亮从特使眸中划过。

"我从报上见过革命党人发动起义的消息，追捕，枪战。"舒莞屏说着，然后补充一句，"我们大公也是一样，她是在半岛东部发动起义的。"这样说过，双眼有些热胀。特使目光扫过他的脸颊，没有说话，在卵石路上走了几步，回头："公子，你终会弄懂什么才是'起义'。"舒莞屏怔着，嘴巴微张，看着转头的特使。特使走过来，一只手落在他的肩上。舒莞屏觉得这是与之见面以来，对方唯一的亲昵动作。隔着衣服，他还是感到了这只手的冰凉与沉重。

后来一切如同预先安排的那样，大公与即将离去的特使茶叙。茶叙时间不长，只有他们两人，舒莞屏与文书都未参加。特使走了，无声无息，于凌晨三点上路。舒莞屏屈指算了一下，这人在行营滞留的时间共有四十六个小时。与来时一样，小棉玉率卫士护送特使，一直抵达东部营地。她返回行营已是深夜，见舒莞屏窗上泄出灯光，就叩门进来，说："特使路上问起你了。"他一颗心急急跳动，直眼看她。小棉玉吸吸鼻子："他问公子何时到来，所任何职。""还有呢？""没了。这人话语忒少。""我从未见过这样的人。"舒莞屏看着漆黑的窗外。小棉玉点头："也许革命党人就是这样。"

与原来设想的稍有不同，大公结束这场重要会面并未马上回返，可能还要待些时日。"她在这里休整身心，想些大事。许多大事，特别是战事开始前，大公都会在安静的地方好好想一阵子。"小棉玉告诉他。她是来告别的，要先走一步。"公子在这里陪同大公温习洋语吧，将养一段时间。"她语气中多有钦羡，转身似有不舍。他出门送她，叫了一声"提调大人"。她好像没有听到，径直走向了那辆厢车。

整整一天，舒莞屏都在读书。他独自用餐，那个总管少有问询。饮食少而精致，不同的是随季节变化添了几样时蔬。他对憨儿说：大公一定累了，她该好好休养。憨儿说大公半夜都在读书、办理文案，"听侍卫说，有三位将军于天黑前赶到了这里。"憨儿面色陡然冷肃起来。舒莞屏说："那一定是关于战事的。"

事后知道，三位将军分别是镇守东部和南部的朱砂滚子万东、小火童陈立，还有从半岛东端返回的猞猁胆刘通。将军们与大公议事，关在屋里两天。卫士们在通向浴室的台阶上打牌，偶有高声惊扰伏案的舒莞屏。这些随将军们到来的男子举止并无收敛，打扮也与行营侍卫不同。两个白天和晚上都未见到大公和总管，他们显然都忙。憨儿对舒莞屏说："原以为战事会在春末发生，眼下看快了。从东北，就是关东那里渡来一股新军，他们的火器是从毛子那里弄来的，忒厉害。这是官府倚仗的强伍，他们一个月就剿灭了东部一股顽匪，然后就要向西开进了。不过，我们断不会让他们渡河的。"憨儿咬牙攥拳。舒莞屏明白，这边正在运筹的战事，就是怎样拒敌于河东。他对强敌的数量及其他一无所知，只是预感到，要阻遏这支新军，必将有一场惨烈之战。

第三天一早台阶上的卫士们不见了，将军们回去了。果然，晚餐大公邀舒莞屏一起。在那间宽敞的书房里，有一扇门连接一间餐厅。这是专属于大公的，不大，极为静雅。餐桌是圆的，白色，其余橱柜条几之类也是白色。只有两把高背软椅，可见这里不曾多于两人用餐。大公先到一步，脸上是欣悦的神色。她让舒莞屏坐在小桌对面。除了两个冷碟，还有烤肉和鲜嫩的茭白和奶汤蒲菜。她往两只杯里添了一点淡绿色的果酒。"我们总算可以舒一口气了。一切还好。这里比起沙堡岛还是轻松了许多。"她与他轻轻碰了一下杯子。

舒莞屏觉得大公不像刚刚放下一些烦琐的样子，脸上并无疲惫和忧烦的痕迹，相反倒有些闲适，一如既往的淡雅，温煦和含蓄。她显然不想谈论与时局有关的话题，而是由行营这里的气候和环境，说到了小时候的事情："我记得有一种火红色的小蜻蜓，哦，洋文怎么说它呢？""Dragonfly.（蜻蜓。）""好的，我会记住。奶娘牵住我的手去溪边，我们捉它。最难忘的是月亮天，捉一种葫芦飞蛾，你猜怎样？"舒莞屏看着她。大公伸出食指和拇指，"取一朵葫芦花，那飞蛾会把长喙，就是一根长长的针一样的东西插进蕊里。这时你紧紧捏住花蒂，飞蛾就像牵线的风筝一样，再也挣不脱了。"

"真是有趣！"舒莞屏想起了自己的奶娘，自上次回舒府见过一面，再无声息。大公说的类似场景，只在西营老院公身边才能经历。那里的牛羊和大马个个健硕，那么多的海棠花和木瓜树；月夜的木瓜树林啊，浓郁的香气啊。那样的夜晚如在眼前。他用力忍住才没有喊出老人的名字。大公将酒饮尽，眼睛在鼓励他。他也只好饮尽。它的劲道只比烈酒差一点。滚烫的液体在胸口那儿洇散。他觉得自己的面颊是红的。"公子你看。"大公突然说了一句，脸向一侧。原来纱帘外面升起了一轮明月。大公撩开帘子，说："时间真快，今儿个是十四日，明天就是满月了。多好的夜晚。"他们在窗前站了一会儿。

餐后他们在书房饮茶。"在行营再待几日,也可以习练洋文了。我有这样好的专用教习,真是太好了。可惜你收下了一个糟糕的学生。"她笑盈盈看他,牙齿闪着莹光。"大公是最聪颖的呀,只是您实在太忙,没有更多的时间。冷大人赞扬您的发音和超人的记忆力。"她笑了:"冷大人自然会这样说的。"她一副心不在焉的样子,看着窗外,提议去院里走走。

他们在空无一人的院中走着,在美人蕉前站了一刻,又看一株修剪成小树模样的月季。"我记得舒府里的花工,曾把一棵很大的月季花剪成这般模样,公子可有印象?"她的话让他心上一动:哦,那一定是她藏在舒府疗伤的日子。难道眼前这棵花树是大公亲自叮嘱修剪的不成?他摇头,真的不记得。他只记住了吴院公和他的马,尤其是茂密的木瓜树在月光下的香息,是那样的夜晚。大公看天上的月亮,说:"还好,那个特使总算没有忘记舒府。不过他谈得太少了。时过境迁,此一时彼一时。"她的目光转向微微荡漾的竹丛,"那天一大早,我看到你们俩在这儿交谈,他说了什么?""哦,是的,我们早饭前随便聊了几句。"

舒莞屏从头追忆,几乎一字不差地将自己与特使的对话重复一遍。大公听着,没有一声回应。这样沉默了一会儿,她说:"总教习大人,记住,不要单独与之谈论'革命''总首''起义',特别是关于我。这些必得回避,慎而又慎才好,我们中的每一位、每一个人都应如此。"她的目光从他脸上离开,再次转向了竹丛。竹子突然加剧了摇动,发出了喊喊喳喳的细语。它们好像也听到了这番话。舒莞屏说:"大公,我记住了。"

二

  一连两天，大公都有半天时间习练洋文。这是两个下午，准确点说是从下午四时到夜间九时。晚餐是单独用的。每天上午大公好像起得很晚，因为睡得太晚。她戏言说："由于那位奇怪的冷大人，他昼伏夜出的动物习性有传染力，我好像也不知不觉睡得晚了。这实在不好。"大公一般会在上午九时起床，用过早餐饮一会儿茶，然后入浴。她说这个习惯是小时候奶娘帮自己养成的："奶娘好干净，她其实也是富贵人家出来的。她有句名言，'一大早干净了，一天都是新的。'日子长了，哪天上午未浴，人就不舒服。"她泡温泉，然后还要用一段时间祛除身上的硫磺味儿，带着淡淡的茉莉香气出现在下午四点的书房里。

  他们用洋语互致问候。她脸上洋溢着少女般的神色，双唇未能合拢，总是在微笑中闪烁牙齿的晶莹。这副模样在他眼里是自然的，似乎是大公永恒的徽章。他无法想象她以何样威严降服六位将军，以及那些肤粗肌壮、毛发疵疵的都统和都尉。他想不清也不愿多想，只在她拟定的精神菜谱中，赶赴一场无从想象的盛宴。他觉得没有比自己更加幸福且责任重大的人了，时而提醒自己，正在习练洋语的这个人，她发出的每一个音节准确与否，都会在日后的某个时刻产生无以言喻的重大作用。大公说："我想，那位特使的东洋语必会流畅，可惜没有机会听他说起。"

  提到特使，他有一阵紧张。院中竹下的一幕又泛在眼前。他双睫低垂，两手好像沾了什么，在裤子上轻轻揩拭。大公一直看他，轻叹一声走到跟前。"大公。"他呼出若有若无的一声，站起。他又一次发现大公的个子比自己还高。茉莉的香息浓起来。"我那个早上太轻率，也有些莽撞，不该与特使单独交谈。"他无法掩饰内心的哀伤和沮丧。时钟的嘀嗒清晰可闻。一只怜惜之手伸到颊上，稍停又转向脑壳，力气加大，好像在感受一副完美的颅骨。他有些鼻塞，用力吸了一下。大公的手移到他的肩上，接着又是另一只："你还是个孩子！"她拍打一下。

他为竹丛下的交谈而愧疚，可大公这会儿的一句感叹，竟激发出他内心深处一个执拗的声音：不，我早就过了十八岁，是一个成熟的、历经磨砺的、粗糙而韧性的男人！他记起了上次来行营时当众与憨儿的搏击，尽管对手暗中退让，但自己毕竟展示了一番身手。"我可以面对杀伐不露惧色，随时都能奔赴沙场！"一句豪语在心中沸腾，胸脯不由得挺起。一只小兔在体内撞击，让人呼吸急促。大公轻轻触及他的束发，将几丝乱发抚顺。

"看到你，就想起了吴院公。你是他身边的孩子，他把你托付给了我。"她的目光抚过他的脸颊，仔细而又热切。他把脸庞转开，像从深水藻叶中探出，大口吸气。全身都沾满了浮藻。闭上眼睛，感受挂满肌肤的小小绿瓣。这种无根无叶的单细胞植物贴紧他的躯体，正一点点风干。"公子，就像在院公身边一样，你尽可无忧无虑地长大。我接续他看护你，不同的是我身为女人，该给你更好的呵护才是。每想及此就让我歉疚，因为这里，我和我的人身处险境，常常免不了拼死一挣。这真的关乎生死存亡。我们的敌手是凶残到无可想象的恶魔，他们比猛兽更加嗜血。我的公子，水滑俊美的孩子，单单是为了你，我和我身边的人也不会怯懦，不会犹豫，更不存幻念。我们筑好沙堡岛，建起大城池，就为了将来的一天。这会是一场决战，直到最后，最后的大捷。公子，我们一起往前吧，不必怀疑和踌躇了！你能想出那是怎样的一天吗？你能耐心等下去吗？你告诉我，不要有一丝遮掩，所有的疑惑，我都会给你说个分明，让你不再挂碍、犹豫和顾虑。公子，你这会儿就告诉我吧，说出你的全部、你最真实的想法。"

"我相信大公的话，也断然不会让大公失望。"舒莞屏回应的声音不大，却是字字清晰凿定。他说完这一句，发现双眼已经模糊。他不记得从前有谁对自己说过这长长的、真切的、不含一丝虚妄、充满痛惜和信任的话语。他将记住这一刻。

大公的目光在他额上停留稍长，像在等待时钟的许可，在滴嗒声中忍耐着什么。最后，就像被小鸟轻啄似的，他真的感到额上有双唇的触动：飞快消失的、不曾着力的、母亲般的一吻。

她坐在了圆桌后面，整理长发，将浅紫色头巾解开重束。屋内的文心兰和垂丝茉莉，还有她为特使新添的一盆玻璃海棠，都在许久的静息之后大放异香。茶凉了，她起身更换。他端起杯子时，她俯身看桌上的纸片，那上面新写了几个洋语单词："总首""特使""革命党"。

他一遍遍领读，直到大公能够准确发音。就在不久前，这几个单词的含义还是那么无关紧要、那么遥远，而今却再也无法绕开。舒莞屏想到南国革命党人的起义，它会于某一天在北方蔓延吗？那又是怎样的一天？它又将让谁战栗？这一天会与大公企盼的那个日子重叠吗？啊，革命党，陌生而突兀的一个单词，即便用洋语呼出也同样惊心。

"公子，请你告诉我'起义'怎样说，是的，我们断不可忘记这个词儿！"在他沉思的时候，大公突然问了这样一句。"啊，让我想想。是的，这是一个重要的词儿。"他在脑海中快快寻索，还好，从

241

一个尘封的角落里找到了。"Uprising！（起义！）"他将它揩拭一遍，放在她的手边。她一遍遍重复，直到满意为止。

这注定是舒莞屏的又一个难眠之夜。从晚餐的食之无味到榻上无眠，连绵不断、时时强抑而又不绝如缕的冲动，还有眼前与耳旁的声音、神色和气息。他难以忘记刚刚过去的一天一夜，那些白银般的颗粒应当好好收集，用作一生珍藏。最后，大约是黎明前，磨得滚烫的思绪才一点点冷却下来。"让我安睡一会儿吧，只一会儿就好，明天我们还要习练洋语。"这样想着，却偏偏记起了"起义"二字。他真的无法入睡了。

正是这个失眠之夜，黎明前，他大梦初醒般晓悟了一个谜底：他与特使那场狭路相逢的竹旁闲聊，不过寥寥数语，既无涉大公和府中日常，也无半点隐秘和禁忌，为何竟引起大公深深的不安？是的，他准确无误地捕捉到她的不快甚至是恼愤，尽管她在努力掩饰。这个瞬间，他突然明白了其中的奥秘。啊，"起义"，是的，就是这两个字刺伤了大公！因为那位特使最后吐出的一句是："公子，你终会弄懂什么才是'起义'！"这其中正隐含，不，是明确而坚决地否定了大公，认为她并非是一位真正的"起义"者！天哪，原来如此。好生狂妄骄横的革命党人，他居然认为只有自己才是货真价实的"起义"者。

曙色中，舒莞屏感到了痛楚和悲愤，还有委屈和伤绝。他认为大公当时听到自己的复述，一定有过相同的心情。

三

从东部火器营种植场之行到行营滞留，共有十一日。就是这不长的时间里,辅成院竟发生了一件大事。舒莞屏归来第二天即从五位通嘴子口中得知:那位银库匠师身边最喜爱的弟子,就是银票套版雕师"五微子"谋反了。"啊? 他?"他几乎惊掉了下巴。"是的大人,"年轻后生痛惜,更多的是愤怒,"这家伙原来深藏不露,连他的师傅也被蒙骗了。"

"到底是怎么一回事? 你等细细说来。"他着急了。年轻人喝一口水:"总教习大人,事情是这样的,'五微子'在银库存根上做了手脚,抄写陈年细目,将府上大人每年用度一一开列,说什么'挥霍豪奢'。"舒莞屏听着,不敢漏掉一字。后生说:"幸亏副都统耳目通灵,把他押进了号子。"

舒莞屏知道"五微子"的本事,这人除了雕刻银票套版,还精通电报业务。他难忘此人亲手刻出的大公侧像,真是形神毕肖。时下令人至为困惑者有二:一是他这样做的目的;二是身为提调下属,为何要副都统越俎代庖?

舒莞屏无心做任何事情,摇响了手铃。"大人有何吩咐?"憨儿问。"我们去见提调大人。"出门时,舒莞屏脑海里一直闪现那张清瘦的面庞,心中重复着"五微子"三个字。还记得那次短短的交谈。一个人放弃莱州沙河电报局,历尽艰辛千里投奔,而今却要谋反,这事实在怪异,令人费解。他想小棉玉先一步自行营急急归返,也许就为了这件棘手的事情。

小棉玉正在当值。他开口即问案情,对方缄默,满眼悲凉。"提调,一个手无寸铁之人,一个技师和雕版师,竟会谋反? 我实在难以置信!""身为提调未能觉知,也有失察之罪。要知道副都统在这里耳目众多。""提调,您亲眼见过那份抄写的存根细目?"小棉玉点头。

舒莞屏鼓起勇气发问:"我想不出一个银库算师,怎么会心存异念。就我所知，大公日常用度何等节俭。即便是款待特使、庆贺大捷的晚宴，都有些寒酸！冷大人通宵达旦，也无非是几碟甜点、一杯咖啡。"

小棉玉叹道："开列细目倒也实有，如府上大人的柴炭、滋补汤盅、红茶咖啡、一些细瓷餐具。这加在一起也是不小的数目。令人恼愤者不是这些，而是其他。"她不再言说。舒莞屏看她一眼，她嗫嚅道："是另一些事。比如骄奢淫逸，种种私密。""啊，那是什么？"

小棉玉缄口，长长的鼻中沟因用力而呈弧形，这更加显示了守秘的决心。当她一次次瞥见对方的怨怒和惊异、直视的眼睛，只好低声说道："总教习大人，这事只你知晓，切不可外言。这人胆子着实忒大，除了开列银两花费，还历数将军强人妻女杀人如麻，桩桩件件实在可怕，一旦将军们知晓，也就不可收拾了。所以，公子总能明白我的意思了。"

"我想知道，这些是否子虚乌有？"小棉玉叹气："你知道几个将军的来历。好在有府上大人的管束。滥杀无辜，这说起来颇难。比如那些锄奸案，口供上都是按了手印的。"舒莞屏不敢细思，问："最终会如何处置'五微子'？""人难免一死，除非府上大人宽恕。"

走出提调的屋子，站在竹丛前，心里一阵悸动。摇曳的竹丛总是令人激切。他疾步回到长廊，去寻那位银库匠师。在漆黑的遮帘小屋中，老人正伏案摆弄几枚发绿的古币。"先生，弟子事我已知悉。"老人把两枚刀币叠到一起："弟子有罪，罪不至死。总教习大人，"他仰脸大呼："上书不为罪啊！冷大人可曾知晓？这岂由副都统一人定夺？"老人背过身子揩眼。

舒莞屏无法忘掉那副清瘦的脸庞、一对清澈的眼睛。他再次返回提调那儿。小棉玉似乎知道他的想法，说："没有副都统手令，谁都见不到'五微子'。"

尚在下午时分，离冷大人亮起烛光还有一段时间。舒莞屏叩响瘦削青年的门。"冷大人今夜没有当值。""那我等一会儿。""大人两天一直未回呢。"舒莞屏有些失望。一夜净想那个人。黎明时听到门响，以为是梦。太阳照亮窗棂，再次听到叩门。是憨儿。"大人，这么早烦扰。提调大人传您，像有急事。"他和憨儿快马奔向沙岗。小棉玉大门敞着，见到舒莞屏就说："今上午'五微子'就要转到大监了，昨夜见了副都统，应允总教习大人见一面。"他有些欣慰。"公子见了那人，多听少言，不可应和。"她再叮嘱。

监房离沙岗十余里，在两条渠汊间的丘地上，只一条路可以进入。横眉恶脸的兵士见了牒令腰牌，冷冷说一句："大人请啦。"阴森小屋当中蹲坐一人，听到门响站起。舒莞屏认出是"五微子"：须发芜乱，满眼血丝，一张脸肿得厉害。有"哗啦啦"的响声，原来脚上拴了链子。"我是冤枉的，大人。"舒莞屏不知从何说起。"我不过是有话直言，何有谋反之心！"对方举起双手。舒莞屏看到了脱落的指甲。

"我知道许多口供上按的手印，那是受不住酷刑。我也会写下供词，只望大人明白。"他眼角流出一滴冷泪，伸来双手，又怕沾染他人，倏然抽回。舒莞屏按住他瘦削的肩膀，留下重言："请务必记住两字，'等待'。"

四

凌晨三点，终于等回了冷大人。冷霖渡一脸欣色看着日久未见的舒莞屏，却被那急切的眼神惊住。"大人，我一直等您。有上急事情。""公子直言便可。"舒莞屏从头说起,最后断言:那位年轻的银库匠师虽有孟浪,但绝非叛逆之人。冷霖渡听着,脸色由舒缓到冷凝,一直沉默。"国师大人!"他低呼一声,一颗心开始剧跳。

冷霖渡目光抬起,扫视烛光照不透的深处,回头说:"总教习大人,你与这位'五微子'相识可久? 不至于是沙河旧友吧?"舒莞屏被"沙河"二字刺疼,连连退了几步:"大人,事发前我们见过一次,只几句交谈而已!""哦。两年前一位道员潜入,事发时已过三年,就差被擢为都尉了。他暗中谋划,在大公所经之地放置火雷。'几句交谈',那还远远不够啊,公子。""可是,"舒莞屏上前一步,胸间泛起千言,固执而又明晰,只是无从驳辩,"冷大人,我相信该匠师忧愤刚直而已,并无其他;再则,诸位将军也大有戒惕之处。"

冷霖渡看了一眼怀表。这个动作让舒莞屏感到对方已经厌烦。"公子,河东那里大军压境,我们正值至危至艰之时,此时他来指斥将军,岂是一句'刚直'能够说尽。"舒莞屏无力迎视对方目光,只低头称"是"。这样少顷,他说道:"还望大人念他技艺精绝,耿介刚气,免予重罚。我担心酷刑之下,任是什么罪名都会应承下来。"冷大人未有叙谈之意,掷下一句:"我已知悉,去吧公子。"

回到寝室,舒莞屏觉得颈部疼痛。可能因为昂头时间太长。回味冷大人的每句话,越发觉得希望渺茫。极为困倦,脑海与耳畔一片嘈杂,"哗啦啦"的铁索声和流血的指尖交替出现。入睡前想到小棉玉:身为提调,她如果恳求"冷伯",或不会无功而返。

临近中午响起辚辚车声,小棉玉来了。舒莞屏预感到什么。她未及坐下即说:"那人招了。""招了什么?""由沙河官家所遣,伺机行事。""行事?"舒莞屏愤然,"他们会让任何人、在任何罪名下按上手印的。"

两人对坐无语。小棉玉声音艰涩:"昨日未及细说,那人还历数大药堂斑斑劣迹,如蓄养无良道人研修淫术、摧残药娘。"她满脸绝望,"坐实沙河一事,人就难免一死了,遑论其他。""你是大公最信任的人,提调大人,这是多大的事啊,全凭大人了!"舒莞屏站起。

她走了。舒莞屏不想做任何事情。想到那个人,那个结局,汗粒从额上唰唰滚落。他呼唤憨儿备马:"我们去大公那里。"憨儿稍一迟疑,转身去了。不长的一段路,鞭打快马,于午餐结束时赶到。憨儿与走近的黑衣男子言语几句,递上腰牌。男子领二人走向那条东西横廊。

舒莞屏在西侧厢厅等候。轻盈的脚步,微笑的大公。他上前施礼。"这么快又能见面,我的洋语教习!"她语中带趣,端详,"公子两眼血丝,因何少眠?""我,大公容我说了吧。提调不敢禀报,唯恐国师怪罪下来。""但说无妨。"一句鼓励差点让人垂泪,他一口气将整个事件说了一遍,然后以此收束:"事已至此,唯有大公慈悲了。"

大公听得用心,说:"我会告诉副都统,让他刀下留人。""大公啊,他,他们,都会铭记您的恩德!"他忍住了心底的一句呼叹,走向门廊。大公说一句"稍等",回身入内,出来时两手捧了一对大如鸡卵的斑纹海贝:"它们有个好听的名字,'小海雀儿'。送你玩赏了。""啊,它们真美。"他凝视着。她扳开他的手,按入掌心。

舒莞屏与憨儿策马回返,迎面是阵阵暖风。盛春不再间歇,直接奔向夏日。路旁渠畔的水蓼花真美,串串红色以前竟未曾注意,这时觉得它们才是沙堡岛之花。红腰雨燕一路追随,天际遥阔。马儿缓行,两匹马并行,憨儿又说即将开始的战事:"大人听说了吧?

247

这次官军倚仗的是渡来的新军。他们火器好，甚是嚣张。"憨儿愤愤，"这些盘起辫子的家伙穿蓝色洋装，副都统和都尉肩上袖上缀了金穗呢。""那有何用。交战靠的是奋勇和心志。他们有吗？"舒莞屏胸间鼓荡着豪气。

两颗小海雀摆在了书函旁边。舒莞屏从未见过这么精巧的海贝，它们竟来自深海。壳上斑点像洇开的水墨，由上苍无所不能的手绘就。他抚摸多次，感受那种沁凉和滑润，心中环绕一句话："兄弟，那只纤柔之手力抵千钧，它会挡住刀子。"然后就是等待那个至好消息：它一天不来，一颗心就悬着。

三天过去，又是三天。憨儿说："冷大人乘车出远门了，看来战事吃紧。"舒莞屏应着，心思却在别处。他想小棉玉一定会最先得到那个确信，甚至梦到"五微子"回到了银库，与师傅紧紧相拥，老人喜极而泣。梦景恍若成真，让他兴奋难抑，一大早鞭马驰向那道矮矮的沙岗。远处压着一层低云，空气闷湿，显然有一场雨。接近沙岗时，隐隐的雷声响了。稀稀落落的雨点，一会儿变得急促。小棉玉仿佛知道他来，站在廊上。"提调，这是夏雨啊，说来就来！"她看他一眼，并未回应，转过身去。他叫一声，她缓缓回头。舒莞屏被她的脸色吓住了。

就在昨夜，也就是他入梦的时辰，"五微子"被副都统下令处死了，地点就是那片泥沼。舒莞屏被可怖的讯息击蒙了，贴紧墙壁才没有歪倒。他的脸惨白如纸，紧闭双眼，让自己沉入无边的黑暗。"公子，总教习大人！"小棉玉呼叫，摇动。他仍旧陷入梦中，是一场噩梦。他睁开眼："提调，大公亲手交与我一对小海雀啊！这是真的，它们还在！我不相信！"小棉玉被这双眸子的神色吓住了。

五

舒莞屏一直躺在榻上。憨儿找来大药堂的人，被他微弱而冷厉的声音斥走。"大人切要爱惜自己啊！"憨儿把冷粥一遍遍温热。午夜，舒莞屏坐等凌晨。从未如此孤单和羸弱。一个声音在心底呻吟："老院公啊，您说凡灾殃到来之前，静下心一定会听到它的蹄声，那是一种魔兽，会发出'嚓嚓''噗噗'的声音！我在渡轮上听过，在抵达沙堡岛的旅途上听过。第一次验证了，第二次正待验证。老院公啊，您不在，这里再无人帮我。"

越来越多的凌晨静坐。他对自己充满怜悯，还有愤恨。在沙堡岛沉寂的墨夜中，他想再次捕捉由远而近的"噗噗"声，屏住呼吸。远处有均匀的风，它携来隐隐涛声。一片漆色里有个若有若无的光点，不，是两个，像精灵的眼睛。他站起，啊，两只小海雀正闪烁莹光。他捧在手中，移近了看。点燃烛光，长时间看它水墨洇出似的斑点，用食指触及逼人的滑润和凉意。寻一张草纸包起，挪到屋角，那儿有一个木斗，装了垃圾杂物。他将其投入木斗。

恍惚中有人叩门，轻轻的。这一次不是幻觉。门开了。是那个瘦削青年，他手擎蜡烛，后面是冷霖渡。"大人。"舒莞屏手撑床榻努力坐起。冷大人按一下，让他躺下。冷霖渡将烛光移近，看一张虚弱苍白的面庞。"公子，我是特意来这里表达歉意的。嗯，岂止如此，相信我，那个不幸的消息让我伤痛不已。"冷大人神色如冰，声音滞涩。舒莞屏无一声回应。"我万万想不到副都统下手这么快。也许是情势逼人吧，河东敌军已经集结完毕。这是我们几年来，不，是从未有过的险峻啊。我心无旁顾，大公也是如此。"

舒莞屏听着均匀的时钟嘀嗒声，循着对方的思路，嗅到了浓浓的硝味儿。可是他很快想起了另一个人，就是那个绝望者，这人最后听信并记住了两个字："等待"。在最后的时刻，那人会诅咒一些人，包括一位总教习大人。"我会惩戒那位副都统。"冷霖渡站起，消逝在深浓的夜色中。

上午九时，小棉玉来了。"提调大人！"小棉玉一直站立，口气急促："总教习大人，我是来告诉你，刚刚大公去辅成院了！她被那个消息震惊了，说'晚了一步'。她扶住那个银库匠师，两人一起流泪。"

舒莞屏看着她。"公子，这是我生来第三次看到大公流泪，一次是她城南巡视，扶起被兵士踢倒的老人，再一次是为死去的白马，如今是第三次了。她问起了公子，因为太难受了，没来这儿。我还要告诉你，河东吃紧，开战的一天不远了。"她声音渐渐低沉，停住。舒莞屏怔着，喃喃自语："大公亲口答应过我。她不会骗我的。"

舒莞屏在憨儿的陪伴下去林中走了一会儿。林径和府前空地多了几个卫士，这都是副都统的人。憨儿说："大人，那家伙被惩戒了！"他抬起询问的眼睛，憨儿恨恨道："若不是战前，这个副都统定会被裁撤！这次惩戒记上文书，还要削减月银！"舒莞屏大失所望："这算什么！"憨儿咬咬嘴唇："不是不报，时候未到。会有那一天的。"

舒莞屏尽管身体孱弱，还是动手做事。他为五位通嘴子教习洋语，其余时间打开那沓"姜姓世系图谱"。这份繁复晦涩的图表留下了自己许多笔迹。他未曾忘记著者的嘱托：将它译为洋语。他几次尝试，最终发现是一件难以完成的事情。一仰脸看到了架上的一个纸包：那是他从垃圾桶中捡回的一对小海雀。

空气燥热，像有一场暴雨悬在高处，迟迟不愿落下。敌人总攻的日子悄悄逼近，就像这场暴雨。大城池的湿闷到了极点，人人缄默，脸色阴沉。憨儿说为了动员兵伍，大城池的一些卫士也要去东部，时下正在演训。"我也想到前线去。"憨儿这样说，又看看舒莞屏，"最大的事儿是护卫大人。""非也。必要时，我们都会去沙场的。"他说。憨儿"嗯嗯"应声，摩拳擦掌，从兜里取出飞镖掂了几下，又放回去。

那份图谱译得缓慢。令人焦虑的时局让人难以伏案。冷霖渡窗上一直没有亮起烛光。舒莞屏至午夜才会休息，但仍然没有养成凌晨不眠的习惯。真正昏晨颠倒的人，在整个沙堡岛上只有冷霖渡了。小棉玉告诉：冷大人的作息方式是官府幕宾时代养成的，因为大人遭过暗算，从此即和衣而卧，时时警醒，最后索性以昼为夜了。"大白天耳目众多，夜间才要大睁双眼。"说起往昔，她泪水潸潸，不知为了冷伯还是自己。

自"五微子"事件之后，舒莞屏没有去过沙岗，也很少见到提调。关于她的消息都从五位后生嘴里听到：随大公出行一次，又率人去了河东。东行对她是重要的，她是以巡督身份前往大营的。在孤单的日子里，舒莞屏觉得自己就像一个多余人。见不到大公和冷大人，也听不到小棉玉的声音。所有人都在为那场必要来临的大战做最后准备。除了河东，其他方向也非全部松弛，几天前憨儿传来一个讯息：捕蛰场沿河驻守的兵营与一股海盗交火，虽无大的争战，也伤亡几十人之多。"'夜叉'，就是那个猎场女头领，这次也算立了小功，领人抄了海盗的后路。"

就在憨儿讲述猎营争战的第二天，府前空地上传来车马的声音。

他们被喧声吸引，走出门去。那里有两辆车和几匹马，四五个身穿甲胄的卫士。车上下来几个人。"啊，国师和提调！"憨儿低声喊着。他们犹豫是否上前，只见几个人簇拥着中间二人，正高兴地交谈什么。

小棉玉从冷大人那儿出来，直接来到舒莞屏这边。她一进门就让人感到了一股喜气。果然，她满脸欢欣讲了一个喜讯：河东那支新军突然发生兵变，大约有两个营的士兵深夜起事，冲出防地直接向南，与一支山勇合成一体。"这样一来，新军和青州旗营主力就顾不得进军河西了。这么快就瓦解了，真是谁都想不到啊！"小棉玉因为兴奋，脸上的一层绒毛闪烁着，呈微微的酒红色。

舒莞屏大为欣慰。他想新军哗变必有缘故，正想细问，小棉玉说出了原委："原来新军中潜下了革命党人，那人在船上，不，在关东就开始游说了。新军是连、排、营编制，其中两个营长叛了。你看，革命党人不费一弹，竟歪打正着，解除了我们的重兵压境！""真是好极了。提调，我们真该好好感谢那位革命党人啊！他是那位北方特使吗？"小棉玉摇头："是他下边的人。革命党人个个都是厉害角色，都有一张铁嘴！"舒莞屏心绪激越，在屋中连连走动，叹道："真是了不起的人，了不起！""不过人家革命党人却不是为了我们呀。""为了什么？""为建起自己的队伍。在此之前，他们除了一张嘴，在北方并无一兵一卒。"

六

一场豪雨下了一天一夜。水汊涨满，渠水奔涌，向着河流和大海的方向。大片蓼花被淹没了。舒莞屏第一次看到这样的大水,阵阵惊异。水生植物和鸟类一起疯迷:仿佛茂长于一夜之间,鸟儿嘎嘎大叫扑扑棱棱,从密不透风的蒲苇和柽柳中、从大树披挂的苔衣后面呼号腾空。水鸟多到令人震惊。憨儿看着高空:"大水把它们的孩子和家淹了。"四蹄动物钻出来,仰天叫唤,钻到枝叶下边追逐撕咬。从未见过的海豹一般大、长了棕色眉毛和胡须的长臂兽爬出水面,把芜乱的头发往上拂几下,挑衅地看着四周,缓缓走向一棵倒木,唰唰爬上去,发出比竹笛和唢呐还要尖亮的叫声。野猫飞蹿,跃上半空,在落地之前狠力抓住一只小鸟。远近水声召唤出各种动物。大鹰在高处俯视,有时悬定。在突然安静的一霎,两只、五六只或一整群海中巨兽逆流而上,睁大一双溜圆的眼睛,岔开威风的长须,滚动憨浑的躯体,两只鳍把漂荡的枯枝败叶甩开。巨兽不知是海猪还是海狮海牛,或是别的什么,就像传说中的妖怪一早出门赶集似的,大摇大摆往前,把呛鼻的膻腥播散得到处都是。它们仰游,故意将大得令人发怵的私处袒露出来,让人想起开春时震响在水汊河渠的嚯吼声。大兽鼻孔张开,将浊水和屑末一块儿吸进去,又闷雷一样喷出来。它们拍击和吐出的水雾在阳光里闪出扇形彩虹,令人震悚和惊叹。那些平时只想用弓弩射杀野物取乐的兵士,一时看傻了眼,谁都不敢轻举妄动。长官顺势传令,要好生与海上蛟龙大蟒或水狮猛豹相处,不得打扰它们的欢喜。它们在沙堡岛上怀了身孕,繁衍出一群群小崽儿,在巨涌翻腾中长成牛头马面河狸子相。武士男儿从这势不可当的嚎叫中,感受罕有其匹的豪气和威猛,焕发血性奋勇杀敌,把矛戈打磨得锋利。他们将酒喝足,将喜欢的人儿生搂硬抱,将无限烦恼忘个干净,什么欠账和赊下的粮秣银两、世上恩怨,一股脑儿抛开。只想大城池的烛火就行,它照耀他们的甲胄和手里的矛枪，让人在泼来的镪水一样狠毒、雨点一样密集的箭镞中不畏不惧，爬着滚着趴着猫着，一个饿虎扑食冲上去，咬破仇敌的喉咙。他们双手如铁爪，牙齿似钢刺，谁敢挨上他算计他侵犯他，无论哪路野种仙妖山魈，瞬间一命呜呼。

雨后实在舒爽。夏夜蚊虫和小咬难以抵御，府中上下为了对付这样的夜晚想出不少方法，最终收效甚微，直到有人发明了艾草火绳和野蒿膏。大药堂的女总管平时无所不能，夏夜却未能讨得大人欢心，他们不断挥手叫骂驱赶虫豸。大人给大药堂颁令：必得快快驱虫。女总管急得腮部肿大，被蚊虫叮过，瘙痒难熬，整夜不眠不休，与几个老医匠一起，熬制出一种薄荷野蒿膏，抹在手上颈上胯部肘下，虫豸避之不及。

舒莞屏因为大药堂送来的药膏，不再受小虫折磨，趁雨后凉爽加紧译制图谱。进展甚微，因为所涉实在超出了他的智识。没有足够的工具书，这是至大难题。他多次想让小棉玉带他进入冷大人书房，却难以启齿。战事缓解，雨后清凉，所有人都舒了一口气。凌晨时分，冷大人又能够与舒莞屏长时间饮谈了。

这样的夜晚实在难得。他们一起讨论图谱中某些棘手的译法。冷大人总能在无路可寻处独辟蹊径。"大人给予的，远远超出了同文馆。""若论习练西洋诸事，那是个好地方。舒府大人为你择此佳处，再好不过。"冷霖渡双唇抿成一条线，看着他。

舒莞屏的思绪回到南国岁月，眼前闪过那个金发蓝眼的亨利。回忆这位年轻教习，让人时有迷惑。这个夜晚，舒莞屏仍能记得亨利发出的轻叹。

冷霖渡始料不及地提到了一个人："公子，我夜间会想起一个人，就是待你如同父亲的吴院公。这位老兄如来沙堡岛，又会怎样？他也许有过那个打算！公子，他真的到来，我们会成为朋友吗？"

"会的。你们一定会的。"他这样回道，其实并未细想。"哦，公子竟然这样自信。不过我倒要好好想一想呢。我知道那是一个倔强之人，善于深藏私密。他有许多话没有对你说，也再无机会对别人说了。不过咱们还有时间，可以慢慢猜谜。"

"这个，大人，老院公从来不曾瞒我什么。要说最亲的人，除了父母大人，再就是他和奶娘了。啊，我不知奶娘如今怎样。"他不再说下去。冷霖渡的手按在胸部："那个舒铨是残害你们全家的毒手。当有雪仇的一天。""吴院公说一切还要寻找，要有最后的证据。"冷霖渡冷笑："你们院公太书呆子气了。世上有许多事原本是无从对证的。"

舒莞屏站起，对方按他坐了。"随便说说。还从战事说起吧。时下看，不过是缓解，而非拆除了巨雷引信。想想看，只要新军还在，青州旗营还在，我们就是他们的眼中钉肉中刺。"舒莞屏沉思，问："大人认为大战何时会来？""说不好。这要看革命党人在北方能否立足，还要看我们是否坐以待毙。""我们当不会主动开战吧？"冷大人答非所问："这次实在过于侥幸。大公想在前面，她是最有心智的人。哦，我们扯得远了。"

"大人，大公太操劳了。"舒莞屏这样说，看到对方鼻侧挂上了明显的笑意。"公子这样牵挂，好极了！大公东西奔走，大城池和行营那边，每日多少大事。""大公啊！"冷霖渡直眼看他："说到这里，我倒有个提议，公子何不趁休战之日出营？嗯？"

舒莞屏觉得他的目光呈微微火色。"我去大营？""嗯，那还太早。""我只想去大营。"冷霖渡摇头："日后自有安排。喏，夏天该去浪荡岛吹吹海风。公子去了那里，回来就是另一副模样了。"

舒莞屏未置可否。那个神秘的岛屿只远远看过,见来往渡轮停靠码头。不过登岛的事,他还没有想过。"只是,我不知大公何时习练洋语。许久未见大公了。"冷霖渡马上说:"嗯,你可随时启程。"

舒莞屏去提调那儿,说了浪荡岛之行。小棉玉一脸讶异:"去浪荡岛？现在？""是的。"小棉玉看着屋角出神。出门时,她脚步迟缓,一直将他送到路边:"到了那里千万小心,我是说,保重自己！"

第十三章

一

从南岸看浪荡岛并不大，登上去才知道它足够开阔，而且十分秀美。它是东西长南北短的椭圆形，树林集中于西部的小片沙原；地势从西到东逐步抬高，最东部是一片巉岩，并无植被，岩顶有一座高耸的灰白色灯塔。一片海草屋搭在中部，由乌黑的岛石筑墙，厚实的草顶落下白色的鸥鸟，宛若童话一般。所有街道都由黑石铺成，磨得光亮，上面是遥不可测的时光之痕。岛上全是渔民，没有大片可耕地，只在房屋前后有几小块果蔬园圃。这里的阳光比所有地方都充足，海风缓缓吹拂。鸥鸟在近岸飞翔捕食，累了就蹲向屋顶或岩石。时值盛夏，岛上凉爽，街上只有稀稀落落的人。所有人见到登岛者都瞥几眼，远远躲开。街上很少见到女人。扛橹的男人不知归来还是出海，沿沙岸走着，不时抬头瞥瞥四周。

研训营的人来码头迎接，领头的是一位管带，热情烤人，脸上是熟练的笑容。"大人辛苦""恭候大人",他躬身施礼,将人引向一旁的厢车。舒莞屏一出码头就急切地看着岛上景物,心生欢悦。他甚至顾不上太多寒暄,只是饱赏岛上美景。三个随员中除了憨儿陪大公来过一次,其余二人皆首次登岛。憨儿说那一次太过匆匆,大公只在岛上巡视半天,多与将军叙事,并未好好看过。舒莞屏想与四人在岛上步行,请厢车返回。营管婉拒:"大人有所不知,这岛子其实大着哩,还是将车子留下,大人可随时乘坐。"

卫士们将几只箱包装上车子,随舒莞屏徒步往沙原走去。白细的沙子上生着刺碱蓬、沙参和茜草,还有一些藤蔓植物。打碗花开得正盛,小蓟挺着粉色丝蕊。稀疏的林木主要是洋槐和桑树,还有少量黑松。鸟儿鸣叫,是黄雀、麻雀和灰喜鹊,还有黑枕黄鹂。婉转的鸣叫使人忘了身处何地,一种久违的情致和场景把人笼罩起来。

在林中转了一会儿,移步街巷。这些岛屋与南岸不同,屋顶的海草更为厚实,也挺拔许多。脚下的石头有一道道辙印,说明这里在久远的年代车辆甚多。而今一眼看去没什么车子和行人,四处静谧。所有临街的窗子既高且小,大概为了抵御海风。

一个头发花白的女人从巷子蹿出,让人猝不及防。女人三十多岁,头发散乱,双眼很大,目不转睛盯看他们,爆发出一阵大笑。她双臂伸到头顶,大力击掌,下身是破烂的布条棉絮,沾满草屑。她一边拍手一边尖叫,一会儿蹲下解溲。他们绕开疯女人。一只大鸟翩翩而至,落到了近处的屋顶,像一块沉沉的白色石头。

往前走了不远,营管和厢车出现了。他们上车。营管介绍:"大人初次来岛,住下便知道快活了。岛上吃物和风习都大不同于南岸。这里女子最为有名,自古就用来进贡。海中珍品多得吃不完。反正只要住上几日,就再也忘不掉了,嗯嗯。"舒莞屏问:"岛上除了研训营,还有别的吗?""唔,只这个营就够了,副都统以上才能进来。""研训什么? 枪械?""那倒不是。哈哈呀呀!"

原来大名鼎鼎的研训营只有不多几幢房屋,比渔家草屋宽大许多,由高墙围起,靠近东部巉岩。营内没有开阔的场地,绝非习武之所。这里与大城池的建筑风格相似,房屋之间由长廊连接。院内卫士面色黑红,头包沙色布巾,手扶腰刀,佩有短铳。营管领人进入长廊,来到一个开敞的厅堂。脚下的石头地面铺设几条蒲垫,一直延向不同的廊道。就像南岸那些连幢大屋一样,初入者一定会迷路的。

舒莞屏被安置在一座大屋中,其他随员住在近处。他进入屋内吃了一惊:除了一般居所陈设之外,最大的不同是起居室相连一个开敞的平台,台下是一个很大的水池。池水碧绿,泛着微波,水流从外面涌来,又从另一端流出。这是一处活水。平台茶几上摆放饮品之类,旁边有软榻和高背椅。

营管说:"大人,您随时可到池中游耍,累了躺卧;若要出去闲遛,出了边门就是那片岩石了。想唤卫士,这边。"说着将墙上垂下的一根拉绳拽了一下。不远处响起一串隐隐的铃声。憨儿很快跑来:"大人有何吩咐?""哦,没有,退下吧。"营管说。屋内有一张圆桌,上面也摆了一些零食,还有一只南瓜状的扣碗,里面是汤羹。"大人饭前喝下吧,每日都要配送的。"舒莞屏嗅了嗅,说:"日后免了吧,我不喜此羹。"营管板起脸:"住在研训营的大人,都要按时服用汤羹的。"

舒莞屏在他离开后试饮几匙。腥气浓重,入口还算鲜美:黏黏的汤汁里有黄褐色颗粒,有细如毛发的丝状物。环顾室内,榻上有丝质薄被,枕上有野麦草凉披,地上是蒲垫和马兰草拖鞋。藤椅上搭了一个防虫的薄荷囊包，还有熏香。一些把玩的小摆设，一个果碟，里面是一种早熟的红果。"多么舒适周备的营地！"他发出感叹，同时觉得一股灼热循小腹向上蔓延，在胸部稍稍滞留，然后继续爬升。身上有些发胀。他想忽略这种不适，但发现总也不能。

离晚餐还有一段时间。他扯了一下墙上的垂绳，憨儿过来了。"我们去东边走走吧，别闷在屋里。"四个人一起走向鸥鸟喧腾的岩石，看到高耸的灯塔，心情立刻好起来。灯塔建在一块巨石上，整个建筑远看像一根方形烟囱，走近了才知道它足够敦实和粗大，大若经历了久远的年代，看上去斑驳古旧，非常结实。它的基座很大，往上渐渐变得窄细，顶部有石头伞盖，像一座亭子。

去灯塔还要攀一段岩路。他们站在岩下看了一会儿，决定找时间再进里面。落日前的海面好极了，有的地方闪着橘黄，有的比平时更为幽蓝。半浸水中的岩石间爬着黄花小蟹，它们无惧地攀上来，向人举起金色小螯，伸长的双眼扭动不息。稍远处的水面有大鱼跃起，划一道弧线落下，溅起不小的水花。"怪不得大人都来这里，真是没得说呀！"一个卫士喊。"看，看脚下！"憨儿指着一个地方。大家都看到了：一条尺余长的黑斑鱼游来，大摇大摆，毫不怕人。

二

烛光燃起，室内明亮。这种蜡烛以前没有见过：比手臂还粗，火苗炽白且无黑烟，有一股麝香味儿。因为有药囊和熏香，室内绝少飞虫。尽管如此，床上还是垂挂纱帐。那个平台下的大水池比白天多了一些响声，闸口涌入的水流好像正在加大。荡起的水波和烛光映出的水下花石发出强烈的诱惑。舒莞屏觉得身上燥热，就钻入水中。

池水漫过腰部，正可畅泳。他泳技一般，只喜欢浸泡，感受水的丝滑和抚弄。闭上眼睛，让微小的水溅沾上双颊。吴院公曾和他去汤池洗浴，那儿后来被舒员外改成六角宫，从此即与他人无缘了。池水微凉，原来是从室外直接引入的海水。夜晚的大海把点点星光一起送来：他看到池中真的倒映了夜空。当然这是幻觉。可是海的潮汐与池水的确是相连的，正随大海涨落。

他闭目倾听，感受大海缓缓涨起的潮涌。水声加大，溅起一束浪花。他猛地睁眼，一声喊叫：一条罕见的大鱼正在靠近。啊，光滑无鳞，长长的鳍与须，紊乱的水中藻叶和草丝缠在头颈。它摆动长尾，环绕池中的人，好像对他赤裸的躯体极为好奇。舒莞屏睁大双眼，撸去满脸水花，这才看清近身游动的"大鱼"：一位泳技超绝的女子，从水中探出又小又圆的脸，长发拢在脑后，一双大得出奇的圆眼、长长的睫毛、微噘的双唇和洁白的牙齿。这条"鱼"离他只有一尺，一丝不挂。

舒莞屏把惊叹压到心底，快速游向那个闸口：显而易见，她由那里游进来。他从闸口望出，外面一片漆黑。"大人不必看了，那是大海。"她的声音爽朗而亲昵，毫无羞涩与生疏。"你来自哪里？"他掩去一丝惊惧，问道。"我呀，"她把沾到脸上的一绺长发拂开，"从海里爬上来呀。我从太阳刚下山就往岸上游，游啊游啊，见到一个小窗上有光，就游进来了。""竟有这等怪事！"他发出埋怨：这闸口也太大了些，竟让海里的人游入。不过他终究还是醒悟过来，从她迷人的笑靥中看出了破绽。

"女子休要戏言，还望你早些离去。"他发出刻板的、清晰的规劝。"我的大人哪,女子整天漂在海里,一路躲开吃人的大鱼,好生害怕!好生不易!好不容易才看到这里的灯火,大人就留我一宿吧,要不我只得游回海里,说不定半路被大鱼一口吞下。"她真的泪水汪汪了,伏在水面,弯曲的细腰和小巧的臀部翘着。舒莞屏闭了闭眼睛,说:"女子,且信你编出的这番巧言,不过本人断不会留你。还是早些离去吧。"

说过之后,长时间没有声音。他睁开眼睛,发现女子正在不眨眼地盯瞧自己,眼里全是惊喜。她在笑。"为何还不离去?"女子笑得更厉害了:"这里是连着大海的,我不过是游到了大海边角。该离开的是大人啊!""好生乖巧!哪有将海盖进室内之理!""那就得埋怨盖这房子的人了!大人怎地就责怪起小女子来了?咱们各不相扰,就在海里玩耍可好?"舒莞屏无言,只得离开,准备从池中出来。

女子再无声息,也不见踪影。舒莞屏以为她必定从闸口游走了,有些安心。他从一端游到另一端,然后攀上平台擦干,饮一杯茶,复又入水。他勉强能够仰泳,身体就像一只歪斜得随时都能倾覆的小舟,双桨划动极为笨拙。就在这时,真的有一条大鱼从身下或稍偏一点的水下穿行而去,没有一丝声音,更无水溅。他抹去脸上的水花站起,又看到了那位女子:她原来一直潜在水底。

他不再犹豫,爬上平台,抓起一条长巾裹起身子。他从平台走开时,池中女子哗啦啦顶着水花一跃而上:"大人不可就此算完啊!"她的声音带着哀求和哭腔。他害冷一样裹紧长巾。女子上前一步,浑身战抖,那不是寒冷所致,而是紧张。她磕磕巴巴:"大人尽管对我不喜,可您别吝啬那支竹牌呀!也不枉陪大人一回!"

女子往旁跨一步,从平台一侧的小桌上飞快取起一个圆筒,里面是一些长条形的竹牌。他终于解惑:这是她今夜取得酬报的凭据。

"好吧，你全都拿走吧！"女子眉开眼笑："好大方的大人哪！"说完用食指和拇指小心地捏住一支，麻利地抽走，扑通一下跳入水中。她在水中伸出一只胳膊，像鱼鳍一样摇动，向他告别。

尽管疲惫，体内的灼热还未消退，这是那种汤羹的作用。至此，他已明白此地用途，自然想到了冷大人对自己的"恩惠"，想起小棉玉分手那一刻的讶异。双拳胀得发痛，忍不住击打墙壁。他记起了大药堂的药娘：她们个个都有一双长腿，与今夜泳女一般无二，确是来自这个海岛。

早晨，营管笑吟吟进来："我来给大人问安，巡督大人可好？""都好。""那我就放心了，大人可随时吩咐在下。"他刚转身，舒莞屏说："慢着。""大人吩咐。"舒莞屏披了衣服，站到平台上，指着那个闸口说："请把它关闭。"营管一愣，哭丧着脸："大人，小的做不到啊！那闸口原无阀门，怎么关合？""那就砌上。"

营管搓手，不再言语。过了一会儿，他仰脸笑道："在下多少晓悟。大人，她可自来，大人随意塞个竹牌儿即可。渔女不易，靠它换银两养活全家哩。""竹牌儿尽可取去，闸口必得堵上。"他口中没有通融。营管再次做出苦情状："大人这就难为小官了。""那就为我换一间客房吧。""使不得啊！"营管躬身不语。

三

舒莞屏问过憨儿及两个卫士的起居情形，他们说"还好"。他将憨儿领到屋中，指着那个闸口说了夜间情形，问可有良方？憨儿说："倒也好说。"憨儿将角落闲置的小桌搬来，推入水中。小桌堵在闸口，露出半截。舒莞屏看到屋内摆放了一块元宝形石头，就让他压到小桌上，又将那个放满竹牌的筒盒放在上面。"这就可随时取用了。"舒莞屏拍拍手，算是了结一桩大事。

天气尚好，风有些大。四个人出门，往灯塔那儿攀去。礁岩比看上去更高，拾级而上，一会儿身上即生出汗粒。进得塔底，发现是一间小小的居所，有火炕和日常用品，住了一位白须老者。老人七十左右，脸上皱纹纵横却颜色红润，双目炯炯，见了来人躬身作揖。憨儿说巡督到了，老人欲要跪下，舒莞屏赶紧搀住。他们细细看过屋里的锅碗瓢盆，发现锅中是小鱼海菜，一块红薯和粗粮窝窝；碗中是几枚鸟蛋。"咱这里吃物甚多，塔前塔后走走，随手也就捡来。就是大饥之年咱也饿不着哩，大人！"老人用袖子擦一下木凳，让舒莞屏坐。

老人说自己从小跟父亲住在塔屋，父亲故去，他留下来。"几十年拿些官银，吃穿用度都好。"他说这里活儿轻省，不过是按时去塔顶点燃蜡烛，别让它熄灭就行。"大人，这两年连蜡烛也不常点了，营里大人告诉要听号令，平时不给海船引路。啥时咱们想用这塔了，再点上也不迟。"舒莞屏不解，后来想想似乎明白：这片海域只有往来的官船，沙堡岛那边的渡船夜间少航，即便驶来也不需灯塔导引。他对这塔甚是好奇。

老人领他们登塔，健步走在前头。塔梯由石头砌成，越往上越窄，陡得吓人。可是老人走得很快，几次停下等候。陡窄的石阶竟无扶手，有些险峻。舒莞屏走到半截已汗粒渗落，后悔了。憨儿在身后喘息，不时叫一声"大人"。好不容易登上顶部，窄到只能容下一人。平时点燃蜡烛就在这里进行。从小窗望向大海，只见天际云舒，群鸥远翔，仿佛整座塔都在轻轻移动。舒莞屏远望四方水域,迷茫处有大小岛屿。离得稍近是一枚小小的颗粒。"那是什么岛?""哦啊,海胆岛。看看像不?"

海胆是生满尖刺的腔壳生物。从这里看小岛是圆的,四周堆满尖石,很像一只海胆。"岛上没一户人家,只有避风的人才会上去。不过这些年听说有个怪人爬到上面了,几年没有音信,不知死了没。"老人说。舒莞屏马上想到了那个从大药堂逃开的道人。"啊,原来这就是啊! 它离得这么近,上去不难的。"舒莞屏的声音高起来。老人说:"不然。别看离得近,要上岛可不易,那得划桨功夫好,识潮水。涨潮时船是驶不过去的。"

总算将整个浪荡岛走了一遍。这个岛真是让人心生喜悦。白沙细洁,鸥鸟欢畅,林中有各色鸟儿。走在沙岸上随手翻动水中石头,可发现一些藏匿的螃蟹,还有浑身长刺的海参。退下水浪的沙滩平坦密致,见到鼓起的莲状沙簇,伸手一挖即有水柱喷出:一只巴掌大的玉螺急速缩回身子。偶遇打鱼的人,这些人总是对他们几个远远躲避,这让舒莞屏不快。他们想走入一家小院,想不到刚刚挨近,院门就关了。

舒莞屏问到一个突兀的话题:"岛上人平时供奉什么?"憨儿说:"那自然是海神娘娘了。""不供奉菩萨和大公、狐狸和刺猬?"几个人面面相觑。"如实道来。"舒莞屏说。憨儿咳一声:"嗯,近年供奉大公的少了,那是因为将军们坏了风水。听府上说,战事吃紧,仗打完的一天,大人们对将军就不会客气了。"卫士们笑了。舒莞屏问:"仗有打完的一天吗?"憨儿说:"总有的吧。"

舒莞屏对营管提出去海胆岛。"啊呀,断不可冒此风险。大人身子金贵,不可呀!"营管瘪着嘴,一脸惊恐。舒莞屏说既有渔人去得,我们自然去得。最后营管实在无奈,只得答应寻一个好船工,再看潮汐。"大人去去就来，不可耽搁。我让船待在岸边。荒岛无法安顿大人。"舒莞屏与憨儿商量，最后决定让二位卫士留下，只他俩登岛，船工可于隔日回岛接人。

　　船工推算，大潮汐在深夜十一时许。定于下午启航，可惜风浪稍大，只好等到太阳西沉。"好在水路也近，不过是一个钟头的事。"船工说。小船只能乘三个人。憨儿把一个油布包裹提上船，里面除了他们过夜的东西，还有一点薄礼，准备送与岛上道人。太阳将海水照出一条条金绺，波浪不大，正可在摇颤中观赏景色。海鸥对傍晚出岛的小船好奇而友善，恋恋不舍，追逐了一程。不远处就是那个暗红色的小岛，它被太阳镶了一道金边。"它这么近呀！"憨儿喊。船工说："看上去近，没有一个钟点是不行的。"

　　风在加大，耸起的涛涌缓缓而来，小船不断爬上顶部，又从斜坡滑下。这种耸落是最难受的，两个人抓住了船舷。风未增大，波涌却在加高：一道道水岭连续涌来，相间距离变得越来越短。"老天，今儿个是怎么了！"船工抱怨，大力划桨，喘息声很大，"这还是少有的好天哩！前边有一道'大流'，涌就更大了。""'大流'是什么？"憨儿问。船工喷喷鼻子："就是海里的一条大河。大海和岸上一样，有沟汊，有大大小小的河渠。咱浪荡岛和海胆岛中间就有一条大河。""老天，有这种事儿。"憨儿看看舒莞屏。船工答："我们打鱼的都知道，哪里有'大流'就得避开。可是这一条避不开，只得用快桨，船要横在谷底就完了。遇上风浪天，总有船翻在这里。"憨儿吸着海风："哎哟老哥，别吓唬咱了！"

　　天黑下来。一颗颗星星出现了。月亮爬上来，海水变成铁色。星星在水的陡坡上小鸟一样飞过。随着往前，开花大涌出现了，小船掉入谷底的时间虽短，可真吓人：四面都是黑漆漆的水岭。它跃上来，接着再次滑入深谷。舒莞屏呕吐了，憨儿扶他时，也吐了。两人顾不得看浪涌，全力战胜呕吐。"老哥，我们还有多远？怎么看不见那岛了？跑偏了不成？"憨儿大叫。"快了，再忍一会儿，只一会儿。"船工奋力划桨。

浪涌小了些，可是船的颤抖加重。"这是怎么回事？"憨儿觉得自己快晕了。船工喊："这里有水汊往大河里流，好几条水汊。它们斜着入河，咱们压不住它们。"在小船跃上水岭顶部时，两人都看到了不远处的巨大黑影：像一头巨大的黑熊伏在山岭之间，一声不吭，盯紧接近它的船和人。"我的妈哩，岸边的浪可真不小！看月光下白花花的。我的妈哩，今夜够咱们受的！"船工的咕哝让两人不再吱声。小船似乎乱了方位，不知在旋转还是原地悬停，反正船工不再说话，手里的桨胡乱在水里戳着。"天哪！"憨儿小声呼叫。

小船挣扎了一会儿，只听"咚当"一声，船体撞在了石头上。"慢着，我的天爷！"船工用尽全身力气稳住小船。眼前是漆黑的巨兽，它挡住了一切。他们明白：这回真的到了。

四

舒莞屏和憨儿别过船工，爬上沙岸。月亮升得高了，岩下沙子看得清楚，螃蟹和水虫正唰唰跑过。在沙子上歇一会儿，揩着衣襟上的呕吐物。回望大海，这会儿它并不显得凶险，那只小船大概驶在回程的波谷里。"海神保佑小船吧！它还得再赶一程！"舒莞屏说。憨儿从油布包中取出水罐，各自饮了几口，吃了一块糕饼，觉得好了许多。爬出岩隙，挺直脖颈四处望着，发现这海胆岛可不像远远观瞧的模样,那时看着就像一颗小小的纽扣。它这会儿一眼看不到边,丛丛岩石后面是沙滩和碎石,一片片矮小的沙地灌木和盐碱植物。这里会有人?什么房屋都没有,只有黑黢黢的石头和树木。

小心往前。"大人,这得慢慢摸索,您在我后面吧。生疏地方,说不定有大害物哩,我手里攥了镖。"憨儿双腿微弓,一手握住刀柄,一手半垂,将舒莞屏挡在身后。风有些凉,脚下是沙子,草木甚少。他们从左侧绕行,一点点往前走去,准备转过一周后进入岛的中心。月亮好极了,它把小岛景致笼罩在银辉中,让它变得无限神秘,也有些吓人。除了海浪什么都听不到,没有鸟兽的声音,甚至没有风声。憨儿的步子渐渐加大,舒莞屏跟上去。

到了小岛西侧,已绕过半圈。什么建筑的痕迹都没有。继续往前,向北。西部灌木多了一点,照例矮小。酸枣棵的尖刺十分锋利,需要小心躲开。他们走到西北方向,看到那里有一段沙岸并无岩石,从敞开的豁口望去是一片开阔的沙滩,稍里一点出现了惊人的奇迹:一座很大的长条形隆起,像屋子又非屋子,可能是沙丘上茂长的一大丛荒草。"慢些,咱们往前一点。"舒莞屏小声叮嘱。憨儿弓下腰,把舒莞屏挡在身后。

近了,是比人还高的淤沙,上面长满了杂草。他们走到近前,一下愣住:这隆起的地方全都覆了厚厚的海草,显然是人工搭成的。舒莞屏拍拍憨儿,躬下身子。他们想寻一个入口。从西侧往北,是它卧牛般的身躯,尾部扎入沙子;往东还是荒草,中间有厚厚的海草。绕了一周,大致得知它的轮廓:真的如同卧牛,不过有十个卧牛那么大!也就在"牛头"部位,他们发现了半圆形的入口。里面黑洞洞的。这会儿后悔没带一根蜡烛或火把。犹豫着,不敢迈入。

憨儿一手将舒莞屏揽在身后,头伸向洞中。他看着,突然猛地将舒莞屏往后一推,接着迅疾一跃,弯刀端起:刀尖指向一个瘦小的人,这人手里有一个铁家伙,是一只锈掉半边的船锚。这人很老,皮包骨头,月光下一双眼睛尖亮吓人。老人咬着嘴唇盯来,神色凶狠,手里的铁锚没有举起,憨儿的弯刀也没有挥动。老人大喝:"甚人?"舒莞屏喊一声:"莫非是道长大人?"老人手里的铁家伙垂在身侧,只不放下。"谁人?"他声音低浑,又问。憨儿收起弯刀:"还不快快上前,这是府上巡督大人!"

老人的铁锚握在手里:"可有腰牌?"憨儿递上腰牌。老人在月光下看了又看,问:"可有牒令?"憨儿递上牒令。老人看着,铁锚落地,接着拱手跪拜。舒莞屏赶紧扶住老人。"是大人啊,大人啊!"老人叫着,从半圆小门进入,摸摸索索点亮灯火,连连呼叫,哈着腰把两人迎入小屋。原来这是一间长条形屋子,宽敞得出人意料。一个大螺壳做成的油灯,为了欢迎贵客,这时燃了两根捻子。小屋亮堂。他们看清了屋内陈设:地上是一个卧榻,用海草和灌木枝条搭成,上面的被褥由软细的茅草编成;树枝垒成的四方小台上搁了一只有缺口的杯子、破损的壶、不同形状的螺壳。屋角是最窄的地方,那儿有个锅灶,上面不是一般的锅,而是一只铁盆。灶旁是一尊泥炉,炉上有个不大的洋铁桶。

炉子燃起,水一会儿开了。老人从角落摸出一包东西,是发黄的树叶。憨儿马上拿出带来的茶叶。老人双手捧住嗅了又嗅,捏出几片放在壶中。舒莞屏展示所有的礼物:一块糕饼、一方茶砖、一瓶酒、两条毛巾、一桶黄米、一把弯刀。老人眼睛亮了,一件件抚摸,叫着:"国师啊,大公啊,您还是没有忘我!我,我也没有忘记您啊!"老人擦眼,抬起的手臂让两人注意到他穿的衣服:一些布绺编成的遮体之物,由草筋串扎而成。

老人指指屋内:"大人不必记挂,这里什么都不缺,吃的穿的样样都好。海潮会送上一些有用的杂物,杯子和壶、铁盆,都是。吃的东西更多,随便去海边走一趟就成。糕饼好久未吃了,真香。"舒莞屏这才觉得饥饿,他们帮老人点上灶火,一起准备晚餐。一些干鱼和蛤类、海菜,再加上带来的饼,算是丰盛的一餐。他们只愿老人多吃一点,看着他用坚实的牙齿大嚼,高兴极了。

因为实在辛劳,睡前未能多叙。老人将睡榻献出,他们坚辞不受,只在靠门的地方铺了海草躺下。门用厚帘遮住,再顶实两根棍子。一夜好眠,只是老人起得太早,蹑手蹑脚还是把他们弄醒了。早餐的茶水和糕饼让老人无比高兴,说:"巡督大人,我自来岛上就没喝到茶了。""道长出来多久?""哦,不长,三年多点。"憨儿唏嘘:"真是了得!一个人住这荒岛!"老人捋捋胡须:"修炼之人不怕辛苦。这里其实是再好没有的地方,性命双修啊!大人,我真要好好谢过那个大药堂、那个妖道和那个女总管!是他们成全了我!我不来荒岛,就无以回报府上!实不相瞒,我就要成了!"

最后一句吸引了舒莞屏。如何"成了",是他最想知晓的,可惜老人偏偏不说。天色大亮,门上的帘子除去,屋内一切清晰。憨儿仰头转颈看了又看,朝舒莞屏呼叫:"总教习大人,您看啊!"舒莞屏也早在端量四处,惊讶之极:屋梁原来是灰白色大鱼椎骨,足有大杨树那么粗!再看四面弯下的一根根弧形大柱,竟是大鱼的肋骨!偏向前部的是大鱼头颅,那进出的半圆形的门,下面一截埋在沙子里,正是鱼的眼眶骨!它的另一只眼就在对面,已被海草塞住。"道长,请问您这屋子该是一条大鱼的骨架吧?"他惊问。

"巡督大人,正是。我当年一人爬上岸来,茫然四顾,找遍全岛也无藏身之处。后来看见了这光秃秃的一架大鱼骨,不知什么年月冲在滩上的一条大鲸吧。我往骨架上加些海草和树枝，忙了几天，做成了这幢鱼骨房子。它结实暖和，冬暖夏凉。寒冬腊月海风再大，它都趴在沙滩上纹丝不动。我感谢这条舍命的大鱼，是神灵顾怜贫道，让它趴在这里等着我、庇护我。我想到这些，就给大鱼骨架磕了一个响头。大人，这三年多，没有它我就活不成啊！"老人泪水渗流，两人听得动容。

"道长，刚才您说'成了'，让人甚是好奇，可否细说与我？"舒莞屏问。老人看着门外海天，那儿有鸥鸟掠过。他点头沉吟："是的，我知道这个日子近了，它在向我招手哩！到了那一天，我就要返回大城池了。那时谁也挡不住我。""到底是怎么回事？"舒莞屏见他欲言还休，追问下去。老人站起，拍拍身上的草屑："二位跟我来矣。"

他一直向东南方走去。那儿有一丛荆棘，几块稍大的石头。荆棘旁有一处低矮的草庵，小得只容一人弯腰进入。庵中是小小的石台，上有一溜大小陶罐和贝壳，台前有一个炉子，炉上扣了一个烂了半边的草筐。取下草筐，露出一口棕黄色的坩埚，里面焦黑。老人指指炉子："这就是我随身带来的物件，一只炼炉，就像我的性命一般。"憨儿听不懂。舒莞屏说："丹炉。"老人拱手："正是。有了它，日月就不觉得长了。"

因为庵子太小，三个人盘腿坐在沙子上。阳光不炽，风也不大，老人开始讲述。原来他的最大心愿就是炼成一种丹丸："我说的是仙丹，起死回生返老还童之物。老齐国的方士刚做到了半截，秦国打来只得停歇。重燃丹炉，这是我在大药堂做的事。可恨的是那儿有女总管宠信的妖道。那人专门捣弄邪术，什么男女双修起阳神药，还和女总管一起试药。"老人愤恼起来。憨儿问："试得怎样？""混账道人和女总管说这药好生厉害！两个狗男女坏了大药堂风水，一心讨大人欢心。他们给万玉大公献上不老术，让大公采取元阳，说什么七人一服，三服补齐就能长生。"

舒莞屏心上一震："大公采了？"

"大公是何等聪明之人！她自然不信。那浑物一计不成又生二计，耗下大把银两熬炼滋补汤羹，无非是各类壮阳猛药外加海珍。那些将军和都统自然喜欢，岂不知是杀鸡取卵之方，断断不能久长！"老人仰天长啸，"呜呼！天理昭昭，吾邦岂容此等浑物混迹，败坏纲伦日月昏沉也哉？"

舒莞屏认为眼前老人甚是笃实，所言无欺。他关切丹丸冶炼，想看一下隐秘奇异的果实。想不到老人直到最后仍有迟疑，一再延宕，从破絮缀成的衣衫里掏出一个布袋，倾出几粒。三枚焦黑中透着朱红的丸子，大如蚕豆，硬若顽石。

五

舒莞屏深知兹事体大，对冶炼情形及其他事宜不再疏忽。他认为此次巡行，至为重要的环节就在小小的海胆岛上。一位抱恨从大药堂出逃的忠耿老人，只为了击败那个志得意满的不良道人，挽狂澜于至危。他想到深处有些激动。为了能有周详透彻的理解，他问得更多，也对卧薪尝胆之人聊做安慰。他想离岛时一定要将此人带走，一起返回大城池。可是当他说出这个主意时，对方惶惶摆手："万万不可！丹丸之事还需千锤百炼，等待十足火候。这只是做过了一半而已。"

道人说到深奥处，让人陷入迷思。舒莞屏试着探讨这个话题，老人立刻昂头，双手抱住胸部，盘腿端坐，一身纠结的败絮缩到一起，问："大人看来，贫道这会儿又像何物？"舒莞屏看着，不解。憨儿上下端详，答："就像庙里的泥胎。"老人摇头："非也。人之躯体收拢端正，其实就是一座丹炉，有炉座、炉膛和炉顶。不过这座'体炉'只炼心丹，也谓'内丹'。自古炼丹之术无非两途，即内外二丹。其实在贫道看来，二者皆不可偏废。三年荒岛既炼'外丹'也修'内丹'。双丹齐全之日，才会出岛面见大公。"

一番话动人心扉。舒莞屏似乎有些明白，这会儿只想看苦修之地。老人说内修之难即在心悟，百无妨碍。"这随时随地可做。大人随我来罢。"他双腿加快，两人大步跟上。老人一步踏出一个深坑，让人感受了健硕强悍，原来干瘦之貌仅为表象而已。一处干净的沙地上有一块平滑的青石，老人坐上去，面向东方，"月亮出时，就这样看它一个时辰。心随月明，全身无一丝芜杂，内力也就滋生出来。风落海平，如此看海，滔滔万顷连接天宇，哪容得一丝狭促？即使大风大涌之日，回斗室闭目安坐，神思放去，心情一如晴朗之晨。如此日复一日，终能修成。"

两人听得出神。舒莞屏谢过老人，说："这是天长日久之功，只待未来日月跟从道长。可惜这次我们不能一同回返了。"老人拱手："在下不得功亏一篑，容我走完最后一程。贫道有个小小恳求，就是为我在大公和国师面前呈上吉言，问个大安。如此一来，贫道也能安心静修了。"老人躬身施礼，舒莞屏与憨儿一起回礼。

第二天下午三人一起坐在海边，等候那只小船。风不大，海面也还平静。等了一个时辰，小船飘飘而至。辞别老人，心却留在了荒岛。

所幸归程还好，小船颠簸不重。船工说涌的大小要看水中蓄力多少,不光是看风,行船之难就在这里。"'力'从哪里来?"憨儿问。"从潮汐来,日日潮汐不同,要看大海和月亮商量得怎样;也从风上来,近处风息,说不定远处还刮着哩。要不说驶船至难。"船工说着,从容划桨。

小船到了中途水域,涌又大了,船工双腿弓起,两手捉桨如刀,双臂挥动幅度变大。两人不语,心中默祷。好在这一程搏击稍短,只半个钟头就过去了。天暗下来,不远处的浪荡岛变得越来越大,一群鸥鸟前来迎接。

营管为第二天即要离岛的舒莞屏设宴。席间问起海胆岛,舒莞屏嘱道:"营管大人或可为老人送些日用饮食,他是大药堂的道长。"营管点头,问:"垂垂老者困于荒岛,何能苟活?""非也。此人心志坚固非常人可及。"营管一脸茫然,端杯敬酒,说巡督一行几日勘踏两岛,着实为人敬佩。他连饮两杯,叹道:"可惜大人未能遍尝岛上佳肴,只待来年夏日了。而今战事吃紧,连将军都统都少有踪影。老天佑我,让咱为大公祝祷。"说着双手拱拳遥拜。

归返只有一个钟头,抵达码头已是近响,小棉玉的厢车停在那里。"提调!"舒莞屏叫了一声。几次出营提调都未亲自迎候,这次让人讶异。他们快步走向厢车,车上下来的果然是小棉玉。"怎可劳烦提调!您如何得知归期?"小棉玉不答,只说:"公子再不归来,我就差人去传了。""啊,何事?"她只让他上车,其余三位乘另一辆。

小棉玉刚刚坐下就说:"大公得知你去了浪荡岛,殊为不安。她是最厌那个岛的。"舒莞屏心中忐忑,看着她:"实在可惜。有一句话不知当不当讲。""但讲无妨。""岛上人不喜大城池,更不喜登岛的人。他们不再供奉大公,只供海神和狐狸。"小棉玉久久不语,沉默一会儿说:"见大公时,不必提起这些。"

舒莞屏感到了对方迅疾收回的目光，额头烙烫。他低低呼出一句："提调，君子自洁！"小棉玉应道："总教习大人，大公实在是牵挂和疼惜公子啊！"舒莞屏甚是感激，说："此一行并非全是坏处，我这里正有大好消息哩！"接着就将海胆岛和道人详叙一遍。小棉玉欣悦："啊，道长活着！这事言与大公，她会大喜过望的！"

冷霖渡消息灵通，当夜得知舒莞屏归来，亲自登门。"国师大人！"舒莞屏迎上去。冷霖渡脸上有着难掩的快意，问："公子可也顺适？唯时间太短，来去不过四日。""谢大人，我去海胆岛了。"冷霖渡把杯子重重放至案上："竟有此事？快快与我道来！"

舒莞屏简要说了荒岛之行。冷霖渡微微张嘴，一口稍显细碎的牙齿磕着："了得。我倒要看看道人携回什么！"他的手摆动一下："嗯，这着，好生歇息几日，要为大公的洋语文书忙碌一阵了。""啊，什么文书？"冷霖渡语气淡然："有人呈上一批洋行字纸，德文日文。军火器械清单，或其他。"舒莞屏想起那场延缓的战事，觉得吃紧的战事就像海上浪涌，一切于暗中积蓄，变幻莫测。冷大人说："那场大战最终未可免除，想想看，旗营与新军这会儿忙着围剿叛军，一旦了结，必会扑向河西。所以断不可松弛懈怠！"舒莞屏从对方眉宇间，看到了从未有过的沉重。

舒莞屏等待大公的召唤。三日过去，并无音讯。他在空余时间仍旧订译冷大人那份图谱，对其中的曲折隐晦和未免牵强的索隐，多有犹疑。古齐国茫无端倪，淹灭流失，种种钩沉考据更嫌单薄，且芜乱失序。冷大人有言：这不过是初劈之功，创建学问如同确立社稷，须有开疆拓土之伟力，更少不得牺牲。想到这里，又有些许钦敬生出。

凌晨始得卧榻，醒来已是九时。憨儿在门外等候，禀报："总教习大人,大公那边传话了,问公子可有闲暇?"

六

舒莞屏在大公回身取茶饮时,又想到了"五微子"。他闭了闭眼睛。大公把杯子放下。他一眼看到了大公的忧思,还有一双眸子中的牵念。"大公,我也许不该去那个岛。""我听说公子寻了那座荒岛,甚是欣慰。"她捧起杯子,眼睛一直在看他。舒莞屏觉得盛夏并不凉爽,窗子没有开敞,空气有些沉滞。茉莉的香息更浓了。大公的薄衫使苗条的身躯更加显著。

舒莞屏实在忍不住,最终还是表达了心中淤愤:几位将军留在岛上的恶迹。他记住了小棉玉的警示,出言审慎。大公长叹,默然良久,言道:"吾之仇雠岂止河东与官家。且忍耐些。"舒莞屏听得清晰,记下了每一个字,一层泪水蒙上眼膜。他心里呼叫一声:"大公!"

大公回身去了内室,耽搁时间稍长,搬出一沓厚厚的纸页。这就是那批洋语文书了。他接过。大公说:"不急。它们太多了,有不少旧闻。"说着把中间的一个硬壳圆筒取在手中。这是那张"女子策马图"。他看着她在案上一点点展开,近前一步。画上人就在眼前,而且他曾亲眼见她从画中复活:策马扬鞭,白马长鬃与乌发一齐向后飘去。

"它一直挂在我的卧室,后来却要收起。它让人彻夜无眠。我盼你从浪荡岛早些归来,是要讲给你一些事情。我担心一场大仗打起来,就再也没有时间说这些了。它埋在心里太久,因为这里没人配得上听。"他一阵心跳。她把椅子拉近一点:"公子,这画后面藏下了

276

一些秘密。比如谁把它送给了院公、他又为什么在临终前一定交还与我？就让我们从头说说罢。"

舒莞屏看着大公，唯恐遗漏一个字。

"你听吴院公说起过我那次负伤吧？伤在左胸，血流不止，已走到绝路。没有吴院公，我肯定活不过天明。他为我急急包扎，快马奔驰一夜，去黄县城洋人教会医院取来西药。我就这样活下来，在舒府藏了三十二天。这须终生铭记。就是这些日子让我明白过来：当年小女子为什么敢杀死新郎？原来就为了今日，为了等一个人，这人就是吴院公。"

万玉大公眼圈红了，手放膝上。"我的伤好了，也就无法与他分开了。公子是一个大人了，你当明白。只说最后吧，我们约定了一个大日子：到了那一天，我会打马把人接走。这之前还不行，我们只得安心等待，一直等下去。可能是我太急切太莽撞，这就有了后来，有了你知道的那个黑夜。那场可怕的厮杀，让吴院公失去了左腿。"

舒莞屏不止一次站起、坐下，一颗心慌慌剧跳。院公离世前的牵念与嘱托，那些夜晚的话语和目光，正从隐晦不清的雾海一点点移出，直接逼到了眼前。他急急连缀所有细节，为那个英俊的独腿男子感到揪痛：到底是什么绊住了他的马蹄，迟迟不能走出舒府？一再犹豫、延宕，直到府邸落入阴狠的舒员外手中。舒莞屏坚信，就为了一次赴约，一场急驰，他为自己做了一条梧桐腿，日后风雨无阻，苦苦习练。一切准备得何等用心，也许早该打马而去了，可究竟为什么还是一再拖延？为府上老爷一生恩重？为报仇雪恨？他一定要做完这一切吗？

"我日日等待，知道他一定被什么大事困在了舒府。煎磨的日子实在难熬，最后，我遣身边最好的卫士，就是憨儿，把那张'策马图'

送去了。我要在画中和他对视,我知道,每一次相望,都是大声催促。可我做梦都想不到的是,自己等来的竟是另一个人,是你,公子!"

舒莞屏眼噙泪水:"大公,我今夜才想得明白,最后的一刻,就是上路前,吴院公看我的眼神。啊,他心里只有大公,他最恨的,就是自己没能等来那个大日子!"

"公子啊,上苍待我俩好生残忍! 好了,就说到这里吧。剩下的是怎样接续下面的日子。公子看到了,这里有太多事情,我也许会忙得忘掉那个人。可是很难。我骑在马上,会想到旁边还有另一匹马,我听到的是两匹马的蹄声。"

舒莞屏的泪水淌下来。

七

河东消息不断传来:新军叛伍与旗营日日周旋,零星战斗时而发生。新军装备是无可比拟的,人们谈虎色变的诺登飞多管机枪、马克沁机枪,他们都有;来复枪和克虏伯大炮更不在话下。"比这些更可怕的是什么?"冷霖渡问舒莞屏。他一时不能回答。"是人。人才是最不可限量的。一人之力抵得万千大炮。"冷大人纤白的手指覆在杯子上,"河东之局为何扭转? 就因为一个人,一个革命党人。"

舒莞屏知道,那个革命党人策动了新军两个营的起义。"凭一张嘴,革命党就在半岛有了自己的队伍,真是太可怕了。"冷霖渡踱步,身体隐于幽暗的角落。"冷大人,您是说革命党可怕?""这个人是特使部下。你会想到总首、总首的朋友、特使,整个革命党人有多么可怕!"冷大人的手指叩了一下桌子。

凌晨谈话让舒莞屏回忆那个特使。令他惊讶的是，许久以前，父亲大人竟然与其有过那样的缘分：资助特使出洋。父亲当年也许完全想不到这个人会有今天的作为，但肯定是惺惺相惜。他为那支义军祈祷：两个营与山中游勇组成"革命军"，必是一支猛悍的武装。他企盼他们能在旗营的疯狂进剿中挺住，成为半岛劲旅。

小棉玉带来最新讯息：那支革命军正在靠近我们的飞地。"离小青手金春将军的营地只二十余里。情势紧张，大公离开帅府了。""她去了东部？""不，她去了猞猁胆刘通营地。大公正下一个决心。"小棉玉握起拳头。舒莞屏说："革命军既是旗营死敌，就不会进攻我们。""是的。不过战事难料。营地会做最坏的打算。"舒莞屏很想问一句："为什么不能打开营门迎接革命军？为什么不能与他们合手迎敌？"只这样想，没有说出。

两天之后冷大人也离开了。憨儿匆匆报告："那个人来了！""谁？""就是特使手下那个人！国师去东大营见他了，大人最看重这人！"憨儿能够得到如此绝密的消息，令人刮目相看。舒莞屏想起许久前就是他潜入舒府，终于明白：憨儿是大公最信赖的仆人。

这天一早，舒莞屏刚打开那卷谱系图册，小棉玉就来了，进门说："公子，收拾一下吧，国师在东大营等你！"这事太过突然，不过让他一下兴奋起来。他迅速将一点随身用品装进柳条箱包，与憨儿一起登上小棉玉的厢车。

东大营是舒莞屏熟悉的地方。旧地重游让人有一种冲动。这里会有怎样的大事发生？胖胖的副统领和辛辛阿二在路旁迎接。"啊呀公子，总教习大人，别来无恙？"副统领拱手施礼，极尽热情。舒莞屏说："大人，我们又见面了啊！"

国师告知：他与那个革命党人会谈已毕。"在他离开前，我想让你们认识一下。舒府大人与那个特使素有旧谊,你也见过特使。这是很重要的事情。"舒莞屏想知道更多,如会谈结果、我们是否与之联手?这本该是水到渠成之事啊!冷大人说:"小青手金春为他们的队伍让出了通道。一切相安无事。"舒莞屏脱口而出:"他们本该联手!""哦,我们会找一个更好的时机。"冷霖渡微笑,拍拍他,"你们自然不必谈论这些,只是结识而已。舒府和革命党的缘分不可断绝。"

舒莞屏点头。就要见到一个传奇人物了,这人具有千钧之力,究竟是何等模样?辛辛阿二说:"这人是不难说话的。他和国师单独会谈,声音很大。到底说了什么,听不清。"

辛辛阿二做了引见。舒莞屏尽力不让内心的紧张流露出来。对方是一个青年,年龄并不比自己大,精瘦。自从见过特使的那一刻他就生成了一个概念:干瘦的形体等同于革命党。他说:"先生,我听到消息就赶来了,因为,"他惊讶于自己这么快就端出了那个理由,"家父是特使的朋友,我前不久还见过特使呢!从心里仰慕先生,啊,您这么年轻!"对方微笑时露出牙齿:上齿稍有内扣。舒莞屏想不起在哪儿见过这样的牙齿,它给人结实、咬合力极强的感觉。

年轻的革命党人似乎并未在意舒府与特使的关系。舒莞屏断断续续,再次说到了舒府与特使的友谊。"那是特使出洋前的事。一转眼多少年过去了。"他看着对方,想得到一声回应。这个人显然觉得坐在对面的人无足轻重,真正要紧的话已与国师说过,只是应付。"认识先生真是高兴。如果时间来得及,您到大城池那儿看看该有多好!"他发出了邀约。"留待以后吧。啊,忘了问先生所任何职?"舒莞屏稍感意外,答:"啊,在下是'总教习',为年轻人习练洋文。"

接下去话语不多。彼此缺乏深谈的热情。远程赶来的一场会面即将结束,舒莞屏有些失望。回到冷大人那儿,舒莞屏将所谈内容详叙一遍,冷大人说:"好极了,就是这样!"舒莞屏面有愧色:"可是,他并无兴趣。"冷霖渡笑了,拍打他的肩膀:"总教习大人,这就很好,蛮好。你要明白面前的人是谁,他是革命党人啊!他们能说这么多,已经很好了!"

冷霖渡还要在大营住几天,舒莞屏自己回返。

第十四章

一

酷暑之季的最后一旬,北海出现了一条大船,距浪荡岛西北约五十里。它在海雾中不甚清晰,雾散则显出轮廓:一条很大的火轮,粗大的烟囱冒出的滚滚浓烟连接了上方的云汽。那里不是渡轮的航道,更不是渔场,所以大船的出现引起了南岸诸多议论。憨儿对舒莞屏说:"大人,这是我见过的最大一条船,不知是干什么的。"舒莞屏马上想到了大型渡轮,说:"我们看看去吧。"

他和憨儿打马急驰,只一会儿就到了海边。这段海岸正在码头与西部渔场之间,观察角度甚佳,可以看到那条大船的正面。这里已经有了许多兵士,他们拉来老式捻子炮,准备架设。整个海边除了捕蜇场西边还有炮台,其余岸段早已撤掉,因为近年海上来犯者多是小股海盗,大炮几无可用。远处海面上的那条船,看上去比普通渡轮要大许多。旁边来了一个挎刀的兵头,憨儿问他是怎么回事?

兵头答:"战舰。""哪里的?""还能哪里,除了官家,谁还有战舰不成。"

他们往回走时,驰过那道沙岗,发现岗上的瞭望木架换上了黑色旗子,而从前是红色或白色。憨儿说:"这是吃紧的意思。"岗南坡的兵营显然忙碌起来,有几排兵士正在列队。通向海边的大路上兵车增多,更多大炮装在车上,盖了油布。憨儿说这些大炮多来自火器营:"那里铸的炮越来越大,若从岸上打船,着实是厉害的。"舒莞屏怀疑它们打不了那么远,说:"那船在深海里啊。"憨儿点头:"那是自然。它停在远处示威,真要开炮,就得离岸近一些。它打得到岸上,咱的大炮也就打得到它。想想看,漂在水上的几门洋炮,怎么受得住趴在岸上的一排大炮? 那等于送死。"舒莞屏觉得有理。

尽管对海战不乏乐观,但大城池的气氛已趋紧张。火器营的大炮仍往沿岸部署,因为从码头以东到捕蜇场数十里,距离实在太长,这中间至少需要筑起五六处炮台。守城的副都统正训练一支精锐兵士:紧要时开往前线,迎击登岸敌军。因为这是水陆之战,需要新的阵法,与山地平原之争完全不同。为训新营,副都统招来了年迈归乡的一位水营都尉。老都尉穿上甲胄,神色衰老而冷肃,而且有些狰狞,让受训兵士格外害怕。

冷大人白天很少睡眠,与大公一起召集护城副都统议事。除了城中武士,其他几个大营也进入战前防备,帅府正犹豫是否把南边朱砂滚子万东一部调入大城池。舒莞屏无心其他,几次想拜见冷霖渡大人,还是忍住了。这一夜他在廊外遇到瘦削青年,脱口问了一句:"不知冷大人得闲否?""大人在,您稍候。"只过了一小会儿,瘦削青年即出来招手。

舒莞屏轻手轻脚走入。冷霖渡正伏在长案前，那儿摊开一张图，搁了几支笔和尺子。大人说一声"请"，仍低头在图上标记什么。舒莞屏看出这是一张近海地形图，从渤海至黄海岸段，深入内陆几百里，涵盖很大一片海域及半岛中部、东部和南部山岭平原。冷大人把笔掷下，递给他一杯茶。"大人，我见到那条战舰了。""嗯，醉翁之意耳。"舒莞屏不解。冷霖渡解释："眼下至险仍为河东。官军这会儿在海上停泊一条战舰，无非是摆出一副架势，让我们首尾难顾。"

舒莞屏心窗洞开："我也觉得这条战舰是虚张声势。""是的。不过再来两艘、三艘又将如何？""那也很难靠岸登陆。""嗯，就算是吧。不过再问公子，若敌舰转攻浪荡岛，又将如何？"舒莞屏从未这样想过。他看案上那张图，发现这座岛实在离得太近，上面已经做了彩色标记。他突然有些明白了，点头："那也许会威胁南岸呢。敌人如果接连往岛上增兵，再配合炮舰轰击，就危险了。"

冷霖渡双手捧住滚烫的杯子，笑吟吟看来："我的公子，你说的实在不错。过不了几天，我们就会听到隆隆炮声，然后再有几艘战舰赶来。沿岸防备是必须的，不过最重要的，当是加固岛上防务。只要敌人忌惮登岛，南岸自然无忧，也就可以专心河东的战事了。"他伸出瘦长的手指梳理稀发，仰起身子。

说完战事，冷大人又想起了那份折磨人的"世系图谱"："拙作实在劳烦公子，这些日子，想必大大受累了。""哦，这正是我研习的良机。已译出三分之一。不过越是后边，越是难了。""后面订改甚多，如誊抄一遍会更好。唉，实在没有时间了。而今，那些家伙像饿狼一样扑来了。这大概是他们最后的凶悍了。"舒莞屏甚以为然："还有革命党人呢！比起北方，南国让敌人更加穷于应对。"冷霖渡面色变得凝重:"岂止南国！公子见过那位特使,还有他手下的那位'铁嘴',个个都是厉害的角色,他们已经在半岛组建了一支队伍！行事之快,出乎所有人预料,许多人做梦都不曾想到。"他好像被呛住,咳着,伸手捋一下喉结:"半岛格局从此大变了,妈的！"舒莞屏第一次听到对方爆出粗口。

自"五微子"事件之后,舒莞屏很少去辅成院,已多日不见小棉玉。在这非同寻常的日子里,她的忙碌似乎超出想象。他和憨儿出门,本想再去海岸,驰走不远就被一阵喊杀声惊住了。原来激昂之声来自训场,于是掉转马头。训场上,几队兵士正在声声口令中激烈操练。这是一支即将奔赴海岛的精锐,其中一部分来自大城池护卫,还有东部操演场临时调来的兵士。他们配备武器精良,除了弯刀长铳,腰上还悬了两只铁蛋。"那是'掌手雷',一拉捻子炸个满脸花！"憨儿说。指挥者正是那个衰老而严厉的都尉,他呼号发令,声嘶力竭。

他们看了一会儿,然后策马驰向海岸。"这些人就要开赴岛上,那里原有三十多个中看不中用的守军。"憨儿说着,脚镫轻触胯下老马,与舒莞屏并驾齐驱。路上仍有运送物资的车辆,不过前几天见过的黑漆漆的大炮没了,大致是粮秣之类。这表明炮台筑完,只等靠近的战舰了。他们在岸前遥望远海,发现那只战舰真的比以前近了许多,但似乎仍不足以炮击南岸。憨儿指着远处喊:"大人快看！"啊,在更远的西北方,又多出两个模糊的舰影。"果真如此,又有两艘战舰驶来了！"舒莞屏说。

连日来,大城池的人纷纷谈论北海出现的舰船。城中战备紧张,渔场和捕蜇场已进入战时状态:全员出动,一排排窨子改为堑壕堡垒,各营头领皆着戎装,除了给手下人发放火器矛枪,所有捕具如

285

橹桨抓钩和围网之类都成为武器。守城副都统为岸战总领,对岸上布防、训练精锐、加固海岛诸事严密掌握。舒莞屏只闻其名未见其人,以前只听过冷大人的赞许:"有他,你我起码可以睡个安稳觉了。"舒莞屏明白这句嘉赏包含了多少内容:许多时候,一城一地的安危确须托付于冷血之人。

就因为那个人的存在,冷霖渡和大公,以及诸多大人们可以把更多心思放在河东。那里的枪炮声在城中是听不见的,但快马牒令早把战情即时传递,每一次交火、防地变易、新军与旗营动向、革命军的退守,府中都了如指掌。海上的三艘战舰摆成不规则的三角形,又向南岸推进了二十余里,然后锚定。"他们还等什么?会有新的援军到来吗?"憨儿问舒莞屏。"也许他们用的就是拖延战术,以拖待变。"舒莞屏想起了国师前几日对战情的分析。北部战事迫在眉睫,东部情势必受牵扯。"我们的两位将军和革命军联手,西边南边再予以策应,敌人一定败得很惨!"憨儿说到东部战局,颇为自信。舒莞屏认为憨儿的判断切中肯綮,思路甚是明澈,不禁对其另眼相看。他心中一直未能明了且深以为憾的是:将军们为什么不能与那支革命军更早更快地联手?

他们从海边归来的第三天,下午四时,传来沉闷的三声炮响。憨儿和舒莞屏闻声出门,见瘦削青年和三五卫士站在廊外,个个面带惊异。冷大人并未出现。"敌舰开炮了!"一个骑马兵士匆匆而来,交给瘦削青年一纸文书。"我们的大炮为何还不轰击?"憨儿问。一个卫士答:"那舰离得还远。这几声炮压根打不到岸上,不过是吓人的。"大家议论起来,认为敌舰不会大摇大摆靠近岸边,它或许会在某个午夜偷袭。

二

炮声不再停歇，只零零星星，并不激烈。尽管如此，沿岸防务变得愈加紧张严密，那支精锐的队伍随时准备赴岛。这之前已有大量辎重从码头运至岛上，回程满载其他物品：凡战时不宜留在岛上的东西都要运回。憨儿估计那个研训营一定改成了战营。"只可惜了那里的百姓！"他说。在阵阵炮声里伏案是相当困难的，舒莞屏不时放下文书笔墨，在屋里来回走动。他不能打扰国师，更多与憨儿在一起。上午十时，憨儿从几个卫士那里听到一个消息：训场的队伍马上就要开拔了，大人和护城副都统正给将士们送行，小棉玉提调也去了。憨儿说："她要给出征兵士宣讲。"舒莞屏有些吃惊，说："那我们快去吧！"

他们打马奔向训场。场上，戎装齐整的兵士站成几个纵队，面向搭起的高台。有人在台上大声喊着什么。憨儿和舒莞屏看着台上，想看到副都统和其他大人，没有。"大人看。"憨儿指指台上几位身着戎装的男人，他们中间有人出位，正挥动手臂。这个人虽然站在前边一点，仍然因矮小而被忽略。啊，看出来了，这是小棉玉！原来刚才就是她在呼喊，不过这喊声实在太陌生了，完全不像她的声音，以至于舒莞屏完全没有想到是她！小棉玉站在几位身着甲胄的男子前边，身披一件红里黑面斗篷，一手伸向高处，随着声声呼喊做出攥拳击打的样子，有时还要五指并拢向下猛然挥劈。她的嗓音竟然这般洪亮，从高大的胸部迸发而出，振聋发聩。这粗壮浑厚的大声会突然上扬，变成刀削一般的尖利，刺中每一位听者的耳膜。

"我的兄弟！我的将士！我的亲人！咱们真的来到了一个坎上，真的被逼到了墙角！是时候了，是全身抵紧、咬牙屏气、两眼瞄准仇人的时候了！这个日子躲也躲不开，闪也闪不掉，为什么？就因为那些蛇蝎豺狼一直趴下、盯住，就要扑上来，把咱们一丝不剩连骨带肉吞下肚里！咱们一无所有，只剩这一条命、一口气、一间屋！可是啊，咱有万玉大公！她是恶人的天敌，穷人的福星！有了她，天塌地陷咱不怕，海淹火烧咱不惧！大公啊，她是谁？是圣女一转，是逼退血煞的神女，是苍天派来的人！她大慈大悲好比菩萨，心肠绵软如同娘亲！我亲眼见她捧起老婆婆的手满脸泪花，拍打死去的战马汤水不进！她是苦命人的守护神，官府豪门的死对头！谁敢骑在咱身上，她就把谁掀翻在地！骨肉兄弟，到了拼死的时候了！到了报仇的时候了！让我们一齐喊'万玉大公'吧，喊啊，喊出来就不再惧怕！喊啊，喊出来就让敌人闻风丧胆！让我们喊出来吧！让我们喊啊！让我们喊出来啊！"

场上所有兵士，包括越围越多的观者，都随小棉玉伸长手臂，发出震耳欲聋的呼吼："万玉大公！万玉大公！"舒莞屏和憨儿也一同呼喊，满脸泪花。"大人！"憨儿在呼号间隙揞一下脸，指指旁边。舒莞屏这才看到，离他们一丈远的地方正站了冷大人。再看台上的小棉玉，她浑身战抖得厉害，汗泪飞溅，满脸细密的绒毛在阳光下闪烁金色，整个人好似黄铜雕成一般。

兵士和全场人一片骚动，护城副都统出现了，他做出平息的手势，发出严厉的、在巨大声浪中显得微不足道的口令。队伍开拔了。三个纵队跑步向前，往西北方向进发：他们将由那个码头登船赴岛。又一次听到炮声，原来这炮声一直未停。队伍在隆隆炮声里行进，场上的人渐渐散去。憨儿和舒莞屏一直骑在马上，僵住一般，不知该往何处。舒莞屏说一句:"我们去见提调大人。"

他们去了沙岗下。小棉玉正在案前。"提调大人,我从训场赶来。第一次听提调大人言说啊!您听到了场上的呼喊吗?"舒莞屏还在激越中。小棉玉双睫垂下,声音如往常一般沙哑:"公子,没有。"她的声音低到无法听清,脸色通红,显然为对方听到了自己那番言说而羞愧。"我,一焦急便语无伦次。""您讲得太好了!我和憨儿,所有人都泪流满面。提调,我们那会儿都一起喊着'大公'!"小棉玉站起,念道:"大公。""是的,"舒莞屏看着窗外的白云,"大公。"

外面传来了炮声。小棉玉打开窗子。炮声比过去密集,也更加沉闷。她听了一会儿,说:"这是我们在开炮!啊,我们终于还手了!"

两人待不下去,决定去海边观战。

迎着隆隆炮声,三个人鞭马疾驰。很快过了两道沙岗,岗上木架顶端的旗子又变成了红色,那是血的颜色。"将士们就要进入岛上阵地了!"小棉玉说。憨儿看着远海喊起来。大海和天际连成一片,无比巨大的深蓝之幕上缀了几颗"纽扣",那是四艘战舰。岸炮的轰鸣完全压过了战舰的射击。看不到炮弹的光影,因为阳光太过强烈。

他们沿东西岸段巡行,直到太阳西沉。经过几处炮台,到处都有值守的兵士。所有打鱼人都撤到了南边营地,只留一部分充任民伕。从整个海岸所见即可判定:敌人仅凭几艘战舰,根本无法突破岸防,他们甚至不如夜袭的海盗凶险。

几天来炮声时急时缓,好像双方只是比试各自的声威和耐心。舒莞屏想起在火器营看到的各种战船:除了那艘尚在设计中的"水下鳖船",其余都是橹桨帆船,上面虽然配置火炮弓弩,仍然无法与西洋战舰对决。显而易见,时下出海决战绝无可能,我们所能做的就是固守海岸。然而这一线海岸太长,蜿蜒无尽,又有太多野地沼泽和渠汊,防务实在繁重。长期以来海防无虞,盖因悍匪既无战船,官家水军多泊于南海东海御洋。

海上炮声稀落,河东战事却再次变得急迫。冷大人离开多日,大公也出营去了。小棉玉告诉舒莞屏:"大公行前想让公子陪同呢,因战事太紧,她只在行营小住几日,接着还要东行,也就作罢。"舒莞屏有些惋惜。小棉玉说:"我们的几位将军,除了西南部小火童陈立仍把守黄金通道,其余都到东部去了。"舒莞屏想起了那支山地义军,眼睛发亮:"他们一定会立住脚跟的。""是的,没有他们,没有那个革命党人鼓动新军哗变,我们与官家的一场恶战早就发生了。那将多么惨烈。"舒莞屏还在回想与那位革命党人的会面,说:"那人瘦干干的,多么年轻,看上去倒也平淡无奇。"小棉玉笑笑:"那些隐蔽的、不起眼的人和事,总是最可怕的。"

冷霖渡大人归来了。那是一天傍晚,府前响起车马喧声,几个卫士簇拥着大人。往常大人出入总是悄无声息,这样的热闹,很像一种喜兆。舒莞屏料定他们带来了胜利消息。冷大人情绪明显高涨,一场奔波没有让其困倦,照旧凌晨无眠,神采奕奕来到舒莞屏这边饮谈。他一进门就笑吟吟的:"我是过来看看,总教习大人有没有染上夜猫子的毛病。"

舒莞屏注意到大人的喜悦。东边战事断断续续,小战不休且一波三折,终会酿成一场惊天对决。大城池的人都在期待转圜,渴望听到令人振奋的讯息。北部海上死气沉沉,炮声偶尔响起,成为一种不祥的提醒。"大人,那天小棉玉在训场宣讲,说得太好了!我们也看到了大人,您也站在那儿听。"舒莞屏这样说时,那个激动人心的场景如在眼前。冷霖渡点头:"嗯,她总算无愧于自己的职分。每次战前言说，都能让人感奋垂泪。上次在东部大营，她面对一群即要投入搏杀的兵士，讲得泪花闪闪，不能停歇。这是我一手带大的孩子，她一个人抵得上几营兵甲！"

夜色深浓。舒莞屏想起什么，侧耳倾听一会儿，又打开窗子。冷大人摇摇食指："炮声没了。不出所料的话，战舰应该在今天傍晚撤离。"

三

炎热的夏季已近尾声。随着酷热消退，所有人的心情都开始变好。憨儿向舒莞屏透露许多东部战事：几位将军以空前强大的实力震慑了旗营，总算让鞑子兵有所忌惮。"多么凶险啊，原来官家的谋划是这样：从关外调来一支新军，然后旗营出动，让附逆的山地悍匪群起策应，一举解除河西武力！可是人算不如天算，那支新军在半岛刚刚立足就一分为二，就此瓦解！""是的，起义新军变成了'革命军'。他们现在如何？""现在有些不妙，前不久遭受很大损失，好在没有全军覆没。"

舒莞屏甚为痛惜。他看到憨儿幸灾乐祸的样子，十分讶异。"大人，我知道您恨官军，我也一样。可是，那支哗变的队伍最后并未投向我们！他们本该与棘针棒方来将军合而为一，将军也派人去谈了，结果还是没成。你知道缘故的。"舒莞屏摇头："我不知道。""哼，就因为那个革命党人！他只听特使一人的，而特使只听南方总首的！就这么着，本来是一盘好棋，就因为这个又倔又邪的家伙，全都耽搁了，完了。所以他们吃亏也是活该！"

舒莞屏没有与之争辩。他心里明白,憨儿说出的必是大城池的看法,来自府上。关于革命党,到目前为止也仅仅止于一些传闻,自己虽然亲身领教过特使及手下"铁嘴",其他仍一无所知。他只对那场英勇无畏的"起义"心生敬意。啊,"起义",一个神圣的字眼!他又想起了特使与大公的会面、自己与特使在竹丛边的交谈、无意间触犯的那个禁忌。关于"起义",他首先会想起圣女贞德,那匹战马,那面旗帜,那支长矛,那双电火一样的目光。舒莞屏知道,正是这样一双眸子,深深地灼伤了自己:同样是一匹马,一个女子,一面旗帜,一支长矛。

一如冷大人所言,北海战舰消逝得无影无踪。"它们去了哪里?"他问憨儿,对方也不知道。但是它们毕竟没了,所有人都松了一口气。再也听不到隆隆炮声了。小棉玉的厢车出现了,她迎着舒莞屏走来,步履轻快,斗篷长襟飘起。"公子,一切好极了,比我们料想的还要好!浪荡岛上的守军本来准备拼死一战的,现在全部撤回了!"她因为亢奋,两颊有了红润。舒莞屏像她一样喜悦,但不是全部:心的一角似乎还没有被这快乐泅透。他问到了大公,不知时下人在哪儿。

"我就是为这个来的呀,公子快收拾一下吧,你要住到她那里了,因为战事的耽搁,那批洋语文书已经积起了太多,大公这会儿要从头打理了。"她看着屋里,一眼瞄上了那对锃亮的海贝,走了过去。舒莞屏说并无多少东西可带,只一个柳条箱包。"我们何时动身?""就这会儿吧。"她把海贝放在鼻子上嗅了嗅,小心地搁在原处。憨儿随行,独自骑马。

一群白鸽从地上掠起,在树上注视车马。疏林中有人清除吹落的干枝。几座大草屋被树荫笼起,草叶颜色变得深邃。几只小鸟抬头看人，并未飞去。车子停下，有人前来提东西，舒莞屏自己抱紧了箱包。憨儿被引到东西长廊右边，那是卫士的居所。小棉玉直接把舒莞屏领到一个地方，这是以前未曾踏入的：一间不大的卧室，一边连接餐厅，一边通向很大的书房。这种设置与行营太像了，只是这里的书房要大一倍，里面的摆设稍稍杂乱，有大小不一的案桌，上面摊放了各种书籍文书。

舒莞屏的卧室很小。他把东西放好，看一旁空荡荡的书架：上面摆放了粗糙的茶具，壶和杯子真够笨重。一旁有几株风干的小蓟，他取起嗅一嗅。紫蓝色的丝瓣压扁了。他在屋里待了一会儿，想去书房，却不知是否唐突：这里只属于她一个人，是大公阅览的地方。她或有另一间当值的屋子，或在以前去过的边厢旁边，在上次举行授勋仪式的大厅附近。

晚餐是自己一人。仍旧是简单的饮食。与过去不同的是有一杯自酿米酒：微微酸甘。他想再喝一杯，没了。从餐厅往回走，看到那间书房燃起了烛光，空无一人。他回屋里坐了一会儿。

午夜到了，这是夜猫子的重要界限，偶尔越过，那是因为冷大人的缘故：对方似乎有意将自己领进一个晨昏颠倒的世界。因为行营的经历，他知道大公会在午夜前入睡。

他越来越喜欢橘黄色的烛光了，觉得它洇染的空间更适合流连和驻足。不过，如果一直在烛光里浸泡，一脚迈入凌晨，就会有些恍惑；再待一会儿就会困倦，随着它渐渐冷却，又将变得焦躁和悲凉：与整个世界都难以相容。孤独的凌晨之魔如何驱除，暂时还找不到办法。通常是找一个人交谈：有时有效，有时又会发觉，两人正在一起奔赴孤绝无援或冷酷无情的境地。他总是在充满诱惑的午夜之前驻足，匆匆回返，粗粗喘息着爬上卧榻。

293

如同预期，大公实在太忙了，直到九时许，那个烛光明亮的书房里才响起轻微的瓷器碰撞声。又过了一刻，笃笃的叩门声让他从椅子上一跃而起。"大公！"他低低呼叫，全力压抑心中的激越。万玉大公站在门前，微启的双唇凝着笑意，双眸清澈而宁静。一种温暖和安然，淡淡的问候和难得的松适。特别是历经一场有惊无险的大战之后的缓释，安逸和期待掺在一起：既是一个段落的结束又是一场新的开始。他们即将一起打开那摞厚厚的洋语文书，这也预示了对今后岁月的再次归置。

大公没有踏入卧室，而是转身，和他一起回到那间宽大的书房。这里不像第一眼望去那般紊乱，可能在他用餐时有人料理过，显得颇有条理。像行营一样，室内有一张半卧半坐的软榻，有几盆花。期待开放的菊花，绿萝和仙客来。一个比头颅还要大的仙人球，茂密的尖刺令人敬而远之。浓浓的咖啡香气既诱惑又让人稍有不安：这该不会是一个长长的不眠之夜吧。大公将头上的浅色紫巾抹下来，一头浓乌的长发溅出似曾相识的流泻声。她夏衣干爽，毫无汗湿，只有依然如故的淡淡茉莉香味。她把一大摞字纸放置案上，他一眼看出了洋行的标识，是一些德文资料。

"德人比英人和日人势头更劲，他们对半岛的兴趣由来已久。日人尤其急躁，除了关外，他们从来看重半岛地区。还有，革命党人的几位首要人物都来自东洋，这个需要留心。"万玉大公对专注文书的舒莞屏说。他快速浏览，发现这是一份军火器械详目，上面有产地和制造商名录、性能与价目之类，是一份纯商业文件。要购得这些武器，唯一途径仍是洋行。以府上大人的规矩及通常做法，直接与洋行往来是最保险的。

"你教出来的五个通嘴子，起码有两个派上了用场。"大公送来画外音，打断他的思绪。德语与英文不同，这在他来说还远未熟稔，所以这会儿不得不全神贯注。还好，总算勉强通读下来，该为大公从头译讲了。大公偶尔用铅笔记一下，有点心不在焉。"以后的战事越来越依赖器械的精良，而非兵士的强悍了。"她感叹。舒莞屏只能对大公的断言赞同一小部分，因为这会儿他想起了训场一幕：小棉玉为即将奔赴战场的将士们送行，那番令人垂泪的言说啊，具有催人肝胆的力量。他实在忍不住，说："大公，那一天，您如果在出征的兵士们旁边，听一听他们的呼喊，看一看他们的脸庞，定会欣慰的。他们爱着大公，感念大公，愿为大公决一死战！"

四

午夜来临，毫无困倦。万玉大公的神色更好了，微笑更多，有时还发出爽朗的笑声。她端来甜点，还故作神秘地低头问道："想开洋荤？"说下去才知道，她这里存有一瓶冷大人送来的威士忌。"原是为庆贺大捷抿一小杯的，而今大捷没有，饮一点倒好。"她送来鼓励的一笑。从前在同文馆的亨利那里，这位洋教习第一次让他饮这种酒，知道它劲道之大。大公饮下不多，说："冷大人要往里加冰的。他有一些洋人习气，不过倒也有趣。"舒莞屏的思绪并未让这些插科打诨引开，而是长时间停留在河东，还有北海戛然而止的炮击。

一杯饮过，舒莞屏发觉已到凌晨。大公未有停息的意思，把另一摞文书推到他的面前。当他低头翻阅时，大公却将其移开一点，说："一时也看不完，它们太多了。"话题不知为何转到了行营，说到了他与憨儿的那次比武："公子的身手让我吃惊。不过也让人放心一些。原来担心钟鸣鼎食之家的少年,只怕弱不禁风。我想问问,吴院公是怎么教你的?"舒莞屏脸红了,嗫嚅:"院公一丝不苟,有时甚为严厉。嗯,几句话说不清的。""不急,我们慢慢说。"

他终于知道,在这样的夜晚,大公最愿倾听的不是其他,而是吴院公的事情。她想知道有关他的一切。他从习武说起:"很小的时候院公就教我马步,因为桩功是一个开始。他说出手迅疾以至力量,都源自这个基础。"说到院公的马上功夫,大公听得入迷。"即便是换了假肢,走路一拐一拐的,可是只要上了马背,人立刻就变了,谁也看不出这是一位独腿人!"大公听到这儿站起,踱了几步,站在漆黑的窗前。她转过脸:"唉,是我的那次莽撞害了他的一生!这让我终生愧恨。公子,他没有恨过我吗?"

"大公!您不要这样说呀,他心里想得最多的还是您。他在等您。"万玉大公低下头,抬起头似有泪光闪烁:"是吗?公子肯定吗?"舒莞屏稍稍语急:"大公连这个也怀疑?"她坐下看着别处,神色似有慌促:"当然不会,我想是的。不过,公子能否代他回答,既如此,他为什么让我等那么久,空等一场,直到最后?他为什么迟迟不愿离开舒府?他明白我在盼、在等、在喊,却把我们约定的那个大日子给扔到了一边?"

舒莞屏吸了一口凉气。那个答案在心里,在嘴边,似乎已经说过了多次。可这一刻,面对这双尖利的眼睛,他突然怔住了。啊,自己真的犹豫起来。是的,一切还要从头再想,这或许远没有那么简单。想想看,一个人从壮年再到老年,这期间有过无数催促和召唤,更有那幅"女子策马图":那双眸子一直与之对视。而吴院公,最终还是回避了这目光,没有启程。这到底为了什么?为舒府,为复仇,为未曾完结的一切?而今看,这样的回答好像还不足以服人,

更无法揭开全部的谜底。他想不明白,未敢贸然回应,只吐出一句:

"他真的想不到,不知道时间会这样紧迫。他以为自己还有很长、很长的日子。"

"哦,那又怎样?"

"余下的所有日子,都属于你们。"

静极。大公在泣哭,但没有声音。"都属于我们!我愿意相信!这是最好的回答了,不管真实如何,都是最好的!"她说。舒莞屏抬起头:"当然是真实的!""是啊公子,没有比你更诚实的孩子了!"大公轻揩脸上的泪痕,声音变得低缓,就像讲述遥远的往事:

"公子,到你这样的年纪,也该通晓大事,也就是男女情事了。通常只用一字说它,谓之'爱',因为它是言说不尽的。它深不见底。它在世间万物之上,又会被世间万物埋葬。许多年来冷大人不间断地描画一个圣女,为她发出礼赞。说到底那个圣女的传奇、她的智勇,也无非来自一个'爱'字。公子会问,这和男女之爱、世俗之爱能够混为一谈?是的,正是如此。它像呼吸和心跳,当这二者失去时,性命也就终止了,不然就一直存在,没有什么能够剥夺。"

舒莞屏听得明白。他在想大公口中吐出的"通晓"两字:自己还未曾经历,虽然这种事会无师自通。他从来不曾像挨近大公一样接近过任何一个女人,而大公的簇拥,又像记忆中的奶娘和母亲。不同的是自己已经是一个大人了,不再需要寻觅丰腴之地了。他脸颊灼烫,再次低头看那摞洋文。

大公离开了,消失在书房的另一端。那儿有一个小门,通向一间卧室。她该不会独自歇息吧?半个钟头过去了,她仍然没有归来。一阵倦意袭来,舒莞屏不知怎么睡着了。醒来时看到身上搭了大公的披风,而大公正在一旁看书,手里是一支笔。她见他起身,说:"对

297

不起,我回得晚了。公子该休息了,明天接续。"

第二天舒莞屏九时起床,独自早餐。憨儿过来说了一件事:冷大人来了,整个上午都和大公密谈。"大公昨夜睡得很晚。"舒莞屏说。憨儿说大公无论睡多晚,早晨都不会起得太迟,除非是身体欠安。他有些痛惜。原以为下午大公会唤自己去书房,等到很晚仍无声息。像前天一样,他晚餐路过书房,发现里面燃起了烛光。

同样是夜里九时,大公叩响了他的门。这一次她迈入卧室,看看四周,说:"该有一盆绿植。这屋里有一股气味,尽管并不难闻。""什么气味?"他有些忐忑。"哦,自然是你的体息了,我说过,你就像一只小羊,太阳晒了一整天的皮毛散发出来。"她说的时候未有一丝玩笑的样子,只瞥了一眼放在旁边的柳条箱包。

这晚要看一摞日文资料。万玉大公说:"可能会变天的,有些闷。每逢这个时候,身上的旧伤就会提醒我。"她的手在左胸那儿揉按。他这才想起她是一个受过重伤、一度生命垂危的人。他的目光随着她的手指移动,看到了敞开的衣领下,那一小片烛光映红的肌肤。他转开眸子,慌促的神色惹得大公发笑。"我的公子,你就像一个大孩子。在大公这里尽可随意。"她打开窗户,说,"雨到下半夜才下得起来。"

他读那些文书,一边用笔画出重要段落。有些内容涉及日德关系,而且大多围绕半岛利益。他惊讶地发现日德双方都有些咄咄逼人,似乎不把半岛主人放在眼里。他由半岛想起了一头很大的海中动物,潮汐将它送到沙岸,奄奄一息,任人割剔,再加上风雨剥蚀,最后只剩下一副硕大的骨架。他当然想到了海胆岛上那具巨大的鲸骨。

大公在一旁打理什么,翻弄一个很大的皮夹,里面有一些纸页。她专注的时候目不转睛,但这样的情形并不太长。她的一只手按住左胸,一只手握笔。停息时,她的肩部用力抵住椅背。这一切舒莞屏都看在眼里。天更热了，这是一场豪雨的前兆。他盼着电光隆隆，而后是倾泻而下的水柱，气压改变，折磨人的憋闷就会好一些。

他到窗前看了，黑得厉害。没有一颗星，夜气充满水分，所有水汊河道以及沼泽的腐臭都在发散，窗子不宜打开。闷热和说不出的压抑充斥每一个角落，他仿佛感到自己的左胸也在隐痛。这是心的部位。他按压那个地方，再次感觉这是真实的。他大口呼吸，这才好了一些。室内的烛光、书籍和所有的一切，包括盆花绿植与阵阵茶饮的气息，它们合在一起抵抗这无边的沉闷，从无法言喻的闷闭的泥淖中挣扎出来。

五

午夜来临。那场豪雨只是逼近，还远远不到倾泻的时刻。谁都不知何时才有痛快淋漓的浇泼。等待变成了煎熬，这在舒莞屏是从未有过的。因为近在咫尺正有难耐的隐痛，它正悉数传递和反射到自己身上。那伤处离一颗心近而又近，她当年被深深击中，能够活下来真是幸运；当然，这就更加显示出那场援救的恩重。

万玉大公终于不能以频频的抵背和按压来缓解，而是站立走动，捶打，然后坐一小会儿。舒莞屏忍不住说道："大公，您还是回去歇息吧，我自己在这里，离开时会熄灭烛火。"她摇头："不，这样的天气总是如此，不过这次比以往任何一次都要严重。应对它的最好办法就是伏案做事，就是忙碌。我如果这会儿躺在床上，就要大仰着喘息，像一条将死的鱼，那更可怜。放心吧公子，你陪我一会儿，大雨下来就立刻好了。"

凌晨一时,依旧是浓浓的闷湿和压抑。窗外连一丝闪电都没有。舒莞屏看到大公的后背抵住椅子棱角,一动不动。她在咬紧牙关。她站起,掷笔,头也不回地消失在书房一端。他一人留在案前,很难读下去。半个钟头过去,大公仍未归来。他不再像前一晚那样等下去,而是起身往那个角落走去。轻轻叩门,加大力气。终于听到了一声回应,很弱。他推开门,这才发现有一条短廊连接一扇小门。那是大公的卧室。

他进入卧室,大公并未起身。是的,她仰躺在一张很大的床上,正大口呼吸,脸色惨白。她的薄衫因为憋闷不得不敞开一些,双手抚在胸前。舒莞屏上前一步,犹豫着,退开。大公微微侧身,将衣衫掩了一下,伏在床上。舒莞屏在她的左背那儿揉动,未敢用力。"谢谢公子。啊,是的,你可着力些。"

大公一直伏身,椎骨的微小弓曲和每一个关节,都被十指一一触动。它们在柔韧紧实的肌肤下边叹息,发出一种娇弱的声音。主人跃上坐骑的那会儿,它们是完全不同的,那时就像拉紧的一张弓那样强劲,与飞驰的战马绷为一体。此刻它们松缓下来,是休憩和闲置的时刻,经历了无尽的磨损和挤压之后,正期待一场缓慢的修复和滋养。大公的满意与感激溶解在无声的卧伏中,直到很久,直到不再继续支撑下去。她重新采取了仰姿。

他的双手倏然收回。"公子累了,歇息一会儿。公子的手好极了,我也好多了。你且坐在床边,我们都歇一下吧。"舒莞屏坐了。他嗅到了浓浓的体息:茉莉的淡香消失了,而是很重的紫苏或大丽花的气味。这气息将整个空间弥漫了。大公双眼微眯,显然刚刚缓释的痛疼还不足以解除窒息般的憋闷,她不得不再次将束缚的衣衫敞开一点。她的手抚在左胸一寸余长的疤痕上。当舒莞屏的目光再次移开,一只柔弱无骨的手抚着他的脑廓:"公子,你就像我的孩子一样啊!"

这只纤手的力量大到难以抵御。他的前额不知怎么触到了温热而柔软的高岭。这一瞬间,他发现了复杂的气息之源:乳部和腋下,还有小腹,正源源不断地蒸腾。它们扩散和汇集,笼罩以至让人无法呼吸。他奋力昂头,像溺水者那样大口吸气。他害怕,恐惧,一遍遍揩拭脸上的汗水。就在此刻,大公伸长那力挽烈马之缰的双臂,一下扣紧了他的颈部。

这手抓紧马鬃,揪扯,用力,让一匹马不再狂尥。他拼尽最后一丝力气,断断续续呼道:

"大公,让我像仰望圣女贞德那样爱您、敬您;还有惧怕;深爱和惧怕;永远的跟随!"

勒紧的手臂突然松弛了。她在仰视,睫毛间渗出泪水:"你爱的是圣女贞德,那个画中女人!"

大公歪到一边。舒莞屏不敢凝视。她的眼睛缓缓移来,问:"我一直在等那个人,等吴院公。告诉我,这个男人会来吗?""院公不会来了。""是啊,吴院公自己知道,所以他就把你送给了我!公子啊,你既然代他而来,又为何近前止步?这世上,真有什么不伦之恋,真有那么多惧怕?来吧孩子,你要像吴院公,哪怕是剩下了一条腿,也要做天下最好的骑手!公子,你该像他一样啊!"

大公低呼,拧动。他觉得她扣紧战马的双腿伸出了马刺,正在频频戳击,让他愤怒和疼痛。千钧一发之时,他发出了凄长的一喊,奋力一挣,一只脚踢到了她的两腿中间。大公"哎呦"一声,双手捂在那儿,疼得坐起,射来的目光冷峻而陌生。

舒莞屏害怕自己的目光玷污圣洁的大公。他忍住从未有过的伤痛和悲凉、空虚和绝望。他用铮铮誓言代替了自遣,尽管一时不能发声。他看着大公因痛疼而不得不将双手拢在下体，双眉紧蹙。"大公原谅吧！我全部生疏，且一无所知！还有，我毕竟练过武功！"

大公咬住牙关，等待阵痛过去。她的手再次抚向他的肩头，将他轻轻拢在胸前。他发现，这时无法抵御的呛人气息已经散去。"大公，已经很晚了，我该回去了。"他的鼻子有些塞。他从她松松的手中脱离。

"公子，你今夜不能留下吗？你想好了吗？"

舒莞屏点头："尊敬的大公，我会做您最好的兵士，听从您，跟随您！"

大公缓慢地整好衣衫，把揉皱的床巾抻理平整。她做得十分仔细。她背向他时，他看到了纤细的腰身、下体宛若苞朵的弧形曲线。"吴院公深爱的人，他一点都没有错。他失去了她，因为没有时间了。真可惜。"他在心里说。

迈出卧室，穿过短廊，进入书房。好亮的烛光。宽大的屋子一片沉寂。

他走得很慢，从一端到另一端。他站在门前回视，像要记住今夜，记住这里每一件物品的位置。就在这一刻，突然窗外传来了"哗哗"大声：铺天盖地的呼号，一场期待已久的倾泻开始了。啊，真正的豪雨，在黎明前发生了。

六

大雨下了一天一夜，未曾停歇。这场大雨与前一场相比有过之而无不及。整个世界被大水浇泼后的那种清新凉爽，与恐惧的奔泻、各种野物的呼嚎一起到来。与上次的水道满溢、河流冲决相比,这一次更甚。海猪和大型动物不知从上游还是下游而来,它们的巨大蹄印把人们吓住了,不是牛和马,不是熊和豹,而是奇形怪状,连猎人都辨识不得。那些深夜遭到屠杀的更小的动物,殷红的血迹涂在河岸和草地,在水中拉成长长的朱砂线。地上有残破的大鸟翅膀和动物毛皮,有一堆堆淤泥和折断的大树枝丫。"这是刀光之灾的先兆啊!"辅成院的老者用一种草茎摆在案上,日夜推算,对五位通嘴子瞪着大眼。他们知道老人正在演"易",推算一至十年的凶吉大事。

"大劫四十场,好比洪荒初现,血肉沃出的天地。卦辞和爻辞占筮都在。天哪,我这双手想不抖都不行,我得赶在一个合适的日子圆寂,行前把这些说与后生。前些天北部海战、更早些'五微子'出事,我都推演过的。"老者对几位通嘴子说了一番,回自己窄小的居室打坐去了。三位通嘴子看望总教习,说了老者预言。他们发现舒莞屏面色不佳,目光呆滞,以为是被卦象和推演吓住了。舒莞屏摇头:"我在大雨之夜着凉了。"

他问到提调,三位答:提调大人正准备即将到来的庆典。"什么庆典?""大人不知? 是炮战胜利,浪荡岛勇士归来。庆典要在训场举行,大公和冷大人都要来的。"舒莞屏觉得好生怪异:压根就没有什么炮战,不过是隔空打了几日而已,并无伤亡。他说出这个疑惑,一位年轻人马上说:"府上大人说不战而屈人之兵,正是大胜! 因为府上大人和将军们运筹帷幄,加固炮台和岛上防务,强敌毫无可乘之机,也就落荒而逃,这不是空前大捷吗?"舒莞屏无言以对。

从大公那儿归来后,一种从未有过的闲寂,还有难以言喻的空虚、不知缘由的衰弱感,几乎让舒莞屏卧床不起。他用尽全身力气让自己振作,长时间埋首冷大人交与的译事,害怕苍凉的心绪泛滥起来。他好像有点心不由己地使用另一种目光审视冷大人这份心血之作，陷入格外费解和困惑的境地，就像面对世外玄学一样茫然，无法寻觅一丝清晰的端倪。再回看以前译出的部分，实在蹩脚，虚词敷衍甚多。洋语与汉文的重要差异即在于能指所指界限分明，不可随性夸大。而这些要害恰为译笔的最大缺失。这当然远不止是功力未逮，而是附和与迁就、急于推进的躁性所致。一种前所未有的棘手感，还有明显的厌烦，让他出了一头冷汗。

他和憨儿去了沙岗下的辅成院。没有马上见提调大人，而是看望了那位老星象师。没有具体的问询和请益，只是好奇。老人正在阁楼忙着什么，得知总教习大人来了，腿脚利落踏级而下。老人递来苍黑多垢的茶盏，说："大人，紫微星格位不彰，隐忧不畅，郁郁然。"说着附在耳边，"我昨夜还为万玉大公悬着一颗心哩。"舒莞屏心头一栗："啊，为何？"老人睁大枯目："北海炮战，河东拒敌，不得一日安稳哉！直到豪雨骤降，呜呼！"舒莞屏脸色煞白，一直望向别处。

路过银库门口，舒莞屏瞥了一眼，见老匠师伏在案前。他放轻脚步，去提调大人当值处。小棉玉一脸欣喜："我刚从副都统那儿回来，一眼看到了你的马。""提调可好？""忙碌庆典呢。唯恐不得周全。原定大公亲手为两个都尉颁发功牌，副都统说大公雨夜着凉，由冷大人代颁。"舒莞屏叹一口气。小棉玉一对杏核眼眨着："海战并未打起来，可是统领炮台和进驻浪荡岛的两个都尉都获功牌。我们这儿很久没有大捷了。"她抿抿嘴，鼻中沟拉得更长，"功牌也就罢了，想不到他们还得更大赏赐。"

原来两位都尉会在庆典当日度过洞房花烛之夜。"新娘由将军许配，一个是大户人家小妾，另一个是山里孩子。小妾哭闹几天，山里女孩才十六岁,瘦得像柴棒。"小棉玉愤愤。舒莞屏大惊:"赏赐女子? 捕蜇场的头领所言不虚?""将军做媒,大人应允,也只能这样了。""哪个大人?""我也不知。"

回到住处,舒莞屏无心用餐。一直挨到天黑,再等午夜。他不知见到冷大人会说些什么。夜里九时,他叩响了瘦削青年的门。"啊!大人起床晚了些,正用餐呢。"舒莞屏回到居室,把案上那摞译文看了看,揣入衣中。过了一会儿,叩门声响了,是瘦削青年。

"我的总教习大人!"冷大人面带微笑,一如往日。"大人,我想请您在空闲时看几眼拙译。因太过深奥,只怕不得门径。"冷霖渡看着案上的厚厚一摞,像盯视一件陌生之物,又抬头看对方。舒莞屏不知该怎样将话题转向庆典。好在冷大人首先提到了即将开始的盛事:"这是值得欢庆的。嗯,我们那天要鸣放礼炮。"

"大人,听说那两个都尉获颁功牌,还赏赐两位女子。"冷霖渡不悦:"赏赐? 有这样的事?"舒莞屏声音颤抖:"女子是将军们送来的。"冷霖渡愤愤然:"那也要两情相悦才可!""可是,"舒莞屏不得不指出,"两个女子一直啼哭,其中一个是用绳子拴来的。"冷霖渡摇动下巴:"那是大户人家的小妾。详情未知,听说女子许配都尉,个个欣然。"

舒莞屏还想说到那个山里女孩,因为沮丧,只好缄口。他记得从猎营归来时言及此类,冷大人也是断然否定的。对方目光落在那摞译文上,这意味着不快的话题该结束了。大人双手拢住温热的杯子:"我一直挂记大公。她操劳太甚。这一场周旋尽管没有损兵折将,可投入人力也是空前的。想想看,河东胶着,北海战舰,难免让人首尾难顾。"冷大人剔着发际,微微点头,说下去,"公子,大公何等从容! 她在急迫的日子里一直安坐行营,会见将军。可谓'运筹帷幄之中，决胜千里之外'。"舒莞屏仰脸看着他，嘴里发出轻微的叹息。冷大人长舒一口气："好了，我们从现在开始，会有一些从容的日子。许多事情也该从头做起了。"

舒莞屏从冷大人那里回来，直到凌晨仍无睡意。他和憨儿谈起即将举行的盛典，说："听说那两个女子一直泣哭。"憨儿对两位都尉并无兴趣，说："将军婚配时，女子也是哭号的，那还是国师和大公为媒呢！""大人认识这些女子？"憨儿摇头："有大户人家的，也有浪荡岛的，反正都是模样好的。"

舒莞屏和憨儿差点错过一场典礼。他们听到礼炮匆匆赶去，发现训场来人甚多，除了兵士和府上的人，还有附近百姓。大公未至，冷大人为两个都尉颁下功牌。仪式时间不长，婚礼移到厅堂，一些人热热闹闹跟上去。小棉玉穿了红衣，胸部别了一束小花，是今天的司仪。新娘从一旁搀出，一袭红衣。全场人都盯住她们。

冷大人说了吉祥话，先是颂扬大公，而后夸赞二位都尉。舒莞屏看到两个新郎面色苍白，窄额，一对小眼睛蹙在一起。两双笨拙的手揭开新娘盖头，全场发出"啊"的一声。一位三十多岁，微胖，眉眼疏朗；另一位瘦小，身体战抖，伴娘不得不用力搀住。两位女子的眼睛全是浮肿的。

第十五章

一

舒莞屏多日未能安眠，常常徘徊到凌晨。无一丝声息的墨色中，他似乎看到另一位男子也不得安歇，那是隔壁的憨儿。他好像第一次感受到这个人的沉默和存在。点上蜡烛，看空荡荡的屋子：除了那个随身柳条箱包，几乎再无私人物品。这提醒自己仍在匆匆行旅之中。架子上有什么闪着荧光，啊，两只小海雀。小巧光滑的海贝攥在手中，大海的寒意顺着指根往上，延至手臂，然后入胸。

一阵叩门声。已至凌晨三点，是冷大人独自享用茶点的时刻。果然是那位瘦削青年，他前来送达主人的口信：如果总教习大人未曾入眠，可否一叙？这里其实没什么"如果"。令舒莞屏稍感不安的是，不知多少类似的夜晚，大人从未这般郑重，只是随意推开角门进入。舒莞屏换上齐整的衣衫，在镜前看了一眼憔悴的面容。

冷霖渡已经等在长案旁，一边是冒着热气的茶饮。几日未见，大人像渴望一位老友一般，手搭过来，口气热切："我的贵公子，又到了我的'正午时分'，兴致一高也就顾不得许多，扰烦阁下了。""能陪大人饮茶，聆听教诲，是我的荣幸！""啊，我有一个难得的芳邻，从此就不再孤单了。"冷霖渡笑眯眯递过香茗，双目闪烁，接着一丝冷色凝在鼻子两侧。

"公子，今夜我们要商谈一件要事。这事来得过于突兀了。河东战事演化至今，发生这种变易既让人震惊，又痛心无奈。大公得知消息也深感诧异。我们现在要谈的就是这件棘手之事。"冷大人一席话让舒莞屏紧张起来。"公子还记得那位革命党人吗？我送他绰号'铁嘴'的那个家伙。""当然记得，大人。"冷霖渡一根手指叩叩桌子："这个人好生了得！他曾经以自己的三寸不烂之舌扭转乾坤，硬是让新军一分为二。而今他故技重演，潜入我河东大营鼓动哗变，竟有两位副都统参与！险矣，好在猞猁胆刘通将军施以先手，平了一场大乱。"

舒莞屏站起，一句惊呼冲到嘴边。他脑海中马上闪过那个革命党人：枯瘦的面庞、青紫的双唇、紧锁的眉头。他与之仅有一次简短交谈，却留下难以消磨的印象。这个人比南方总首特使还要年轻许多，却同样刚毅卓绝。这个突来的消息就像晴空霹雳，让人浑身一震。他当即想到了一个可怕的结局：落入将军大营，也就难以生还。果然，冷霖渡说道："参与密谋的一干人，两位副都统及手下，将与'铁嘴'一并凌迟。"

"凌迟？"舒莞屏大呼。冷霖渡递过一碟圆点，自己取一片咀嚼。"公子坚拒清廷恶法，我也一样。可是将军们旧习难改，他们认为非如此而不能震慑、不能解恨。府上固然可以重新裁处，不过值此危局，行事还须格外审慎。焦思苦想再三权衡，也想顾及两端，这就想到了公子。""我?"舒莞屏站起。"是的。公子若能不辞辛苦去一次大营,可成大事。此行关乎整个时局,也只有公子一人可为。"冷霖渡的声音有些喑哑,透出少见的悲凄。舒莞屏全无准备,直视对方。"大人,"他努力压抑声音的颤抖,"我该怎样做,还请大人明示。"

冷霖渡在案前踱步,一手按了按喉部,瞥一眼舒莞屏,一脸沮丧:"公子,你知道整个事情的棘手之处。如违逆将士,或引发乱局不可收拾;若处死这位'铁嘴',即与南方革命党人交恶。这里不唯投鼠忌器,实有更大隐患。想想看,你亲眼见过那个脸色苍黑的年轻人,他有一副铁嘴钢牙,堪比战国时代的张仪苏秦!每虑及此,顿生莫名畏惧。此等奇才如能为我所用,对他而言既可免除身灾大难,又能施展一身抱负。舒府与那位特使素有情谊,也就成为此行的不二人选。"

舒莞屏听在心里,至此已全部了然:面见那位顽倔之人,动之以情晓之以理。他深知其重,却无由推脱。"凌迟"二字闪过,他闭上了眼睛。此刻唯有难忍和急切,再无他顾。河东之行别无选择。咖啡和香茶只有苦涩,他大口饮下。此刻已是凌晨三点,天明即要上路,时间真的太过紧迫。

回到屋里,舒莞屏扳指计算剩余的几个钟头,从头思虑。他对这条长路,对所要经历的诸多险峻一一想过:这等于沿来路逆向走过,中途与副统领和老山姆会面,辗转至猞猁胆刘通将军营地。等待自己的是一场噩梦还是其他,不得而知。昏昏睡去,醒来已是日上三竿。他急急坐起,大声呼唤憨儿。

"大人,时间还算充裕。府里为我们准备牒令,已遣人先走,选派三名护卫。这条路太远,河东须格外小心。我们定于午后四时去码头,提调大人要亲自送行。"憨儿说。

午后，小棉玉的厢车停在了廊前。她说："公子此行关系到东部战事，还有南方革命党人，实为府上重托。河东不比沙堡岛，那里人马混杂。大公殊为挂心，叮嘱再三，让我代她送行。"舒莞屏心头一热，抬头看着小棉玉："请提调大人转告大公，我将不辱使命，倾尽全力。"小棉玉睁大一双杏核眼："大公担心你的安危。还有，她特意叮嘱公子，对那个'铁嘴'也要多多戒惕。"

"此人已陷罗网，有何惧怕？"小棉玉摇头："哪里！他是总首北方特使倚重之人，敢只身潜入大营，何等悍厉！既如此，也就明白特使的决绝毁义！公子此行不唯规劝他改弦更张，更需判明其妄举何为，究竟系个人逞一时之快，还是另有他图。公子必定是知道个中利害的。"

舒莞屏字字听在心里。他在想一个人，一双清澈而温煦的眼睛，她就是大公。他似乎再次回到了那个豪雨之夜，听到了激切、绝望和哀伤的声音。他努力挣脱那些思绪，迎视小棉玉殷殷期待的目光："提调大人，在下记住了。请大公放心。"

二

下午四时，舒莞屏一行五人登船。河道水汽蒸腾，两岸沉寂。船行不久，即传来野物呼号，掠起一群水鸟。憨儿站在舷窗前，叫道："看哪！"一小群密密的黑鸟正站在一具巨大的兽躯上。骇人的呼吼来自远野："呜嚓啊啊巴呀！呜啊天哪啊呀！我刹！我刹！"

天黑前抵达第一个驿栈，过夜换乘。下一程为陆路，五人分乘两辆骡车。原定傍晚抵达下一站，舒莞屏命车夫加鞭，直驶大营。

颠簸的车上，舒莞屏想着不久前的经历，对冷大人心生叹服：他让自己与那位"铁嘴"面晤，为今日大事埋下伏笔，如有神算。

一路疾驰。不断穿过一些村落，或密或疏的小屋像一只只脱羽的哀鸟，在原野上苟延残喘。时值夏末秋初，正是万物茂长之期，一眼望去却只有苍凉。这里离大海稍远，屋子直接筑成泥顶。衣衫褴褛的人望着急驰的车子，一个个嘴巴大张。舒莞屏以前曾进入这些伏卧的小屋：空空如也，几乎没有木头家具，柜子用泥巴做成；屋角有一些山芋，泥灶上是发红的锈水；十几岁的男娃女娃不能站起，因为光着下身。

星星出现了。车子放慢速度。憨儿说："大人，大营想不到我们这么早赶到。"他说到了副统领，"他为一女子与将军吵翻，幸有国师袒护。""何事？""多年前了，他们劫了一个黄县大户，副统领看上一个女子，正是老刀鱼范至将军相中的。""你见过那个女子吗？""嗯。甚是俊美。听说后来吞金而亡，可惜。"

舒莞屏想起了浪荡岛，那个岛屿也由范至将军管辖。"你见过这位将军？"他问憨儿。"见过。叼着一杆烟斗，长了一双眯眯眼。"

两辆骡车在午夜前驶入大营。卡哨看过谍令即着人速报。月亮升起，一幢幢草顶大屋沐浴清辉。副统领迎出来，喊着："总教习大人啊，您的车马好生神速！"

因拗不过主人，舒莞屏只好坐在摆满碗碟和酒水的长案前。"在下知道大人要务在身，可无论如何也要痛饮一杯。"副统领热情烤人，舒莞屏只想早些结束。回到住处，舒莞屏发现这竟是一年前住过的屋子。屈指算来，再有一月零六天就是来沙堡岛一周年的日子。实在可叹，一场突如其来的"北煞风"，竟让自己成为"总教习大人"。

去大草营约需一天，两节水路一节陆路。与副统领分手时，主人特意将一个多层食盒送到车上,里面是各色糕饼饮品。车夫抡起长鞭,舒莞屏施礼。"真是重情重义的一位大人。"他发出一声感慨。

  船行三个时辰来到水驿,稍事休整继续向前。下一程就是那个大草营了。而今得知,那里的老山姆深得倚重,把持最大关卡:看似一处水疗地,实际是情资汇集、多方势力纠扯、交接军械火器的中枢,隐匿的线人,精明的掮客,皆往来于此。河东那座客栈是它的器官而已,类似者分布于半岛各处,就连烟台顺德饭店也不例外。令舒莞屏惊异的是,自己当年西行的第一天,已经在一双双眼睛的盯视之下了。

三

  大草营的温泉好极了。憨儿和武士被几位皮肤黢黑的女子领到池中,忍受倾盆大水和瘦薄脚丫的踩踏,发出痛苦而欣悦的呼叫。舒莞屏由老山姆亲自招待,重叙旧谊。这位浑身赘肉的女人,开阔的脑门下是黑白分明的眼睛,眸子透出过人的豪气,一开口说话就挥动双手,巨乳抖动。她拍打舒莞屏肩部,重重一击让人浑身一震。他注意到,一年之后的老山姆变得更为爽朗、朴拙和自信,完全不像一个黑店老板。她呼他"贵公子",有时也称"总教习大人",透出同僚的率直和老友的亲昵:"知道吗?我从第一面就看出公子不凡。你那时就像一只双羽缩起的小鸭,惹人疼爱。我暗中护着你,伸开翅膀挡住所有凶险。你入了大池子就像白生生的面条儿,那些小母驹为你搓呀踩呀,只不敢正眼看身上的开关。"舒莞屏脸上白一阵红一阵:"什么'开关'?""啊哈,啊哈!你的下边!"舒莞屏颈部热胀，发出一声："嗤！"

他强转话题：战事，青州旗营，革命党，特别是即将深入的猞猁胆刘通将军的营区。他料定她所知甚多。果然，老山姆的嘴绷成了一条线，一对鼻孔扯拽得更加宽大："唪唪，我见过不止一位革命党人。这些人脱下洋服也能辨识。""为什么？""哼也，他们一个个胸脯扁平，脸皮贴紧腮骨，哪怕饥肠辘辘，见了大鱼大肉也不会急疵疵的。不近女色，不沾烟酒。我见了这副酸臭模样就气不打一处来，故意放屁臭他们。他们眉也不皱。"舒莞屏被她的粗俗逗得一笑，随即说起刘通属下两位副都统参与哗变的事："此去河东，只想保那位革命党人不死。"老山姆磕牙吸气："这就难了。公子为何要出这等憨力？""他是我的朋友，准确点说，他的上司与舒府素有旧谊。"

老山姆捧起巨乳，这是她严肃虑事的一个习惯动作。过了一刻，她言道："那个猞猁胆可是河东第一狠人。公子可知道马面鱼的吃法？那要剥了皮才能下锅。刘通将军这回一定要剥了那个小革命党人的皮。将军最恨暗中起事的人，这等于割他的命根子啊！公子有所不知，若不是抢先察觉，说不定刘通半夜就被人抹了脖子。这个革命党人的小嘴可真厉害！这张小嘴必须合上、缝死、铆上！将军就是这么做的，逮住当夜，就让人用缝麻袋的粗针把他的嘴缝上了。这个革命党人硬是不吭一声！天哪，这是什么人哪！"

舒莞屏两手紧握，涌汗。"整整缝住两天两夜，因为要留个活口，才拆下线绳。"老山姆叹一声，双手合在一起。舒莞屏恳求："请您从中说和，留住这个人。如果他能转向，必是大用之人。这也是国师和大公的意思。"老山姆再次磕打牙齿："那得走一步看一步。府上早就说给猞猁胆了，军营也就不再折磨那人。不过能不能活下来，就看他自己了。不过，凭公子的面子，这人心回意转也说不定。公子手里握了他半条命啊！"

一席话竟让舒莞屏额头生汗。

第二天午后老山姆告诉：河东猞猁胆刘通将军已差人来接公子。舒莞屏颇为惊异。老山姆说："公子尽管有人拱护，那边还是不放心。"他原以为只来了一两个引路人，哪想到是五位扮成商旅的青壮。他们个个沉默寡言，身手利落，对舒莞屏行过躬身礼，即刻催人上路。一行由骡车和厢轿组成，还有单骑。随行物品不少，主要是应手杀器。行前老山姆在舒莞屏耳边说："切不可激怒将军，那是个笑面虎，杀人不眨眼。"他拱手谢过。"公子事成归来，第一站还是这里。我设大宴迎候公子，还有那个闯下天祸的小革命党人。"

渡河自然顺利。第一个歇脚地仍是河东客栈。舒莞屏当夜忍不住与憨儿步出，看当年的历险之地。茂竹在风中摇动，掩映的水汊一如昨日：一只小船正在泊靠，一些黑衣人往上搬东西。与过去不同的是，而今没人跟踪。憨儿盯向四周，小声叹气："这儿不像个干净地方。"

凌晨四点，一支散漫的"商队"出发了。天亮了，阳光给南部山峦勾勒出一道金边。"大人，翻过那座山就到了。"憨儿说。舒莞屏歪头追踪一只掠过的晨鸟，看着它的身影荡在空中。他的目光循山脊北移，辨析时下方位：认为如果没有弄错的话，连绵的山影正在蓬莱南部，而猞猁胆刘通将军驻扎在艾山与昆嵛之间的丘陵。这里距目的地尚有一天一夜的路程，中间要穿越新军和青州旗营的山地、悍匪出没的大小村落。原以为要进入烟台城区，由那里转向东南，虽然绕了一些，却会平顺很多。时下走的当是一条奇险之路，要直接插入那片谷地。

一天苦苦跋涉，两次短暂歇息：一次由山寨游勇接迎，安置他们在悬石窟穴中享用米酒。这些打家劫舍的家伙一直护送他们下山，走了二十余里。接下去的一条碎石小道又陡又窄，时有翻车的危险。憨儿一边守护大人，一边察看路边。车轮腾跳，三个武士骂着粗话，车夫充耳不闻。月亮升起，四周山石树木变得清晰。这是山岭的一个垭口，车子驶向下坡。

下面的行程一直循着干涸的谷地，走过一些零散的石屋。憨儿探向车外，看了一会儿说："大人，我看到骑马的兵士了。"车子几次慢得几乎要停下来，然后再次急速向前。河谷拐弯处，月亮清辉映衬黑魆魆的山廓。随着接近山麓，出现了一片密挤的石屋，一直绵延到山的南坡。更多骑兵出现，靠近车队，打一声口哨散去。车子驶向深巷，咯噔噔颠着。几个兵士举着火把跑来，弯腰看看，又飞快跑开。

车子停在一个青苍的院落。一路随行的冷脸男子向舒莞屏拱手："大人一路辛苦，我们到了。"他和憨儿下车，两个男子过来搀扶。"啊呀大人，在下一直苦等。"一个穿了军服的络腮胡子快步上前。一旁有人说："这是将军副官，前来迎接大人。"舒莞屏与之寒暄，看院落四周。"这就是大营驻地了。"副官笑脸应答。原来这是周边最大的镇子，一年前主营迁移过来。副官前边引路。手持器械的兵士昂首挺胸，目不斜视。"大人实在辛苦，好生安歇，将军天明即来拜见。"副官说着，在一个四合院的石阶下停住。舒莞屏揖别："请禀报将军，如蒙允可，我明天上午九时拜见将军。"

四

舒莞屏浑身酸疼，比太阳醒来还早。他唤起憨儿，发现对方蒙眬的双眼满是血丝。三个武士还在酣睡。院落远近没有喧声。副官在门外等候,陪他们早餐:"这里不比府上,还请大人将就些。"舒莞屏进入一间古香古色的小屋,硬木桌椅,八仙桌上摆放了十多样小菜、粥食和糕点。舒莞屏问起东部战事,副官坦言:"本是休养生息厉兵秣马之时,想不到突生变数。幸亏将军神勇,这才免除一场大灾。"副官击打掌心,痛心不已。

那位革命党人时下情形令舒莞屏牵心。他担心刑责太甚,丧失良机。耳畔再次响过冷霖渡的话,还有小棉玉的深嘱。说到革命党人,副官说幸亏府上牒令及时,不然行刑的日子早就过了。"真要凌迟?"憨儿忍不住问。副官拍一下桌子:"有甚犹疑?断然不饶!天王老子都搭不上手,除非万玉大公亲口赦免。"说到大公的名字,副官双手拱拳向上晃动一下。舒莞屏想的是那人被残忍缝合的嘴巴,垂下眼睛。副官像是猜中了对方心思,说:"放心吧大人,麻线拆掉几天了,嘴巴肿胀,不过总能说话的。这张铁嘴还流着血呢,利牙钢齿还不饶人!妈的!"

上午九时拜见猞猁胆刘通将军。在一溜五间瓦舍厅堂中,太师椅上端坐一位黑色隐纹锦衣的中年男子,一手把玩玉球,一手抚按盖碗,目不旁视。他轻呼一声"舒大人",拱手,身体并未离开座椅。舒莞屏施礼,说一句"拜见将军",一眼看到这张虚浮浑圆的脸上,左眉有一处刀痕。将军说了几句套话,并无温缓之色。待客人落座,他做个手势,副官退下。

"总教习大人亲临鄙处,凡事也就省心。依大营规矩,乱世必得重典。大人知悉内情,此人受革命党上方指使,为南方总首特使门人,正可严惩警示,让他们在半岛早日收手为好。"将军左手的玉球拍在桌上。舒莞屏点头:"症结即在于此。大公与国师牵念甚远,不免多有顾忌。诸事相互纠扯，难逞一时之快。总首特使曾经远行西渡，与大公会谈。在下也曾与特使小晤，而后又经国师引见过'铁嘴'。大公有言，'得一城易，得一人难'，如能使其回心转意，也算万全久长之策。"

将军向右上方拱手言道："依府上大人旨意办理便是。这里有小小进言。逆贼若能依顺，可随大人同返；不然则由本营处置。"舒莞屏只得应允。将军面色舒缓，轻轻击掌，副官及两位茶侍来到堂前。"你等陪大人游园，午后有大事要办。那个叛逆蛮子可也安稳？"副官点头："小子死到临头浑然不觉哩，能吃些稀粥了。"副官引舒莞屏走出庭院，看一处假山园子。原来这是一座财主大宅，主人三年前遭劫。副官不无惋惜："本案牵扯的副都统本是一名悍将，一时糊涂上了贼船，这回难免凌迟之苦。"说着望一眼庭院大门，"将军平生最恨叛逆！我只不解，那小子如何打动铁石心肠？要知道副都统可是杀出三镇十八瞳的人哪！"

舒莞屏看过园子，只想早些见到那个人。憨儿和三位武士候在胡同前。离正午不到一个时辰，舒莞屏提出面见囚犯。副官仰头望望太阳，对一旁兵士说："去吧。"兵士离去。副官说从这儿到监舍还有一段路。随着走出胡同，舒莞屏心中忐忑，不知与那人相见的一刻会是怎样。心里早有一个铁定的主意，从启程开始，愈是接近愈是坚定：一定要将人带回大城池。

兵士严守胡同，里边是阴暗的边厢。传来阵阵呵斥声、撕心裂肺的喊叫声。副官对兵士说一句："肃静些，大人来了。"兵士走开，一会儿不再有呼号。"胡喊乱吼的都是捉来的'票子'，不受皮肉之苦是不会交出宝物的。"副官往手上的戒指吹一口气。尽头的一间屋子打开，里面有桌子和带锁的木椅。兵士要将人押出，舒莞屏阻止：

"你们等我。"

屋里漆黑一团，眼睛适应一会儿，看到一团乱草上坐了一个人：身材极瘦，面向东方，望着高处的小窗。舒莞屏一眼即认出轮廓，轻轻走近，发现一张苍紫的面容模糊变形，五官移位，无论如何都无法与几月前见到的人对应。舒莞屏想到了另一位青年，那就是"五微子"。他咽部干涩，费力吐出"先生"二字。

地上的人动了一下，有铁链的响声。舒莞屏蹲下，扶住瘦骨嶙峋的躯体。"先生，是我，我们一个月前见过啊。"他不知该说什么，嗓子噎住。"先生。"他再次呼叫。地上的人转动脸庞，并未抬眼。"先生也许忘记，我跟先生说过，父亲大人是特使的朋友。"为了唤起对方记忆，他说得仔细而缓慢，"特使"二字加重了语气。对方抚一下披额乱发，舒莞屏这才注意到，他的双手也被锁住。

腥臭呛人，舒莞屏用力忍住。这人不想对话。"我是受大公和国师之命前来搭救先生的。请相信我。我会让他们善待先生。我将竭尽全力，请先生几天后随我离开。"他不能肯定自己是否说得清晰，因为这人始终双眼紧闭。

走出囚室，副官和几个人站在门旁。"大人，这是一个偬种，不如省些口舌。他只求速死，可世上没有那么便宜的事。"副官看着脸色肃穆的舒莞屏。走出狭长的胡同，阳光刺目。"副官大人，请即刻除去刑具，换一间向阳的屋子。"舒莞屏声音冷硬，不容置疑。"这个么，要有将军口令吧。""那就禀报将军。只有宽待，才能做下一步的事情。"

午宴由副官陪侍。"大人的话我已转呈将军。手链可除，腿脚还得拴紧。""为甚？""这小子虽不能飞檐走壁，异能总是有的。这是一头豹子。"舒莞屏皱眉，不再动箸："披枷戴锁，如何转达府上诚意?""饶其不死,就是最大恩典了。""阁下亲眼目睹用刑前后,知道他是不畏生死的。"副官哼叫起来:"这个人么,让将军大怒,差点当夜就剁去他的双手。"

晚宴比午宴丰盛,将军亲自陪饮。舒莞屏不胜酒力,好在憨儿与三位武士不甘下风。将军焕发豪兴。副官对舒莞屏低语:"将军可饮酒一坛,吃下半头壳郎猪。你只要让他喝足,事事皆好。"舒莞屏示意憨儿几个敬酒。将军腮部彤红,耳朵胀大,不停地抓挠,将身子探到舒莞屏跟前:"总教习大人,你把那小子领走,一道'红烧双蛋'的好菜就没了。那是我的口福。"说着翻翻白眼,两手一摊。舒莞屏不解,请教副官,对方吭吭哧哧道出实情:猞猁胆曾于一场鏖战后,取敌方首领睾丸红烧下酒。舒莞屏出了一身冷汗。

宴后舒莞屏与猞猁胆刘通将军单独叙谈,再次提出免除械具更换囚房。"唯有宽待方可成事。"他细说利害关节,对方挥手打断:"你就说咋办吧!""让其感受府上诚意。我看,索性让他住到客房。凡刚偪激烈者,一味冷硬更难奏效。"将军哈哈大笑:"客房? 那得加岗布哨,连大人一同囚起。"舒莞屏拱手:"将军不妨如此。"

五

舒莞屏让人在客房添床,与自己的卧榻相距咫尺。这里光线充足,舒莞屏看得清晰:一身脏烂衣衫裹紧扁薄的躯体,布绺多处渗红,与皮肉粘在一起。最不忍睹那双青肿的嘴唇,唇上是一溜粗大针孔留下的瘀斑。他自进入这间屋子就紧闭双目,偶尔微启眼睑,闪出一线逼人的目光;胸脯急剧起伏,呼出浓浓的硫磺气味。舒莞屏欲言又止,不知怎样展开这场艰难的叙谈。

四合院周边有固定岗哨,还有游动的兵士。憨儿与三位武士居于边厢,所有人皆不得迈出庭院一步。舒莞屏让憨儿端来温水,为仰卧的人小心擦拭。解拉衣衫,憨儿忍不住"啊"了一声:这人果真焦枯,肌肤无一丝光泽,就像熟皮匠制过的皮革,汗毛不存,绛色伤痕纵横交织;小腹凹陷,脐部肿得像一支烟斗。舒莞屏用了很长时间才将他周身揩净,然后为其更换衣衫。仰卧的人睁眼看四周,看两个人。"先生,您能坐起来吗?"未有回应。舒莞屏试着搀扶,憨儿端来粥食。

入夜,窗外蛐蛐鸣叫。室内光色朦胧,一片静寂。舒莞屏唯恐扰其深思:对方大多数时间都在沉默,并未睡去。呼吸声稍稍变大,一会儿又变得低沉。"先生,您在听吗?"舒莞屏小心翼翼问道。没有回应。"那就听吧,无须回答。您只该好好将息,可事情紧迫,今夜必得叙谈。如有不周还望先生海涵。我保证说出的每一句都出自肺腑。这里不再复述先人与特使旧谊,也不必说我对南方总首的敬仰之情,只说对先生的由衷钦佩吧。我说的是至危之时,您凭一己之力瓦解新军,力挽狂澜。每思至此,我即激动不已,对先生智勇无限仰慕。当得知先生陷入大营之后,日夜忧惧。先生,您是我平生认识的第二位革命党人。府上大人,也就是万玉大公和国师冷霖渡大人,得知消息也深为震惊,随即急传牒令。他们遣我日夜兼程,只为了护送先生前去沙堡岛。先生,想必您能体察府上的一片诚挚,如能顺利成行,将是河西之幸,半岛之幸!在下心切,一时难以尽言,还望先生体恤拳拳之心。"

言毕,无一丝声息,呼吸似乎中止。"先生在听吗?""说下去吧。"舒莞屏的身体往前探去:"啊,先生,我说到了何处?是的,我说要尽快离开这里。在下别无他图,只求能与先生一起上路。"对方轻轻一咳,舒莞屏停下。

"总教习大人,您说过,每一句话都出自肺腑。"

"是的,先生每一点疑惑、每一声询问,我都会当即解答,知无不言。"

"大人请躺卧吧。"这声音微弱且透着颤抖,吐出的每个字都十分费力。舒莞屏只得服从,躺下,听夜色里淡淡而又倔强的声音:"既能如此交谈,实乃人生幸事。我已临近末途,时间紧迫,也只能直截了当。先生此行只为解我倒悬,万分感念。不过先生仅吐出半句真言,未曾说出的才更为紧要,即要劝我弃义苟活,附逆入伙。既然如此,剩下岁月不过是空余躯壳,与死灭又有何异?"

声气渐渐高昂,再无沙哑。舒莞屏只觉一阵痛楚袭来,手抚胸部,再次探头盯住扁扁的身躯,呼道:"'附逆'?先生如此看待河西?唔,原来这样!我不再费解和讶异了。您可知,特使曾不畏险阻,亲自去行营面见万玉大公,其情其景如在眼前。何也?皆因彼此心志相接,殊途同归。由此观之,先生潜入大营策动哗变,实为至憾之事,乃亲者痛而仇者快也!"

"总教习大人可知河东战事由何而生?当时既一触即发,又为何骤然停歇?再者,刚刚立足之革命军又缘何险遭覆灭?"

"愿听先生指教!"

"那让我据实以答。"他一手扶住床沿坐起,大口喘息,"新军两个兵营起义,官军西进计划即全盘废弃,遂讨伐义军。危急之时,义军与大公麾下如能联手迎敌,周旋山地,旗营及新军残部并无胜算。未承想河西毫无信义,营地将军先是敷衍义军,进而与官军暗通款曲,毁诺弃守,致使义军腹背受敌,险些全军覆没,四百七十多位兄弟阵亡，血色淋漓触目惊心！总教习大人，我这里全无虚言，您自可从头追溯，一一求证。"

舒莞屏惊得半晌未语。他脑海中闪过北海战舰，时急时缓的炮击，河东告急，整个大城池的紧张，以及最后迎来的训场庆典。他寻索言辞，说出的却是另一番话：

"先生或者多有误解，日后当会一一辨析。您如有过一些切身经历，与万玉大公及府上稍有过往，就能全然了悟。我想说，世间未有这等坚忍不拔和矢志不移的卓异，他们已捐出全部身家性命，无退路、无反悔、无恐惧！也许举义之路有血污，有恶浊，可先生断不可听信他人毁谤，更不可臆测，不可一言以蔽之！"

因为急切，以至于忘记了对面是何等孱弱之人。舒莞屏最后意识到过于声高了，随即垂目敛声："实在对不起，先生。"他隐下歉意，像对方一样斜倚床头。

可是对面的人听过这番话，竟摇摇晃晃站起，一手扶床："是吗？举义？捐出全部身家性命？这就是总教习大人的肺腑之言？你想必见识了猞猁胆，还有另一些将军和都统，真的认为他们是'举义'之人？不，'举义'是一个神圣的字眼，切不可与'匪患'混淆！以你之见识之心智，本能界定分明！大仁大志者不会轻掷大诺，撒弥天大谎！事实上，万玉大公的六大将军无不双手沾满鲜血，他们个个恶贯满盈，为一切仁善之死敌！所谓'河西'，那不过是谎言的代名词！总教习大人，愿你睁大眼睛看一看，'吃人'二字在他们那里居然不是比喻，至少猞猁胆刘通和老刀鱼范至这二位真的吃过人！他们劫掠无数，杀人越货，掳人妻女，还一手高擎'义旗'！享用河西俸禄的总教习大人，我只有为你怜惜，只有椎心剧痛！时辰已近，后会无期，你我今夜作别罢，明日公子自可无憾离去了！"

对方结束长长言说,摇晃一下,仰跌床上。舒莞屏呼喊:"先生!先生!"他轻轻拍打,床上人微微摇头,不再言语。已到凌晨,舒莞屏浑身再无一丝力气,仰躺,难以入眠。

六

窗上透出光亮,舒莞屏发现对面的人已端坐床上。"总教习大人,天亮了,我要回自己那里了。就此别过。"舒莞屏跳起:"不,我们尚未谈完,我有更多话要请教先生!""抱歉,我已说完。"他欲要站立。这时屋门响了,兵士送入早餐。

对坐无言,茶已冷却。兵士进屋取食盒餐具,一直缄口的人说道:"送我回囚室去吧!"兵士愕然。舒莞屏用目光示意兵士离开。"先生,整整一夜,在下几乎无一刻安眠。我未敢疏漏先生说出的每一个字。可是,先生,能否容我再耽搁一点时间,说出心底的疑虑?"

"公子且说,简短些罢。"

舒莞屏眉头皱紧,垂头看自己的双手,仿佛上面写满了字迹。"我从头寻索一年所历所闻,认为先生之言或有偏颇。万玉大公任用诸位将军实出无奈,她曾有言,'一切皆有报应。'先生如能亲自探究河西,可知那里有规制有法度,已是竭尽所能。我只求先生能据情以度。这是我的一点恳求。"

"好吧,我不再把你看作'总教习大人'。是的,舒府与特使素有旧谊。因为要说的太多,不再一一举证,公子谅之。我这里着实没有时间。我想告诉公子,那些'府上大人'非但不是圣徒,还是胆大包天的狂徒、机心藏匿的野心家。他们为了不可告人之图谋,须忍耐，须伪饰，还会流下鳄鱼的眼泪。究其根本，也只是悍匪而已，所以必得倚重同类。如果这些人真有未来，其宫殿一定是用累累白骨做基！请公子记住：强盗无论盖起多大的房子、摆下多大的筵席，也仍旧是强盗。"

对方言罢，移前一步，一只瘦骨嶙峋的手箍住舒莞屏的肩膀，稍稍用力，然后直接摇晃着走向屋门。不再停歇地捶击门板。"先生，请不要！先生啊！"舒莞屏阻拦、呼叫，对方无视无闻。兵士闯入。"我回囚房！"一句呼出，一只脚跨出了门槛。两个兵士将人扭起。憨儿和武士闻声赶来，兵士们早已堵在门前。副官向舒莞屏拱手："大人费心了。"

兵士把人押走。这是上午九时，天色昏暗。"大人，我们如何是好？"憨儿喊着。舒莞屏说："去见将军！"

猞猁胆刘通不在，副官说："将军去营地巡视了，大人。""关系重大，切勿延误。"舒莞屏色正语厉。副官点头："在下自然知晓。"两天过去，舒莞屏几次登上那个高大的庭院台阶，大门仍旧紧闭。他再去囚室，兵士把守胡同，不得通过。憨儿与武士火起，舒莞屏劝止他们。傍晚副官来到客房小院，做个手势让憨儿规避，对舒莞屏说："总教习大人不辞辛劳，令人感佩。谁知偏偏遇到顽石，无缘度人啊。将军从外营传来口令，明日正晌午时要在大沙河凌迟两个叛逆，就是参与起事的副都统。本该与革命党人一并施行，将军说先做自家事罢。"

舒莞屏身上一栗："真要如此？""军中无戏言。请大人亲临沙河监刑。"舒莞屏觉得喉咙那儿塞了赤炭，连声呕咳。副官说："府上牒令未涉逆贼，也就不必延宕，多一日不过多些苦楚罢了。"舒莞屏呼道："三人同案，须一起了断！容我面见将军再做裁处！"副官哼唧几声，咕哝："大人，明日正晌午时。"

舒莞屏整整一天都在等候将军，憨儿与三位武士陪伴身侧。入夜时分终于有了车马声，一头栗色大马踏踏而来，正是将军。"总教习大人！"将军拱手，请舒莞屏入内叙谈。

舒莞屏说事务紧迫，明日辞别大营，行前须议定两件要事：一是两位副都统暂缓处置，事涉南方革命党人；二是与首犯做最后商谈。舒莞屏再掷重言："来去不过五日，一切由府上裁定，待牒令一到，将军便可自行决断了。此为半年急遽变化之战局症结，委实不敢再有一丝疏失。"猞猁胆刘通沉默不语，起座踱步，盯着烛光："那就等府上牒令罢。不过区区五日耳。"

当夜舒莞屏即与憨儿来到囚房。兵士递与一支火把，退到一旁。火把映出一双尖利的眼睛。"先生，我前来辞别，有要事说与，请先生听好。窃以为韧忍坚卓之士不妨周旋，先生大可暂且允诺，随我返回，一切再作道理何如？"他将火把稍稍移近，对方随即推开，面向一团夜色："公子煞费苦心，我自然心领。请一并说尽吧，我洗耳恭听。"

"我与先生相见恨晚，视为兄弟。没有别的话了，只求先生与我一起返程！"

一句出口，一行热泪淌下两颊。舒莞屏期待一声应允，屏住呼吸。夜色中发出一问："那座沙堡岛，我若进入，能否走出？"

"当然！只要先生愿意！"

"可爱的公子！你既称我兄弟，那就听一句兄弟之言吧！公子其实早已陷入囚室，那里只比眼下这间大出许多而已！公子身心俱禁，再也无法脱身了！你一心将我移出这间脏臭的小囚室，却要引我去更浊更脏的大囚室，怎不让人恐惧？公子既然恕我怜我，那就不必赘言，独自归去吧，早些忘掉这次糟糕的公干。回吧公子，这里不宜久留！"

冰冷决绝之声。门外声息远遁。舒莞屏悄声呼叫，再无回应。他蹲下来，一字一字说得沉实：

"兄弟，我记住您的话，也请您记住我的话，等候和忍耐。我即便挨到山穷水尽的一刻，也要求得府上大人的一道赦免牒令。"

第十六章

一

归程还算顺遂。最后一程的终点即是那座青石码头，舒莞屏下船后一眼看到了绛色厢车。"小棉玉！"他低声呼出一句，悲伤难抑。岸上，那个身着披风的女子翘首以望，看这几个人，看他们身后的船。舒莞屏走近的时候，小棉玉才如梦初醒般叫道："公子！"

车子急速驶向青杨路。舒莞屏看着小棉玉："我要尽快见到万玉大公！"他想让车子即刻折向另一条路，口中喃喃："我要拜见大公，再也不能耽搁！"小棉玉像刚刚明白过来，摇头："我们这就去冷大人那儿。他一直在等。"

黄昏笼罩，那些草顶大屋像巨兽栖于疏林。鸽子归巢，一只鸟儿都没有。几个黑衣人无声无息穿过林隙。车子停下。憨儿走在前边，打开廊门。冷大人那边还没亮起烛光，需要待些时候。小棉玉说一起晚餐，催人送来食盒。她将碗碟一一摆好，把汤羹端到舒莞屏面前，然后伏下身子，像小鸟一样啄食。她擎起汤匙时惊住了：舒莞屏身子歪到一旁，发出了轻微的鼾声。她将披风搭在他的身上。

她无心吃饭，一动不动看对面的人。几日不见，这个男子变得单薄了，头发有些乱，唇上有了白屑。他的呼吸好沉，紧闭的双目夹出一溜长长的睫毛。鼻子和唇部宛如画出的一般俊美。只有这个时刻，她才能如此端详。憨儿叩门，进门瞥一眼睡去的人，轻声说："冷大人那边好了。"一声低语把人惊醒，舒莞屏搓搓眼站起。小棉玉叮嘱："去吧。须慢慢道来。""明白。提调，今夜我一定要见万玉大公。""公子莫要慌促。"

冷霖渡已站在那条长案前。"公子辛苦了。快些坐下，说与我听。"冷大人开门见山，无一句寒暄，递上咖啡，将座椅移近一点。舒莞屏未饮一口，不再停歇地说下去，一口气说过全部关节，最后稍稍提高声音："大人，我们只有五天时间了！"说完紧盯目光低垂的冷霖渡。他无法掩饰乞求的语气："国师大人，只有快马牒令，才能救下这个人！"冷霖渡站起，没有回应。舒莞屏迎着他的背影，几乎发出了呼喊："即便将其解押河西，囚在这里也好！"冷霖渡缓缓转身："你以为他会做我们的囚徒吗？"舒莞屏看着他，一时未能回答。

"公子已经尽力，剩下的事情就由他人去做吧。"冷霖渡坐下。舒莞屏满脸红涨，一双缠裹红丝的眼睛再次睁圆。冷大人哼了几声，皱眉，叹息，踱几步，抬头看他。"大人！"他叫道。冷霖渡目光转向别处，然后发出允诺：宽赦那个革命党人，也饶恕两位副都统。舒莞屏拐肘撑在案上，喘息急促。他实在太累了，有些支持不住。冷大人像自语，又像对刚才的话加以补充："此事自然要由大公裁决。可惜啊，那位北方特使许下的所有美意，都被他们自己丢弃了。"舒莞屏端起杯子，不小心将咖啡泼在了衣服上。他由冷大人的惋叹，想到了那位革命党人的话。啊,那个夜晚,对方也对背弃与苟且发出了痛斥。一句质询差点冲口而出,最后还是忍住了,说道:"冷大人,我想快些拜见大公!"冷霖渡拍拍他的肩膀:"公子歇息吧,我即刻向大公禀报。"

这一夜舒莞屏终得深睡,做了一个大喜过望的梦:一匹通身闪亮的栗色大马,一个英俊骑手,伴着嗒嗒蹄音消失于大山后面。他醒来一直咀嚼那个梦景,说一句:"当然是快马牒令。"梦果然灵验,早餐前憨儿报来瘦削青年送达的讯息:大公已经采纳冷大人的奏请,即日飞传牒令。舒莞屏看着憨儿,泪水再也无法抑止。他们两人策马驰向沙岗,只为了与提调分享美好的消息。小棉玉听了,欣悦之余问:"大赦后,那位革命党人会去哪里?"舒莞屏答:"当然是回到义军营地。"小棉玉不语。

舒莞屏安歇两日,仍觉乏力。他在榻上卧读,时而闭目养神。架上书函旁,那对闪烁荧光的小海雀安静如昨。他把它们抓在手中抚摸,心里默念:"大公。"好像刚刚记起大公身染风寒的事,这会儿又加一句:"愿大公早日康复。"偶尔展开冷霖渡大人的那摞文稿,越发觉得译笔拙劣:一场旷日持久的劳作让自己失望。他用一支笔勾勾画画,始终无法尽意。思绪一次次回到东部营地,最难挥去的是与之分别的场景:嘶哑的声音、火把下尖利如钉的双眼。耳边又响起对方那番赠言。他站起,打个愣怔。

扳指算来已过六日。如不出所料,正该是那位兄弟走出囚室的日子。舒莞屏来到廊外,在刺眼的阳光下望向河东的方向。心中急促,胸部憋闷。他大口呼吸,背倚廊柱不再移动。东部之行使人身心俱疲,噩梦袭扰已是常事。冷大人不再凌晨造访,像是有意让他慢慢将养,远避夜猫子的习气。可是每到凌晨舒莞屏必要醒来,忍受芜乱不祥的梦境,出一身冷汗。有一天他向憨儿说起可怕的梦魇,对方竟取来一个朱砂囊袋放在枕边,犹豫半晌,又回头拿来一卷皮纸。"这是最能镇邪的啊。"皮纸中包裹了一幅绢画,半尺见方,原来是万玉大公的工笔造像。舒莞屏"啊"了一声,问这如何得来?憨儿只说是一直藏在身边的:"大人将其放在床屉,也就无碍了。"

夜深时分端详这幅小巧精细的画像,判定并非出自冷霖渡之手。画中的万玉大公神色端庄,与民间供奉的画像多有相似。不知是朱砂还是造像的作用,他真的有了几日安眠。继续译稿,并接续为五位通嘴子讲授。几位后生常常携来一些零散消息,有的真假难辨,有的令人惊惧:辅成院的银库小屋时有不宁,午夜过后会有烛光摇曳,一个瘦长身影伏在案上,一头乱发抵紧纸卷。有一天巡夜的人站在窗前,大喝一声,案上人缓缓抬头,竟是死去的年轻匠师"五微子"。"他的魂魄不肯离开,匠师是知道的。老人有时面向一隅咕咕哝哝,那是他们叙旧哩。"通嘴子吸着冷气。

三位通嘴子即将跟随巡督出行,其余二位有更要紧的事情:参与与洋行交易。自春夏以来,至少有四笔军火买卖得以成交,五个人获得了三等功牌。"总教习大人,新购来复枪足可装备三个小队,诺登飞多管机枪、撞针手雷和短铳也有大宗。"他们沾沾自喜,"提调大人要出巡了,她在入冬前总是不得安歇。听说有两个兵营内讧,惊动了大人。上个月小青手金春将军的人劫了官军金库,这批金子就要运到大城池。朱砂滚子万东将军移防,靠近金春。传说大公病了。"

舒莞屏听到最后,说:"大公不过是风寒小恙。"两位通嘴子缄口。舒莞屏最关心的还是东部战事。传言渡海新军心生悔惧,正准备撤回关外。如此一来,那位获救的年轻革命党人正可大展宏图。可惜关于那个人的音信全无,传来的只是那支义军的消息:历经周折终得翻越昆嵛,北进西击,正准备干一件前所未有的大事,夺取登州。"听说南方总首通电嘉奖义军;南方革命党人又一次发动起义,江南江北遥相呼应,势头甚是猛烈。"年轻通嘴子一片神往。

憨儿从廊前走过,见到出门的舒莞屏,叫了一声"大人",随即转向那片疏林。舒莞屏独自走了一会儿,不见憨儿转来,就回到了小屋。屋内燃起烛火,茶炉正炽,案上有摆好的杯盏。角门开着,憨儿站在那儿:"大人。"舒莞屏示意他坐,将另一只杯子注满。憨儿伸手端茶,竟泼在案几上。"大人,那边,就是河东,有消息了。几天前,也就是第六天正午,猞猁胆将军把那个人,还有两位副都统,押到了大沙河。"

舒莞屏的杯子跌落地上,碎成几片。

二

一连两天,瘦削青年一直想敲开舒莞屏的门,未果。角门是冷大人自由往来的通道,可连接一条短廊,去往几个房间。这个角门通常是不会闭锁的。外面笃笃敲击,小门仍旧闭合。敲门的一定是冷霖渡或他身边的人。半个时辰之后,小棉玉的马就在外面了。她在冷大人那里待了一会儿,然后耐心地叩击廊门:"总教习大人,是我。"

无声无息。小棉玉仍旧没有离去。一个钟头过去,她再次叩击。门内响起微弱的回应:"提调大人。""是我,公子。"廊门打开一道缝隙。小棉玉将放在门边的食盒提起,推门进入。她摸黑点上烛台,又从食盒中取出汤羹。舒莞屏谢绝了。小棉玉说:"公子呼气都是焦烟的。"舒莞屏没说什么，倚在榻上。她发出哀叹："竟是这个结局！问过国师和大公才知道，快马牒令是绝无偏差的。"

舒莞屏坐直，双目直视："大公亲口所言？"

"正是，总教习大人。"

舒莞屏再次倚到榻上："如果没有记错，上次'五微子'刑前大公也亲口说过，要'刀下留人'。冷大人更是言之凿凿。一切皆如从前。我与革命党人彻夜长谈，深知其诚其真。事已至此，自感罪孽深重，万死不足以赎罪！"

"公子！你至洁至纯！可你遇到的那个人是谁？一个'铁嘴'！我一直未能说出的事情还是发生了：那人既能凭一副口舌颠倒三军，蛊惑一人又有何难！公子切不可轻信于他！公子啊，大公和国师才是至诚的！"

她面色赤红，双眼睁圆，高高的胸部起伏不已，一张脸离得越来越近，让他一睁眼就能看到这张面庞上矣起的细密绒毛。他猛地坐起，直视她的眼睛："我只问一句，是谁于大战之前瓦解新军？又是谁亏心丧义暗通旗营？"小棉玉身体后仰，张大嘴巴，紧紧攥起的一双拳头颤颤端在胸前，又猛地垂到身侧："公子啊！那全是无耻挑拨！咱的每一寸土地都是刀枪拼来、血肉换来，是一条条苦命一颗颗人头兑来的！公子这番话只对我说罢了，因为我是真心护怜你的人！这些话如果说与府上大人，他们会气个透心凉的！要知道你是他们的眼中栋梁啊！公子快快醒悟吧，切不可自伤，更不能受人蒙骗！府上牒令必是误在路上，或被那些杀红了眼的将军撇在一边，这难道有什么稀罕吗？"

舒莞屏觉得空空的腹部被连连绞拧，疼痛难忍。她再次捧上汤钵，他一手挡过，说："提调来往于将军大营，自然知道谁是杀人如麻的恶魔。"

小棉玉退开几步,隐在了阴影里。她站在那里发问:"克虏伯大炮和马克沁机枪都是杀人如麻的,公子以为如何?"

"那要看为谁所用!"

"正是!将军好比冷酷杀器,可他们正为府上大人所用!公子啊,那些将军的悍厉不须多言,可是大公给他们戴上了嚼链!我想告诉公子的是,世上凡事都相生相克,以大公的仁心和肚量,能容能忍更能体察宽恕!也请公子相信大公的话,凡作恶者必遭果报,这世上终究不会有一个例外!"

面对这番大言强辩,舒莞屏脑海中倏然闪过一幕:训场上小棉玉声泪俱下,众兵士齐声呼应。啊,对面这个小人儿,那时就像一个威力巨大的火药筒。他明白了,时下与之强辩争锋不仅徒劳,而且无益。他强忍痛楚和愤怒,努力镇定自己。沉默良久,舒莞屏站了起来,低声谢过提调,说道:"事情既已过去,就让我自己慢慢平复吧。大人请回。"

小棉玉并未移步,说:"公子用过汤羹方可。"舒莞屏只好饮下。两个护卫等在门外,他们待小棉玉跃上马背,一同策马离去。

舒莞屏在门前目送,站了很长时间。从旁转出几个人,中间一人停下步子,其余几个随即走开。"总教习大人,夜色甚好,我们走一会儿可好?"是冷霖渡。北风徐徐吹拂,掺杂些微腥气。月亮有淡淡的晕圈。天空呈黛青色,无一丝云气。"我对星象术虽有敬意,只不得入门。这或许是最深奥的学问了。涝旱蝗灾,战事,宫闱权变,星象师都可预言。"冷霖渡叹道。舒莞屏原以为他会言及河东那场惨烈,松了一口气,说:"大人,这个秋天总算太平。""但愿如此。小麻烦倒也难免。"冷霖渡咂嘴,看看他,"公子有些虚羸,积劳日久,需大药堂细细调理才好。"舒莞屏摇头:"在下所得惠顾太多,作为实在太少,唯有愧疚。只想将这部著述译毕,请大人多加指教。"

冷霖渡长时间没有挪步。舒莞屏觉得月光在这人苍白的脸上、一丝不苟的稀发上施了一层铜色。因为阴影的缘故,那尖挺的鼻梁向一边倾斜。"公子时下做的事情无比重大。大公家世谱系、干支纪年对照、大事列表、姜姓脉流考,也算一部'万玉学'初创。我因太多俗务而荒疏学术,多年积叠的图册典籍未及编制索引,这些都有赖公子接续。你知道我沉迷西画,可也至少月余未沾颜色了,这在以前是从未有过的。"

冷霖渡谈兴渐浓,声音却依旧低沉,一只手轻触舒莞屏背部:"我们回吧。"然后脚步轻快走在前边。已近午夜,正是冷大人精神最好的时段,走入长廊仍无分手的意思,而是径直将舒莞屏领到了那间有螺钿屏风的大屋。长案上一摞文书摆得齐整,茶点摆好,香气涌入鼻孔。舒莞屏吃惊的是这些甜点竟然掺了辣味,让人猝不及防。冷霖渡合掌而笑,为自己的恶作剧而得意。

案头有一个椭圆三层食盒,里面是几个冷碟。冷霖渡将吃物一一摆开,又取了一瓶洋酒。"If you drink with a bosom friend, a thousand cups are too few.(酒逢知己千杯少。)虽然还不到庆贺的日子。不过总会有那一天的。"他为两个杯子各添了一点,端起,"公子会想起同文馆的日子,不过他们也未必有这么好的酒。"一句话让舒莞屏想起那个金发碧眼的亨利,今夜那位洋教习也在借酒浇愁吗? 对方做梦也想不到自己的弟子身在何方:被一场突如其来的"北煞风"吹到了天边,去了另一个世界。

冷大人起身到屏风后边,搬来一个鸭蛋青瓷坛。打开盖子,冒出一股老酒的香气。他用一柄竹勺在其中搅动,捞出一些不大的金色和蓝色颗粒。"公子,这是我亲手料理的酒渍鱼胶,听说有大滋补。它们取自深海鲛鱼。"舒莞屏吃到嘴里,未觉有什么特异。冷大人自斟两次,这才作罢,看看怀表说:"还有时间,公子想看一眼那场大雨前后的画作吗? 它们都是新作。"说着往屏风后面走去。绕入书柜和多宝橱中间的通道,走向铺了蒲垫的长廊。壁悬鱼油灯发出一股腥味。来到一间小厅,当中条案上是几张未及上墙的画作。悬起的几幅与案上一样,都是万玉大公:侧身或正面、静坐椅上、窗前伫立、驰走风中。只没有"策马图",那大概是不可重复的绝笔。

舒莞屏被万玉大公盛夏纳凉图吸引:藤椅,白色薄纱难掩洁白如雪的胸颈;隆起处似有起伏,微微汗息。冷大人随手将一条织锦掩上,引他看墙上的画。"那是大公召你解读洋文的日子。雨前好生闷热。我昼夜不停画了多幅,一时无心其他。一场豪雨骤降,停笔也难。"舒莞屏发现冷大人的目光正落在自己额上,吮吮嘴巴:"公子,我敢说这是一场十年未遇的大雨。"

三

凉爽的秋天在沙堡岛来得稍早。小棉玉照例去了军营。舒莞屏关注时局,留心所有消息:河东以及整个半岛没有激战,只有零星山匪交火倾轧。那支渡海新军残部并无作为,最终在天冷前返回关外。半岛革命军趁机强固,在昆嵛东侧和南侧站稳了脚跟,既与旗营周旋,又得以避开猞猁胆刘通将军的锋芒。因为官军的主要追剿对象为革命军,将军东西大营正值一年来最为宽松的时期。舒莞屏牵念的是那支由北方特使和惨死的革命党人一手创建的义军,只希望他们取得大胜。"我将那个惨死沙河的勇士称为'兄弟',一个何等无畏的人!"他在心中呼叫,"如果这就是革命党,那一定是不可战胜的!"

小棉玉与几位护卫离开后,舒莞屏出行的想法日趋强烈,越发觉得这间大草屋真的像一处囚室,而整个大城池则是一间更大的囚室。他知道这种比喻出自那个"兄弟"之口,实为确切。提调一行去了河东,先是进入猞猁胆刘通的营地,然后西行,在棘针棒方来将军的大营驻留几日,再绕路北行,去行营拜见万玉大公。小棉玉是大公最为喜欢和信任的人。舒莞屏难以忘记丘陵之北那片平原,那里的青杨和沙滩小河,离河畔数丈远的草屋院落,这就是行营。大公长时间住在那里,也许整个秋天都要在此休养、打理事情。大城池有冷大人值守,由这个通宵不眠的人执掌一切。舒莞屏再次向冷霖渡提到出行:肃杀漫长的冬天来临之前,大约只有一次远足的机会了。

"总教习大人,我想你还是往南走一程吧。每年的这个时节都有巡督去黄金通道,将军会派手下都尉接应。公子知道这可不是小事,关系重大。"冷霖渡与他商议,其实主意已定。舒莞屏欣然接受:只要能够离开一些时日,随便哪里都行。

随之巡行的有银库一位中年匠师,还有护城副都统手下的总兵。憨儿及三位武士同行。舒莞屏得以出城有些高兴,行前对冷大人说:"在下会审慎行事,归来再向大人面呈。"冷霖渡点头,后来突然问了一句:"人说银库有鬼魂出没,公子也信这些异灵之事?""哦,那是传言吧。"

南行头两日与行营之路重叠,这让舒莞屏想起往事。"大公啊!"他望着秋野,心中发出一声呼叹。旷野上,阡陌小路,一株株青杨,茅舍卧于田野,像一只只小鹌鹑。车子转向东南,与行营之路分开。

遥望远处的山影，后面就是那片有名的山地，东西百里都是官家与悍匪激烈争夺的区域：从这里到北部丘陵和平原，直至荒凉无边的沼泽水乡，隐下了数条黄金通道。山地以东的大片土地为青州旗营所控，舒府就在这座军事巨垒的余荫之下。旗营的一品将军曾造访过府上，那是舒府的鼎盛时期。吴院公当时正值少年，他后来曾向舒莞屏讲述当年亲历：将军那一次未乘绿呢大轿，而是骑了一匹有银饰的青花马，簇拥左右的旗军好大声势，将士们个个盔明甲亮。

"我们第一夜要在小青手金春将军营中度过？"舒莞屏问憨儿。憨儿点头："是他最北边的一处小营，都尉会来迎接。"然后提醒，"在所有将军中，朱砂滚子万东是谁都比不上的。因为大城池最初是他的地盘，两条水道都由他把持，他接迎了大公的队伍。如今的护城副都统就是他的人，所以大公和国师对万东最为倚重。河东的猞猁胆刘通不过个山寨头儿，后来投了大营，万东将军从不正眼瞧他。"憨儿说到了那次可怕的东行，"他竟敢在总教习大人面前端着，真真可恶！"

天黑前来到一条河汊。前行的武士兜马转来，说这是兵营派人接迎的地方，大约不远了。正说着几匹马由远而近，领头的正是都尉。营地靠近一个不大的村落，依托一座废弃的庙宇。都尉对总教习一行表现出极大热情，说："鄙人当值多年，何曾接待过府中大人！"他对简陋的居所表示歉意。晚宴设在放置香案的地方，两张门板拼成方形大桌，铺了粗布，烈酒和乡间土产摆了满满一桌。

入夜后四周甚是寂静。舒莞屏和银库匠师在外面走了一会儿，憨儿在稍远处。匠师说起这次巡行：虽是例行公事，但少不了与大营角智。"他们的账簿一塌糊涂，做些手脚是自然的。上缴银库的银两和财物到底该有多少，府上大人心知肚明。瞒下的数目除了金矿收益,还有更大一项,就是大户进贡。金条银两,厨娘丫鬟,她们可抵大批银子,也最讨大营的欢心。""私授女子?府上大人不知?""府上睁一眼闭一眼。因为上好的女子才会送到府上。那些大户如不顺从,或者和山匪官府勾连、倚势逞强,索性就把他们'平了'。这就可得大宗财物。凡财物人头我们都要留意,这是巡行的要紧处和着难处。"舒莞屏点头:"一切还请匠师多多留心,这些事体我全不通晓。"

舒莞屏提到银库的异灵之事,匠师惶然四顾,目光凝在黑暗中透出几点光亮的庙宇,小声说:"这是禁言的。大人,有一天夜里我去银库,穿过廊道看见老匠师的小屋闪着烛光,就往里看了一眼。老天,我吓得头发都竖了起来。大人,我看得清清楚楚,坐在案头翻弄账本的真是'五微子',他头发芜乱,就像押赴刑场那天一模一样。他一边翻账本一边揩脖子,不是揩汗,是把一汪汪血抹去。大人,我看得真切,没有一句夸张!"

舒莞屏惊得呆立,吞下一口冷风。憨儿还在后面,一个黑影从庙宇中走出,是那个总兵。匠师瞥一眼说:"这个总兵每次都要同来,他不言不语,其实是副都统的一双眼。"他们往前走去。舒莞屏对这位匠师甚有好感,又问了几句老匠师和他的爱徒。匠师眼睛转向一边:"再也没有那么好的雕版师了。银票上的大公像那么小,精绝到一眼即可辨认!"匠师说不下去。

四

小青手金春的营地在一条狭长的山谷中,散布于东西数十里。

大小村庄相距很远,它们沿河而筑。河流干涸大半,只剩中间一线流水。这里的河沙堆成一座座小丘,河床上多有坑塘,那是淘金人留下的。比起掘凿矿洞,河中淘金省下不少力气。将军主营前几年驻扎峰峦深处,那里有山匪留下的洞窟和防守工事,而今移入开阔的谷地,依傍一个最大的村落。背后那片峰峦仍旧屯下大批粮草,已成可靠的据守,每有交战,主力就会退到那里。几年经营,这个大营既可享用稠密的人烟物利,又有不断加固的山地之险。大营接待府中大人通常在谷地村落。憨儿告诉舒莞屏:大公去过那些暗道勾连的山地,甚是满意。"山匪留下的粮库和炮台还在,真正易守难攻。"舒莞屏想到了"小雀鹰"的山寨:所有悍匪都有险可据,所以才铤而走险。这些人的残忍血腥超出了想象。那一次"小雀鹰"在石块上支起一口烹人的大锅,真的准备把自己扔进鼎沸之中。他吸了一口冷气。

金春将军对巡督给予礼遇。舒莞屏感谢将军,对方龇着茶锈染黑的牙齿:"如此俊俏的小生!"舒莞屏注意到将军的一双手:青魆魆的,胖而小,像一对佛手瓜。将军把手收回,放到膝头。

原计划在大营里度过三日,由府中匠师和总兵与营中账官对接物事。舒莞屏由将军或副将陪同,闲叙茶饮。将军多次言及大公和国师,表达了无尽的思念,每每提到万玉大公,总要拱手行遥拜之礼。在大营厅堂中,舒莞屏又看到了大公的画像,那是以前见过的:方面宽额,双颊过于丰实,端庄肃穆有余,只与真实的大公毫不相干。"巡督大人离大公近便,能够时常拜见,该是多大福缘!"将军说得眼窝发红,舒莞屏有些讶异。

每夜宴饮。菜肴多为山珍,最有名的是一道野鸡蘑菇。有一种大如拇指的小鸟,面糊包裹油炸,就像一枚红枣,填到口中酥脆酸甜。将军一口一只小鸟，嚼得脆响，再次说到大公："多么绵软的心性，见到小鸟不忍食用。呜呼，天佑大公！"他饮过几杯，一双眼睛似有僵持，鼻子稍稍堵塞，看着客人出神，还把一只小手从案下伸来，长时间放在舒莞屏腿上。舒莞屏不得不把身体移开一点。晚宴尾声，副将进来，想搀扶将军，将军伸出小手轻捆一下："大胆！没见我陪巡督大人？"

他人退下后，将军拉住舒莞屏的手，语带悲泣："巡督大人！仗着酒气壮胆，不吐不快！我要告一刁状了！"说着，额头渗出一层汗水，狠狠抹去，喊道，"朱砂滚子万东欺人太甚！我一忍再忍，这回不想忍了，一直等巡督大人到来！不瞒你说，我十几岁就与村西大橡树结下拜把兄弟，谁敢惹我，必死柞木棍下！而今有一群忠耿卖命的兄弟，我一声令下，一夜推平他的大营！"

舒莞屏大惊，让他有话慢说："府上不会偏袒，将军尽可放心。""那棵老橡树是我的拜把兄弟！"他咕哝着，最后道出原委：江北数一数二的大府邸已在这个月初"平了"，此事震惊南北。这个百年府邸根基雄厚无以撼动，几十年匪患猖獗各路争锋，也顶多擦伤它的皮毛而已。府邸蓄养精干武力，且一直受旗营庇护。时局激变风云不测，官军与河西对峙稍缓，旗营全力阻遏义军，正准备决战登州。于此难得良机，小青手金春将军把府邸团团围困。朱砂滚子万东见有机可乘，遂连夜西进，火中取栗，将隆隆车马驶入府内，金银财宝悉数卷走，美妾娇娘无一遗落。待金春将军人马赶到，高墙内已是满地狼藉。

"朱砂滚子万东胆大贪吃！我损折了一百三十余个兄弟！巡督大人，这厮需得交出大宗银两，除了充实府上银库，还要如数归还我营。这厮为遮人耳目，随破瓷烂铁押来十几个粗丑女人！巡督稍待,我让人当即呈上编目,那上面一器一物,包括端浆老妈子都记个清细,大人看过便知!"小青手金春击掌三声,副将进来,递上一个皱皮本子。

舒莞屏有些惊异:本子上记得密密麻麻,什么瓷猫枕、鸟笼、雕花檀椅、铜夜壶、烟枪、大漆镶银碗盏,细碎无尽,满满五页。最后一页是女人的名字,姓氏身份,洗衣房役工、房上侍女、厨娘,共十四位,年龄三十至五十不等。舒莞屏将编册掷在桌上:"将军所说何为?到底是何府邸?"

"还有哪个!就是舒府啊!"

舒莞屏只觉得两眼发蒙,耳畔轰鸣,再无法听清旁边的人说些什么。副将离去,小青手金春将军站起。舒莞屏仰靠椅背,一动不动。"大人疲累了。"金春将军低头看了看,嘴里发出"呲呲"声,不再说话。"我来问你,你要据实以禀,不得有误。"舒莞屏睁开眼睛,语气突然变得沉实冷厉,"舒府一事是否先行禀报府上?事后府上可曾知晓?"

"啊呀巡督!大营这些年'平了'多少大户,都是顺手就便的事。府上知道自然高兴,也求之不得啊!"

"我再问你,这一次,府上大人事先是否知悉?"

"开始未及禀报,后来闹成这个样子,府上大人自会知悉。不过如何裁定、怎样分清干系,全凭巡督明断了!"

舒莞屏血涌额头,双臂胀疼,心跳如鼓。他紧咬牙关,扔下几个字:"等候裁决吧!"说完即向大门走去。"大人!"后面传来声声呼叫。他充耳不闻,大步踏入漆黑的夜色。起风了,庙宇檐头发出尖厉的呼啸。憨儿走来,舒莞屏仍未停步,一直沿残院往西走了很远。他迎着西风停下,转脸,对憨儿发出指令:"备马,即刻启程。"

"大人，出了何事？夜行？"

"一刻不可耽搁！"

五

车马驶出大营。所有人心生疑惑，却不敢询问。憨儿行令坚执，车夫抖起精神，几位武士策马在前。匠师和总兵同乘一辆骡车，憨儿和舒莞屏一起，武士骑马殿后。风在加大，山谷寒凉。夜鸟呼鸣不已，一只粗粝一只尖亮。"哦咳儿唉嗜！色而得利！""呜呜呼哟！呼哟！"它们在山谷里一东一西遥相呼应。后来鸟鸣突然停息，接着是一只猫头鹰，它突兀的叫喊在清凉的月色下格外凄厉。憨儿靠拢一下："这鸟儿太瘆人了！"

因为提前多日转于下一程，一路无人接应。舒莞屏只嫌车马不快，再次催促。车夫鞭声频响，车轮时而腾跳。武士提醒："山路陡窄。""我们不走驿路，非把车子颠散了不可！"憨儿一手揪紧车子，一手揽护总教习大人。舒莞屏两眼盯住车马，恨不得让它们飞起来。武士在车后紧跟，呼喊："大人，我们该从北边绕行，那路好些。"憨儿说："那要走更远的路。翻过前边垭口就是下坡了。"舒莞屏问何时才能赶到朱砂滚子万东的大营？憨儿说："天亮吧，不过主营在白石镇，那还要跑一会儿。"

舒莞屏心中默念一个名字：吴院公。只有老人在天之灵能够保佑舒府了。那个古老深幽的府邸占地几百亩，后来又在西南二十里外建了西营。自己在府中时间不多，父母大人过世后伯父舒铨接手府中事务，就随院公去了西营，而后去同文馆。记忆中那些阴长的胡同、精致的花园、长满青苔的石栏、曲折的廊道,像里勾外连的迷宫。最难忘的是那个惊悚之夜,奶娘浑身战栗捂住他的嘴巴,躲进密室。而今,此时此刻,那个阴森与明媚交织的高墙之内,究竟是何等惨状,已不敢想象。他毫不顾惜府中主人,更不在意堆积如山的物器,只有那些无处不在的气息与呵声:它们由逝去的先人留下,是未曾谋面的祖母、外婆、母亲和奶娘,是她们。在她们的柔声呵护之下,丁香和玉兰绽开花瓣,娇媚的猫儿在精砌的石栏上奔跑;更夫穿了黑鞋,露着白色的布袜巡夜,一直走到边厢,在那里伸出烟斗与捐枪的院丁接火。这里像一架运转有序的机器,真正的掌管者是吴院公。

舒铨成为舒府主人之后,府中枯死了两棵百年古藤、五株桧树和一棵最大的雪松。"不祥之兆啊!"吴院公避走西营,牵住他的手,声声叹息。舒铨开筑六角宫,将原来的温泉扩展几倍;原有三个妻妾,后又迎娶四个,称为"七姨太"。最年轻的姨太只有十六岁,加上几位女仆,在雾气腾腾的汤池边与老爷玩"摸瞎狸乎"游戏。

舒莞屏最放心不下的是奶娘花婶。最后一面如在眼前,不忍细思。因为她年轻时貌美如花,人称"花婶",年纪渐大仍有一副好身材,大眼漆亮。"奶娘啊,您是熟悉密室的人,愿您躲过这场灾殃!"舒莞屏一遍遍念着,喉咙如同烙炭。他开口欲问憨儿车至哪里,竟将对方吓了一跳:嗓子哑了。"大人莫是害了风寒?就要攀上垭口了。"

车马明显加速,只是颠得更重。已近凌晨四时,再有一会儿就能见到曙色。舒莞屏希望天亮找到近路,快些进入白石镇。为了不再周折,他让武士先抵大营,告知巡督一行即将到来。这也许是今生遭逢的最大险峻。他抬头望着星空,想寻一颗福星:每个人逝去都要汇入星河，有的微不足道好似尘埃，有的化为明亮可辨的大小炽亮，夜夜注视人间。他相信吴院公就是一颗明亮的星辰。似乎寻到了，东南方，高处，一颗大星。他盯住那颗星，脑海闪过一句询问："公子，请如实回我，为什么吴院公一直不来这里？"这是大公柔怯而又执着的一问，是她在那个夜晚发出的。她在问终生不解的谜底。他至今记得她的神色、她仰起的长颈。今夜，他对自己当时的回应记得清晰：一座府邸沉冤未雪；还有，时间已经来不及了。

他这会儿仍旧难忘万玉大公听到回应的神情：深深的宽慰。而现在，这一刻，在剧烈的颠簸与震荡中，他终于找到了另一种回应，这应该是更为确凿的答案：吴院公之所以没有迎着万玉大公的召唤而去，正是因为随着时光的推移，已经对河西目睹太多、知晓太多。啊，老人将那件沉重的信物交还，其实等于最后的谢绝，那是一次无法更易的辞别。

他身躯挺直，差点从车上站起。一颗心猛烈撞击。他抓紧车子。"老院公啊，我何等愚笨莽撞！不过是一场'北煞风'而已，竟吹得我两眼迷蒙，昏头昏脑！"

曙色出现，新的一天到来。车子在晨光中击打起一片烟尘。丘陵地区的村庄还在沉睡，只有几声鸡鸣。这里贫瘠苍凉，像所有山地一样。憨儿问是否进入村庄？舒莞屏想了想，说天亮会出现营地哨卡。一个钟头之后，果然有手持弯刀的兵士出现。头领看过文书和腰牌，一边吩咐回营禀报，一边派人引路。一行简单用过早餐，携上饮食匆匆上路。营中派了两位兵士随行。

白石镇的轮廓渐渐清晰。太阳落山之前，昏沉的光色中驰来几匹马，是大营的人。有一位圆脸都尉下马施礼，迎接巡督大人。车马急急驶向镇子。迎候的并非将军本人，而是一位副将，说万东将军已在打马回程。舒莞屏不待一行人安顿下来,即对副将简要言之:事务紧迫,请速将舒府一干事体细细呈报。"哎呀,这么急哩。大人稍洗风尘,里面说话。"副将引舒莞屏进入一间屋子,面色怵然,说:"那个府邸的事只待料理完毕,即报府上。进项编目清楚,断然不敢马虎。""人在哪里?如何处置?有无杀伐伤损?一一道来!"舒莞屏口气冷肃。副将皱眉:"这个,死人是自然的。府墙坚厚,兵丁骁勇,我们死了十几位弟兄。那个舒老爷瘫在榻上,还是让他吃了几刀。女人尽数拴来,七个姨太跑了四个,剩下几个使女杂役。"正说着,有人手捧册簿进来。舒莞屏接过,越过前面的物品详单,只看下面的女人名录。一共二十余位,包括三位姨娘,没有奶娘花婶!他手指名录一一询问,对方吭吭哧哧答不周全。"她们当中可有一位'奶娘'?""啊,那个奶娘呀,记得在哩,一个四十多岁的女子。"舒莞屏站起:"人在哪里?""许是在押哩,她和三位姨太还在。没受多大苦楚,大人放心。"副将绷紧的脸上稍有和缓,弯身问道,"莫非府上大人亲自过问不成?"舒莞屏冷冷一句:"莫要多言,立刻带我去见!"

副将搓手:"巡督大人,这着实有些急了,可否稍等将军?顶多半个钟头。哦,大人一行俱已安置,备了一点薄酒。"舒莞屏不再言语,先自跨出屋门。天已黑透,院外有火把燃起,接着传来一阵嘈杂。副将两手夯着出院。舒莞屏发现人声平息,火把在稍远处晃动。过了一会儿,朱砂滚子万东将军在几个人的簇拥下走来,远远拱手。

舒莞屏向独眼将军还礼,无多寒暄,单独叙谈。他再次提出即刻去关押地。对方抚一下左眼遮罩,打个愣怔:"她们一个都不会少,造了名册呢。""那就着人引路吧。"

六

  三位姨娘分别关押，其余混在一排厢房中。奶娘花婶不在名录。舒莞屏断定还有别的女人被瞒下。他见到三位姨娘，两位尚能回话，最小的一位浑身战栗，已无法站直。她们随时被提审问话，有时押走一天一夜，放归时目光呆滞，汤水不进。"姨娘受苦了，我来得太晚！"舒莞屏深感痛楚，未能多言。姨娘们斥骂"匪兽""畜生""虎狼"，哭诉顿足。"屏儿不知，他们杀死老爷，又把房子一把火点了，对咱没白没黑作践，姨娘只有一死了。"五姨娘撩起衣裳，"他们把我身上咬伤，真是山猫野兽！上房丫头才十三岁，押到半路就被两个都尉折磨死了，都是我亲眼见的！"舒莞屏泪水汪在眼中，不知如何劝慰。"屏儿快把我们救出，活不过三天二日了。"

  舒莞屏苦寻花婶，质问副将。对方只得承认："总要余留几个，这是通例，府上得知也不会难为的。"他引舒莞屏去一个镶有铁栏的小屋，打开一个单间，向漆黑的屋角喊道："府上大人来了，好生说话！"舒莞屏取来烛火。一张床上，女人背向这边，头发散乱。烛光移近，女人转过一张划伤的脸。她比常人稍大的眼睛闪了一下，撩开一绺芜发，喊道："屏儿？"

  "奶娘！是我！屏儿来晚了！"

  舒莞屏拥住了花婶。"我的屏儿，再晚一步就见不到奶娘了。你从哪里降下？天上？""我在另一个大营听说了，连夜上路。这是一群恶魔。奶娘，我要一刻不停赶回府上，把你和姨娘救出！奶娘等我啊！"花婶摸他的额头："屏儿辫子没了，屏儿！我的好孩子，原以为你在同文馆,想不到去了老万玉家! 孩儿,你原来落在了她手里啊,是捆绑还是蒙骗? 说与奶娘!"

舒莞屏泪珠成串。他不曾记得自老院公去世后流过这么多泪水。他从头叙说那场该死的"北煞风",说老院公的临别嘱托。"我只想交还一件物品,看她一眼,然后就原路返回。是那双眼睛牵住了我。奶娘!"花婶为他解了头上的绫带,仔细拢起散发,系好,直盯着:"屏儿,你今夜从这里离开,这辈子就见不到奶娘了! 你就像我亲生的,是吃我的奶长大的! 今儿,就是这会儿,你要迎着蜡烛给我发个誓! 你说,挣脱了皮也要逃出老万玉家! 你说给我听!"

"奶娘,我说。我说了。"

"你大声说,一字不差地说与我。"

舒莞屏跪下,一字一字说了一遍。他站起:"奶娘等我。您等我啊,前后不过两天三夜,我必定做到!"花婶揩去他的泪滴:"屏儿,你记住,奶娘没什么紧要,你只记住发过的誓就好,断然不可反悔! 也许吴院公做错了一件事,也许我错怪了他。屏儿,你愿最后听奶娘一个故事吗?""奶娘,我听着。"

"奶娘进舒府那年十九岁。老爷太太待我如同至亲。吴院公年轻,那时没一丝懈怠,对下人体恤,处处行事公道。我从没见这么俊气的男人。他骑马舞剑,我都在看,只不敢走近。我不知他为什么独身一人,觉得他在等一个人,这人是我该多好啊! 我自知配不上他,夜里对天祷告,说就让这个男人正眼看看我吧! 我那时像个小姑娘,又像嫁人前那样脸红心跳了。吴院公一点都不知道,他要操舒府的心,哪有空闲看一个奶妈啊!"

她擦着眼睛,侧过脸庞。

"后来呢?"舒莞屏觉得颤颤的询问被夜气吞没了。

"后来就是那个夜晚。吴院公浑身是血进来,我为他包扎。我吓晕了。我想这个人该留给我,我会伺候他一辈子。他有了假腿,又能骑马了。我看着人和马,知道自己还是不配这么好的男人!屏儿,我这会儿告诉你,奶娘这辈子心里只有一个男人,可他直到离开那天都不知道!"

舒莞屏泣呼:"奶娘啊!""屏儿,时间不早了,快去救府里那些人吧!我把话说出来,也就再无牵挂了!走吧屏儿!"她把他的额头按在胸前。

"奶娘等我!"这是他最后的叮嘱。

舒莞屏直奔朱砂滚子万东将军那儿,副将一直碎步跟随。万东将军垂下眼睛,显然忍住了恼愤:"营里依规行事,编册完毕,自然会连人带物一并呈送,巡督以为有何不妥?"舒莞屏知道无须议辩,只留下一句生硬的告诫:"将军必能知晓舒府之重。请将军严束部属,不得对女子有丝毫冒犯。兹事体大,故而再嘱。我将连夜赶回府中面见大公,不日即有裁定。""嗯哼?"将军瞪起一只独眼。舒莞屏站起。

舒莞屏大步出门。朱砂滚子万东对欲要追去的副将说:"由他去吧。好生蛮气。"副将一脸困惑:"也许大公有言?咱们如何是好?""先应付几日,备下运送人和物器的车辆。"

憨儿几位一直在院中等候。舒莞屏说:"诸位听好,行程有变,我须立马回返。憨儿与总兵匠师及一位武士留下,另外两位随我上路。"憨儿看看总兵,又望着舒莞屏:"我和大人一起吧!""营中事大。须留意这些女子,切切护守。"他的手放在憨儿肩上。

七

　　三匹快马驰出白石镇。北风正疾，时近午夜。两位武士一路引前殿后，无奈巡督大人的马总要冲在前边。如果去沙堡岛即要向北，中间至少换乘一次篷船。三匹马直奔西部山岗，从那儿急驰三十里再转向西北，正是行营方向。舒莞屏叮嘱自己：万玉大公就在那里，我要面见大公！这是至危之时，除了她，无人能够挽回那些生命。"天哪，我已别无选择。"他知道，在这个特别的时刻，哪怕只为了奶娘，自己也会向大公发出乞求。冷风刺向双颊，他只顾催促快马。

　　一天一夜，除了下马饮过流溪，再无耽搁。三匹马都在淌汗。抵达行营天色还早。舒莞屏让两位武士宿下，自己直奔小院。"她会在那里，也许正在晚餐。大公啊！"他心中默念，双手攥紧，望向连成一体的草顶大屋。身穿黑衫的卫士引他去一间小厅，说一声"大人稍待"，然后走开。茶饮已凉。内侍终于回来："总教习大人，大公昨日忙到凌晨，这会儿刚用早茶。她在书房见您。"

　　踏入这间屋子，如同梦幻。陈设如旧，空无一人。有某种草药的气味。仆人请他坐到长案一端，另一端有空着的高背椅。案上铺了布巾，除了一件朱红瓷瓶，不见其他。书架旁的盆花还在。他目不转睛盯着角门，等待开启的一刻。"大公！"他在门扇推开的同时喊道，双腿欲迈向前，却被钉住一般僵在原地。大公做个手势，坐在另一端。啊，大公有些瘦了，头上还是那条浅紫色锦缎，额下长眉微蹙，似有怜惜。果然，大公已经得知他几天几夜驰行山岭。

　　"大营的快马也在公子后面赶来了，我刚刚看过他们的呈报。舒府之事实出意料！可惜补救已晚。公子该不是为那三位姨娘吧？奶娘必定得到照拂，一切从愿。其他人也断不会难为。"大公语气平缓，没有一丝躁急。

这出乎他的意料。一汪泪水旋动，最后在眼中干涸。他的声音因嘶哑而显得遥远和陌生，大公不得不侧耳倾听。他先是谢过英明无双的大公，然后请求放过所有女子。最终，他还是无法忍下，开始痛斥那些禽兽：他们从来不配功名勋位，是所有人的死敌。"我愿亲眼看到他们被诅咒、被惩戒、被大公赐予的宝剑刺穿。我不得不重复那位惨遭凌迟的革命党人的话，'匪患不等于举义'。"

一句出口，戛然止息。好静的一刻。大滴汗水从额上涌出。大公垂下眼睛，像发出声声自语："甚好。嗯，果然是那位总首特使所言，是他的话。""大公，我一时愤激。可是，那些淋漓血色，是谁也抹不去的，大公！"

大公站起："我明白了。公子该用早茶，好好睡一觉了。"她转身，并未马上离去，回看怔在原地的舒莞屏："我想提醒公子，正是那些杀人如麻的恶魔，朱砂滚子万东将军他们，已经为你、为吴院公报仇雪恨了。"

"可是，一切并没有像吴院公想的那样。他们杀死舒铨老爷，从此也就死无对证了！"

大公往前跨出半步："舒府老爷、这座百年府邸，又是谁的死敌？公子真的以为这些都需要一一求证吗？"

舒莞屏胸中沸涌，却难以找到喷射的出口。他紧咬牙关，险些咬碎，最后低语应道："我记住了，大公。大公的教诲我会谨记。大公多多保重，您的康健牵动所有人的心。大公！"

他看着她转去。步履轻轻，无声无息。哦，脚下是一层蒲垫，编织了花纹。他竟第一次发现这些纹饰。他注视着那扇小门一点点闭合。仆人和他一起出门,一直走到餐厅。他正努力振作,驱赶阵阵困倦。大口饮下茶水,吞食糕饼,然后伏在桌上。一睡就是几个钟头,醒来发现自己被人扶到了一旁的长椅上,身上搭了一件薄毯。他揉揉眼睛,一时不知身在何方。窗外咫尺就是一丛茂竹,碧绿的叶子在风中荡漾,他顿时记起:这是行营啊。

头疼欲裂。他手扶墙壁站起。有人过来搀扶,踏上花砖甬道,进入屋门。这是一个小小的套间,正是以前住过的地方。侍者请他安歇,他叫住对方:"请传两位武士。"侍者应声而去,他歪在了卧榻上。

两位武士赶来,听到的是一阵鼾声。"大人实在累了,让他睡吧。"整整一个白天,舒莞屏都在酣睡。直到晚餐时,舒莞屏见到两位武士,第一句就是:"误了大事!快快备马!"武士说:"大人,大营的快马早就返回了,估计这时已经到了将军营地。大人自可放心。"舒莞屏稍稍平静了一些。他在廊前站了一会儿,看暮色里的庭院和竹丛。"这是我和特使交谈的地方。"他心里默念一句。

一夜梦境紊乱。好像睡在木瓜林中,香气逼人。一人牵手,一匹栗色大马从大门进来。"屏儿看谁来了?"说话的是奶娘。骑在马上的是吴院公,他将奶娘怀中的屏儿接过,拥上马背。舒莞屏脸上有了一抹曙色,睁开眼四下环顾。远处有马嘶声,他猛地坐起。啊,突然记起了两位武士:他们这会儿一定是倚马而待,正等自己上路呢。

舒莞屏急急穿戴,出门后直奔小院东门。太阳已经升到树梢,晨霭还未消尽。听到马的嘶声,拐过墙角,那里有三个人和三匹马:除了武士,竟有憨儿。他甚为吃惊,不知出了何事。憨儿独自迎上,满脸憔悴,原来刚刚经历了一场夜奔。"大人,匠师和总兵留在那儿,我有急事回来禀报!您见到大公了?""大公已全部应允。快马也返回大营了。"憨儿大口吸气:"也许我和那人在路上错过了。大人,您刚离开就出事了!在押的女子有三位自缢身亡!""啊,她们是谁?""两位姨娘,还有,还有奶娘!"

第十七章

一

沙堡岛寒气袭人。再有一个月的时间,这里的人就要像鼹鼠一样,钻进一座座入地半截的冬房子里。西风和北风轮番呼啸的日子,正是忙于储备和享用的时候。坚果和块根堆积入囤。红鳍鱼鲜美逼人,吃不完即晒成鱼干。土黄色的自酿酒和烈酒一起畅饮。呕吐伤身的副都统们纷纷入住大药堂,在入冬前的最后一个月份接受药浴和五花八门的治疗。药堂女总管舒眉阔步,指挥那些药娘快步急颠。她们时而发出的尖叫让正在冥思的坐堂道人心生厌恶,老人不得不站上廊道,对匆匆走过的女总管做出吓人的手势。

国师府落叶成岭,因为冷大人喜听踏叶之声,故而无人清扫。冷霖渡对离自己不远的那个年轻人时常牵挂,对身边人说:"总教习大人是我的芳邻。"舒莞屏正在度过自己的煎熬之期,冷大人十余天未曾与之一起宵夜。大人叮嘱小棉玉宽慰公子。小棉玉说:"他也该释然了，那些留下的舒府女人没甚怨恨，有的做杂役，有的嫁人。舒府没了，她们又能去哪里。""公子做甚？""仍旧译书。"

小棉玉来到舒莞屏这里，格外小心。她为其斟茶，归置主人随手放下的物品，静默中偷窥他的眉宇。"公子尽可放心，两位姨娘，一位从了副都统，另一位许配的也是头领。她们都是安稳的。"她声如蚊蚋。舒莞屏无语。他早就与她们见过了。小棉玉沉静时又变得羞涩，身躯缩起，下巴抵在胸前。他时而翻动案上那摞纸页，心思却在别处。

入夜，舒莞屏长时间伫立窗前，与空中那颗星辰对谈；疲惫了，半卧榻上翻书或涂抹纸页，仍旧与那位老人交谈。"院公，我终于明白，尽管已经太晚。归总而言，他们这些人只做四件事：说谎、抢劫、杀戮、交配。"最后的字眼过于粗鲁，却一时找不到更合适的词语替代。他掷笔呼道："奶娘，您还是没有等我啊！"眼前总是闪过那一幕、那一夜、那闪跳的烛光。最为痛恨的是自己对那个永诀之夜竟然毫无察觉。"你今夜从这里离开，这辈子就见不到奶娘了！"啊，她当时说得何等分明，只因救人心切，全没听进心里！就这样铸成了大错，终生无法补救。而今只有面对那句誓言了，它是奶娘让自己大声说出的，而且当时跪对了烛光。

这是必得铭记的一句必践之诺。可惜剩下的时间不多了：至多还有一月，大风呼吼的酷寒之日就要到来，那时无法上路。除了陆路还有水路，届时处处雪岭纵横、水道冰封。他已急不可耐。难的是怎样走出沙堡岛，获得一张出行牒令？出逃方向只有东部和南部，因为终究还要渡河。他面对草草绘制的那张地图细细推敲：如果从西部渔场南绕，将多花一倍的时间；循行营之路往南，设法进入黄金通道，那里陌生无测且更加艰辛。无论如何，都要找机会渡过界河，然后抵达烟台码头。他发现自己首先想到的，仍旧是返回南国。季考和年考都错过了，可是大海还在，那道天际线还在。百年舒府终成一炬，半岛再无立足之地，那就只能向着天边飞去。原来父亲生前让儿子学会通行四方的语言，就为了这冲天一飞。

几位通嘴子携来柿子和梨枣，用日语和德语与他对答，同时还带来了各种消息：府中大人、大营将士，这些幸运者分别都在这个晚秋得到佳人。"她们来自河东城镇、大户人家、山地和海岛。有的会说江南软语。"银库又出异事：有一天匠师们拆开一箱银票，打开后全都喊叫起来，因为一张张票子上全都沾了血渍。"老匠师哭了，他说其实徒弟从未离去，就伏在桌子对面默默雕版。"年轻通嘴子为了证实，边说边掏出一张簇新的银票：上面真有殷红的血色。

关于血渍有更惊心的解读：被污过的银票交给大药堂道人鉴验，方知这是加害于大公的某种魔法。怪不得大公染上风寒难以痊愈，不得不日日药浴。舒莞屏想起那天在行营中闻到的草药味儿。一位通嘴子透露另一讯息：不久即要东渡，赶在入冬前谈一大笔火器生意。

东渡的消息让舒莞屏彻夜不眠。他在想一个天赐良机：如果能随通嘴子进入那个东部城市，余下的事情就好办多了。现在的至大问题是怎样争取走这一程，怎样与弟子同行？他害怕冷大人那双洞悉的眼睛，可一旦放弃这次尝试，又将后悔莫及。一夜苦思冥想，权衡掂量，终算找到了一个不错的理由。他鼓起勇气，第二天夜里九点，向瘦削青年提出拜见国师大人。然后是静静等待，站在镜前看自己苍白的面色，深深吸气。有人叩门，是憨儿。啊，憨儿身后竟是冷霖渡，大人面带微笑，手持一杯咖啡。舒莞屏迎上去。

"公子气色还好。"冷霖渡看他几眼，将杯子放到案上。舒莞屏展放眉头,让声音变得舒缓而轻松:"那天看了大人新绘的大公画像,总也难忘。我见过乡间和大营多少造像,远不及大人笔下之万一。"冷霖渡收敛了微笑:"公子尽可挑剔。不过,它们终究无法超越那幅'大公策马图'。"舒莞屏抚着胸部,从内衣口袋掏出一个纸卷,展开,是憨儿赠予的那幅绢像。冷霖渡呼出:"啊,好生工细!"说着从兜里掏出一把长柄透镜,远近端详,摆动下巴:"可见民间自有高手。所惜未能挣脱窠臼,望去颇似佛像。""大人正中肯綮。下颌和面颊过于丰厚了。"冷霖渡合掌而笑,抬头盯视说:"公子,这个时令何不入住大药堂稍做调理?接下去的几月难得出门,要闷在冬房子里了!"舒莞屏挪动一下椅子,像是刚刚想到了什么,说道:

"大人说得极是。我只想在入冬前出去透透气。正好几位通嘴子要出远门,若能与之同行,也可知道他们学到的本事到底如何。"

冷霖渡饮下剩余的一点咖啡,咂咂嘴:"嗯,提调会有自己的打算。她那里事繁,也并不省心。"舒莞屏心跳加快。他不知冷大人最后一句在说什么,想了想,可能是指银库幽灵的事。他按捺内心的急切,不再谈论东行,只由这帧小像谈到大公入秋以来染上的寒疾。冷霖渡说:"药浴还好。但愿大公能早日康复。"

舒莞屏第二天见到小棉玉,直接提出与几位通嘴子一起东行。她哼一声:"这几张早该缝上的嘴巴!幸亏只说给总教习一个人听。"舒莞屏说:"都是我的徒儿嘛,他们有了一点本事。不过到底如何,我倒要亲眼看看。快进冬房子了,这之前也想找个机会出去走走。"小棉玉犹豫着,过了一会儿说:"此事不宜声张。不过你要随行,阵仗未免大了些。""哪里多我一人啊。""不然,"小棉玉直眼看他,"公子出行事大,那少不得憨儿和武士一路随护。"舒莞屏叹气,仍旧坚持说:"我终日闷在屋里翻弄文稿,非要活活憋煞不可!"

二

东行之事终得应允，而且因为舒莞屏的执拗，果然随护从简，只带憨儿一人。一路上两位年轻的通嘴子有些兴奋，多用洋语与总教习对话。他们显然对这条路十分熟悉，与自己的师长同行也非常高兴。舒莞屏对目的地不曾多问，只料定这一程终要抵近界河，至于渡河与否，那是后面的事。这次照例要先出大城池，再由水路转向陆路。稍稍出人意料的是，两辆车子刚刚驶出不久，后面又驰来两骑，原来是府上增派的两位武士。他们说了府上大人的意思：总教习出行，要严密护卫才好。舒莞屏对突然发生的变更感到诧异。如此一来就有了三位骑乘引前殿后，实在是一支不小的队伍。中途歇息时，舒莞屏见两位武士与憨儿踱向路边，三人正窃窃私语，见他走近即大声言说天气云云。

如同所料，第二天夜宿大营，又见到了胖胖的副统领和辛辛阿二。他们出营迎接，副统领拱手说："分手后梦见总教习两次，一次去南塘打野鸭，大人箭法了得！"憨儿笑了："大人从不使箭的。"这里是舒莞屏最熟悉的地方，已有过三次造访。最难忘与那位革命党人的会面，还记得那间房舍。晚宴后，舒莞屏特意从那座小屋旁走过，憨儿和两位武士一直相随。

下面一程该是大草营了。启程前两位武士突兀地告诉舒莞屏："大人，府中大人行前特嘱，让您在这里原地歇息就好，等他们两人归来再一起返程。""竟有此事！断不可以！"舒莞屏正色。憨儿进言："大人，府上大人既说，那就留在营里罢。"副统领击掌："多好的机缘！大人在营中多待些时日，真真是求之不得呀！"

没有办法，舒莞屏眼睁睁看着两位通嘴子继续东行，自己与憨儿和武士滞留营中。一天太过漫长，舒莞屏出门闲走。他转到那个窗扇闭合的小屋前，伫立了一会儿，又向南走去。他想起了水塘边的算命女人。身后不远处是憨儿和两位武士。他终于明白：这三个人是不会离开自己了。

晚宴时舒莞屏稍有兴致，谈到了操演场那些令人眼界大开的西洋火器，还有中途的海猪奇观。"啊啊，除了季节不合海猪少了些，操演场正有一场演练哩！"副统领十分得意。舒莞屏问："大人为我们备下一条篷船怎样？他们几位能来营里一次实在不易。"副统领拍腿："那有何难！"舒莞屏对憨儿几个说："还不快向大人敬酒！"

第二天一早篷船备好，随船的是辛辛阿二，携了沉甸甸的食盒。上船后，舒莞屏对他们三个说："你们好生见识一番吧，我从头看过演练，都是从没见过的时新火器，好大的阵仗啊！"随着深入水道，两边红色蓼叶和层层蒲荻多起来。憨儿说："这里蹿出妖怪也没什么惊奇。"正说着传来凄长的叫喊，一群群沙锥惊得飞起。阵阵叫声像老人发出，粗哑哀绝。"每到入冬前总有这种怪嚎，不知是走兽还是飞禽。"辛辛阿二说。后面的桨手接答："有两腿直立的老灰妖，它们能把小孩抱走，兵士用箭射杀，它全然不理！"大家一阵惊骇。"这里的春天和初夏是海猪的天下，那才叫悍蛮哩，吭哧吭哧喊得像打雷，传到操演场那边，兵士们就和它隔空对骂。"辛辛阿二说。

篷船停在汉口栈道，要从这里去操演场，有人拉着几匹马候在那里。辛辛阿二领人上岸，舒莞屏没有挪动，只对他们说："我在这里饮茶等你们。"憨儿和武士回头看着，有些犹豫。舒莞屏向他们挥手："你们去吧，别再耽搁！"辛辛阿二催促三位上马。武士在马上回望几眼，还是打马去了。船上只剩下舒莞屏和两位桨手。他们从食盒中取出糕饼和杯盏。舒莞屏为桨手不停地添酒，看他们大吃大嚼。桨手脸色紫红，舒莞屏为他们再添满满一杯。远处林中又传来声声野嚎，舒莞屏说："咱把船划得近些，我倒要看看嚎叫的是什么怪兽！"

篷船往前划行，凄厉的嚎叫仍在前边。舒莞屏将裤脚扎起，抄起一把弯刀，攀着水柳根须登上岸去，回头叮嘱："切不可离船，在这里好生等我。"两位桨手答道："大人放心便是。"舒莞屏转身踏入茅蒲，拨开纠扯的荆葛，四周惊起无数蹲蛙。船与水道很快掩在身后，他不再细看脚下，只顾大步往前。从太阳的方位判断，此刻约为上午九时许。他知道，须在太阳落山之前走出这片沼泽，不然就无法夜行。稍做一番计算，先要穿过山北村落，然后才可攀越丘陵地区，这就能在天亮前跨越山垭。那是小青手金春和朱砂滚子万东二位将军的守地。如果两天一夜不眠不休，第三天一早或可接近青州，就由那里渡河。他一直在想那条通往南国的航路、那座码头。

舒莞屏看看太阳，估计此刻该是辛辛阿二和三个人回返的半途。两位桨手等到这会儿一定焦灼不安，却又不敢弃船。那四人回到船上就会明白过来，然后将是一场拼命追赶。舒莞屏认定这几个人一旦进入无边的荒芜就会迷路，他们再无用武之地，只能在沼泽水汊间打转，进退两难。自己有幸在同文馆学过地理勘测，不会弄错方位。他最担心的是第二天：大营一旦传下快马牒令，南部山地的所有哨卡都会布下警戒，巡行马队也将出动。不过转念一想，又有一丝侥幸：自己也许不值得那些人大动干戈吧。

太阳抵地，草野欲燃。这里是水汊沼泽的边缘，大小村庄依稀可见，远处的沙岭像巨大荒冢般出现在前边。舒莞屏感到饥渴，这一天除了匆匆吃过几口糕饼,未沾一粒一滴。夜里正好穿越村落,可此时最渴望能有一次畅饮。这个季节所有可食之物都已收入囤中,地上水洼不宜饮用。他在星空下疾走不停,声声自叮:忍住,咬紧牙关!他不敢挨近那些伏卧野地的小屋,把狗吠甩得很远。前边又有一个小村,犹豫片刻,最终走向村边的一幢孤屋。窗子透出微弱的灯光。一下下拍门,拍窗。灯熄了。"我是迷途的赶路人,想讨一口水。"他对着门缝喊几声,再喊。灯亮了,里面传出一句:"到窗前来。"是老婆婆的声音。窗子打开一道缝隙,闪着一双眼睛。窗缝开大一点,一只抖抖的手递出一碗水和一块糠窝。

他顾不得道谢,喝一口水吞一口糠窝,噎出了泪水。谢过老人,再次疾行。仰脸找那颗熟悉的星星,啊,它还在那儿。"老院公,有一天我会去您的坟头,从头细说那场可恶的'北煞风';还有,我要讲出奶娘一直隐在心底的那个秘密。"他发出一阵低语,两眼滚烫。因为那碗水和糠窝,身上有了一点力气。他准备一口气登上丘陵。

三

避开大小路径,只循獾兔踪迹向前。他不断计算里程,想着如何避开巡行的马队。他想起憨儿,料定这个最熟悉主人心思的人,也难以想到自己会直奔山地,而一定要往东急窜。他看看太阳,认为这个时候如果真有追剿的马队,必会封堵通向河岸的所有道路。他还是想一个人:憨儿。无法猜想这位贴身侍卫与自己重逢,比如狭路对峙的那一刻,将会怎样。

太阳西坠,山地变得陡峭。南行四十里,再折向东,只需小半天就可以看到那个灼烫之地：舒府西营。他全然没有想过在那里停留，因为所有与舒府有关的地方都可能成为陷阱。那里已成焦土废墟，这有点令人难以相信，却是真的。他强制自己的双脚踏向西南，迎着那座高岭。夕阳烘烤的大山如同一面火壁，闪射橘色。他喜欢这种颜色。这个季节的山地黑得真快，他需要尽快翻过山岭。

山阴处十分难行。那些发白的地方是踏踩的小路，他要小心避开。天黑了，没有星光，无法判断准确的方位，只得凭太阳落山前看到的那面火色岩壁的位置，往西绕行。他想在午夜之前越过山脊。

攀上一道崖畔，两脚踩落几块滚石，咚咚声传出很远。他长时间不敢移动，屏息静听，然后轻轻挪蹭到一棵侧柏下。空中闪出星星，他努力辨识，发现自己已经偏离了方向，好像一直在山岭的北麓攀爬。他吸了一口凉气。从低洼的石沟穿过时，脚下发出碎石的挤压声，不得不放缓脚步。似乎听到了什么。驻足侧耳，风在树梢掠过。马上就要攀上沟谷，那里有几棵高大的栾树。他想在树下歇息一会儿。刚刚驻足，倚住大树，有什么从高处哗啦一声垂落下来。躲闪已经太晚，原来是一面捕兽网，把人罩个正中。头脑嗡嗡鸣响，只管挥动弯刀，奋力挣脱。网绳勒住了他的双臂，无法动弹。黑影里发出几声嗤笑。

火把燃起。舒莞屏盯住围近的几个人，从打扮上看是山匪。几个人一拥而上，扭下他手中的弯刀。"你等何人？"他冷厉喝道。一个戴了豹皮帽的人答："俺是网麂子的。""那就放开我。"领头的环顾一旁，大笑："你是什么人？ 为何走夜路？ 不怕硌了蛋？"舒莞屏答："我是青州山南人，迷了路。"一个人上前撩起衣衫，回头叫着："老天，谁有这么好的锦缎提花小袄？ 分明是个少爷！"豹皮帽绷紧嘴唇，低头捻动衣襟看了看，问："到底何方神圣？ 从实招来！"

舒莞屏镇静自己，想尽挣脱之方，说："我本山南大户人家，你等若行个方便，可奉纹银百两。"一个人凑到豹皮帽跟前："大营说北边跑出一头麂子，莫不是他？"头领拍手："着！"他们立刻往他腿上加拴两道绳扣，把网箍紧。"从实招来！ 是不是逃走的麂子？"豹皮帽怒喝。舒莞屏闭上眼睛，说："想得银子，就送我回家！""那倒不急。网到大麂子还愁少了银子？"豹皮帽对几个人挥挥手："走也！"

曙色将至，舒莞屏陷入沮丧。山匪将人揪紧，踏上一条起伏的小路。舒莞屏觉得这片山地有些熟悉，心中一怔：脚踏的正是连接两位将军防地的通道，是自己那一夜率车队急驰的一条路！ 一阵绝望将人淹没。他停步，不再移动，那些人就用力牵拉。豹皮帽说："再大的麂子也拽得动。咱们这就交差去。"

翻过一座山包，哨卡出现了。兵士们和豹皮帽喊嚓了一会儿，急急跑开。一会儿，过来几个骑马的人。

原来这里是一座小营，舒莞屏给押进一个院落，关到一间黑屋中。天黑前开始审讯，一张桌子后面坐了神气活现的光头总兵。受讯人给拴到柞木椅上，又加缠三条铁链。"我来问你，姓甚名谁？ 从实招来！"总兵问。舒莞屏重复一遍老话。总兵点头："好个大户人家，皮肉可也禁得？ 大营早就传出牒令，金春将军明日就会差人过来，不如早早招供！"舒莞屏心中惊呼：原来是小青手的地盘！ 他闭上了眼睛。

噼噼啪啪的鞭子抽在身上，像挨了烙铁。舒莞屏紧闭眼睛，默念："这就是我听到的'噗噗'声。"血从衣衫渗出，鞭子停下。总兵磕磕烟斗："今儿就到这里，明日老虎凳，后日辣椒水，大后日拔你两颗门牙。"

第二天，总兵真的让人将他捆在一条凳子上，一块块青砖塞到脚下。汗水浑流，上衣湿透。第三日有人端来两瓶红水，散出刺鼻的辣气。总兵说："大营只要见到活人就成。我要知道捉的是不是麂子。"正说着，有人匆匆喊叫："大营来人了！"总兵迎声出门，看着马队和兵戈，喊："多大阵仗！看来咱真的逮着了一头麂子！"

四

舒莞屏被押到小青手金春的大营。"啊哟公子，成了叛逆？"金春将军向他拱手，又转向身边的人："公子也敢拴捆？解了！"舒莞屏活动手臂，说："将军，我在沼泽迷路，落入山匪手中。"金春和蔼之极："是啊！公子受了太多苦楚，须弄些肥肴滋补才好。来人哪！"

两人坐在矮腿桌旁，面对一盘热气腾腾的烧肉。金春将军饮下一碗，看饥肠辘辘的舒莞屏用餐。天黑下来，灯火昏黄。金春将军说："公子算是幸运。要知牒令已下，凡叛逆人人得而诛之。我偏爱惜公子。"舒莞屏惊异于这人婉细的声音，看到一只青黑色的小手伸过来。"我会把你留在营中，日后用八抬大轿送你过河。公子意下如何？"

直至午夜，金春将军还在缠磨，发出"哈嗒哈嗒"的呼吼，就像石板上裸晒的海猪。金春吼了一会儿，突然扑将上来。舒莞屏将烛火移向他的下体。"嗷嗷，哦尔嗷呀！"金春大叫，抓起衣衫围上腰部，开门呼号："快给我捆绑起来！然后，"他指着一位瘦小的兵士，"去把鸡舍的脏婆子喊来！"

舒莞屏被捆在一张大床上。金春将军万分委屈，坐在床边咬牙切齿："咱这回有大喜赏！"进来一个五十多岁的老婆婆，头包布巾，脸如炭色，嘴里嚼着什么，不时往地上吐一口："大人又有甚事？"

金春将军指指床上:"这人不驯,交你折弄了。"婆婆上前看看,说:"原是上好的小生。"

脏婆子哼叫着爬上大床。舒莞屏厉喝,对方置若罔闻,硬要褪去他的衣装,撇嘴:"哎哟,里外衫儿都是上好料子,嗯,白生生的好人儿,怕也不是省油的灯。"金春将军凑过来:"脏婆子只管折弄,让他告饶。先给他'放辘轳'!"脏婆子将一根细绳缠上舒莞屏下体,一端握在手中,退到稍远处拉拽起来。舒莞屏痛楚难忍。脏婆子眯着眼坐近,舒莞屏在她耳边发出威吓。金春将军举着烛火,叫道:"看你如何躲闪?"舒莞屏转向金春:"捆绑赤手空拳之人,也算堂堂将军所为?"金春哼着,瞥一眼,说一声"罢"。脏婆子松开绳扣,舒莞屏活动腕部。金春笑吟吟凑近一些,刚要伸手,舒莞屏侧闪,横腿踢中对方腹下。一声恶嚎,血色泅出。脏婆子大吼:"了不得啊!出人命了啊!"

几位壮士拥入,金春将军已痛厥在地。副将掐捏摇动,大喊:"哦哟,身手了得!快上大锁!"

金春将军卧在床上。第二天副将进门探望,将军说:"趁府上车马未到,立即斩首!""这可使不得呀!"将军哼一声,从枕下摸出一张加盖红色关防的纸片,晃动说:"立斩!"副将摊手:"府上车马已经来到!"金春将军示意他近些,耳语一阵。副将点头离去。将军冲着他的背影再次狠嚎:"跟上护营,下手利落!"

营中一再挽留府上车队,未被应允。舒莞屏走出监房。"大人受苦了,在下晚了一步!"憨儿拱手。武士和副将几个站在一旁,脸色冷峻。副将说:"总教习大人,在下照应不周,还望海涵。"舒莞屏一脚踏上车子,对憨儿说:"沼泽迷路,落此险境。"憨儿说:"是的大人。"副将上前阻拦:"大人有伤,须乘另一辆。"说着让人将舒莞屏挽向遮了布幔的骡车。营地派出一队护卫，他们个个身佩弯刀、弓弩和火铳。

车马一路向北。按府中牒令，一行人须直接去东部大营。舒莞屏这才想起，自己的柳条箱包还遗在那里。车队翻过垭口，道路平坦，两边树木变得高大。再走二十余里即可抵达沼泽，然后改乘篷船。离沼泽越来越近，憨儿发现后面的车马慢下来，最后竟停滞不前。一位总兵下车，对憨儿说大人有些疲累，稍做歇息。两位武士搀扶舒莞屏下车。憨儿遥望泽地，计算篷船到达的时间。正这时，后面传来一声呼叫，憨儿回头，见舒莞屏一边往后退走，一边与几位随车的护卫搏击，赤手应对刀戈。他大喊一声："不可伤及大人！"

憨儿喊着，与另外两位武士冲上前去，舒莞屏已退入路边灌丛。憨儿至此明白：营中护卫欲置舒莞屏于死地。那些人大喊"叛逆要逃"，然后火铳弓弩齐发，两位未及还手的武士立刻倒在血泊中。一群护卫两眼血红，迎着憨儿扑来。憨儿连连掷镖，前边的几个护卫倒下，其余掩入树后。憨儿躲过几支箭镞，看着反身迎敌的舒莞屏，大声呼止。伏在草棘中的几个护卫突然蹿起，围住憨儿弯刀齐砍。憨儿在地上滚动，躲闪腾跃，白刃飞旋，几个护卫瞬间毙命。

舒莞屏且退且顾，身后箭镞飞溅。憨儿终得挨近舒莞屏，用身躯遮挡。箭镞掠过，发出可怕的"嗖嗖"声，扎入身侧橡树。憨儿寻找密挤的树木，刚说了一声"大人"，一个踉跄倒地。舒莞屏弯腰去扶，憨儿已扳住一棵柳树站起，再次用身体遮护。憨儿肩下洇出血迹，舒莞屏并未发觉。他们相扯跃过稀林。刚踏上松软的白沙，又一箭镞射中憨儿。白沙染红一片。"我的兄弟！"舒莞屏将其搂在怀中，发现了两处致命箭伤。"你为何救一叛逆？兄弟！"呼喊撕心裂肺。憨儿目光将熄，吐出最后一句："大人快些！大公，她在府中等你！"

寒风将手上脸上血泪瞬间吹干。舒莞屏如同逃命之麂，一头扑向蒲荻柳棵。甩开一丛丛荆棘枣棵，两脚飞过尖芒，大口吞下北风。回头看，不闻一丝人声，也无箭镞飞鸣。他瞄一眼太阳落山的方向，飞奔而去。

舒莞屏认定那些篷船会空等一场，却未承想大营副统领已将手下人马分为两支：一支走水路，另一支踏进沼泽。潜在草中的人马一直苦等，最终听到了草树碰撞声：一头白狍子正在蹿跳。狍子跑出几丈远，一个追赶狍子的人出现了。副统领示意兵士不出一声，紧紧盯住，待那人跑得更近，大喊一声："着！"

舒莞屏看着那个美丽的身躯，如一只灵巧的小船荡开草浪，瞬间不见了。他正有些失望，忽然听到唰啦啦的响声：几十支弯刀一齐出鞘，前后左右全是兵士，一个个红眼疵疵，头上沾满草叶。"公子啊，总教习大人！你可知我也在追赶狍子？"副统领从一棵合欢树下走出。舒莞屏惊得合不拢嘴巴，极力镇定自己，说道："副统领大人，我在沼泽迷路了！""正是，公子迷路了。"副统领仰脸眯眼，猛地收起笑容，厉声喊道：

"给我拿下！"

五

从沼泽到篷船，一路兵士簇围，个个手不离刀。副统领与舒莞屏并坐舱中，眯目少言。进入大营，副统领说："你从这里跑开，大营自然难脱干系。眼下总算两清了！"他对哈腰听命的辛辛阿二说：

366

"交与提调大人！"舒莞屏心中诧异：小棉玉？ 正这样想，对面走来十余人，中间是一女子，果真是她！他们走近了，副统领向小棉玉拱手："提调大人，迷路的人寻回了！"小棉玉走向舒莞屏，只不说话，示意他一起向前走去。辛辛阿二在前边引路，踏上长廊，右拐，来到一间屋子。小棉玉说一声："请吧。"她与舒莞屏进屋，其余人退去。

舒莞屏有些恍惚，过了一刻才认出这是离开前的那间屋子。柳条箱包还在。"提调大人，这是一场迷途之误。"他说。小棉玉看他一眼，目光移向一旁。"我的箱包还在这里。""公子匆匆上路，难免疏失，遗下东西。"她语气沉沉的。舒莞屏掏出一片沾血的旋镖，那是憨儿最后攥在手中的。"提调大人，我死不足惜，只连累了憨儿和两位武士。这些，须用命还。"他低下头。小棉玉问："公子想想，还有什么遗在府中？"他用力想，想不出，答道："属于我的，只有这个箱包。"小棉玉摇头："不然。"

晚餐时小棉玉嘱他更衣。破损沾血的衣服换下，额头和颈上的伤痕更加触目。舒莞屏端着杯盏凝神，口中喃喃："憨儿！我的兄弟！"杯子跌在地上。小棉玉眼角有泪，抽动鼻子，长长的鼻中沟蠕动不已。她长时间看着墙壁，说："按府上牒令，凡叛逆人人可诛，将军追杀并无大错。"舒莞屏低头："那位革命党人说得对，'进易出难'，只要踏入，也就休想脱身了！"小棉玉转脸看他，正色道："请公子忘掉刚才的话吧，也不要再提那个人。今夜早眠，明天一早还要赶往府中。"

舒莞屏想了一夜。脑海中一直是憨儿最后踉跄倒地、腋下的血一滴滴落向白沙。他伏在窗前，看星月下掮了火铳的兵士。闭上眼睛又是另一个面孔：黑瘦枯干，双眼执拗，那是即将被凌迟的革命党人。"天哪，一切竟为亲身所历！如果说大男儿才会生死无畏，奶娘却是一个女子！"他痛得弯下腰身。天亮就要启程，等待自己的尽是屈辱，或直接就是死亡。在黎明前的沉寂里，他想再次听到那种神秘的预兆："嚓嚓""噗噗"。没有。

远行的车辆早就停在门前。他抱紧那只柳条箱包上车。车下是一脸笑容的胖子，旁边站了辛辛阿二。与往日一样，车中只有他和提调两人。不同的是她话语殊少。他望向路边，心中惊呼："天哪！我坐了一辆无枷囚车！"车马腾起尘烟，遮住了另一队车马，那是飘浮的、轻如白羽的剪影，这其中就有憨儿和两位武士。

一程旱路结束，在换乘水路的舶地，又上来一些兵士。副统领的人马在此回转。小棉玉和舒莞屏坐入布幔拉合的内间。茶饮和果品放在案上，如同往日出游。柳条箱包就在一侧。小棉玉目光落在舒莞屏抚弄箱包的手上，一直缄默。一阵震颤，案上杯子哗啦啦滑下，他们因毫无提防差点栽倒。护卫进来禀报："有一头稍大的海兽穿过水道，从船底窜去了。"舒莞屏弯腰收拾杯盏。

整个返程小棉玉只说了三两句话。舒莞屏认为，这一程是提调最后的陪伴了，心中酸楚交织，更有无尽的悲绝。随着挨近那座空旷、入冬前格外凄冷的大城池，舒莞屏觉得自己好似一头海兽，正在进入一面巨大的围网。前面出现了一群翻飞的黑鸟。"这是乌鸦吗？"他不知自语还是发问。

船在夜色中靠停码头。除了几个瘦长的黑影，没有其他人马。他们摸黑走了几丈远，拐过一片矮小的屋子，看到几辆车马。上车后，舒莞屏一颗心悬着，料定车子会驶向另一个方向，那是沙岗南面的一溜监房，他与"五微子"会面的地方。"原该如此。"他心中悄语。可是车子最终没有拐向那里，而是驶入一条十分熟悉的路径。

疏林出现了，肥硕的海草屋出现了，又见长廊和点点灯火。他不信自己的眼睛。疏林中有黑衣青年，草顶上方有一片寒星。

小棉玉陪他走到廊门。"公子到了。好生歇息。"她言罢转身，快到舒莞屏不及道别。他凝神看她飘起的披风，站立许久。

他还在望向深不见底的夜色。身后有一个陌生的男子，一手扶着弯刀，一手拉开廊门："大人，我是您的卫士。"

已是午夜。案上放了一个棕色食盒。一切如旧。腹中有一只饿兽，它大口吞食。吃到一半才感到一丝丝甜意，"是的，所有毒药都是这样的味道。"不敢吃完，最后细细品味黏腻的羹汤。他好像只有今夜才意识到，远在天边的沙堡岛才有这样奇怪的饮食。这里的大餐会出现红色金色交织的海蛇，会有肥得流油的大水鼠，还有无数淤泥中掘出的块根。据说古代土著就是吃着这样的食物长大，这些野人细长怪异，脱了衣服如同火练蛇，穿上草裙就像凹眼猿，叫起来吱呀如笛。他们专等外地人走进陷阱，捉了就是美食。这是真正的食人番，其后人仍有这种嗜好，大鱼大肉皆不满足，总是盯住生人喊叫："打个牙祭呀。"

舒莞屏爬向卧榻。过了今夜，余生皆是苟活。自己的生带来了更多的死，这真是弥天大罪。他宁可死去也不愿看到这样的场景：一个鼻子尖尖头发稀疏的人来到这里，波澜不惊地宣布某个消息。那是心惊肉跳的时刻。为了躲避这个阴森森的时光，他甚至不想等到黎明。此刻，他觉得令人愧疚和剧痛的是两个人：自缢的奶娘和遭到凌迟的革命党人。一个让他想到落空的誓言，一个使他见证了无耻的苟活。

一切比自己预料的快了许多，比死亡还要恐怖的时光真的到了。他仰躺着，不知不觉进入凌晨，忘记了这是另一个人最愉悦最亢奋的时段。啊，廊门被敲响了，一个恍若隔世的人出现了。瘦削青年说："冷大人等您聊天呢，让我过来请您。"

"啊，我即刻过去！"

舒莞屏在屋里徘徊，头脑高速运转。没有什么猝不及防，只是有点怪异。他不知等待自己的是什么。这么快，说明那个人比自己还要急。他去镜前看额上的伤："这是棘丛留下的印迹。"这句回答令自己稍稍满意。"公子走开这几天大增见识，你也许站在地狱门口望了几眼吧！"这会是那个深不可测的、阴郁的声音。对方说得太好了。他将如何应对？啊，他要如实回道："是的大人。我看到了熊熊燃烧的炼火，地狱之火。"

六

舒莞屏走近螺钿屏风，听到了美好的若有还无的仙乐。这使他一怔，停下脚步。"公子请进。别站在黑影里。"屏风后面传来熟悉的声音。烛光下，案上有一个橙黄的物器在微微颤动，哦，是它在鸣唱。呀，这是一台精美至极的八音盒。舒莞屏被它的形制和鸣奏吸引了。屏风后面的人走出，仰脸看过来，露出一排短牙，很愉快的样子。"冷大人"三个字鲠在了咽部，没有吐出。冷霖渡一笑，示意他坐下。瘦削青年端来托盘，是比往日更加丰盛的饮品：咖啡和茶点、两杯浅绿色的洋酒。混合的特异香气让人遗忘，又唤醒记忆，好像正将逝去的午夜和凌晨无缝衔接。

冷大人起身关掉了那架八音盒，搓搓手，玩味的目光看着他，最后停留在额头伤处。"赶路的辛苦我是知道的，不过那是年轻时候的事了。哦，像你一般大的年纪，我经常像一只兔子一样奔跑。"冷大人端起那杯洋酒，又送他一杯。好甜，不过有一种杏仁味儿，微苦留在舌尖。"为何奔跑？为山那边的传说，为青春之火，为爱和恨，为两腿之间的蛋！"冷霖渡说着站起，"请原谅我的粗鲁，不过公子知道，有时非大俗而不能尽言。我那些年代确实如此。好在这一路走来，总算找到了一个终点。"冷霖渡一口饮下杯中酒，"我是说，我遇到了大公。她使我结束了追逐和漂泊。永远感激大公，她是茫茫黑夜中的一束光。原来前半生的所有焦苦、悲伤、大难和哀愁，莫不是为了这一天。"

舒莞屏听得真切，却仍旧茫然。

冷霖渡那个小巧的鹰钩鼻又变得沉沉下垂，凝聚了无比的忧愁："我无论如何也不会明白，公子既然走到了大公身边，遇到了这束光，为何还要当一只兔子，无谓且危险地穿山越岭，甘冒被猎手一枪毙命的风险？你这会儿别害怕也别遮掩，只如实地告诉我就好，让我今生得一个大见识、解一个大迷惑。真的，听不到你的回答，我会失眠的！"

舒莞屏咬紧牙关，拒绝引诱。他心中隐去一句呻吟：奶娘啊，你的眼睛看着我，你的两手牵住我，我绝不会再次迷失。他在内心的吟哦中抬头，看着烛光下的这个男人，发现对方瘦削的脸上好似有一层荧光，嘴角因为刚毅和冷酷无情而催生出两道弧形深皱。这人的双眼像多层套叠，又像蚂蚱那样的复眼。这人的双唇因为品咂了太多的滋味，显得比常人丰厚许多，咀嚼肌格外强韧。这个男人真的使人害怕，他不是使人着迷就是招人仇恨，而绝无中间的选择。舒莞屏此时让自己选取后者，这需要当面对决的勇气。舒莞屏在犹豫，在尝试，故意拖延时间。

大约又过去一刻钟。冷霖渡颇有耐心地啜饮。舒莞屏嗅到了咖啡的香气，它似乎比任何时候都要浓烈。沙堡岛是寒湿之地，在这里，这种西洋饮料远比香茶更为适宜。他没有端起杯子，仿佛在通过一场严格的考试之前不得享用。他看到冷霖渡放下杯子，慢吞吞地从衣袖中摸出一张纸片，舒莞屏的心怦怦剧跳，呼吸急促。啊，冷大人没有马上递来，只是看了几眼，再次收回袖中。"公子，看来我是难以听到一句真话了。我们之间的情谊还不够深，也许我和大公都高估了自己。不过那就让我代你说出来吧。"他言毕，将纸片从袖中抽出，推到他的面前。

血液涌到颈部、双颊和额头。不错，这就是几天前的那个不眠之夜，自己激愤中写下的一句话！啊，他瞬间明白了在东部大营时小棉玉的询问：还有什么遗在住处？原来如此！他悔恨莫及，永远不会饶恕这种粗心和莽撞。这将为自己招来杀身之祸。他顿时明白了东行途中的变故：启程不久即有武士追来，憨儿也从那时起变得神神秘秘。显而易见，在他离开房间不久，就有人看到了这张纸片，接着就到了冷霖渡手中。

"'说谎、抢劫、杀戮和交配'！简单四项，又为'他们'二字所领。今夜就请公子明言相告，'他们'这两个字是指府中大人，抑或大城池的所有大人？"冷霖渡目色阴鸷，那只戴了戒指的手伸过来，食指紧扣案几。舒莞屏往后仰去，像被一股无形的声浪一下下拍击。他吞吞吐吐，举起右手："不，大人，我是另有所指！"舒莞屏这一刻生出急智，站起来大声回应。"哦，指谁？""我指朱砂滚子万东！以及、其他、将军、都统！"

冷霖渡盯着他的眼睛。这次对视很短，却足够凶残。冷霖渡垂下双目，像看一件陌生之物，反复打量自己的手，自语："这又如何?"连问几声,低头念道:"这又如何啊?公子,你认为如何是好?"舒莞屏目光投向夜色,说:"在国师大人面前,自然无须辩言。既是一只亡命的兔子,那就将我交给猎手好了!"冷霖渡摇动食指:"为求万全,我让自己的女儿亲自将公子接回府中,一路呵护,公子啊,夫复何言?"

舒莞屏不语。他无法揣测,却断然不信整个事件会就此了结。"未向大公和国师辞别,实属怯懦。大人自会洞悉。我无法报答国师厚遇,却与将军形同水火,是为仇雠!"他说得缓慢而又确切。冷霖渡一直垂首倾听,而后起身去窗前默立,转过身来突然肩耷背弓,像垂垂老者那样踟蹰,手抚屏风:"我深知'平了'舒府,对公子实为一场大劫,尽管那里早就落入他手。公子可想,百年府邸,终该有个了结,犹如长梦必醒一般。凤凰涅槃之喻实在不谬,公子何不从此振作一番,重拓前路?武人之恶在于粗蛮,焚火劫人劣迹斑斑,可是事已至此,公子又何必徒留悲叹!想你必能从宽处思忖。"说到这里,冷霖渡托起那架八音盒子,"这是前不久将军送我的雅玩,它来自宫廷,后为舒府所藏。今天物归原主,公子将它收纳吧。"

舒莞屏叮嘱新来的贴身卫士:不得对憨儿留下的坐骑有一丝粗鲁。卫士允诺。那是一匹灰斑老马,而今成为新来卫士的骑乘。天上乌云渐多,半空飞舞的枯叶如同寒鸦。加固冬房子和预备柴炭的人多起来。前一个冬季降临的情形如在眼前,忙前忙后的憨儿却不在了。新的卫士身材略显单薄,双眼灵滑,有一双白皙的手。舒莞屏不知此人身手如何。憨儿超绝的滚地功和直取咽喉的旋镖,恐怕世无二人。舒莞屏试着埋首那摞译稿,却再也无法沉浸其中。他从屉中找出一件仔细裹起的纸卷,那是憨儿的终生珍藏:万玉大公绢像。一双平静沉穆的眼睛投向自己,似在发出询问。他用皮纸将其遮挡。

时间变得急促，沙堡岛的秋末初冬就是如此。一切都在归结和寻找一个终局、一场藏匿，从动物到人，再到植物。赤裸的枝条在风中舞动，诉说紊乱和惧怕的心情。舒莞屏发现唯有冷大人廊内灯火依旧淡默威严，有一种不可挫折的恒毅。瘦削青年偶有进出，目无旁视。舒莞屏未知下一场叙谈是否会在冬房子里进行，心绪烦乱时就拨响了那架八音盒子。奇异的乐声对抗天籁，夜晚会短一些。不知不觉又是午夜，凌晨时分竟毫无困意，这让他疑惑染上了夜猫子的病菌。廊门在响，是瘦削青年！"大人，国师让我看您入睡没有。""啊，好的，我即刻过去！"

舒莞屏想不到这么快被召唤。一入屋内，即看到了比往日更加明亮的烛光。除了红烛，还点燃了廊柱上的海猪油灯，整个房间平添几分喜庆。油灯散发脂腥，混合了沉甸甸的夜气。冷大人穿了一件深色缎衣，洁净、老式，白底高勒软靴移动得异常轻快，欣喜不能自掩地上前一步扳住舒莞屏的肩膀："公子啊！让我们免除长夜寂寥，有一场好聊！"舒莞屏一眼看到长案上饮品多多，有摞起的甜点和不止一瓶洋酒，玻璃杯闪闪发亮。这是一个超出往昔的隆重之夜，好像为即将搬入冬房子的惜别小宴。

冷霖渡拉住就要离开的瘦削青年和侍者，让他们饮一杯才放行。"公子，冬天有冬天的益处，深居简出，可以认真做些事情。阁下以为如何？""正是大人。窄小的空间，反而会想更大的事，比如文案。""何止文案，炉火旁做什么都格外有趣，别有滋味。"舒莞屏应道："是的大人。"冷霖渡脸色冷下来，有了浅浅的忧愁："只可惜大风呼吼，大城池少了诸多生趣，该有什么节令才好。""太冷了，幸好有冬房子。"冷霖渡抬头，笑容堆积："黄历上也没有剔除吉庆啊，照样在腊月天写着'宜婚嫁'呀！"舒莞屏笑了。

两种洋酒都有烈性，除了威士忌，还有一种茴香酒，舒莞屏颇不习惯。冷霖渡对后一酒品甚是中意，连饮三杯，变得更为畅悦，下巴颤动不已。他看着舒莞屏："公子，今夜我有一件大事说与阁下，或有冒昧，还望公子海涵。事情是这样，公子知我终身未娶，只有一个养女小棉玉，视为亲生。我爱惜小女，也就亲自出面求婿了。说到这里公子自然明了，实在唐突之至。"

舒莞屏呆愣半晌，身心皆木。他肯定自己没有听错，还是抬头看去，想从大人脸上再次求证。冷霖渡一脸恳切，甚至有微微的羞涩，投来期待的眼神。"啊，大人啊，在下无论如何不敢！还请体恤，我之浅薄卑微，怎可做大人之婿，更配不上提调，断断不可啊！"他喊起来。冷霖渡肃穆："休要过谦。公子也许嫌小女粗陋？如此也可直言。"舒莞屏站起，躬身长揖，只不言语。所有话语都显得多余。他自忖良久，问道："我想知道大公的意思。""这自然也是大公的心意。"

凌晨时分的风悍猛异常，粗大枝柯折断，落上草顶。冷大人面无异色，坐下饮一杯香茶。舒莞屏无法掩去恳求的语气："大人，这是断断不可的。""我已想到公子会这样回应。不过，这次是我和大公一同做了媒人，也算为这里的严冬添一抹春色吧。"

第十八章

一

　　最早前来致贺的是贴身卫士。舒莞屏给了他一张银票,面额不大。第二天是五位通嘴子,他逐一给了银票。已有几夜未得安眠。素无往来的护城副都统也亲自登门贺喜,从袖中取出鼓鼓的喜包。舒莞屏未加推辞。副都统看他几眼,临别说道:"总教习大人吃好睡好,再大的喜事,也得安歇才能应付。婚礼必是盛隆的。"舒莞屏只想为这番话泣哭一场。几天来一直在下一个决心,求见大公:唯有她才能阻止这场荒诞而卑劣的婚配。只是这一刻,他不再有那样的奢望,蓦然恍悟:这正是大公本人的主意!这可不是一场恶作剧那么简单。这是某些人的伤绝之举,也是为一个逃犯找到了一间最为牢固的囚所。

　　府中礼官告知:盛大婚礼将在广场一侧厅堂举行,时间定在月圆之日。届时大公将送上厚礼,冷大人亲临喜场。参加该日大庆的有护城副都统、提调大人麾下的所有僚属。远在防地的将军们会呈上不薄的喜礼，就连河西大草营的老山姆和另一大营的副统领也要用专车送来礼品。随着吉日将至，舒莞屏反而镇定下来。他从头细思，仍对府中大人此举感到震惊与惶惑。这好比面对一篇奇文绝笔，只有长叹，却无从应对。徘徊独处如同煎熬，直到最后才想出一个釜底抽薪之方：去找小棉玉。

在卫士的陪同下，舒莞屏打马驰向沙岗。小棉玉并未当值。等待未果，只好择机再来。一天奔往三次，终于在第二日正午遇到了提调大人。因为这是一场异常重大的会谈，舒莞屏进屋后把门关得严实，以致小棉玉警觉不安地瞄着屋门。舒莞屏未待礼让即坐在对面，然后直言不绕："提调大人，您知道我为何拜见，又为何这般匆匆。大人想必已经知道整件事情的原委。这让我日夜难眠，全然不能自持。在下位卑人微，未敢奢求，您大我十一岁，且身为国师千金，位居副都统同等职阶。此事断断不可，思来想去，找不出一丝通融变易之方，在下也只得当面泣告，请求提调大人鉴谅！"他一口气说下去，语锋渐显，斩钉截铁。

小棉玉端坐，不知何时抄手萎缩，浑身战栗，像一只小鼠。她不再抬头，长睫低垂，脸如霞色，口不能言。舒莞屏只待一声回答，不得不再次询问："提调大人，我已说过了，请您当即明示。"小棉玉瑟瑟抖动，头快要偎进蓬隆的胸部，不仅无言且无法抬头。只好等待下去。时间流逝，像一条缓缓无喧的河水。"请提调大人回一句吧！"舒莞屏发出了恳求。小棉玉身躯缩到不能再小，像精通缩骨术一般，看去真的好小，使人惊异。他从未想过会有这样的场景，满腹话语如数废掉：在巨大的羞涩面前，他变得全然无计。就这样挨过一连几个钟头，窗上洇进的晚霞把小棉玉染得浑身彤色。舒莞屏垂头默立，最终落败。

　　返程之路变得漫长。他与骑了灰斑老马的卫士缓缓并行，一路在想：女人有一种威力无比的武器，它的名字叫"羞涩"。回忆与小棉玉最初相识的情景，那时就发现她有过人的羞涩。回顾往昔，还未曾遇到一个人会像她这般羞涩：从里到外、未可掩饰、混合了深刻的自卑、纯粹女子的羞涩。这究竟是一种能力还是一种品质，他不能回答。"完了，我可以拒斥那些血腥和强势，自有内在勇毅，可是对一个没有还手之力、羞涩无比、身躯羸弱的女子，实在没有一点办法。我的失败既无从预料，又真切实在。"

　　马儿前行，头颅微低，一如主人的心绪。他们用两倍的时间走完了这段里程。夜色渐浓，星星挂向天幕。舒莞屏发现北风已息，是一个少见的晴朗之夜。他太疲惫了，期待有一场完整的睡眠。"明天，后天，也只有三天时间了。"他心里说。

　　婚礼如期举行。这一天晴空万里，风息树静，上苍以此表达了赞许和怜惜。宽旷的大厅里有伴娘和司仪，因袭古礼。来宾多到令人吃惊的地步，小棉玉身边的不少僚属激动泪泣，叹气，发出咝咝声。舒莞屏这边是五位通嘴子，他们无比感慨：国师大人把唯一的女儿许配总教习大人，这是何等的恩宠和厚遇。他们在典礼开始前偎紧舒莞屏，搀着他，以防总教习大人因过分的幸福而发生不慎。他们其实过虑了，此刻的舒莞屏反而冷静无比，心如冷铁。该来的快来吧，尽早结束这场闹剧。他只对即将进入的那间洞房稍有恐惧：那将是一间异常狭小的冬房子，小到无法避让。他终于明白某些人的缜密用心：在酷寒异常的沙堡岛的冬天，两个人只能挤在冬房子里，这是他们唯一存活的居所，只要离开这里就会冻成一具冰雕。老天，原来如此。

婚礼完美。那些贺礼在人们眼前一一罗列，令人好不艳羡。当有人大声宣报万玉大公的礼金时，所有人都盯向那只装满了银票的朱红色喜包。"大公从未这样！她多欢喜啊！"大药堂的女总管手捧双乳，对一旁的老者说。冷霖渡大人拥抱了自己的养女，所有人都看到了他眼里的泪花。女总管第一个哭出来。小棉玉缩在养父怀中足有一刻，含泪吐出一句："冷伯！"

所有婚礼参加者都想不到，从热烈的厅堂出来时，马上被一场骤冷的西北风裹挟了。"啊呀，这天真是说变就变！"人们喊叫，抱住头颅揪紧衣服。枯枝败叶在空中飞舞，打在人的身上，遮住人的眼睛。人们互相碰撞，最后骂起来："靠这么紧，想立马挨日怎么着？"挨骂的是药娘，她们刚刚在婚礼上哭过，一双眼睛红肿，悲伤和怨怒加在一起，却不敢回骂。药堂女总管护着药娘，叉腰叫道："哪个有种的冲老娘来！我过的桥比你走的路都长！"

新郎新娘被一伙人紧紧护住。车马在大风中艰难前行，开道的骑手也无可奈何。近旁的人一边抵御大风和雪粉，一边感叹："如果不是龙女一转，怎么会有这么大的风雪？""说得极是。咱提调大人有大欢喜！"舒莞屏与新娘相挨，忍受颠簸和摇颤。一旁有伴娘打趣道："新郎新娘生生搂紧些吧，这时还有什么好说的！"舒莞屏只揽住晃动的小棉玉，闻到了一股异香。他判定这是冷大人送与的西洋香水，她大不同于往日气息。他觉得她从挨近的一刻，整个人变得愈发瘦小，毫无夸张地说，宛如一只沙鼠。

在沙岗南边的一个院落里，几幢连体小屋一端就是提调大人的冬房子了。屋内除了一个粗笨的铸铁炉、一个稍窄的火炕，只剩下极小的空间。这里布置得喜气洋洋，新房该有的物品一应俱全。小窗上贴了大红剪纸，蜡烛成双。浓云密布，早生黑暗。火炉大炽，

379

温暖异常。待最后一批宾客离去，就该揭去盖头了。小棉玉端坐炕边。舒莞屏将自己胸前的绸花扯下，大口喘气，然后去揪她头上的绸巾。他看到的是始料未及的浓妆：头发过于厚重并擦了油脂，闪着光亮；脸上的绒毛已绞个干净，一张脸庞变得光洁簇新，如同油桃。他略有迟疑，等待她睁开那双杏核眼。他承认，她浑身上下唯有这双眼睛和睫毛是好看的，甚至与整个人都难以谐配。这双眼睛大了，望着已变为夫君的总教习大人。

"提调大人。"他说。

"总教习大人，从今儿起改口吧。哦，我如何改得。"她再次被无边的羞涩淹没，掩面伏炕，不再动一下，如死去一般。她真的一动不动，这让他慌乱。他伏身听她是否喘息，轻轻翻转她的身躯，看到了起伏不已的胸部。他退开一步，后背抵在墙上。窗外风声大作，噼噼啪啪的折枝落向屋顶。一种恐吓的力量来自莫名的远方，粗暴地逼人就范。舒莞屏看不到外面的浑茫，只与其对峙，投以执拗和刚倔的目光。

让更深的午夜来临，凌晨来临，黎明来临。时间在沙堡岛上另有一番面貌，或停滞或隐藏，然后在猝不及防的瞬间抵达终点。舒莞屏回忆了少年的府邸、西营，还有渡轮、同文馆，每一个场景中，时间的颜色和表情都殊为不同。他有时会将时间想象为一头浑身披挂绒毛的可爱小兽，有时又会感受它威猛逼人的狰狞。这会儿他抬头看窄而又窄的新房，屋内有两个显赫的物件，它们是随身带来的：柳条箱包和八音盒。它们都扎上了红绸布带，他将其揪掉。拨弄八音盒，魔幻之音瞬间盖过了大风呼号。

二

　　新婚之夜被一场厚雪覆盖。沙堡岛上所有的生命都在初雪里沉睡。一年的忙碌和激烈都像柴捆一样归束，老老实实码在一处，等待火炽的燃烧。许多人都在设想那沙岗下的一个小小角落，那噜噜作响的大铸铁炉边发生的一切，必定是不同凡响的。邪狎的心灵会把那个瘦小的裸躯想象成一只糕饼，它在颠簸翻涌的浪涛上漂游颤抖，被盐水浸泡和拍散，成为一团屑末，一头凶狠的鲨鱼将其一口吞下。鲨鱼是一个饰有华丽花纹的杀手，身上呈现斑纹豹的色泽，是温文尔雅的嗜血者。这家伙不留一粒杂屑，贪吃，没有怜悯，身躯像稳健的战舰一般，风度无与伦比。因为它遇到的猎物实在太小，它只能像吞食一群小鱼那样喝进肚里。

　　小棉玉至凌晨三点还在牺牲的恐怖中，把自己想成一条红色的小鱼。她没有除去衣服，因为对方也没有。她认为一生中最凶险的就是这一夜，或后来的某一夜。她不知面向这位男子、这位人间罕有的至美宝物，一旦褪掉最后一丝布缕，结果会是怎样。她想到了一个词："必死无疑"。愧疚而死，羞涩而死。谁来为自己的僵硬和痴呆大口呼吸？谁来掐捏人中使自己重新转活？死亡不可避免，嫁衣即为寿衣。她不敢看他闭目的样子，那夹出的一溜齐整的黑色小麦苗儿，那个挺挺的刚毅的鼻梁。她觉得自己随时都会跌向深渊。

　　这样的夜晚不敢让炉火熄灭。堆积的木材要按时填入炉膛。小棉玉做这些时蹑手蹑脚。后来，大约是黎明前，炕上的男子醒悟般"唔"了一声，起身去取劈柴。天亮了，风声稍小，雪已停息。从窗上看一切皆白,无一杂色。上苍赠予的纯洁棉被过于厚实了。在冬房子不远的地方有深卧于地的小窝,那里有持械的贴身卫士,他们忠耿而强壮,一大早就穿过地道,为一对新人操持吃物。夜宵已随新人进入洞房,那是贴了红字的食盒,共有三层:一层是甜糕水饼、莲子蜜饯;二层是两个滋补汤盅和糖醋小鱼;三层是冷热小碟和米酒。新婚之人不宜烈酒,菜品也须精致。为防凌晨时分饥困难忍,食盒旁还有一个裹了锦层的大圆囊,里面是一对葫芦般大的白面开花大馍、四只拳头大的鹅蛋。传说洞房中的人一旦焕发食欲,会于凌晨两点至三点吞下比常人多出几倍的食物。

贴身护卫拧动外间的木门旋钮,小心地将食盒放入。主人可将空盒放在这里,待人把它取走。外间有一拱形小门,那是通往茅厕的。如厕是稍稍难熬的一个时刻,那里气温甚低,好在有一把铜手炉,可在大小解时揣入怀中。因为无端的缘由,两位新人一度频频如厕,手炉炭火早已燃尽,不得不忍住阵阵酷寒。

除了如厕还有餐饮的问题。这时需将炕上花被挪到一角,在紫红与象牙白高粱篾编成的席子上摆下一张矮脚桌。小棉玉在头三天甚至不能端坐桌前,舒莞屏只好礼让一下,独自饮粥,吃一点糕饼,食欲殊小。小棉玉只取一片小饼,侧身咀嚼。一餐完毕需重铺花被,这时小棉玉才大展身手:伏身细细舒理被子,不留一丝皱褶,弄得极为平整,然后重新退到一角。

新房悄无声息,这里的时光像坚挺的银票一样耐用。可是舒莞屏被裹起的衣装绷得难受至极,只得脱下几层,却依然保留了内衣和背心,又从柳条箱包中取出睡衣。小棉玉尝试换上一件薄衫,高领遮住颈部,掩去突出的喉结。她把稍硬的头发散开,脸庞变得稍长,鼓鼓的鼻中沟蠕动起来,让舒莞屏想起一个神话人物:孙悟空。

他在心情松弛时真想叫一声"大圣",却不敢这样放肆。

第一个礼拜日,舒莞屏不再忍受煎磨,终于开口言道:"尊敬的提调大人,因种种缘由我们必得日日相处,有话也当说在明处,一切计划周全才好。"小棉玉的脸颊偎在高高的衣领中。舒莞屏瞥一眼说:"您的拘谨和谦逊已成大碍。不客气地说,这将贻误大事。"小棉玉声如蚊虫:"公子且容我再缓适一些日子。"

因为炕太窄小,他们夜里必得相挨。为求万全之策,舒莞屏不得不将一块稍薄的劈柴放在两人中间。可是睡到半夜他才发现,她的双手在沉睡中紧紧抱住劈柴,胳膊肘仍会触碰自己。这天半夜他再也不能容忍,坐起,将烛光移近,呼唤:"对不起,我们该好好谈一谈了。诸多事情,我们须当面说清。"小棉玉睡眼惺忪,后来大睁双眼看他,迎住了他的眼睛。不过只一小会儿,她又将脸庞埋于被子中了。舒莞屏看着烛光,一声声说得缓慢:"提调大人,您当然知道,我们,我自己,因为某种不可抗力,才走进了这间洞房。这对我是至大煎熬,每时每刻!尽管府上大人有不杀之恩,将我赏赐于你,可这断然无法屈就,否则只有一死!"

小棉玉抬头掩面,泪水涌出,又伏上被子。她尖瘦的双肩抖动不已,伴着声声抽泣。后来她抽动停息,头颅抵进被子下面,恰如一只鸵鸟。这样许久,整个躯体都拱在了被子中。舒莞屏无论怎样呼叫,不再有一丝应声。他仰靠墙壁,发出凄长的叹息。火炉渐歇,寒意围拢。他给炉膛加了劈柴,黎明前睡了一会儿。睡梦中有什么在一旁窸窣,是大如豚鼠的动物,长长的胡须弄痒了他。因为极度倦怠,他没有驱赶。醒来后低头看了看,心口一阵慌跳:浅色的睡衣袖子上有胭脂的颜色。

早餐草率。舒莞屏只取自己的一份,双手捧住滚烫的杯子。小

383

棉玉侧身啜饮。他放下杯子:"我们再也不能这样下去了,日子还长。让咱们开诚布公地谈谈吧,提调大人!让我们像往日、像过去那样畅谈无碍吧!"小棉玉转身看他,回答颇为机智:"我这会儿不是'提调',也没有当值。""我永远是您的僚属,这是不会改变的。"小棉玉不无执拗:"你是我的夫君。"舒莞屏叹道:"大人,这万万不能。""我知道。我们只需同眠即可。你在身边,这就是至福了,公子!"她的眼睛闪电一般在他脸上划过,"我要求公子的,也许比你预想过的减去十倍还要少。我啊,连一只毛虫、一片树叶都不如!公子是天上的人,云彩里的人,你路过时掀起一阵风儿,吹到我的脸和头发,我就知足了!你以为我还奢求什么!你以为我会怎样!你只知道自己怨苦,不知我听到府上大人的婚嫁令,吓成何等模样!我只想去死,死在这个冬房子里!大人,不,公子,你知道我第一次见到你是怎样吗?就像瞎子第一回睁眼见光,头晕目眩站也站不住。人被淹死前也不过那样!我那时知道了,世上真有这样俊美的小生!从那天起我就捏了一把汗,因为我深知人世间容不得至美之物,这座大城池又如何保住你的周全!我怕有人害你吃你挣你分你,最后连一点渣儿都不剩!我做梦也想不到会有这一天,你囫囵个儿交给了我,交给一只毛毛虫了啊!"

　　舒莞屏站起,坐下,被这长长的洞房告白吓住了。啊,显而易见,这里并无一句伪饰,全是肺腑之言。敬重和怜惜泛上心头,他真想拉住她的手,让她安静,然后告诉她:世上压根就没有云端上的天人,她面前的人依旧是一个俗世凡胎;不过这个人实在不幸,全无预料地落到了一个叫作沙堡岛的魔窟。此刻自己想说的只有一句话:不挣脱,毋宁死。"所以,至敬至尊的提调大人,你既如此爱惜我,就真的忍心让我去死吗?"这句话只在心中沸动,并未说出。

他伸手将她的脸扳向自己："请大人与我面对面畅叙可好？"小棉玉往后蜷缩，死也不肯。"天哪，这该如何是好！"舒莞屏闭上双眼，忍住泪水。

三

酷寒深入，所有的水都结为冰，所有的枯叶都埋入雪，所有的活物都在蛰伏。一些熬冬的人无比艳羡一个角落，因为只有那里温暖如春，正逢绽放的盛季：蜂蝶忙碌，小生灵无夜无昼，只想赶在花期贮备蜜汁，早日蜡封那些六菱形小仓。这些人恨不能亲临现场，以过来人的身份掩饰自己未能根除的窥视癖，指指点点，抹去嘴角的哈喇子，对两位新人给予具体而微的指导：注意饮食起居，尝试一下相敬如宾的乐趣；如果能在耳鬓厮磨中施拱手礼，该是何等情致！他们援引古人的一套繁文缛节，证明唯有依赖于此，才能延续奇妙的文明，使整个族群温文尔雅，蓄满张力：眼看都要拔刀相向了，还会像君子一样问安。我们的提调大人和总教习先生，二位正值蜜月，可有亲身体味，有些许高见示与？

一月甘辛只有冬房子里的主人自知。至大难题除了如厕，还有洗浴。这时节虽不必每日大浴，但因和衣而眠太久，难免躁痒难耐，像舒莞屏这样的洁癖之人如何受得？即便是湿巾搓身，又怎能规避近在咫尺之人？这让他甚为苦恼，最后竟想出笨拙粗陋的方法：请小棉玉暂且向隅而立，待这边浴毕即发一声咳。小棉玉认为"甚好"，忙着为其准备沸汤和木盆，然后缩向屋角等待。孰知百密总有一疏，结果险些酿成大错：舒莞屏于擦拭中初感凉意，终未忍住，发出一声轻咳。小棉玉随即转身。这匆促一顾非同小可,诸多物事就此难以挽回:小棉玉一睹裸躯,如同骤寒侵体,浑身冷战,再也不能支持。

她长时间卧伏炕上,气如游丝。风吼如雷,大雪漫掩,出门呼医实不可行。舒莞屏将灼烫之人扶起,让其倚在怀中,看长睫合闭,整个人有气无力一丝丝萎下。他摇响瓷铃,这才想起憨儿不在。他觉得胸口那儿一阵揪疼:是那只发红的小手正抓住他的心窝,两眼满是乞求。"小棉玉,你可转活过来了,好生凶险啊!"她长长舒气,原来刚刚是晕厥了,这时脸上有了一点点红润。

一夜话语时断时续,直至凌晨。舒莞屏将两人中间的劈柴抽开了。"每至凌晨,冷大人就到了亢奋之时,要与我饮谈。还好,夜猫子的病菌总算没有染上我。"舒莞屏像对待一个大病初愈者,不敢让其冷落孤单。小棉玉说:"从记事起,冷伯就是一个深夜不眠的人。哦,那时他给两湖总督做幕宾。后来入了洋行更是这样。"舒莞屏发现,在不见一物的夜色里,她的话语变得流畅起来。这使他明白了,两人最好的叙谈不是正襟危坐的白天,而是伸手不见五指的长夜,有狂风大吼的陪伴更好:那些必要谈论的话语,该是畅所欲言的时候了。他想听到关于冷大人的一切,这个男人如同无所不在的巨型磁石,而自己,以及身侧这位小人儿,在这个寒夜就像铁屑一样颤颤抖抖。

小棉玉显然不愿多说。"冷大人一直独身,这为什么?"他小心探问。小棉玉说:"他肯定要独自一人的。"等于没有回答。"万玉大公也是一个人啊。"舒莞屏说。夜气中是她颤颤的声音:"啊,大公有过誓言,大业不成,终身不婚。她没有自己,她把自己这一生一世都交出去了!"舒莞屏在这声激越的回应中,想起了那个战云密布的春天:小棉玉在广场上为出征壮士们送行,嗓音突然变得尖亮逼人宛如铜管,简直令人难以置信。他想在漆黑的夜色里继续听到府上大人的故事,没了。一会儿,有极低的絮语传来,极难听清。他全力捕捉,终于听得明白:她在背诵《贞德颂歌》。极细微,但仍旧抑扬顿挫,音节清晰,全部化入了夜色。

已到凌晨四点。彼此都无一丝睡意。"提调大人,我们之间不会有任何结果的。"舒莞屏打破了沉闷。"我,我想是的。""我说过,我将以死拒之。""公子不必死,公子伤损一丝一毫,我都会难过死的。"舒莞屏侧身向她:"我记得追捕路上,你说过既是叛逆,'人人得而诛之',那就不如让我死在路上。"小棉玉欠身坐起:"府中最初的牒令确是这样,可后来万玉大公知道了,急追一道牒令,这才没人伤你。即便这样她仍不放心,让我亲手把公子接回!公子啊,你该明白大公的仁慈了!"舒莞屏心跳骤急,脱口而出:"那么,第一道牒令就出自冷大人之手了!"

曙色中舒莞屏睡了片刻。他是被目光弄醒的。小棉玉早醒,一直看他合目安眠。因为不再涂搽西洋香水,她身上弥散出特异的气味,那是类似于熏蚊菊的微辛的香气,还掺杂了一丝薄荷与茴香的凉息。这浓浓的气息让安睡者仿佛仰卧原野,在太阳晒了多半天的泥土上喘息,于恍惚中伸手拨开骚动的枝叶。她躲闪他的手,频眨的睫毛终让睡者醒来。她想用被角掩住他的脸,最后掩住了。

他坐在霞光中,惊叹这个风雪初霁的清晨。她看他凌乱的头发。"让我为公子束一次发吧。"对方犹豫时,她一下揪开那条青绫,双手为他梳理。绫子缠好。这般开阔和白皙的额头,如玉似银。她伸长的双臂有一截从袖口露出,臂上有稍密的绒毛。他稍稍离开一点。他的鼻子一度挨近她隆起的胸部,这里散发出小茴香的气味。"我在这座小小的冬房子里,最难摆脱的就是这无所不在、充斥了整个空间的气息了。"他心里说。

夜晚漫长,白天更甚。舒莞屏在矮脚桌上摊开那摞厚厚的译文,持续这无尽的推敲。仿佛为了泄愤一般,他故意将译好的部分一次次划掉,或改得佶屈聱牙。小棉玉看在眼中,追逐那些不甚明了的字句,终不能忍:"公子,冷伯写了何事?""啊,这是世上最晦涩最艰辛、独一无二的文字,它们称之为'万玉学'。""写万玉大公?""自然如此。"小棉玉咝咝吸气:"这世上没有谁像冷伯一样忠诚大公、热爱大公的了!"说完浑身一抖,看着他,"这是真爱!公子,我不小心说出了一个谜底,这才是冷大人终身未娶的原因啊!"

小棉玉以手掩嘴,可是已经太晚。她怔着,索性在惊愕的注视中说下去:"公子,这是真的。冷大人自从见到了万玉大公,从第一眼起,就像被雷电击中一般,魂儿都没了。后来他死心塌地相跟,从河东到河西,直到如今!他为她死去都成!这没有一点夸张!"舒莞屏定定地望向她:"大公知道?""大公自然明白。可她没有,也不会有一丝回应。她不会接受任何一个男人。"舒莞屏看着窗外的雪地,叹道:"我想在见到大公前,冷大人总会有别的女人。"一句出口,小棉玉不再言语。这样许久,她低下头:"也许有,也许没有。他是冷伯啊!"

在这个晴朗的早晨,舒莞屏发现小棉玉因为吐出了冷伯的隐秘而变得恐惧,情绪低落到极处,以至双眉紧蹙,中间有了一道令人生畏的竖纹。为抵挡这惧怕,她甚至不由自主地握拳,久久不能松开。他试着安慰她:"放心吧小棉玉,你说出何事,我都会装在心里。"她张开双唇,露出两颗白大的门牙。为了回赠对方,舒莞屏犹豫了一下,说出了关于大公的一个秘密,就是她与吴院公的恋情。这是撼人的男女故事:一个爱着另一个,执着到这等地步,隐藏到这般长久。小棉玉惊呆了，半晌说不出话。她长时间伏在窗前。舒莞屏去外间取来食盒，将矮腿桌放到炕上，把早餐一一摆好。小棉玉像小鸟一样啄了一点屑粒，没有食欲。

"许多年来，冷伯一直在留心盘查一个男人，这就是他的情敌。他做梦也想不到，那个人就在舒府，竟是吴院公！"小棉玉低语，咬着下唇，一手按住自己的喉结。舒莞屏蹲在炕上："他说过？"小棉玉摇头："他不会说与任何人。可我知道。我还相信，他有一天找到那个男人，就会用一切办法杀死他！他猜测万玉大公心里会有另一个男人！原来他一点都没错，事情真的是这样啊！公子，从今以后，我也要把这秘密装在心里！"舒莞屏咬着下唇："也许不必了，我想他已经明白了，知道自己的情敌死去了，死在另一个人手里。不过即便如此，他也仍不罢休，还要追究下去，弄清这场情事的每一个细节。所以他总也忘不掉一个话题，就是一遍遍引诱我谈论那个人。他还想知道对方如何得到、又为什么让我千里迢迢来这里送画。这是他一生的得意之作，他真的为它倾尽了爱心。"

四

从相互倾吐秘密的那个早晨开始，长夜变得不再难熬。烛火在午夜前熄灭，然后就是双双仰躺，高一声低一声讲述。小棉玉身着绣花软绸睡衣，领口那儿裁成心形，这是半岛新婚女子特有的夜装。她总是在烛火熄灭前抢先去添劈柴，起身时正好展示那件精心准备的婚衣。可也就在这样的时刻，让舒莞屏无以回避地看到了她的另一缺陷：鸡胸。那中间凸起的骨骼，还有细如麻秆的两腿，都加重了一种禽鸟的感觉。不过当她爬上炕头，用花缎被子盖住颌部以下，那双杏核眼就变得大而明亮。舒莞屏用一只瓷盅熄灭烛火，然后进入讲述时段。

黑影里有一个贪婪的听者。舒府的童年，西营的野地，木瓜林的蝈蝈，特别是老院公和栗色大马。那个男人能迷住万玉大公，必定不同于常人。她对这位老人的事情格外关切，想知道他过人的骑术和武功，以及其他。她甚至想过那两个人的初夜，抵紧下巴，浑身战栗。她还想未来的一天，公子是否会将老人传与的技艺授予自己。听到那个漆黑的不幸的夜晚，老院公失去了一条腿，她流下了泪水。后来她细细问起那条梧桐腿，对这条支撑老人下半生的义肢分外好奇。"万玉大公直到最后，还在盼望那个镶了梧桐腿的老人能来河西！这是真的！"他提高了声音。

他也需要倾听。小棉玉是从乱葬岗捡回的，被冷伯收作养女，抚养成人。这些舒莞屏是知道的。可有些细节还是令人费解和惶恐。小棉玉说冷伯的恩情无法言说：如果不是他的慷慨和怜惜，她就会卖给乡下演猴戏的野台班子，脖子上会拴个绳扣和猴儿一起敲锣，端着笸箩收取赏钱。她说到这里哭了，一时不能止息。舒莞屏拍拍她，她即抱住这条胳膊。他不忍抽取，任她抱紧。她吻着他的手臂，直到睡去，他才一点点抽离。

她最想听的还是爱的故事。舒莞屏告诉：有一种爱可以藏起，深藏一生。她屏住了呼吸。他说的是奶娘。"我不忍讲出她的故事，可是讲出来，你才明白什么是爱、什么是至美至善。"他说到了奶娘对吴院公的深爱、她最后的吐露、她受到的凌辱。至此，舒莞屏终于说出了自己如何向着烛光铭誓："小棉玉，你当然知道冷霖渡为什么要将我除掉！他宁可失去一个凌晨闲聊的小友、一个尚可为沙堡岛做些事情的人，也要痛下狠手！因为他看到了我遗在住处的那张纸，那四个钻心的词语！他害怕，他被刺痛了，他不敢面对！他以为将我杀掉也就算灭口了！他不知，凡是谎言终究难掩，真形总要显露！他杀得掉时间吗？"

黑夜里一片死寂。

这样不知多久，有一声细弱的呼叫："公子，你那句话中的'他们'，专指朱砂滚子万东将军，是吗？"

"冷霖渡也这样问过。今夜就让我告诉你吧，'他们'是整整一伙，就盘踞在沙堡岛上！"

小棉玉伸手去捂他的嘴巴，他将这手扔在一边。她的抽泣由小到大，不知何时止息："公子，听我一言，被冷大人盯住的人，是注定逃不脱的。这许多年来，没有一位副都统，也没有一位身边人得以逃脱。""为甚？""因为府上大人有许多眼睛，一举一动都清楚。谁都不能得逞。"

舒莞屏不再说什么。他心中有一个不解之谜：那些桀骜不驯的匪酋、各占山头的"司令"和"将军"，为什么先后归顺大公且能俯首帖耳，这其中有什么魔法？小棉玉答："啊，这倒不难。那些'将军''司令'不过是个名号而已，就连势力最大的朱砂滚子万东也不足千人。他们相互火并，再加上官军追剿，要独撑难上加难。万玉大公先是把他们收编，然后再委派副将或都统，加上眼线众多，巡督往来，要想反叛就不那么容易了。"

舒莞屏不语。他在想与之深夜恳谈的革命党人。那不是一个轻生者，而是一个决绝者：这人更为珍惜时间，所以才匆匆上路。这个人的存在令人胆寒，即便死去也仍然如此。

下半夜，因为惧怕或其他，身边的小小躯体一直震颤。后来她再次将他的手臂抱紧了，一动不动。她渐渐睡得沉稳，呼吸变得均匀。这声音让人平静，他也睡着了。天亮前需要为炉膛加添劈柴，他不得不抽出手臂，她也就醒来。重新入睡时她再次抱紧那只胳膊，说："你说自己是府中大人赏赐给我的，没错啊！他们以为没有谁像我这样依顺，做事没白没黑，心无二用。我把巡督路上的各色消息、所有眼线的密报，都尽快交到大公手上。我才是她最信赖最倚重的人，而不是冷伯。这是没人知道的。"

"你是冷伯的女儿啊！"

"我是。我还是冷伯身边的眼线！冷伯的一举一动，我都会报给大公！大公才是生母一样的亲人，她会护我一生。真正把你赏赐给我的，其实只能是大公本人，我对她忠贞不贰，她才会出手大方！可惜她断断想不到的是，在这个冬房子里，我得到的不过是一条胳膊！公子，你是何等人儿，这对我已经足够，是天大的喜赏了，只求你不要狠心将这条胳膊也收回去！"

舒莞屏听得心惊，深吸一口凉气，应道："我保证这条左臂随时为你所用。可是，我仍旧不信，不信大公会让你做了冷大人身边的眼线！如你所言，没有一个人会像冷伯那样爱着她，连死都不在话下！据我所知，大公和国师简直就是一个人，他们彼此依存！你的话，让我更加不解且疑虑重重了，我无论如何都不敢听信，更不能同意！"他这样说时，小棉玉的嘴巴正贴紧他的手臂轻轻啃咬，说：

"我的贵公子！如你所说，大公和冷伯真的像连体人那般难分难离！可是大公必须知道所有人所有事，这就是她！就像一个人爱自己的眼睛、自己的心肝，才会留心它们一丝一毫的痛楚和不安！冷大人真是比得上她的眼睛和心肝！所以她不光会听我的密报，就连你的贴身侍卫憨儿，也是她亲手安放在冷大人近处的！"

舒莞屏不得不把左臂从她怀中抽出，即便她死死箍住也不行。他须坐起，因为胸口憋得难受。他要倚在壁上大喘几口。她只好和他并排坐了，这样才能抱住那只手臂。可是她发现抱住的是右臂，就立刻转向了另一边。"是的，我们说好是左臂。"舒莞屏说。他由她的这个动作，更加认定这是一位质朴的、心口如一的女子。多么可贵的品质，她自小孱弱无倚、习惯了跟从和听信，所以千万不要欺辱这样的心灵。他在心中悲叹，忍不住抚了一下她那个按比例稍大一些的头颅。仅仅是一次抚摸，已让她泪流满面，忘记了一切，只死死搂紧这只左臂：

"我的公子！就让我全说了罢！我若瞒你什么，就对不住公子！你厌弃我，可你待我像亲兄妹一般。开始的日子，我还怕你一时火起，像对一只毛毛虫那样把我从窗上扔出去。你的心太慈太软了啊。我连恨都不敢，又怎么敢爱？公子，你做梦都想不到我多么恨一个人，一个男人，这个人就是、就是冷伯！公子莫要这么看着我，也莫要打断我，让我说出全部实情吧！我说过，他收下我，给了我一条命，用一只小奶嘴儿喂活我，养大我，可他把我当成了雏鸟，眼看着长出绒毛儿就当成自己的玩物了。他在我十二岁不到就用各种法儿玩耍，往死里耍弄。有几回我就要死了，又转活过来。十四岁那年有了身孕，他不会让我生下的，就找来洋行一位邪友在家里折腾打胎，血染了几层褥子。他除了给我喂食还算大方，待我不如一条狗。他在外面忍住火气，穿衣讲究，头发梳得油亮，回家就成了妖魔，有时从九点折磨我到凌晨三点。他不准我在家里穿衣裳，高兴了还给我拴上带铁钉的脖扣，唤我'毛猴小玉'。他教我背书和练字，稍一出错就用鞭子抽打。他有一次喝醉了，挥动一把火钳烙到了我，生生疼昏过去。我的下体结了大疤，他说如果献给宫廷会得个大赏赐。这是谎语,他谁也不会给。见到大公的第一眼,他就把我放开了。他不再碰我一下,也不正眼看别的女人。"

五

在小棉玉的眼中,冷霖渡是一个无法诠释、谁都不能走近的奇人。这人就性别而言介乎男女之间,私下喜穿女衣。可他也是青楼常客,去的时候还带上小棉玉,让她在老鸨屋里等候。这一切都在那个时刻戛然而止,即见到万玉大公之后。这就开始了一段奇缘。他为大公戒除了所有不良嗜好:尚未深染的鸦片,狎戏,还有不浅的赌瘾。他将幕宾和洋行积累的所有知识以及人脉如数献与大公,成为她最可依赖之人。为了配得上这一信任和倚重,他愈加严格要求自己:不嗜酒不沾染任何恶习,按时洁身,将洋行期间养成的一尘不染的穿着习惯再度提升,始终严整如一彬彬有礼。所有府中事务他都巨细过手,余下时间作画听琴,偶饮一点洋酒。唯有香茗和咖啡是他的最爱。他精通清律,据此制定了一部"法书",条理纲目俱细。军伍规制更是重点,准备逐步施行西洋体制,以"军、师、旅、团、营、连、排"为序,废除"都统"称谓。总之百废待兴事务繁巨,大公对其言听计从。由他审拟的"法书"不乏怪异,如"男子犯奸者刳除左睾""探囊偷盗者截其中指""女子不贞者以中等鲫鱼充塞阴户""忤逆不孝之人拔除门牙一枚",颁布后多有诟病,大公却仍旧在河西照此施行。

人们发现冷霖渡每每立于树下,久久望向大公起居作息的方位。他与大公虽然每月必能共商大事,却依旧思念。府中大人饮食由厨务专掌，他吃到可口之物即写下品名，嘱一声"奉大公一尝"。河西或有青黄不接的灾荒年景，府中设"草食日"，所有人皆吃根茎瓜叶，共渡难关。冷大人听说大公整整七日未食一粒，长叹之余写下了"大公缩食歌"，又差卫士送去自己挖到的野山药。他编成了对付饥馑的"四十六字诀"，分发给沙堡岛内外村民，还发明了特别束腰法：用海草编成偏囊捆在腹部，可预防饥饿倒地。

　　冷霖渡将更多思念寄予画笔，以致嗜画成癖。他不休不眠置身画室，将同一幅肖像涂抹数遍，直到满意为止：先将大公画出毕肖裸体，按真人比例，肌肤颜色逼真无二；待裸躯凝固后，再一笔笔加画柔薄内衣，干涸后始添加最后服饰。因为小棉玉要来画室打理，只她一人带有钥匙。她时常站在大公的裸体画前看上半天，惊讶于冷伯的想象已达极处，硬生生画出每一根毛发。他竟将大公私处画成鸡冠花模样，呈放射状，闪着欲燃的朝霞颜色。就此她才明白：这不过是梦中的想象。她当然知道：冷霖渡在大公面前毕恭毕敬，极尽君臣之礼，未敢僭越雷池一步。如此画幅必不敢出示。小棉玉对冷伯画技只有倾绝，叹为天工。如他画人的汗毛和脉管，几可伸手触探：毛发闪动，在一种光色下变成幽蓝，在另一种光色下变为杏红；脉管是隐在肌肤下的靛蓝和微紫，有灼人之烫。她最不敢对视大公的眼睛：威而愠，煦而厉，清澈深邃，比喻成湖水，也断然不是地上，而是天上的瑶池。

　　她知道的不只这间画室，还有冷伯独自一人的呻吟。那是她碰巧遇到他焦灼等待画幅干凝的日子：进入画室，鼻孔充塞浓浓的油彩气味，还要小心绕开躺在地上、手持画笔瑟瑟乱抖的冷伯。这时绝不可惊动，更不可伸手搀扶，只任他一只眼闭一只眼斜，嘴里流出一摊涎水，发出奇怪的哼叫。她第一次看到他的这副模样吓个半死,以为冷伯已经中风,后来才知道那是他审视和鉴赏画作的一种特殊方法。前后十多天的时间,裸体完毕,成为画者尽情享用的日子。所有的辛劳、费尽心力耗去的日日夜夜,全都得到了补偿。

后来,她知道的不仅是画室的呻吟,还有其他。因为大公对小棉玉超出同类的信任:既是介于毛猴和鼹鼠之间的古怪生灵,又有人的心智和情感,所以就有了一种不必提防的信赖。大公把最隐秘的事项交与她,也问及久远的私密,如在她如花未绽之时,那个男人的性怪癖、贪婪和力量,以及匪夷所思的床上习惯。那时她只当成羞于出口的嬉戏之言,后来才明白事涉重大:大公须掌握这个男人的一切秘密,如此才能相处无碍,防患于未然。大公虽未听到冷伯一丝告白,却对这个男人急切的欲念一清二楚。大公冷艳一时,柔媚长存,所以对人的诱惑无比切近又无比巨大,足够淬炼咫尺之外的国师。冷伯除了向大公翔实无误、条分缕析地按时禀报府中大事,也未免有些闲话趣谈,好在用语端严,谐而不邪,让大公觉得顺适自然。也许是不言自明的回报,又好像每次完结后的步骤之一,两人足足谈过一个时辰之后,大公总要返回内室一次,出来时衣装单薄许多,仍坐在原来的椅子上。而冷霖渡则坐于三尺之外的软榻,不再说话,眉头微皱,时而瞥来一眼。

这个是小棉玉一人窥知的秘密,即便未来,也只会言及终生爱慕的一个人,而绝无他者。事情是这样的:冷霖渡和大公完成了公务和必要的闲叙,剩下的时间就是无语对坐。此刻不得任何人打扰,须极静且门户关闭、无风无臭,连一旁气息稍浓的栀子花也要搬走。一句话,这个空间里只能有一种气息,大公的体息。只有冷霖渡一个人能够嗅得这体息,它们源自不同的部位和器官,从内到外延至脚趾手甲,不会有丝毫遗漏。冷大人所求不多,这一点大公早就心领神会，所以不再吝啬，坐在那儿，虽未敞开薄衫，却能散开领下一二粒纽扣，让胸前一片娇嫩雪洁的肌肤若隐若现。冷大人偶看一眼，双唇紧咬。这样过去三五分钟，他的身体无端抽搐，两眼歪斜，直至完全紧闭。冷大人的身体萎缩下去，瘫在榻上，似睡非睡。

大公以非同常人的耐心安坐一旁，如时间稍长，会拿起一份文书，用笔在上面勾勾画画。直等到榻上人睁开死鱼般的眼睛，她才放下手中的纸笔，击掌两下。门外黑衣青年应声而入，熟练地搀起冷大人，让其坐得安静，然后去内室取来一个汤盅，加热后给冷大人灌下去。而后歇息片刻，榻上的冷大人就端坐如初，双目炯炯了。

"公子，冷伯饮下的不是一般汤羹，而是大药堂专门配制的'海参鱼胶盅'，里面除了海参鱼胶，还有海马海龙粉末和别的什么，一盅饮下，不吃不喝劳作一天，都不致萎颓。"小棉玉对屏息静听的舒莞屏说。

六

酷寒已达极处。仅有的几个晴天，冷霖渡竟不惜冒着严寒，骑马穿过两座雪洞，由人陪伴奔向沙岗。他一定要在这个月份亲往探视，因为实在放心不下。他随身携来几宗礼物，其中半是滋补品。他身着黑色皮裘钻入这间冬房子，一进门就大加赞赏，说浓浓的居家气息，非劳燕而不得营建。他跷起戴了戒指的手："至多秋天，瓜果丰繁的时候，这里就该传出牙牙之声了。"小棉玉羞不可支。她行跪拜大礼，舒莞屏施拱手礼。冷霖渡湿着眼睛拉起小棉玉："孩儿，我失去了一位芳邻，却得到了一个佳婿。"

"偎炉夜读,红袖添香,此情此景原是不虚。屏儿近前来!"冷霖渡坐向炉边矮凳,招一下手。舒莞屏上前,忍受那双幸灾乐祸的目光在脸上纵横。"眼窝儿深了,夜夜操劳之故;嚯,一只樱桃小嘴儿竟生在了男子脸上。屏儿,老夫独女自幼顽皮,想必格外累人,不过日久成趣,也就自如起来。"说着将手中方方正正的包裹举起:"空腹食,忌生冷。"小棉玉替他接下,谢过冷伯。

舒莞屏无多话语。他强迫自己说一番场面话,实在难为。冷霖渡说:"待春景天里,我要在府中摆一道大宴,款待府中友朋。届时你们可将邀约者写上花笺。"舒莞屏想到了一个人,问:"国师大人,大公冬日可好?""她嘛,狐裘旺炉,每天都能施行药浴。公子新婚之日仍能牵念大公,让人欣慰。"他这样说时望向窗外白雪,鼻子抽动,"我曾寻思,如在行营那里加筑冬房子,再引入温泉,想必大有利于万玉大公。她那时或召唤公子共览洋语文书,小棉玉也可陪侍同行了。"

冷霖渡离开时似有不舍。天晴无风,舒莞屏与小棉玉送出门去。护卫持缰伫立,冷霖渡抬头说:"让屏儿陪我走走吧。"他们踏向清扫过的竹丛小径。冷霖渡哼着,说每到凌晨还会想起那时的饮谈,如今好生失落。"好在公子有了归宿,小女也自得其所。"他露出齐整的短牙看他,嘴角挂着笑意:"冬房殊窄,捉将起来想必不难。小小人儿可有倔强撩人之趣? 公子按住的可是与副都统同等职阶的女子啊!"他故作夸张,狎意满满,总想探得一些隐秘。舒莞屏不得不正色:"请大人说些别的吧!"对方抽抽鼻子:"我们都深受洋习熏染,何必拘泥那些翁婿古礼!"舒莞屏不再接起话端。冷霖渡颇为不悦。

此次探访令小棉玉有莫名的忧伤。她带着深怨恼愤望向一个角落,想的是这位冷伯留下的未可修复的重创、不可尽言的屈辱。舒莞屏默立一旁。她抱住了他的左臂,头颅压紧摩擦,珠泪滚落。"我的公子,我今生的依靠,我的宝爱!可是我当知进止,你已十二分怜我惜我,更是容我。我们今世做不成夫妻,只待来世吧。不过我们毕竟日日相挨,同是天涯沦落人,结为姐弟至亲如何?"

舒莞屏蹲下,为她揩泪,切近看着那双杏核眼和悬泪的长睫。他又一次认定这双眼睛至美。他愿单独亲吻这双眼睛,最后还是忍住了。他的左臂被牵拉得太久,有些疲惫。他说:"我答应过,这条左臂归你了。到了我离开的那天,你可将它砍下。""公子休要胡言!"她伸手堵他的嘴巴。舒莞屏挣脱:"这是真的。我即便成了独臂人,也要逃离!我告诉过你,吴院公成了独腿人,还依旧能骑马远行!"

只要舒莞屏没有回应小棉玉那一声恳求,她就紧紧抱住他的左臂。他只好弱弱地回道:"我答应,我们是姐弟至亲。"

这成了二人婚礼后最为欣喜的一天。入夜,他们在温煦的烛光下饮一点米酒,还吃了整整一小罐李子酱。红豆沙花卷、玉米楂浓粥、五香蚕豆、烤小鳗鱼,全都一扫而空。两人都觉得许久未曾这样食欲大开,吃得格外香甜。饱食不宜早眠,剩下的长夜尽可叙谈。小棉玉觉得至为神奇之处,即这位有名无实的夫君,竟能讲出无尽的故事,听来件件有趣。讲述的间隙,舒莞屏说一句:

"既为至亲姐弟,提调大人必得帮我出逃!"

"至亲姐弟如何分离?"

随着这句反问,左臂被咬得疼了。他哑哑叫着:"我说过,我会以死相抵;今夜我还要说,如脱逃功成,你就是我一生的恩人。""既是姐弟至亲,做什么都是应该的。不过舒府已毁,公子还能逃向哪里?""我尚不知。一只鸟儿出笼,会立刻飞向高空旷野,然后才能寻一个落脚地。"小棉玉放开他的手臂,仰脸看浓浓夜色:"公子,冷大人既在你出逃时下过诛杀令,也就不再留一分通融。如此想来逃路窄而又窄。他不过是在你颈上拴了绳索,把这一端交到我手里罢了。他那双眼睛太过狠准,只一瞥就知道绳子拴牢了没有。"

舒莞屏深以为然。他好像看到了深夜里那对阴鸷的目光。当他试图回避时,更高更远处又投来另一副目光:温婉而犀利,却让人愈加战栗。他今夜有一种冲动:为身边人讲述那个故事,即自己与大公的大风大雨之夜。最后一刻,他抑止了这一欲念。他将把这个秘密埋葬,为什么,不知道。大公赠与的一对小海雀,他离开那间屋子时,用皮纸层层包裹,埋在了一棵苦楝树下。

"春天到来时,水路陆路畅通,我将作为巡督出行。那时候我们就可以双双对对了,冷伯最愿看到这样的场景。"小棉玉说。舒莞屏心头一阵豁亮:"那该是最好的出逃时机。我是说提调带我离开大城池,也就不愁没有可用的间隙了。""你会这样想,府中大人也会这样想。一路眼线不知会有多少,所到之处,那些人无论多么殷勤,暗里都会留心这个。""他们都是冷霖渡的人吗?"小棉玉摇头:"有的是,有的不是。护城副都统的人最多,他从根上说是朱砂滚子万东将军的人,也是大公心腹。""万东不是大公最为倚仗的人吗?""正是。不过他和大公毕竟不是同一个人。"舒莞屏点头:"总是这样。就因为凡事有太多的'不过',这才危厄重重,举步维艰;大公或冷大人也就游刃有余,一切尽在掌握之中。"小棉玉双手扭动,像是痛到折断一般,说:

"我说过,我恨冷伯;可我不会欺瞒和背叛万玉大公。我在心里把她比作母亲,我不能成为举目无亲的孤儿。你走开的一天,我就更不能离开她了。"

"那我也就明白了，你终究不会帮我的。"一句出口，他感到了彻骨的凉意。

"公子，我不知该怎样去做。我不能让你死在这里，你已下了决心，要冲个鱼死网破，你是中了那个革命党人的蛊毒！可一想到我在出巡路上将你放走，犯下这等罪孽，就吓得胆战！也许我抱定一死，为假夫君做下一切，再回头跪在大公面前，让她含泪将我斩首！没有别的办法，最后也只能是这个结局，公子啊！"

舒莞屏无法安慰这个悲绝的小人儿。他忍不住点亮烛光，想看看这个以泪洗面的人，记住她这个夜晚哀绝的面容。他俯身看着，发现这双稍凸的眸子眼白很大，因为长时间的愁苦织满了血丝，连深长的鼻中沟也盛满了泪滴。他把烛台放到一边，说："我不再乞求了，也不想连累于你。每个人的命都是既定的，我现在更信了。"

"公子，到了时下一步，你是无法逃离的，除非舍上性命。可是万玉大公，她又断然不许你受一丝伤损！公子在行营的一天，大公远远看着你，你可知她是怎么说的？""怎么说的？"小棉玉深吸一口气：

"大公说，好生俊美的公子啊！别说其他，单单是为了这副模样，也要用丝绒儿小心包裹，放在咱们沙堡岛这里！"

舒莞屏咬紧了牙关，抵御突然袭来的寒意。他知道炉火将熄，两人因为激切的谈话而忘记了什么，于是赶紧添柴。噜噜之声再次响起，他的思绪飞到了遥远的河东，那片山地。她刚才提到了那个人，那个脸色苍黑干瘦的年轻革命党人，一个自己引为兄弟的人。可也就是那个慈悲的、无所不能的女人，最终并未阻止凌迟的刀斧。这个女人当年对"五微子"也是如此。什么"快马牒令"，全是谎言。今夜，他的眼前交织着两道目光：革命党人和奶娘，他们两人的心窗，最后一闪。

　　凌晨时分飓风来了。隆隆声无处不在，像一只巨手摇撼大地。他们觉得身子下的炕在浪涌中漂移，耸到高处又悠然滑落。窗子封得严密，这时却发出尖叫，有个莫名的妖怪要钻进这温热的角落。有什么折断了，从半空抛砸屋顶，发出骇人的哐哐声。一只在飞翔中嚎哭的巨兽正从北部海湾启程，一路追击轰打，落下大滴血腥往南而去。乌云裹了无数的冰坨和盐晶打磨的锥子，在沙堡岛上空盘旋，呼啦啦垂直落下。那些未能搭得坚实的小生灵的窝巢，以及岛上的窨子和草寮，都在这铺天盖地的轰击下塌陷了。

　　小棉玉试图从被子下拱到男人身边，刚刚挨近，就听到了那颗心脏在轰击。她伸出毛茸茸的小手，在离开一寸多一点的地方悬停。

第十九章

一

水道初开，海湾里的冰坨还未化尽。最后一批搭乘冰坨的海豹即将离去。海牛从未知的深处传来哞哞声，震荡未能融尽的冰块和冻土，让其发出哗啦啦的碎裂声。沙堡岛又出现了巨兽，它们踏出了陌生的蹄印，一溜溜凹坑里堆积了鸟毛和鸡肋。没人识得这蹄痕，只从深度和尺幅上猜测体重，判定这是一头水陆两栖动物，于大荒之年出来溜达。它吞噬了陆地上的一些生灵，深夜潜回大海。

沙堡岛周边几十里闹起了饥馑。因为冰天雪地封锁了消息，所以整整一个冬天岛上没人得知噩耗。在村镇街巷和小径旁，死去的人变成一具具冰坨。鸡狗鹅鸭和猫倒在路旁、冰面、人的身侧。冻土融化了讯息，山地和平原传来十年罕有的恐惧：人们吃掉最后一把粮食，又寻找糠末和树叶，吞下被子里的绒絮、软细的泥土，啃焦干的冰。夏天和秋天并无大灾，人们都记得结实的玉米和大片摇荡的麦穗，记得一群群麻雀在饱满的籽实上滚动，见过渠里的鱼蟹喧腾蹿跳，怎么一下就变成吃喝无着？知情人捂着嘴巴相告：大城池入冬前把囤里的粮食全部拉走，藏下一点隔夜粮又被将军搜光。所有人都在熬冬，有幸熬过来的，就眼巴巴等着赈灾了。春天就是这样的日子，府上会派出赈灾大人，这些人手持刀剑押送救命的吃物：成袋的米糠、地瓜屑末、鱼的下水和一桶桶稀汤寡水。

府上大人除了全力赈灾，还要带头辟谷，让大药堂的老道以身示范。一沓沓石印的"大公缩食歌"和度过饥馑的"四十六字诀"随赈灾物品一起发放。紧急时刻来临，大城池的巡督分批派出，去海边猎场和种植场，甚至是火器营调拨物资。种植营的六十石糠末、渔猎场的二十车鱼下水和带鱼尾巴、火器营的十几个大汤桶，都在催促之下姗姗来迟。小棉玉走出热气尚浓的冬房子，恋恋不舍地换下新娘嫁衣上路了。她是首屈一指的巡督，说一不二，所以每逢困局必要出行。一行人由车马卫士组成，说不上浩浩荡荡，也算得上威严齐整。他们身着厚厚的御寒冬装，捆扎皮带，手持刀械，直赴巡地。这次巡行首去渔场和捕蜇场，那里的春捕即将开始。巡行是为了督促调集大宗应急食物，以解大城池周边燃眉之急。

舒莞屏与夫人小棉玉同乘一辆骡车，一路神色冷峻。舒莞屏闻听十余年来最为严重的灾情，悲伤沮丧，跟随身负重任的新婚妻子急急上路，不再顾及其他。当他得知要将渔场剖下的杂碎悉数运回，连剪除的细绳般的带鱼尾巴也要收起，忍不住问："为什么不取走整条带鱼？"小棉玉答："猎场是银库的最大进项，捕蜇场和种植营也是一样。府中开销、购买火器，所需银两都出自这里。""死人的事最大啊！""正是。银库空了，什么都空了，那会死更多的人！"

寒风正烈，海边的春天总是迟缓。随着接近大海，无数鸥鸟扬在半空，各种水禽追逐呼鸣。蛰伏结束，半截入土的窨子前，渔人扛着抓钩爬上高坡，翻皮帽的护耳在风中像鹰翅一样扇动。海边人除了要穿厚厚的蒲绒衣裤，还要围裹油布，一个个都像传说中的食人兽。离海岸几十丈远，高大的窨子一排排出现，这是为即将开始的春猎搭起的主营。营中主管是说一不二的鱼把头，手下有三个副头领，还有一支火铳队，个个都是凶神恶煞。鱼把头相当于军营总兵，一年四季都是这里的国王，渔人是奴隶。小棉玉和舒莞屏一行直奔主营，离那排窨子近了，鱼把头率人迎来，连呼"巡督大人"，躬身行礼。

"灾情诸事想必你已知晓，猎场须按府中牒令办理，不得有一丝差池。"小棉玉直言不绕，表情冷肃。鱼把头仰颈答道："大人放心，咱这里一根鱼肠子都不会扔。"小棉玉瞥瞥他隆起的肚腹，问："这个冬天过得还好？""禀大人，托府上大人的福，今冬还好，只未闻南面饥馑之事。"小棉玉转身看忙碌的人群，他们正扛着舢板，喊着号子往浪涌那边挪动。海中不断推上沙岸一些绿的紫的海菜，它们被劳作的渔人踩到了沙子里。小棉玉说："所有海菜都不得践踏，要堆在一旁，待车子运去赈灾。"鱼把头略有惊色，说："好的大人！"

午餐时所有人都在车中用过。食盒打开尚有余温，蒲绒隔层里是几只盅钵和盖碗。灾年饮食，不过是薯片酱瓜、几片咸鱼、一点甜粥。"比起饥号之人，我们也该感恩府上了。"小棉玉说。舒莞屏喝下一口甜粥，小声问："我在想，凌晨时分冷大人还喝咖啡？还有，万玉大公还用海参鱼胶盅？"小棉玉看他一眼，未语。餐后车马急急上路，奔往下个渔场。预计要在那里过夜，再沿水道往南，过河向西，去捕蛰场。

后半程风小了些，天空云朵散开，头顶出现了鸣唱的百灵。"有

405

点春天的样子了，提调大人。"舒莞屏说。小棉玉嘱一声："这不像夫君之言。""是的，大人谅之，我不过是叫惯了。"他为自己的失言感到抱歉。出行前言定：在人前须有夫妻模样。好在这是车中对话。下车时，舒莞屏不忘搀起小棉玉，而她则搂紧了那条属于自己的左臂。渔场一夜甚是惬意：天气晴好，月亮升空，全然没有酷寒之象。餐后夫妇二人走到野艾丛生的营地空场，身后一两丈远是三个卫士。他们相搀而行，小棉玉贴紧夫君，呼吸喷上他的脸颊。因为营中头领招待了烈酒，二人尽管浅尝辄止，还是有些燥热。小棉玉望一眼月亮，说："我的公子，我的夫君，一匹拴不住的马儿。"舒莞屏说："你是我认定的纯良之人，没人比你更温顺，也没人比你更仁善。我夜里难眠，总在想一件事。""何事？""我在想，既是姐弟，为何不能一起出逃？"小棉玉急速抽手："不可！公子，我是不会离开的！""为何？"小棉玉低头："我已是扎根在沙堡岛上的一棵树，拔脱了会死。"

  夜晚他们宿在一间稍为洁整的窨子里。这里火炕温热，还有一座土炉。小棉玉依伏在他的身旁，半夜仍无睡意。舒莞屏对着她的耳廓说："小棉玉，我无时不在谋划那件大事。这里的春天来得太慢了，等连翘花谢了，我就上路。""公子，求你今夜不再说它，可好？你知道我多盼一起出行！我觉得这里比婚房更好，不是吗？"舒莞屏的手抚着她的额头、眼睛，说："所言甚是！我们逃出了那间囚牢，也就舒畅许多！"

  小棉玉抓住他的手，将手指含入口中。她放开这手，又伏在他的胸前，叫着："好壮实的公子啊！好吓人的公子啊！"舒莞屏侧身，碰到了蓬蓬双乳，就像受到电击，猛地缩回。温湿的夜色中，他任其揪扯，只是不应，最后说："不可逾越姐弟之礼。""这可如何是好？"她在抽泣。他咬住牙关说:"让这一夜快快过去吧!"

车队驶入捕蜇场。这里比渔场大上几倍,车马不断。第一批海蜇已从海中涌来,那些捕蜇人和制蜇女呼号不息。舒莞屏看到的情景与上次一样,毫无变化。那个总营头领一眼认出了他,眉开眼笑:"大人,贵人和恩人!"小棉玉小声问舒莞屏怎么回事?他说:"这位头领让我回府上说项,要求赏赐一位女人。"

舒莞屏对总头领提出:"我要见一下女子,可好?"头领爹开两手:"啊呀大人!她来时哭哩,像小雀儿一样。我哄个不停,喂她鲈鱼肚。不到一月人就胖了,有了身孕。"舒莞屏记得这女子是洗衣房里最小的,顶多十五六岁,真的瘦小如鸟。他急于见人。头领把人领来,说一声"大人寻你了",退出。

女子微胖,个子不高,肚腹有些腴。她低头捏弄手指,叫着"公子大人"。"你记得我吗?""记得呀,"她抬起头,双眼圆亮,"谁见了公子都不会忘的。"舒莞屏不知说什么才好,安慰道:"这里清苦,自己珍重。"女子擦眼:"谢过公子,我明白的。我生下孩儿也就有了指望。"

从捕蜇场离开已是第二天上午。车队在猎场西部炮台那儿停留片刻。这是小火童陈立将军的防地,小棉玉见舒莞屏站在那里出神,上车问:"你还记得行营的日子?你见过这位将军的。如今是他镇守边陲了。"舒莞屏没有应声,他望着西边的苍茫,想的是出逃之路。

二

随着春天深入,灾情有了缓解。巡督一行从渔场捕蜇场归来,又去种植营和火器营。种植营的酒坊未能忘记这对新人,为他们奉上两坛美酒。在火器营,那位头领向巡督夫妇报告一个天大的喜讯:"水下鳖船"和"凌空羽舟"初具规模,这两件天下无敌的大杀器,再经演示就可施展大能。"到那时,大人,想想看!"小棉玉点头:"府中大人正等消息呢!""放心吧!等连翘花谢了,我们就呈上喜书!"

舒莞屏惊异于火器营的人也将连翘花作为重要的时间标记。他心里默念:"这一天啊,万万不可耽搁,我心里就像装了一团火药!"他不时望一眼巡行中的小棉玉,从她紧绷的鼻中沟上,看到了坚毅的意志和不可更易的心念:她在深夜或无眠的凌晨,都誓言助他出逃。她说:"不过,这须想个万全之策,哪怕是一丝疏忽都会招来大祸。"

他在旅程中处处留意,盘算和探究那个机会之门。他深悔第一次出逃的冒失和匆促,不再存一丝侥幸。他随身携带那份标注等高线的海域图,琢磨所有可能的路径:猎场西部营地、浪荡岛和海胆岛。那个住在鱼骨小屋中的老人时而入梦,梦见自己与破衣烂衫的老者一起度日,饮用螺壳里的水,吃抓到的螃蟹,然后乘船离开。有一天夜里实在忍不住,点起蜡烛摊开海图,按住大海中的那几个颗粒。她睡眼惺忪盯了一会儿,说除非你能插翅飞到那里。她认为最好的机缘,仍旧隐于巡行之路。

"好在你一直伴在身边,这会让府上大人少一些提防。"小棉玉说。她告诉他:"冷霖渡有个邪癖,总是对我们的事儿好奇,时而探问,说自己该不会为女儿找了个中看不中用的家伙吧?""你怎么应答?""哦,我说睡着了都要抱住你的一条胳膊。他满意了。"舒莞屏笑了:"你倒是说了实情。"小棉玉眼圈红了:"我梦见咱俩乘一条小船，驶到大海中央时你突然跳船，怎么唤都不回头。我哭啊哭啊。"舒莞屏安慰她，却不知该说什么。

他们一起看盛开的连翘，久久未能移步。"时候到了，提调。"他耳语，"春天和哪一个季节都不一样。我在这里一天都待不下去啊，快快帮我吧，帮我走出这个囚笼！"他在乞求。小棉玉无语，看看天空："每年春天都有一场战事，通常府上大人会遣我去河东。过了河才有机会。我的公子，我从来没像现在一样害怕哩。"

夜里下了一场小雨。淅淅沥沥的雨声让人难眠。窗外有鸟儿，它们近一声远一声应答。更远处有马蹄声，咔嗒咔嗒。舒莞屏想起了憨儿。箭镞嗖嗖。沙上血滴。他侧身看她：身边这个女子将为自己承担怎样的险峻，她果真知晓？到那时，无论是冷霖渡还是万玉大公，都不会饶恕她的。舒莞屏在雨声里辗转反侧。小棉玉知道他被无尽心事缠住，只劝："睡吧公子，睡吧。"她的额头抵紧他的手臂，像一只小羊，睡着了。

谁也想不到这是一场喜雨。第二天清晨听到一对喜鹊鸣叫枝头，接着府中大人传来文书：提调将在三日之内巡行河东，牒令即刻发出。这个突来的音讯让人觉得意外，静下来想想也算自然。届时，车马随行不难周备，三个贴身护卫也要相跟。舒莞屏唯一需要携带的就是那个柳条箱包。启程前一夜小棉玉赠给两条颜色不一的束发绫带。舒莞屏走入浴间，要有一次彻底的洗涤。他将柳木浴盆盛得满溢，在热气蒸腾中捧起清水，与热泪一起，自上而下尽情流淌。掬水，长时间不吭一声，听门口轻轻移来的脚步。"公子，是我。""请稍待，提调大人。""我为公子洗浴吧！明日一早就要上路，这是我该做的啊。"

他静了一刻。外面再无声息。他迅速穿上内衣，将门打开。小棉玉手捧浴巾，赤着双脚。她被热气呛住了，伸手掩向额头。他扶住她。她进入后一直是低头垂思的样子，挨近，眼睫的翕动弄痒了他的胸口。他看她的头顶，漆黑发丝间洁白的头皮、几点头屑。他想吻这头发一下，后来将下巴压在上面。她轻啄他的胸部。温热的水流，也可能是泪水。"公子啊！"一句叹息，十指搓动，从胸到背，涂满皂沫。那浓浓的艾草味的皂沫，一卷卷淌到脚下，在那里变成一堆雪绒轻轻颤动。她搓洗得仔细，在腋下和所有褶缝处搓弄，咕哝："我要有一个这样的大孩儿，死也值了。骨肉均匀，不胖不瘦。"舒莞屏有时要侧身以防弄湿对方，可她全然不顾。为了用上力气，她有时会把他揽到怀中。她太小了，他太大了，挨近了，就像一头长颈鹿在欺负一只小鹌鹑。他忍不住，在她耳边发出赞叹："我敢说，你的眼睛是至美的。""莫要羞煞我也！"一句出口，她再也无法移动，紧伏他的腋下。

"公子，明天就是启程的大日子。我俩还要细细想一遍，从头开始想。这一程每个站点都得想好、想透。我的三个卫士两个至忠，一个未知。还有，冷大人会派几个武士，那要碍事的。我一直在想一些办法、想过河后的一个个关节。我们在河东小客栈顶多待上两天，你要在这两天里设法离开，躲开所有眼线。先要弄清客轮航班，拿到一张船票，藏到一家不起眼的小店里。你只有上船，我才能安心。"

"提调费了多少心思，让我终生无以报答！我想的是你，到了那一天，如何自辩、如何瞒过冷大人的眼睛？"

"冷伯自会迁怒于我，别无他法。只有求助大公。同是女人，她会怜惜的，知道走失夫君之苦。我像一条狗一样跟在她的身后，说不定会饶恕的。公子,这些年来,我把冷伯的一言一行都报与大公,冒着杀头之险去大营探悉;我还为她踩踏腰背,我身个儿小,她喜欢我的脚丫。"

舒莞屏蹲下,看她水渍中的一双脚。第一次细看:小巧、软胖,两个拇指稍短,只有常人的三分之二,似有憨趣。

"公子,日后想你如何是好?会受不住的!这日子可怎么过啊?"她的泪水再次涌流。他抱住她,鼻子里扑满熟悉的香味:好似同文馆刚刚烤好的面包。这般丰腴由她终身携带,还有不可遗忘的怀念和恩泽。他再次发出恳求:让我们一起出逃,去一个遥远的地方!她的长泪滑下双颊:"公子啊,我只是岛上一粒沙子。也许咱们还能相见,只要上天愿意!"

"真有那么一天,我将不顾一切打马来劫,像强盗一样把你拽上马背!"

"那时我就老了,没有牙了,头发白了。不过我还抱得动柴火,给公子做饭。"

三

如同预料,冷大人为巡督一行加派两位武士。这次要去朱砂滚子万东将军的大营,三日后转向小青手金春那里。战事随时开启,那将是空前艰难的日子:义军经过休养生息,变得更加强悍。官军剿杀心切,全力确保登州,那是水师要塞。提调出行的车队一如从前,除厢车外,引前殿后的骑乘约有十人。不少人前来送行,五位通嘴子簇拥舒莞屏走向厢车,说:"和夫人同行甚好!大人一路珍重!"

脸色苍苍的车夫轻叩一下车厢，扬鞭启轮。

舒莞屏怀抱柳条箱包，与小棉玉并坐。她让他把箱包暂置一旁。他发现只有两位贴身卫士同行。她耳语道："另一位入口不慎，腹泻呢。"舒莞屏相牵的手用力握了一下。先是一段熟悉的水路。春天的河道透着微寒，不知名的水禽盯视来船，离近了才扑扑飞去。远处的荒芜中有一只怪鸟在唱，像奉献一支古老的歌谣："咕尔嘎呀切切哩，咿尔咿尔嗒嗒哩！"舒莞屏说："我第一次遇到叫声这样动听的鸟！"小棉玉点头称是："它只唱给船上一个人听。"

船厢拉合帘子，外间是贴身卫士。小棉玉说："这两人是信得过的，一直跟我。这一程的大事都交与二人，已细细叮嘱。明天抵副都统大营，歇一夜，第三天见老山姆。在她那儿要歇上几日，养足精神去河东。我们这次会上紧赶路，在小客栈多待半天。那是你骑马离开的地方。"舒莞屏低下了头。

"我让两个卫士提前去河东客栈，办好一些事情。那里全是老山姆的人。卫士去烟台住顺德饭店，也是老山姆的站点，这就不致生疑。卫士办利落后，再返回客栈。"

"我只不知冷大人的两个武士，还有小客栈其他耳目，这些人怎么应付？"舒莞屏在说那个逼近的夜晚。"两个武士必须在晚宴上醉酒。我的卫士随你上路，在烟台小店会合。你要记住，这一路对下人、小客栈和老山姆，都要有些威仪。他们只信服有声威的大人。"小棉玉脸色肃穆，教他如何威严。他点头："明白。"小棉玉叹气："公子长这么俊美，又能威严到哪里。"

舒莞屏不以为然。他抬头看她时，目光甚是凌厉。

中途在水边驿站小憩，接着上路。大营副统领早就在码头徘徊，见到巡督一行扑将上来，急于问候。"啊呀伉俪大人，在下不胜荣幸呀！"一只胖胖的手臂伸来，舒莞屏躲开："前边引路！"

照例是盛隆的夜宴。舒莞屏对副统领道："冬春灾情甚重，不可铺张。"副统领拱手："在下聊备小菜浅酌，几只黄鳝春鲫和一点肉品哩！"说着用衣袖遮住脸部，饮下一杯。舒莞屏没有饮酒，脸色冷肃。小棉玉鼓励两位武士豪饮，任其喧哗。

从这里到大草营是一段长长的水路，想到老山姆，舒莞屏稍有高兴。离河东愈近，心情愈切。他看着身边的小棉玉，心头泛起哀伤。"公子，我觉得你过于威严了。不过你紧紧抿嘴的模样，反倒更加惹人！"小棉玉盯住他上下观瞧，阵阵羞涩淹来。每一个站点之夜都是她倍加珍惜的时刻，依偎，喃喃，总也不眠。她的操劳让他实在不忍，一遍遍劝其休歇，反让她更加贴近："公子，我有许多歇息的日子。你自睡去。"他入睡的时候，她即俯身久久观瞧。

老山姆见到二位大人由衷高兴，说："真真没有想到！提调让人羡煞急煞！"小棉玉觉得"羡煞"无妨，"急煞"断断不可。老山姆龇着紫色牙龈走在前边，忙碌热情，只偶尔发出"扑扑"的排气声，大煞风景。她对小棉玉说："大人知道我的毛病，有时候收不住腔。"小棉玉冷着脸："无妨。"夜宴后老山姆照例安排汤浴，小棉玉说："两个卫士不能在这里过夜了，事务紧急，他们需提前赶往河东，请备下夜船。"老山姆皱着鼻子，对二位说："那倒不难。不能泡老娘的热池子，真是亏大了！"

老山姆为小棉玉夫妇备下喜气洋洋的客房，贴了吉祥画儿，燃一对胳膊粗的红烛。屋里摆设糕点果碟，备好浴盆。老山姆说："明日里我捉几只小山鸡炖汤。"计划中明天下午即要启程，舒莞屏心路加快。啊，就因为一场"北煞风"，竟有了这样惊心的旅程。这会是最后一次渡河吗？他望向夜色。小棉玉无时不在看他，说："公子在我眼里是至美金童,这一路,我又觉得你是英武男子!"

"谢谢提调!我一直渴望成为那样的男人,可直到今天才知道,吴院公安排这一程,原是让我真正长大,完成一次'成人礼'!"

第二天里程轻松。两位醉醺醺的武士陪着小棉玉和舒莞屏上路。一条篷船,后面是大草营的陪乘。啊,渡河了,暮色水静,码头染成红色。岸上站了三五个人,有两个男子认得舒莞屏,见他搀着提调大人,齐声叹道:"哎呀!"

舒莞屏特意要住青瓦小屋,某一栋某一间。那是他曾经住过的地方。他将在这里与小棉玉度过最后一夜。小棉玉故意问主人:"那两位提前到来的卫士,为何没有前来迎接?"主人说:"啊,是这样,年轻人玩心太盛,他们去烟台打保龄球了。"

短促的一夜,言语殊少。一个时刻在逼近。她抱紧他的左臂,一起面对夜色。两人伏在窗前,看一天星月。"这里的夜晚多静。可惜不是干净地方。"小棉玉说。舒莞屏点头:"世上的好地方太多了,可惜常常给人弄脏了。"回到屋里点亮蜡烛,看到了案上的笔墨,小棉玉说:"留个字儿给我吧。"舒莞屏想了想,写下一句:"冬房子和小客栈。"小棉玉一定让他落款"金童"。他无法拒绝。

第二天入暮时分,二位卫士回到客栈,一见小棉玉就说:"大人宽谅,我们在顺德饭店玩得太久。"舒莞屏说:"那里有上好的咖啡和保龄球。"

等待夜半。一声枯干的鸟鸣发出催促。他们紧紧相挨。彼此叮嘱全都说完,剩下的是深深的牵挂和无法践行的约定。"你从这里骑马离开,我就走失了'金童'!"这是她最后的话,像临别赠言。那只鸟又叫,冷月升起。时候到了。

四

  竹丛的摇动切切入耳。舒莞屏一身黑衣，抱紧箱包，回头看那扇漆黑的小窗。有人倚马而立，目送他出门，而后跃上马背跟随。第三匹马出门已是凌晨。两位骑手将于天亮前会合，地点是烟台城内的一爿小店。先一步入店的舒莞屏坐等两位朋友，动手做事。柳条箱包套上一个麻织提包，又从角落找出一条棉背心、一件灰色长衫、一顶礼帽。抽屉中的纸盒里是一副玳瑁眼镜、一片唇须。穿上鼓鼓的背心和长衫，人胖了许多；再将礼帽诸物一一加身，来到镜前。一个陌生人，一位新派富商，四十左右，脑满肠肥。

  天蒙蒙亮，两位年轻人来到小店，他们是小棉玉的贴身卫士。"大人穿着起来，甚好！""我在近前都认不出！"他们左右端详，啧啧称奇。航船定于上午十时，三位将于八时出门，乘一辆骡车去码头。小城好生安静，舒莞屏望着对面墙上的苍苔，心中只有一个身影、一张脸庞。这个时刻她必定无眠，一直站在窗前。卫士出门，端来小店提供的早餐：米粥油饼。

  三个人准时走出小店，乘一辆骡车直驶码头。半个钟头进入滨海大道，这条道路刚刚苏醒，发出长长的呵欠。车子穿过薄雾与炊烟，在宽大的木栅门前停下。三人走上一条石子路，一直走向那座绿漆门窗的大屋。这是候船的地方。屋里是连排木椅，三人全未落座，进门后直奔北窗。啊，港湾里停靠一艘很大的客轮，粗大的烟囱腾出浅灰色的气流。岸边，与大船相连的是拴了铁链的舷梯，正在水中微微荡动。舒莞屏扶一下眼镜，紧闭双目，过了一会儿才缓缓睁开。海边有一群鸥鸟，它们喧哗腾空，从船舷一掠而过。

九时，候船的人纷纷起身，往出口移动。两位卫士只能在这里与舒莞屏道别。

他出了屋门，往旁跨出一步，摘下帽子深深一躬。他躬向的是站在河东客栈窗前的那个人，一个瘦小女子，她一直站在那里，从深夜直至黎明。他不再回头，抓紧手中的东西，踏上摇晃的舷梯。登上舷边的一刻，他再次回头遥望：全是攒动的人头。一年多以前的那个秋天，同样的地点，同样的舷边，同样的场景。

两声汽笛，一声凄厉一声激越。船身震动，挪移。侍童引他去一间舱室。客舱一如从前，细看却不是从南国归来的同一间：洗漱间稍大，镜子水银脱落了一角。他把箱包放好，然后急不可耐地登上甲板。只有他一个人。船正在驶出码头。那群海鸥追逐着，然后返回了。碧绿或浅蓝的海面美极了，一直铺向无垠的远方。一边是庙岛群岛，芝罘岛和长山列岛。船体沉稳，旋向东南，进入更加开阔的黄海。它的西北方，近在咫尺，是渤海与黄海的分界线。别了，渤海。

半岛的多半个身躯都依偎着渤海。渤海，世界上最浅的海之一，柔弱、温良，因为长期受虐而变得怨怒和残忍。舒莞屏站在甲板上，伸手试着风向，知道它仍旧来自渤海。

2013年8月—2016年11月，片段于万松浦

2022年8月18日—2023年3月11日，初稿于济南、烟台、龙口

2023年4月19日，二稿于济南

2023年7月10日，三稿于济南

2023年10月9日，四稿于烟台

四十年前的种子

——答宫达

宫达：记得二十多年前听您谈起长篇小说《去老万玉家》的构思，知道主人公"确有其人"。2013年，您把其中的片段和意象写进了《去老万玉家》和《老万玉说》这两首长诗中。如今读完书稿，大感意外的是，它改变很大，甚至找不到当年的轮廓了。

张炜：到了2013年，觉得这部书雏形已成，就动手写出许多片段。我与你讲的就是那时的一些想法。积下的文字大约有了七八万字，很生动也很强烈。就是那个时期，我写了你说的这两首长诗，并收在两部诗集中了。那个真实的"老万玉"是我童年时代就知道的，她在我出生的那片林野、在周围村落，人人皆知。我对她恐惧而又迷惑。我甚至想用巨量的文字，为她写出类似"传记"那样的东西。这两首诗，写的只是她的"晚年"。现在你看到的这部小说，舍弃了她"最后"的时光，只写了她的鼎盛之期。这就变得更短也更集中了。当然，那些片段大部分都用上了，有的难免要做改写。

宫达：据我所知，您早年曾参与编纂一套大型历史资料汇编，接触了大量历史资料。不知是否从那时开始构思？后来的四十多年，您继续收集和充实资料，去黄河入海口、抱犊崮、马陵山、昆嵛山等地勘察。我想问，既然这是一部地道的虚构作品，为什么还要做这样细致周备的勘察？

张炜：我1980年参与那套大型汇编的工作，它最终出版了三十多卷。我1981年开始阅读大量历史资料，其中给予最大震撼的是关于土匪的部分。比如一个面容姣美的赵姓女匪，竟然将一个村落的男女老幼七百五十余口全部屠杀①。比如清末民初土匪的规模和形态发生的巨变，现代化转型，政治诉求，域外元素，西方武器，等等。这与辛亥革命前后发生的东西文化交融有关。土匪不仅拥有从洋行等处购入的世界最新火器，而且有国外归来的留学人士。以前的山寨"杆子"纷纷改称"定国军""建国自治军"，编制内设"参谋""秘书""执法处"等，匪酋则称为"大帅""督军""大人""司令"，"莫不借口护国、护法等名词实行杀人越货之主义"。②"并非是毫无知识的恶棍，恰恰相反，他们中的不少人受过相当良好的教育。"③某些悍匪窃辖一方，于残酷压榨掠夺的同时，还试图采用洋化建制，在文化上有所作为，竟然刻印古典和创立新式教育。如某匪出任督军时，印制了"史上最好经典"，还组建"大学"。虚构的能力往往不及实际发生，所以深入考察是至为重要的。我在渤海西部地区沿岸

---

① 见张耀远《山东盗贼如毛》，《道心报》1924年3月号。
② 见汪仁宝《民国时期土匪组织内幕》，《炎黄春秋》2002年第3期；徐有威，[英]贝思飞《洋票与绑匪——外国人眼中的民国社会》，上海古籍出版社1998年12月。
③ 见《莒县知事请斥拿股匪》，1916年1月16日《大公报》；《山东土匪籍护法以抢劫》，1918年4月20日《大公报》。

看到的寨堡、贝壳古堤、沼泽水网,在鲁南探寻的马陵山洞穴、抱犊崮大案旧址,都让我深为震惊。

宫达:回到作品中来。从叙述方式看,它是第三人称,但又以主人公舒莞屏的视角贯穿了整部作品。这让我想起了电影中的长镜头。这是影视叙事中最有难度的。本书采用了令人惊叹的"一镜到底",却又不是第一人称,这让我倍感好奇。

张炜:我最初想过采用第一人称,这会有较强的亲历感。但写作中又觉得客观性受到了削弱。亲历与目击的视角,在这本书中异常重要,那么在使用第三人称的同时,相对固定于个人视角,可以兼收并蓄两种人称之长。难度自然是大了些,也要消耗更长的写作时间。镜头跟住了一个人,这个人的世界却要足够广阔和细致、足够丰富。"他"像"我"一样君临现场,见闻新鲜,但又不能过于"主观"。二者兼具,对阅读和呈现都会有益。这是我经历漫长的写作之后,进行的一种尝试。

宫达:其实,这部作品给我最深印象的是语言。在文学写作中,语言的实现是基本的也是终极的。在您的中篇小说《橘颂》中,我领略了它诗一般的质地,而《去老万玉家》则更为精纯。它有浑然天成的韵律、节奏和意境,字句之准确、简洁、密度,讲究和完美,最大限度地释放出语言的情境能量。可以说,单从语言的角度来看,此书无疑具有超越式的贡献。

张炜:清末汉语,更有物事,与数字时代是大大不同了。时代的陌生感对作者和读者都是既吸引又隔膜的。打通二者是沉重的任务,需要付出极大努力才能稍稍穿凿和抵达。语言上的淬炼和实验,只

419

为找到一个路径和切口。我在2013年整整多半年时间集中发力于此，一些片段不知推翻重写多少次。我在上个世纪八十年代初播下的"种子"，想不到萌发这么困难。新的语言方式，意味着一次真正的创作。离开语言的拓进和蜕变，一切皆不成立。当然这种前进和改变一定是在个人语言的总韵之下。全书由四十一万字压缩为三十多万字，最后减删成二十六万，去掉了一小半。初稿是一个字一个字填在格子中的，慎思下笔。删削心疼，但只有痛心一删。

宫达：书中有两个重要人物，他们是革命党人。这两人着墨不多，给人的印象却深极了。如果用一句话概括这本书，是否可以说：在视死如归的革命党人的感召下，一位受过新学教育、富有理想的世家子弟历尽千难万险，最终战胜迷茫，冲出虎穴，完成了一个人精神的成年礼？这样说或有偏狭，形成某种遮蔽？

张炜：不，对于任何一本书，简单概括总是需要的。不过用另一些话也可以概括。也就是说，一部书总有许多概括的方法、多种视角。说到革命党人，这在半岛地区清末民初时期是极为重要的存在，他们对一个民族的进步功勋卓著，甚至可以说是永不磨灭的。他们感人至深的事迹一直激励着我。我以前曾大篇幅写过，这次也就不再展开了。但他们实在太重要了。当年同盟会的北方支部就设在烟台，辖北京东北直隶新疆热河等广大地区。支部负责人为徐镜心，就是素有"南宋（教仁）北徐"之称的"徐"。我与徐的曾孙很熟，三十年往来甚多，并收集很多半岛革命党人的资料。

宫达：纵览您目前所有的长篇创作，《去老万玉家》可谓用时最长、用功最深的一部。也许在社会层面和浑然一体的原生性方面，

《古船》和《九月寓言》称得上您的代表作。如果综合看,《去老万玉家》所展示的生猛与华丽、语言的成就、思想的深邃、妙不可言的意象、全新的人物形象,都可能是您迄今为止最为杰出的一部长篇小说。

张炜:这是后话了。以前为了超越自己的《古船》《九月寓言》,已用去了几十年的时间,耗费了上千万字。不过我也深知,只有全力以赴的写作才是重要的,因为每部书都有其不可比性。话虽如此,努力当会依旧。我想应该有一次所谓的"抡圆之作"了,这部书要足够简练、足够好。我不知这次做到了没有。以前我用《外省书》《丑行或浪漫》,后来又用《独药师》《河湾》等,一再尝试。尽到全力,如此而已。

探索我心中的谜米

这是从少年到未也的真

孤独流浪的自我寻

从城市到田园耕力 上也纪

最终回到出陌生的也际